마녀도서관

마녀도서관

장은오 장편소설

THE WITCH LIBRARY

에, 북
씨크릿하우스

차례

프롤로그	7
01. 주인공의 동생	9
02. 베히모스가의 특별한 서제	33
03. 수도 상경	61
04. 저주받은 검은 토끼	93
05. 신년회에서 있었던 일	127
06. 탑에 갇힌 왕자를 구하는 건	151
07. 마녀의 패밀리어	179
08. 5년 후	339
09. 샤롯의 비밀	381
10. 진실은 무엇인가	433
11. 서고의 마녀	475
12. 이야기의 끝, 새로운 시작	515
에필로그. 다시 만날 운명	525

프롤로그

나는 엑스트라다.

그것도 아주 사소하고 보잘것없고 지나가는 한 장면에 등장했던 엑스트라다. 한 줄로 정의되는 극히 일부분에 지나지 않는 그런 엑스트라, 여자 주인공의 '친구'로 표기되는 인물이랄까.

그래, 나는 요즘 흔하다면 흔한 '책 빙의' 장르 속에 들어와 있다. 정확히는 그 속에 '태어났다'는 표현이 맞을 것이다. 태어나 줄곧 새 삶을 살고 있다고 생각했는데, 어느 정도 자라고 나니 알겠더라. 내가 책 속의 어떤 인물에 빙의되어, 아니 그 인물로 태어났다는 것을. 그것도 책에 몇 구절도 나오지 않은 인간 풍경, 병풍에 지나지 않은 수많은 엑스트라 중 하나였다.

그 사실을 알게 된 순간 실망했냐고 묻는다면 솔직하게 'YES'라고 답하고 싶다. 누구나 인생의 주인공이 되고 싶어 하니까 말이다.

하지만 어쩌겠어?

전생이나 지금이나, 나는 화려한 주인공의 세계에 속한 병풍 같은 엑스트라인 것을. 그래도 지금의 삶을 후회하거나 슬퍼하지는 않는다. 그저 인간으로 태어난 것에 감사하다.

이렇게 긍정적으로 생각할 수 있는 까닭은 아마도 내가 전생을 기억하기 때문일 것이다. 내 삶 속에는, 적어도 엑스트라인 나의 삶 속에서는 내가 주인공이다. 내가 행복해진다면, 내가 주인공의 배경을 설명하는 극히 적은 일부분에 지나지 않더라도 안타깝거나 슬프거나 질투를 느끼지 않을 것이다.

만약 주인공인 그녀가 내 언니 샤롯을 죽이려 하지 않았다면, 나는 그저 강물처럼 흘러 그녀의 배경 속에서 사라졌을 테다.

그래, 이건 네가 자초한 거야. 모두 네 잘못이야.

엘리제, 모두 네가 나빴어.

01 · 주인공의 동생

로즈마리는 변두리 영지, 남작가의 여식이다. 툭 건드리면 데굴데굴 굴러갈 정도로 살집이 많은 그녀는 로즈마리라는 예쁜 이름만 들으면 도저히 연상이 안 될 정도로 뚱뚱하다. 얼굴에는 젖살을 포함해 살이 뭉쳐 있고, 눈은 새 모이만큼 작았고, 코는 파묻혀 보이는 둥 마는 둥 했다. 뻐끔거리는 입은 붕어 같았다. 커다란 마시멜로를 온몸에 두른 듯 뚱뚱한 그녀는 언제나 숨이 넘어갈 듯 숨을 쉴 때가 많았다. 그래서 사람들은 이따금 그녀의 숨소리를 확인하곤 했다.

로즈마리는 전생을 기억하는 소녀다. 아무도 모르는 비밀, 로즈마리만 알고 있는 비밀이다. 그리고 그녀가 알고 있는 대단한 비밀이 또 하나 있는데, 알고 보니 이 세계는 '소설 속의 세계'라는 것이다!

'아니, 딱히 대단하지 않겠지.'

로즈마리는 속으로 생각하다가 푸욱, 바람 빠진 풍선 소리를 내며 한숨을 내쉬었다. 전생의 그녀를 기억하건대, 그 세계에는 '책 빙의'라는 소설 장르가 수도 없이 많았다. 자신은 그런 빙의자 중 하나일 뿐이다.

맥 빠지게도 로즈마리는 전생에서 자연스럽게 수명을 다해 죽었고, 이 세계에 다시 태어났다. 아기였을 때는 아무것도 기억하지 못했는데, 어느 순간 자라자 뜨앗, 하고 전생이 떠올라버렸다. 그 사실을 떠올린 시점도, 상황도 생각해보면 웃음이 난다.

로즈마리가 여덟 살 정도 되었을 무렵이었나? 아마 따스한 봄날이었던 것 같다. 한창 부모님께 어리광부리고 말썽을 피울 나이였지만 로즈마리는 그럴 수 없었다. 불의의 사고로 부모를 잃었기 때문이다. 그녀의 가문은 보잘것없는 변두리 영지를 다스리는 남작가였지만, 부유하진 않아도 그렇다고 가난하지도 않은 집안이었다.

어린 로즈마리에게 혈육이라고는 아카데미를 갓 졸업한 친언니뿐이었다. 로즈마리보다 열 살 많고, 영지에서는 물론 제국 아카데미에서도 극찬 받을 정도로 현명하며 아름답기까지 한 언니 샤롯.

로즈마리는 언니가 너무 좋았다. 샤롯은 냉정한 성격을 가졌지만, 로즈마리에겐 늘 다정하고 상냥했다. 나이 차이가 많이 나서였겠지만 샤롯은 로즈마리 앞에서 미소를 잃지 않았다. 부모님의 장례식을 치르고 남작이라는 작위를 계승하는 동안에도 로즈마리를 잊지 않았다. 그때만 해도 로즈마리는 자신의 전생을 기억하지 못하는 평범한 어린아이였다. 로즈마리는 매일 밤낮으로 죽은 부모를 찾았고, 샤롯은 그녀를 달래야 했다.

샤롯은 아버지가 맡았던 남작으로서의 의무를 다했다. 여인의 몸이었지만 영리하고 현명한 샤롯 덕분에 혼란스러웠던 남작가는 빠르게 안정을 되찾았다. 샤롯이 변두리 영지의 영지민들을 위해 애쓰는 동안에도 로즈마리는 이따금 부모를 찾아 떼를 쓰는 어리광쟁이를 벗어나지 못했다.

그때부터였던 것 같다. 어린 로즈마리가 단 음식에 손을 댄 것은. 단 걸 먹으면 잠시나마 기분이 좋아졌다. 우울하고 슬픈 현재로부터 벗어나는 느낌이었을까. 로즈마리는 매일같이 단 걸 달고 살았다. 샤롯은 로즈마리의 건강을 위해 때때로 먹는 걸 제지했지만 그때마다 세상 억울하게 우는 여동생 때문에 번번이 실패했다. 샤롯은 이미 가문에서도 유명한 시스콤(시스터 콤플렉스, 자매에 강한 애착, 집착, 사랑을 갖는 상태)이었다.

로즈마리가 전생을 기억한 시기는 이쯤이었다. 그때도 로즈마리는 달콤한 시럽으로 코팅된 도넛을 먹고 있었다. 언제나처럼 당분은 그녀를 행복의 나라로 인도해주었다. 행복의 나라로 떠나던 로즈마리에게 불현듯 무언가가 떠올랐다. 한 입 베어 문 도넛 조각이 목구멍을 지나 식도를 넘어갈 때였던 것 같다.

아앗! 로즈마리는 불현듯 소리를 빽 내지르고 혼절해버렸다. 그때 로즈마리는 작은 소녀의 뇌로는 도저히 받아들일 수 없는 방대한 지식이 머리로 들어오는 것을 느꼈다.

로즈마리의 혼절에 샤롯의 심장은 덜컥 내려앉았다. 부모를 여읜 지 얼마 지나지 않은 때였다. 유일한 혈육인 로즈마리마저 혼절했다는 소식에 샤롯은 눈앞이 캄캄해졌다. 그 후로 로즈마리는 2년 동안 잠들었던 것 같다. 마치 잠자는 숲속의 공주님처럼.

로즈마리가 눈을 떴을 때는 완연한 봄이 찾아온 시점이었다. 샤롯은 잠든 로즈마리의 입에 겨우 미음을 넘겨주며 숨을 붙여두었다. 하지만 2년이 지났을 때 로즈마리는 이미 살가죽이 말라붙을 정도로 나약해졌다.

로즈마리는 잠들어 있는 동안 자신의 전생을 체험했다. 전생의 그녀는 평범한 여자였다. 삶을 되돌아보기까지 2년이라는 세월이 걸렸다. 로즈마리는 말년에 홀로 생을 마감했지만, 그래도 아주 외롭지 않았던 전생의 마지막을 뇌리에 담았다.

'나쁘지 않은 삶이었어.' 로즈마리는 전생의 삶을 그렇게 평하며 느릿느릿 눈을 떴다. 완벽하게 좋은 삶은 아니었지만 나쁘지도 않았다. 로즈마리가 눈을 뜨자 남작가는 크게 들썩였다.

샤롯은 뛸 듯이 기뻐하며 로즈마리를 반겼다. 로즈마리는 반가운 얼굴에 미소 지으며 인사했다. 잘 잤어, 언니 태평하게 느껴지는 로즈마리의 인사에 샤롯은 처음으로 울음을 터트렸다. 부모의 사고 소식을 들었을 때도, 장례식장에서도 눈물 한 방울 흘리지 않았던 샤롯이었다. 그런 샤롯도 로즈마리마저 떠날까 두려웠다.

저택에서 일하는 고용인들은 난생처음 보는 샤롯의 울음을 모른 척 눈감았다. 샤롯이 지금까지 얼마나 노력했는지 누구보다도 알았으니까. 로즈마리는 말없이 자신의 마르고 약한 몸을 샤롯에게 안겨주며 작은 손으로 언니의 등을 토닥였다.

전생을 기억하고 나니 로즈마리는 그녀가 가여웠다. 가여운 나의 언니 샤롯. 로즈마리는 이미 성숙한 여인이 되었음은 물론 가문을 지탱하는 가주(家主)가 된 샤롯을 다독였다. 그리고 생각했다. 샤롯의 행복을 위해 마땅히 좋은 신랑감을 구해줘야겠다고.

그 후, 로즈마리는 샤롯의 지극정성 간호와 관심으로 깡마른 몸에 살집을 빠르게 찌울 수 있었다. 불과 2년 만에 굴리면 바로 구를 정도로 포동포동 살이 올랐다. 과욕이 화를 부른 것일까. 로즈마리는 허허 하고 늙은이 웃음소리를 내며 눈앞의 먹음직스러운 마카롱을 집어 들었다. 근 2년이 지났지만 로즈마리는 고작 열두 살 여자아이였다. 그런데도 그녀에게서는 묘한 연륜이 느껴졌다. 로즈마리의 시중을 들고 있는 샤프란은 간혹 세상을 달관한 듯한 아가씨의 표정에 고개를 갸웃했다.

"로즈마리!"

갑작스러운 외침에 로즈마리는 들고 있던 마카롱을 한입에 꿀꺽 삼키고 손을 번쩍 들었다.

"우에어니."

"로즈마리, 얹히잖니. 다 먹고 말해도 괜찮아."

설국의 차디찬 빙하보다 더 차가운 미녀로 소문난 샤롯이 작게 미소 지었다. 그녀는 로즈마리가 있는 야외 테라스 의자에 앉았다. 그리고 로즈마리 입가에 묻은 부스러기를 닦아줬다.

샤롯은 로즈마리의 짙은 금발을 쓰다듬으며 말했다.

"오늘은 뭐하고 지냈니, 로즈마리."

"똑같이 지냈어. 맛있는 걸 먹고, 자고, 음…… 먹고……?"

로즈마리는 대답하면서 자신이 마치 돼지 같구나 싶었다. 모두 샤롯의 과보호 때문인 것 같다. 샤롯은 로즈마리가 혹여나 다칠까 두려워 원치 않으면 산책도 하지 않길 바랐다. 그렇다면 책을 읽는 건 어떨까 싶었지만, 샤롯은 그것마저도 바라지 않았다. 혹시 책을 꺼내다 책장이 무너질까 두려웠다.

물론 말도 안 되는 변명이다. 가문의 서재가 그렇게 허술하게 만들어졌을 리 없다. 하지만 로즈마리는 샤롯의 변명을 모른 척 받아들였다. 로즈마리의 머릿속에는 이미 전생의 기억과 사소한 지식이 많았기에 세계의 지식을 쌓는 게 버거웠다. 좀 더 자라면 모를까, 열두 살 여자애에게는 버거웠다. 전생의 기억이란……

열두 살이나 되었지만, 아직도 동화책의 글도 제대로 못 읽는 걸 사람들이 안다면 그녀를 백치라 놀릴 것이다. 멍청이, 바보…… 수많은 어리석은 명칭이 떠올랐지만 로즈마리에게는 아직 휴식이 필요하다. 다른 세계의 지식은 이미 많고 연륜을 따져도 높다.

로즈마리는 마음만 먹으면 글자쯤은 금세 배울 거라 생각했다. 당분간 이렇게 지내고 싶다고 바랐지만 그렇다고 2년이 훌쩍 지나갈 줄 몰랐다.

로즈마리가 더듬더듬 마카롱이 담긴 접시로 손을 뻗자 샤롯이 냉큼 그녀가 좋아하는 색을 집어 로즈마리의 입에 쏙 넣어준다. 입 안 가득 단맛이 퍼졌다. 로즈마리는 금세 행복의 나라로 여행을 떠났다. 그러다 문득 말했다.

"언니, 나 도넛이 먹고 싶어."

"안 돼."

샤롯은 로즈마리에게 여러 가지 디저트를 흔쾌히 허용

했지만 이상하게도 도넛만은 허용하지 않았다. 로즈마리를 2년간 잠에 빠지게 만든 원인이 도넛이라고 믿었다. 실제로 로즈마리가 먹은 도넛에서는 아이를 위험에 빠트리기 충분할 정도의 독극물이 추출되었다. 아마도 가문의 누군가가 로즈마리를 시해할 생각이었던 것 같다.

다행히 로즈마리는 구사일생으로 독소를 해독시키는 성분을 몸에 지니고 있었다. 대대로 이어져온 가문의 특이 체질로 샤롯 역시 독에 강한 면역력을 지니고 있다. 하지만 너무 어렸기에 독소를 해독하기까지 시간이 걸렸고, 동시에 전생을 경험하는 상황이 맞물렸다.

어쨌든 그 사건 이후로 로즈마리에게 도넛은 금기의 디저트로 판명되어 먹을 수 없었다. 너무해, 이제는 그런 문제가 생기지 않을 텐데…….

"안 된다고 하니까 더 땡겨."

"로즈마리, 안 된다면 안 돼. 알겠지, 로즈마리?"

샤롯은 로즈마리의 머리를 쓰다듬었다. 상냥한 목소리에 단호함이 담겨 있었다.

로즈마리는 아쉬운 대로 눈앞의 마카롱을 집어 먹었다. 단 게 최고야! 살이 뒤룩뒤룩 쪘어도 로즈마리는 걱정하지 않았다. 이제 고작 열두 살 여자아이는 어른들의 말처럼 나이가 들면 살이 자연히 빠질 거라 생각했다.

그 후 또다시 2년이 지나 열네 살이 되었을 때 로즈마리는 정말로 심각하게 걱정할 만한 상황에 처했다. 바로 현재, 로즈마리는 자다가 숨이 턱 막혔다. 살은 또 다른 살을 부른다지만 해도 해도 너무했던 것 같다. 턱과 목 주변까지 살로 이루어진 로즈마리는 유일하게 숨을 쉬는 부분인 목구멍, 즉 식도 부분이 조여졌음을 깨달았다. 지방이 식도마저 침범한 것이다.

로즈마리가 숨이 막혀 졸도할 뻔했다는 소식을 전해들은 샤롯이 창백한 인상으로 다급하게 달려왔다. 평소 단아하고 깔끔하게 귀족의 차림새를 잊지 않은 샤롯은 옷을 입다 만 채였다.

샤롯의 창백한 피부는 마치 도자기 인형과도 같았다. 샤롯의 파란 눈이 불안감으로 흔들렸다. 샤롯은 간신히 진정하고 상체를 세운 채로 침대에 앉아 있는 로즈마리에게 다가갔다. 생사의 위험을 느낀 것은 로즈마리였지만 당장에 세상 하직할 것처럼 보이는 것은 샤롯이었다.

"언니, 나 괜찮아……."

샤롯의 모습에 로즈마리는 가까스로 웃어 보였다. 로즈마리의 살에 파묻힌 작은 눈이 가늘게 접혔다. 샤롯은 그녀의 오동통하고 소시지 같은 하얀 손을 마주 잡았다. 가늘고 어여쁜 손에 차가운 기운이 느껴졌다.

'이러다가 언니가 먼저 세상을 하직하겠어.' 로즈마리

는 속으로 중얼거렸다.

샤롯이 떨리는 목소리로 말했다.

"로즈마리……. 날 혼자 두지 말렴."

"언니, 나 안 죽어……."

샤롯은 극단적으로 말했다. 샤롯에게 로즈마리는 삶의 이유였다. 그녀가 남작위를 계승해 가문을 지키려는 이유도 로즈마리 때문이었다.

"언니, 나 살 빼야겠어. 이렇게 찌다가는 자다가 골로 가겠어."

"그건 안 돼!"

"언니, 나 살 때문에 죽을 수도 있어. 살 빼서 건강하게 오래오래 살자."

샤롯은 로즈마리의 포동포동한 모습이 좋다고 했다. 그래도 지금은 너무 과하다. 이젠 고용인들도 눈살을 찌푸릴 정도로 로즈마리는 뚱뚱하다. 로즈마리는 더 이상 설탕과 동고동락할 수 없다는 사실에 슬퍼했지만 살기 위해 살과 헤어지기로 했다.

'나, 로즈마리. 설탕과의 전쟁을 선포한다! 설탕의 늪에서 빠져나와 언니와 행복한 미래를 꿈꿀 거야! 적어도 언니의 결혼은 보고 가야 하지 않겠어?'

물론 로즈마리는 그 후로도 더 살겠지만 자신의 미래를 위해 다이어트를 시작했다. 자, 길다면 길고 짧다면 짧은 고독한 싸움이 시작된 것이다.

로즈마리는 전생의 다이어트 지식을 바탕으로 살을 빼기로 했다. 일단 모든 하얀 조미료는 살찐다. 그러니까 멀리하자. 설탕, 소금, 밀가루까지. 솔직히 소금이나 밀가루는 참을 수 있다. 하지만 매일같이 당분을 섭취했던 로즈마리는 설탕만은 멀리하기 힘들었다.

아니나 다를까. 설탕을 멀리하자 손이 덜덜 떨렸다. 눈앞이 침침하고 아득함이 느껴졌다. 간이 되지 않은 멀건 수프는 음식도 뭣도 아니었다. 육체가 필요로 하는 최소한의 영양분으로 이루어진 멀건 수프를 한 수저 뜨며 로즈마리는 중얼거렸다.

"이건 설탕 수프야. 달콤한 설탕으로 이루어진 설탕 수프."

상상만 해도 느글거리게 달 것 같은 요상한 음식명을 중얼거리는 로즈마리는 흡사 광증에 걸린 환자 같았다. 누가 보면 족히 몇 주는 지난 것 같지만 설탕을 멀리한 지 반나절도 되지 않았다.

그래, 인정하자. 로즈마리, 너는 심각한 중독자야. 저택 안 모든 사람이 이미 알고 있는 사실을 로즈마리는 반나절이 지난 지금에야 인정했다.

"많이 안 뺄 거야. 딱 숨쉬기 좋은 상태의 통통함을 유지하는 걸 목표로 하자."

자다가 골로 가지 않을 정도로만.

로즈마리는 특별한 사람, 굉장한 사람, 그리고 책 속에 있을 법한 사람이 있다면 자기가 아니라 언니라고 생각했다. 샤롯은 로맨스 판타지에나 등장할 법한 인물이니까. 아름답고 현명한 여인, 명화에나 존재할 법한 샤롯. 타인에게는 차가울 정도로 냉정하면서 혈육에게는 한없이 다정한 여인. 샤롯 같은 주인공은 찾을 수 없다. 로즈마리는 별맛이 느껴지지 않는 밍밍한 수프를 마시며 생각했다.

로즈마리의 아버지는 한없이 평범한 인상을 가졌지만 지식이 풍부한 인물이었다. 어머니는 왕년에 제국에서 다섯 손가락에 들 정도로 아름다운 인물이었다. 그들의 유전자를 반반 사이좋게 물려받은 샤롯과 아버지의 유전자만 물려받은 로즈마리는 겉으로는 자매로 보이지 않을 만큼 달랐다.

평범한 로즈마리와 우월한 샤롯.

로즈마리는 바닥을 보이는 접시를 내려다보며 포옥 한숨을 내쉬었다. 세상은 참으로 나에게만 잔혹하구나. 그녀는 속으로 중얼거리며 접시에 숟가락을 내려놓았다. 허전한, 오히려 허기지게 만든 점심식사가 끝나자 기운이 도통 나지 않았다. 다이어트 중이라 운동을 해야 하지만 로즈마리는 비대한 몸에 무리를 주고 싶지 않았다. 괜히 의욕을 앞세우다가 발목이라도 삐면 샤롯이 펑펑 울지도 몰라.

로즈마리는 식탁 의자에서 내려와 뒤뚱뒤뚱 걸었다. 그리고 태평양만큼 크다고 장담할 수는 없지만 그녀에게 넉넉해 보이는 침대로 몸을 내던졌다.

로즈마리는 생각했다. 샤롯은 로즈마리를 소중히 생각해. 아니, 내가 느끼는 이상으로 더 소중하게 여기는 것 같아. 하지만 로즈마리는, 나는 어떨까?

로즈마리에게도 샤롯은 유일한 핏줄이고 혈육이고 가족이다. 소중해! 하지만 샤롯만큼 절실하지는 않다. 로즈마리는 이미 사후의 강을 건넌 기억을 갖고 있다.

로즈마리와 샤롯은 영원히 함께할 수 있을까? 대답은 아니오! 샤롯은 남작의 작위를 계승했지만, 여인이기에, 무엇보다 젊기에 언젠가 반려를 맞이할 것이다. 사랑하는 사람, 연인, 남편, 그녀가 평생을 함께할 사람은 로즈마리가 아니다.

"언니에게 좋은 상대가 나타나면 좋으련만."

로즈마리는 포근한 이불에 얼굴을 비비며 중얼거렸다. 아, 빈속에 가까운 상태야. 아무것도 하고 싶지 않다. 이대로 자고 싶지만 이렇게 엎어져 잤다가는 숨 막혀 죽겠지? 로즈마리는 버둥거리면서 몸을 힘겹게 돌렸다. 작작 먹을걸.

"아, 먹고 싶다."

로즈마리의 배에서 고래가 포효하는 소리가 들리는 것 같다. 어쩌면 뱃고동 소리? 로즈마리는 반나절 만에 찾아온 고비를 겨우 넘기고, 지옥 같은 하루를 넘겼다. 삶의 즐거움은 사라졌지만 왠지 느낌상 턱살이 얇아진 것 같다.

"어때, 샤프란? 좀 빠진 것 같지 않아?"

'하루 다이어트로 얼마나 빠졌다고…….'

샤프란은 태클을 걸고 싶었지만 모른 척 시치미를 떼며 사근사근 웃었다.

"네, 아가씨 어제보다 늘씬해 보여요!"

마음에도 없는 소리를 내뱉으며 샤프란은 돼지인지 사람인지 모를 아가씨의 비위를 맞추었다.

"어휴, 비위 맞추려고 마음에도 없는 소리 하지 마."

샤프란이 흠칫 놀라며 몸을 떨었다. 자신의 완벽한 포커페이스를 꿰뚫어 본 걸까? 어색하게 웃음 짓는 샤프란을 보며 로즈마리는 쯧쯧 혀를 찼다.

"아무리 내가 멍청해 보인다지만 나도 안다. 고작 하루 가지고 빠질 살이 아니라는 걸. 너도 참 고생이 많다. 귀족가의 예쁜 아가씨를 모시는 환상을 품고 왔을 텐데, 이런 돼지를 모셔야 하니까 말이야."

"아, 아가씨…… 그런……."

그런 말 한 적 없어요. 물론 속으로는 했지만, 샤프란은 뒷말을 삼키며 말을 잇지 못했다.

"조금만 고생해줘. 생각보다 오래 걸릴 수도 있겠지만, 그래도 뭐."

어쩌겠니, 나는 고용주의 동생인데, 네가 모셔야 할 아가씨잖니? 로즈마리는 사뭇 애늙은이 같은 어투로 안타까워했다. 샤프란은 할 말을 잃어 벙어리가 된 것 같았다.

'이 아가씨, 정말 열네 살짜리 백치, 머저리 맞아?'

세간에는 베히모스 남작가에 우월할 정도로 아름답기로 소문난 샤롯에게 머저리 동생이 있다는 소문이 자자했다. 열네 살이나 돼서 글 하나 읽을 줄 모른다고 사람들은 손가락질했다. 그녀는 어리숙하고 겁도 많아 좀처럼 바깥에 나가지 않는다고 했다. 비대한 몸은 돼지인지 사람인지 모를 정도고, 식탐도 무서울 정도라고 했다. 실상 샤프란이 접한 로즈마리는 비대한 건 맞지만 어리숙해 보이진 않았다.

샤롯이 로즈마리를 돌보는 것 같지만 이따금 반대 경우도 있었다. 샤롯은 로즈마리에게 집착할 정도로 의지했다. 샤프란에게 로즈마리는 게을러서 공부를 하지 않을 뿐 눈치도 빠르고 생각의 폭도 넓은 아가씨였다.

'이상한 베히모스가의 막내 아가씨.'

샤프란이 아무리 비위를 맞춰도 로즈마리는 그것이 진심인지 빈말인지 정확히 맞췄다. 샤프란은 자기가 연상인지 그녀가 연상인지 헷갈렸다. 그 정도로 로즈마리는 애늙은이 같은 표현과 어투를 자주 내비쳤다. 마치 이번 생이 처음이 아닌 것처럼.

'말도 안 돼.'

샤프란은 자신의 상상이 너무 거대했다며 속으로 헛웃음을 삼켰다. 샤프란은 다시 미소를 정비하며 말했다.

"하지만 아가씨는 금방 빼실 수 있을 거예요!"

"그래, 그래."

오늘도 수고가 많다는 어투다. 이 아가씨가 진짜! 열심히 비위를 맞추는데 자꾸 김빠지게 한다.

"아가씨도 살을 빼면 분명 남작님 같은 아름다운 미녀가 되실 거예요!"

"아이고, 고맙다."

마치 미운 놈 떡 하나 더 준다는 반응이다.

"샤프란, 그만 돌아가. 좀 쉬고 싶네."

디저트도 먹지 못하고 허해서 멍이라도 때리고 싶었다. 옆에서 재잘재잘 노력하는 샤프란이 기특하지만 한편으로는 참으로 애쓴다, 싶다. 로즈마리는 노동자를 보냈다. 열심히 일한 그대 노동자여, 휴식을 허하노라.

* * *

로즈마리가 설탕과의 전쟁을 선포한 지 닷새가 흘렀다. 고작 닷새. 고작, 고작 닷새!

"고작 닷새라니!!!"

로즈마리는 포효하듯 식탁을 탕 치며 외쳤다. 멀건 수프는 길거리 아이들의 양식같이 맹맹하고 맛이 없었다. 건더기도 없어서 흡사 물 같은 것을 세끼 먹으며 닷새를 버텼다.

로즈마리는 분개했다. 살이라는 녀석! 나와 헤어질 마음이 없는 건가? 이렇게 질척거리는 거였어? 전생에서도 수없이 겪었던 다이어트 실패, 하지만 이번에는 자신 있었다. 이미 두 번째 생이라고. 얕보지 말란 말이야! 속으로 큰소리쳤지만 다시 태어나도 다이어트 전쟁에서 당당히 승리를 쟁취하기란 어려운 일이었다.

"아, 아가씨……."

샤프란이 서먹한 표정으로 분개하는 로즈마리를 달래듯 부른다. 분개한 로즈마리는 아무것도 들리지 않았다. 마음 같아선 식탁 위의 식기는 물론 식탁보마저 내던지고 싶었다. 로즈마리는 모든 걸 포기하고 싶은 마음이 샘솟았다. 단 게 먹고 싶어, 달콤한 것! 마카롱, 생크림 케이크, 밀푀유, 에클레어, 푸딩, 초콜릿, 캐러멜, 사탕! 그래, 사탕이라도!

흡사 파블로프의 개처럼 상상만으로도 행복한 디저트를 꿈꾸며 침을 질질 흘리는 로즈마리를 보며 샤프란은 그나마 남아 있던 귀족가 자제를 향한 환상을 버렸다. 배 속에 허기가 들린 거지처럼 로즈마리는 굶주려 있었다.

"포기할까……."

허무하게 중얼거리고 테이블에 코를 박고 엎드리길 몇 초. 푸하! 잠깐 엎드렸을 뿐인데 산소 부족으로 세상 하직할 뻔했다. 사후의 강을 잠깐 본 것 같은데, 착각이겠지! 고작 몇 초 만에 숨 막혀 죽을 뻔한 로즈마리를 보며 샤프란은 속으로 가지가지 한다고 생각했다.

로즈마리는 금세 시뻘게진 얼굴을 가라앉히며 의자에 몸을 기댔다. 로즈마리는 인내와의 싸움에서 언제나 약자였다. 그러나 이번만은 승리해야 했다. 반드시 최후의 승자가 되겠어!

일주일이 지났다. 12일이나 참고 버티다니…… 대단하지 않니, 로즈마리! 이제 포기할 때도 됐어! 악마의 속삭임이 들릴 법도 한데 일주일 전처럼 막연히 흔들리진 않았다. 열흘이 흐를 무렵 어느 정도 수긍하고 적응했기 때문이다. 역시 인간은 대단해! 최악의 상황에서도 적응하다니!

* * *

"그래도 좀 그렇지 않을까요, 아가씨?"
"뭐가 말이야, 로우 경?"
"설마 알면서도 모른 척하는 건가요, 그냥 모르는 건가요?"

로즈마리는 2주 전쯤보다 거동이 가벼워져 오랜만에

바깥 산책을 하고 있었다. 저택 정원 초입에 도달하자마자 지쳐서 나가떨어졌지만. 아무튼 로즈마리에게 그다지 중요하진 않지만 그녀는 호위 기사를 두고 있었고, 방금 그가 말을 건 참이었다. 말이 좋아 호위 기사지, 귀찮은 떨거지이지만.

로즈마리는 정원 초입에 주저앉아 휴식을 취했다. 그녀 곁에는 기사 로우 경이 서 있었다. 늠름함의 표본이라 할 수 있는 넓은 어깨와 큰 키를 가진 남자이니 팔다리도 길었다. 저택에서도 이미 소문이 자자할 정도로 수려한 외모를 가진 이였다. 로즈마리에겐 그거나, 그거나지만.

로우 경의 짙은 밤 하늘색 머리카락이 빛에 반사되어 반짝거렸다. 청아하다 못해 쨍할 정도로 화사한 하늘색 눈동자가 그녀를 내려다보았다. 그는 자신의 두 배는 될 것 같은 로즈마리를 한심하게 쳐다보지 않았다. 일반적인 남자들의 시각과는 조금 엇나간 게 아닐까 싶을 정도로 그녀의 과한 몸을 보고도 불편한 기색을 보이지 않았다. 로즈마리가 생각하는 유일한 그의 장점이었다.

로우 경은 눈이 부실 정도로 수려하고 아름다운 외모와 늠름하고 질투 날 정도로 완벽한 육체를 지녔지만, 그에게는 문제가 있었다. 호기심이 많고 말이 많았다. 물에 빠지면 입만 둥둥 떠 있을 정도로 수다쟁이에 개념 없고 약삭빠르고 건방지고 또…….

"아가씨, 아가씨. 제 말 듣고 있는 거예요?"

잘생긴 저의 얼굴을 초점 없이 잘도 감상하네요, 라고 말을 덧붙였다. 그는 자신의 잘생김을 알고 있다. 오만방자하다는 말이 잘 어울릴 것 같다.

"왜? 잘생겨서 쳐다본 건데."

로즈마리가 생각에도 없는 말로 되받아치자 로우 경이 코웃음을 친다. 그런 눈으로 잘도 보겠습니다, 라고 비꼰다. 로즈마리는 바람 빠진 콧소리를 냈다.

"그냥 멍 좀 때렸어. 왜 이렇게 까칠해?"

로우 경이 한숨을 푹 쉬더니, 요즘 저택에 한창 돌고 있는 소문을 꺼냈다. 남작의 여동생 로즈마리가 아주 괴팍하고 엉뚱한 성격의 소유자라는 소문 말이다.

"아가씨에 대한 소문이 아주 크게 부풀려지고 있는 걸 알고 있으세요?"

"알아. 손해 보는 것도 없는데, 그냥 내버려둬."

눈도 있고 귀도 있다. 그저 귀찮아서 퍼질 대로 부풀려질 대로 내버려둘 뿐. 직접 나설 수 있겠지만 굳이?

"아니, 손해 보는 게 아니라뇨. 시집 안 가시려고요?"

"어차피 소문이야. 지금은 살 빼는 게 중요해. 헛소문을 정정하는 게 중요하지 않아."

귀족은 명예를 중시한다. 자신에 대한 헛소문은 물론 저질적인 내용도 포함되어 있다. 어떤 소문은 도를 지나쳐 대단히 악질적이어서 그녀의 이미지와 가문에 먹칠을 할 정도다. 게다가 '언니 샤롯이 동생 로즈마리를 짐짝 취급하고 있다. 그녀를 방치해 뒤룩뒤룩 살이 쪘더라' 나아가 '샤롯이 로즈마리를 짐승 다루듯 키우고 있다'라는 말도 안 되는 소문도 있었다.

"그 계집입니다. 아가씨의 전속 하녀요. 그녀가 이런저런 헛소문을 제조해서 퍼트리고 있다고요. 대단히 악질적으로요."

로우는 답답했다. 아가씨의 명예를 더럽힌 사악한 계집을 처단해야 마땅하다. 소문은 바로잡아야 마땅하고, 그것이야말로 베히모스가의 더럽혀진 명예를 회복하는 유일한 방법이다. 그러나 로즈마리는 그렇게까지 대처하고 싶지 않았다. 샤프란이 마음에 들어서가 아니라 그럴 만한 의욕이 생기지 않았다. 식욕이 점차 꺾이면서 다이어트에 문제는 사라졌지만 동시에 무기력이 딸려와 로즈마리를 지치게 했다. 로즈마리는 모든 게 귀찮고 부질없게 느껴졌다.

"아, 지금은 귀찮아. 그냥 좀 쉬자."

로즈마리는 옆에서 쫑알거리는 로우 경을 귀찮은 파리 내쫓듯 손을 흔들었다. 그리고 웬만큼 쉰 것 같아서 주저앉은 무거운 몸을 일으켰다. 끄응 힘겨운 소리를 내며 육중한 몸을 움직이는 로즈마리에게 로우 경이 후다닥 붙었다.

"서재나 갈까."

02 베히모스가의 특별한 서재

열두 살의 로즈마리는 글을 몰랐던 멍텅구리였지만, 열네 살의 로즈마리는 그 정도는 아니다. 로즈마리가 까막눈으로 지낸 것은 순전히 귀찮아서였지만, 그것도 열두 살까지였다. 그 후에는 귀찮고 짜증나는 건 빨리빨리 해치우자는 생각으로 2주도 안 돼서 세계의 공통어를 뗐다. 기왕 하는 김에 몇 가지 외국어도 가볍게 익혔다. 회화쯤은 어느 정도 알아들을 수준으로 말이다.

샤롯은 감격에 겨워 로즈마리가 천재가 아닐까 칭찬했지만, 로즈마리는 멋쩍은 마음이 컸다. 전생을 포함하면 족히 80세는 넘었을 정신연령이었으니.

어쨌든 열혈 다이어트 중인 로즈마리의 허한 마음을 달래주는 것은 이러나저러나 지식뿐이었다. 책을 읽는 건 귀찮을 때도 있고 지루할 때도 있지만 이것만큼 시간이 빨리 가는 일도 없다.

로즈마리는 뒤에서 열심히 따라오는, 정확히는 그녀의 보폭에 맞춰 걸음 속도를 줄이려고 노력하는 로우 경을 달고 저택으로 들어갔다. 베히모스가는 형식상으로는 특출날 게 없는 변두리의 남작가다. 그러나 실상으로는 가문이 속한 제국을 넘어 대륙에서 가장 중요한 중책을 떠맡고 있다.

바로 '베히모스' 말이다. 원래 베히모스란 역대 '최악의 마물(魔物)'을 부르는 명칭이었다. 세계를 멸망으로 이끄는 세계 최악의 짐승이자 마물, 복수의 짐승을 모아 이루어진 베히모스는 신화의 기록에서는 멸망의 증표로 적혀 있다.

그런 마물의 이름을 가문의 이름으로 정하다니……. 어찌 보면 불길할 수도 있지만 달리 해석하자면 그만큼 대단한 위력을 가진 가문이라고 할 수 있다. 가장 강인하기에 가장 불길한 존재로 추앙받는 베히모스의 이름을 물려받은 가문은 세계의 안위를 위해 직책을 떠맡았다.

바로 '무한의 서고를 관리하는 사서이자 금기의 지식을 수집하고 봉인하는 파수꾼'이다. 베히모스가가 변두리 땅에 있는 이유다. 서고가 베히모스가의 가주가 아닌 타인에 의해 열릴 경우, 금기의 지식이 바깥으로 새어나가지 못하게 영토를 날려도 피해를 최소한으로 줄이기 위해서다.

베히모스 남작가가 관리하는 무한의 서고는 세계에서 가장 위험한 지식이 도사리는 장소다. 그렇다고 마냥 위험한 금기의 지식만 모여 있는 것은 아니다. 위험한 마도서는 물론 성스러운 성서와 더불어 세계가 창조될 당시 창세의 기록 등 종류와 형태와 상태는 다르지만 다양한 기록과 지식이 담겨 있다. 그렇기에 무한의 서고는 '항아리 속 하늘'이라는 뜻에서 '호중천'이라 명명되기도 한다.

현 가주인 샤롯은 무한의 서고를 열 수 있는 권한을 갖고 있다. 또 한 사람, 서고를 열 수 있는 이가 있었으니 당연히 로즈마리였다. 무한의 서고 열람은 가주에게만 있는 특권이지만, 놀랍게도 로즈마리에게도 계승되었다. 엄밀히 따지자면 로즈마리는 샤롯이 작위를 계승하기 전부터 특권을 갖고 있었다. 그렇다면 로즈마리가 가주가 되는 게 맞다. 그러나 로즈마리는 차녀이기에 장녀가 있는 상황에서 언니 샤롯을 제치고 작위를 계승할 수 없다. 아니, 할 수 있어도 하지 않을 것이다. 로즈마리에게 작위란 그저 무거운 책임감만 가득한 몹시도 불편한 겉옷 같다. 어쩌면 로즈마리 같은 가녀린, 아니 조만간 가녀려질 소녀에게는 무거운 갑옷이자 족쇄일 수도 있다.

그래서 로즈마리는 자신에게 주어진 특권을 밝히지 않고 침묵했다. 물론 샤롯이 가문을 계승할 당시에는 그럴 상황도 아니었고, 샤롯이 가주가 된 뒤에도 자신의 비밀을 밝히지 않았다. 게다가 로즈마리는 서재에 들어갈 능력이 있으면서도 그곳에 오랫동안 걸음하지 않았다. 그 이유를 솔직하게 말하자면…….

'까먹었어.'

실제로 로즈마리가 서고에 들어갔던 것은 몹시도 어렸던 시절이었다. 그것도 한 번. 전생의 기억을 찾은 반작용인지, 이상하게 어린 시절의 기억이 또렷하지 않다. 그저 언젠가 한 번 무한의 서고에 들어갔고 어찌어찌 나왔던 것 같다.

어쨌든 로즈마리는 무한의 서고를 열람할 수 있다. 그렇다면 지금은 샤롯이 그녀의 특권을 알고 있을까? 가주만이 갖는 특권이 로즈마리에게도 계승되었음을? 글쎄, 모르겠다. 확실한 건 로즈마리가 자신의 비밀을 아직까지도 샤롯에게 말하지 않았다는 것, 그뿐이다.

"로우 경, 같이 들어갈래? 아님 기다릴래?"

"기다리겠습니다."

가문의 서재에 도착하자 로즈마리는 로우 경을 힐끗 보며 물었다. 로우 경은 일말의 고민 없이 답했다. 그는 늘 서재 안까지 따라붙진 않았다. 로즈마리는 알면서도 형식상 묻는다. 로우 경의 대답을 듣자마자 로즈마리는 서재 문을 열었다.

서재 안으로 들어간 로즈마리가 문을 닫자마자 로우 경은 근처에 반듯하게 서서 경계 모드에 들어갔다. 늘 수다쟁이인 로우 경이 입을 꾹 닫고 침묵을 일관한 채 서 있는 모습은 사뭇 새롭기도 하고 무섭기도 했다. 수려한 외모에 화려한 분위기를 지닌 남자이지만, 업무에 돌입하면 쉽사리 말을 꺼내기 무서울 정도로 위화감을 뿜어낸다. 그리고 그가 경계를 선 지 얼마 안 돼서 익숙한 인영(人影)이 눈에 들어왔다. 샤프란이었다.

"안녕하세요, 로우 경! 혹시 아가씨는 이 안에 계신가요?"

"네, 안에 계십니다."

"아가씨께서 목이 마를 것 같아서 차를 준비해왔는데요. 들어가도 될까요?"

"그건 안 됩니다."

샤프란이 준비한 티 세트를 내밀었다. 그러나 로우 경은 일말의 망설임 없어 거절 의사를 내보였다. 서재로의 접근은 타협하지 않겠다는 차가운 업무적 대응에 샤프란은 당황한 기색을 내비쳤다.

"돌아가십시오. 서재는 아가씨와 가주님 외에는 누구도 들어갈 수 없습니다."

사뭇 다른 분위기에 샤프란이 잔뜩 겁을 먹고 물러났다. 서재 출입은 베히모스가의 가주인 샤롯과 로즈마리만 허용되어 있다. 정확히는 가주만 허용되지만.

저택의 서재는 일반인이 들어가도 되는 평범한 서재에 불과하다. 가문의 이야기를 다룬 책들과 대륙의 역사, 일반적인 기본서로 이루어져 있지만 서재 자체가 하나의 통로였다. 바로 무한의 서고로 들어갈 수 있는 서고. 로우 경은 로즈마리의 경호를 맡기 전 샤롯에게 전달받은 기밀사항을 되새겼다.

'경의 주된 업무는 로즈마리의 경호입니다. 로즈마리의 신변을 우선 보호하고, 나아가 그녀가 서재에 있는 동안 누구도 방해할 수 없게 방어하는 것.'

매서운 칼바람처럼 딱 잘라 명하는 군주에게 로우 경은 어떤 것도 묻지 않았다. 그는 베히모스가의 충견이자 수호자였다. 사실 가주에게만 있는 특권이 어떻게 로즈마리에게도 계승되었는지 몹시 궁금하지만, 자신에겐 그것을 물을 수 있는 권한이 없다.

* * *

서재에 들어선 로즈마리는 일순간 추락하는 기분을 맛봤다. 순식간에 지면이 사라지고 중력에 의해 끝없는 밑으로 추락하는 것은 오금이 저릴 정도로 무서운 경험이었지만 몇 번 하다 보니 익숙해졌다. 역시 인간은 적응의 동물!

끝없는 추락은 영원하지 않고 금방 끝을 맞이한다. 순식간에 폭신한 무언가에 폭 안김을 느꼈다. 구름 의자였다. 구름으로 이루어진 폭신폭신한 의자. 달콤한 솜사탕 같은 의자. 한 입 베어 물면 달콤하게 사르르 녹을까?

[로즈마리, 매번 의자를 베어 물 생각을 하는구나?]

로즈마리는 자기도 모르게 흘린 침을 닦아냈다. 그녀의 눈앞에 반딧불이가 뽀롱 나타났다. 서고의 안내자 벨이었다. 띵동, 눌러야 할 것 같은 이름. 반딧불이 벨은 마음을 읽는 능력을 가진 정령이다. 벌레의 모습을 하고 있지만.

[모습은 중요치 않단다. 네 눈에 내가 이렇게 보여도 네 언니에게 다르게 보일 수 있어.]

"내 마음을 어디까지 읽으려는 거야, 벨."

[이건 서고의 안내자로서 응당 해야 하는 내 직무야. 서고에 들어온 이상 그런 건 감수해야 하지 않겠니?]

"사생활이 없다, 사생활이 없어."

[괘념치 말렴, 나는 괜찮으니.]

"아니, 내가 안 괜찮다고."

로즈마리가 중얼거리며 구름 의자에 푹 안겼다. 폭신한 질감만은 세계 최고일 것이다. 이런 질감을 이 시대에는 절대 못 만들 거야. 로즈마리가 속으로 중얼거리자 벨의 웃음소리가 들렸다.

"책을 읽을래."

[저번에 읽다 만 것 말이니?]

"응, 《엘리제 이야기》 105페이지를 펼쳐줘."

[알았다.]

벨이 웃음기 가득한 목소리로 응답하자마자 로즈마리

의 두꺼운 무릎에 책 한 권이 톡 떨어졌다. 책은 곧 둥둥 떠서 로즈마리 눈앞에 활짝 날갯짓하는 나비처럼 펼쳐졌다. 촤르륵~ 종이 넘어가는 소리가 은근 기분 좋다. 로즈마리는 자신이 언급한 페이지가 도달하자 양손을 내밀었다. 그러자 기다렸다는 듯 책이 내려왔다.

[독서대가 필요하니?]

"필요해."

로즈마리의 응답에 벨이 가볍게 활 모양을 그리며 날갯짓했다. 유려한 호선이 잔영을 남기며 반짝거렸다. 빛의 가루가 떨어지는 느낌이었다. 빛의 가루가 사라짐과 동시에 독서대가 떡하니 나타나 로즈마리 앞에 놓였다. 로즈마리는 독서대에 책을 올려놨다.

[책이 재미있니, 로즈마리?]

"재미가 중요한 게 아니라서, 그건 모르겠지만 킬링 타임은 된다고 생각해."

책은 흔하디흔한 사랑 이야기가 담겨 있었다. 황족과 귀족, 서민, 그리고 마법과 검이 등장한다. 전생의 세계에서는 이런 이야기를 '로맨스 판타지'라고 했다.

중세풍의 배경에 신비로운 마법이 존재하며 제국과 황제, 이(異)종족이 존재하는 책의 세계. 아주 아름답고 현명해서 모두에게 사랑받는 게 당연한 여인이 책의 주인공이다.

사랑스러운 엘리제, 아름다운 엘리제, 현명한 엘리제.

로즈마리는 재미없다고는 안 했다. 그렇다고 설렐 정도로 재밌거나 와 닿지도 않는다. 그녀가 이 책을 읽는 이유는 단 하나, 평범한 로맨스 소설이 아니라 특별한 책이기 때문이다.

인생서, 이 책의 진짜 명칭은 인생서다. 누군가의 인생서. 바로 책 속 주인공인 엘리제의 인생서.

사실 로즈마리는 호기심 덕분에 이 책을 알게 되었다. 얼마 전, 너무 배고프고 허기지고 할 게 없어 방황하다가 서고에 들어왔다. 안내자 벨은 로즈마리가 원하는 키워드를 말하면 그에 맞는 책을 서고가 추천해준다고 했다. 그 말에 로즈마리는 기운도 없고 배도 고파서 신중하게 키워드를 내뱉을 수 없었다. 그저 허기짐에서 조금이라도 벗어나고 싶어서 무심코 말했다.

'지금 내가 집중할 수 있는 책.'

그걸 달라고 했다. 지금 나에게 필요한 것, 허기에서 벗어나게 해줄 책, 나를 집중시키게 만드는 책. 그런 책이 필요했다. 그래서 나온 책이 이 책이다.

하지만 로즈마리는 페이지를 넘길 때마다 오히려 허탈해지고 집중력이 떨어졌다. 로즈마리에게 이 책은 단순한 사랑 이야기였다. 그냥 남녀의 사랑 이야기. 그나마 다행은 사랑 소설에 응당 있어야 할 삽질이 없다는 점이었다. 너무너무 아름답고 너무너무 현명하고 너무너무 사랑스러운 여자를 누구나 사랑하게 되고, 그녀는 그것을 이용해 원하는 바를 다 갖고, 나아가 사랑하는 남자도 얻는다는 그런 얘기였다.

그래도 로즈마리는 인내심을 가지고 읽었다. 마치 자기계발서를 읽는 느낌이었다. 이렇게 하면 누구든지 성공할 수 있다! 이런 노하우 알려드려요! 하지만 로즈마리에게는 와 닿지 않았다. 엘리제의 가장 큰 성공 비결이 외모라고 느껴졌기 때문이다.

로즈마리는 책장 넘기는 것을 멈췄다. 아마도 50페이지쯤일까. 그만 읽고 싶다고 생각했다.

'뭐야, 지금 내가 다이어트 중이라 이 책을 추천해준 거야? 주인공을 보고 자극이라도 받으라는 거야 뭐야?'

로즈마리는 점차 집중력이 떨어져 읽는 둥 마는 둥 했다.

너무 잘난 주인공은 재미없다. 그때 벨이 로즈마리의 속을 읽고 키득거렸다. 결국 로즈마리는 책을 덮어버렸다. 완전히 흥미가 떨어졌다. 서고가 여자 주인공을 보고 자극 좀 받아서 로즈마리가 다이어트를 더 열심히 하길 바란다는 의미해서 추천해주었다면 잘못된 판단이었다.

[재밌는 아이구나. 서고가 그런 뜻에서 추천해준 것은 아닐 거야.]

"무슨 소리야, 벨. 지금 다이어트 중인 나에게 상대적 박탈감과 투지를 불태우라고 준 것 같은데?"

[서고는 너의 키워드를 제대로 인식했어. 너에게 가장 필요한 것, 너를 집중시킬 수 있는 책을 준 거야.]

"벨, 쓸데없이 머리 굴리고 싶지 않아. 단도직입적으로 말해줘."

[그 책을 계속 읽는다면 너의 질문의 대답이 될 거야.]

"하여튼 머리에 뭐가 든 녀석들이 더 한다더니……."

머리 굴리는 건 싫다. 돌려 말하는 것도 싫고. 전생에 늘 그렇게 살아왔고 그런 말들과 대화 속에서 살아왔다. 그런데 여기서도 별반 차이가 없다. 사람 사는 세상은 다 똑같은가 봐.

로즈마리는 속으로 중얼거리며 덮었던 책을 다시 펼쳤다. 읽으면 읽을수록 불편한 내용으로 느껴졌다. 주인공은 너무 대단해서, 더 와 닿지 않는 것 같다. 속으로 투덜거리면서도 로즈마리는 다시 책을 덮진 않았다. 로즈마리가 다음 페이지를 넘길 때 무언가 낯익은 단어가 눈에 들어왔다.

제국 제노시아에 속한 베히모스 남작가에는 일반인들이 모르는 커다란 비밀이 있다. 변두리에 있는 시골뜨기 귀족가이지만, 그들은 사실 금기의 지식이 존재하는 무한의 서고를 지키고 관리하는 사서이자 파수꾼이다.

엘리제의 가문은 대대로 황족을 지켜온 4대 가문 중 하나로, 베히모스 남작가의 비밀을 알고 있다. 엘리제는 베히모스 남작가의 무한의 서고가 궁금했다. 얼마나 대단한 지식이 그곳에 널려 있을까. 무한의 서고를 열람하고 싶었다. 들어가 보고 싶어!

아름다운 엘리제는 본인이 스스로가 대단하고 특별한 사람이라 생각했다. 주변에서도 그렇게 칭송받고 있었기에 대륙에서 가장 현명한 여인으로 길이길이 남고 싶었다. 그러기 위해선 엘리제는 무한의 서고를 열람해야 했다. 고작 남작가가 무한의 서고를 담당하는 것은 이치에 맞지 않는다. 위대한 공작가의 공녀인 자신이라면 모를까.

엘리제는 조만간 열릴 신년회에 베히모스 남작가가 참석한다는 소식을 접했다. 현 베히모스 남작가의 가주는 실로 놀랍게도 여성이라 들었다. 자신과 같은 여성. 여성이 작위를 이어받다니 흔치는 않지만 그렇다고 특별할 것이 없다. 제노시아는 작위 계승에 관해서는 어떤 나라보다도 관대하기 때문이다.

엘리제는 신년회에 참석해 베히모스 남작에게 접근해보기로 했다. 엘리제는 늘 또래 여성에게 존경심과 부러움을 받았다. 엘리제는 만인의 사랑을 받는 존재이기에 누구도 그녀를 거역할 수도, 거스를 수도 없다.

'소설에 정확히 베히모스 남작가가 나왔어. 거기다 무

한의 서고라고?'

"무한의 서고가 유명한가 봐. 책에도 실릴 정도면."

[그럴 리 없다. 무한의 서고는 비밀리에 존재하는 환상과도 같은 것. 아는 이가 극히 드물고, 알고 있다 하여도 지금은 세월이 많이 흘러 그저 들려오는 신화로 여기고 있다고 들었어.]

"너는 여기서만 존재한다며. 바깥은 네 생각과 다를 수 있지 않아?"

[지식이 존재하는 한 바깥이든 서고 안이든 나에게 이어지기 마련이야. 게다가 이제까지 가주들과 늘 소통했던 내가 바깥세상에 어두울 거라 생각은 말렴.]

지식은 소식과도 같고, 지식은 말과도 같다. 말은 발 없는 '말'과도 같다. 발 없는 말이 천 리 간다는 속담이 있다. 소문에 거짓이나 과장은 있을지 몰라도 조그마한 일말의 정보는 들어 있기 마련이다. 정보는 귀한 지식이 되니 벨에게는 바깥이라고 어두울 수 없다.

"너는 늘 말을 하는 게 다 어렵고 두리뭉실해."

[후후…… 쉽게 말했는데도 너에게는 어렵니?]

재수 없다, 정말……. 반딧불이 주제에. 로즈마리는 속으로 투덜거렸다.

"세간의 비밀이자, 극히 일부 사람들만 안다는 무한의 서고를 작가는 어떻게 알까?"

로즈마리는 내키지 않은 마음이 가득했지만, 책을 덮기에는 께름칙함이 남기에 다시 페이지를 넘겨야 했다. 페이지를 넘기자 책 속의 세상은 이미 신년회 장면으로 넘어가 있었다.

신년회가 왔다. 엘리제는 기회가 왔음을 깨달았다. 베히모스 남작과 친우가 되자. 그래서 서고를 열람하는 거야. 무한의 서고의 지식을 나눠달라고 하자. 그녀의 부탁은 누구도 거절할 수 없다. 엘리제는 그만큼 대단한 여인이다.

"양귀비나 달기야 뭐야. 뭐든 유혹할 수 있다고 믿는 건가 이 여자?"

작가의 생각이 궁금하다. 그녀는 어째서 이런 여인을 주인공으로 내세웠을까. 본인이 되고 싶은 인물을 그린 걸까? 작가는 심리적으로 자기가 바라는 인물을 창조해낼 때가 있다. 로즈마리는 작가가 바라는 인물이 엘리제일까, 작가는 정말 그녀가 되고 싶은 걸까 궁금했다. 그렇다면 정말로 욕심이 많은 사람이다. 《엘리제 이야기》의 저자는.

신년회의 주인공은 엘리제였다. 황제의 총애를 받는 공작가의 금지옥엽 막내딸은 제국의 자랑이라 할 만큼 눈부시게 아름다웠다. 엘리제는 자신에게 한마디라도 말을 붙이고 싶은 여인들과 사내들의 뜨거운 시선을 즐겼다.

그래, 이 세상의 주인공은 바로 나, 엘리제야.

엘리제는 자신의 위치와 권위에 황홀경에 빠질 것 같았다. 자신이 좀 더 완벽하려면 무한의 서고가 필요했다. 무한의 서고에는 금기의 지식이 가득하다고? 그럼 영원히 만인의 위에 군림할 수 있는 지식도 있을 것이다. 어쩌면 황제의 자리에 앉을 수 있을지도 몰라.

"위험한 여자네."

그냥 욕심이 많은 줄 알았는데, 그게 아니라 책 속 엘리제는 탐욕 그 자체였다. 끝임없이 욕심내고 욕심낸다. 엘리제는 자신이 세상의 중심이길 바라는 것 같았다.

이쯤 되면 사랑 이야기가 아님을 단숨에 알 수 있다. 초반에 약간의 로맨스를 겸하고, 엘리제와 썸을 타는 남자들이 나와서 로맨스 장르인가 했더니 완전 잘못 판단했다.

이 책은 그저 엘리제 자랑 이야기다. 로즈마리는 순간 흠칫했다. 생각지도 못한 문장을 읽어버렸다.

엘리제가 사람들의 시선을 즐기는 중에 그녀가 바라던 인물이 등장했음을 알았다. 베히모스 남작.

베히모스 남작은 황제께 인사를 드리고 있었다. 아름

다운 여인. 엘리제에 비할 바 못 되지만 아름다웠다. 엘리제는 베히모스 남작에게 다가갔다. 인사를 마치고 근처에서 쉬고 있었다. 그녀에게 다가가 사근사근 다정한 인사를 건넸다.

'안녕하세요, 베히모스 남작님. 스컬리 공작가의 엘리제 요한 스컬리라고 해요.'

'안녕하세요, 공녀님. 샤롯 베히모스라고 합니다. 그리고 이 아이는 제 여동생인 로즈마리입니다.'

샤롯과 로즈마리, 흔하다면 흔할 이름이다. 하지만 베히모스가의 샤롯과 로즈마리라고?

"나, 지금 소름 돋을 것 같아."

로즈마리는 살에 파묻힌 작은 눈을 최대한 휘둥그레 뜨며 중얼거렸다. 귓가에 벨의 웃음소리가 들렸다. 로즈마리는 다음 장을 넘기려 했다. 하지만 벨의 말이 더 빨랐다.

[로즈마리, 열람 시간이 지났단다. 더 있으면 네가 힘들 거야.]

벨의 중얼거림과도 같은 말이 끝나자마자 로즈마리는 폭신한 의자가 아닌 서재의 바닥에 주저앉아 있었다. 이게 어떻게 된 일이지, 생각할 찰나 서재 너머로 문 두드리는 소리가 났다. 아가씨, 하고 부르는 목소리는 잘못 들은 게 아니라면 로우 경의 목소리였다. 로즈마리는 멍청히 눈을 몇 번 깜박거렸다. 다시 문을 두드리는 소리에 로즈마리는 반사적으로 몸을 일으키다가 핑 도는 현기증에 다시 주저앉았다.

[무한의 서고는 대상자의 마력을 빼앗는단다.]

머릿속에 윙윙 울리는 소리에 로즈마리는 헛웃음을 내뱉었다. 마력이라고? 그런 건 처음부터 알려줬어야지. 로즈마리는 끙끙거리며 몸을 일으켰다. 비틀비틀 기어가 서재의 문에 도달했다. 바들바들 떨리는 몸을 겨우 일으킨 로즈마리가 문을 열자 로우 경이 보였다. 시야가 흔들리지만 로즈마리는 로우 경의 잘생김이 묻어나는 얼굴만은 잘도 보인다 생각했다. 로즈마리는 그 앞에 쓰러졌다. 다행히 로우 경이 받아줬는지 바닥에 부딪히지 않아 아픔은 없었다. 로즈마리는 정신을 잃는 와중에 로우 경을 걱정했다.

'많이 무거울 텐데 미안……'

그리고 로즈마리는 정신이 완전히 끊겼다.

그녀가 정신을 차렸을 때는 이미 땅거미가 지고 새까만 어둠이 몰려온 저녁이었다. 배에서 꼬르륵 소리가 났다. 아주 요란하게. 로즈마리는 속으로 배고파, 중얼거렸다. 하지만 기운이 없어 다시 눈을 감아야 했다.

다음 날, 로즈마리는 한결 가벼워짐을 느꼈다. 죽을 듯 힘들었던 어제의 마지막은 꿈이었을까. 의식이 분명치 않앉지만 로즈마리는 부러 기억하려 애쓰지 않았다. 다시 가 보면 알게 될 테니까.

무한의 서고 열람은 그 후로도 계속 이어졌다. 꿈도 환상도 아니었다. 서고는 언제나 로즈마리에게 열렸다. 로즈마리는 그 상황에 빠르게 익숙해졌다. 삶의 즐거움인 디저트를 잃은 대신 지식을 얻은 것이다. 생각보다 엘리제 이야기는 흥미로웠다. 두고두고 욕했지만 꾸준히 서고에 온 덕분에 책의 끝을 읽었을 때 로즈마리는 알 수 있었다.

엘리제 이야기는 평범한 책이 아니라는 사실을. 실존하는 엘리제의 인생을 담은 책이라는 사실을. 그리고 그녀의 인생에 재수 없게도 턱 하니 걸린 베히모스가의 미래.

로즈마리는 엘리제에 의해 베히모스 가문이 위기에 처한다는 사실을 알게 되었다. 샤롯과 로즈마리가 정확히는 엘리제의 탐욕에 이용당하고, 나아가 버려지는 일회용 등장인물이라는 것, 바로 엑스트라임을 알았다.

엘리제의 지식을 담당하는 무한의 서고의 주인이 될 베히모스 남작, 샤롯의 미래가 단 한 줄로 정리되었다.

엘리제의 부탁으로 로즈마리는 언니인 샤롯을 밀어내고 가주의 자리에 앉았다.

어떻게 밀어냈는지는 나와 있지 않았다. 엘리제 입장

에선 중요하지 않았다. 그녀는 자신의 추종자가 원했던 무한의 서고를 자신에게 넘겨주는 것이 중요했다. 책 속에서 로즈마리는 언니를 시해하고 가주의 자리에 앉았다. 그리고 짤막하게 한 줄로 요약되고 사라졌다.

로즈마리는 지병으로 인해 살 날이 얼마 남지 않아 자신의 권한을 사랑하는 친구 엘리제에게 양도했다. 무한의 서고는 결국 엘리제에게 귀속되었다. 엘리제는 이제 완벽해졌다.

지병으로 인해 로즈마리는 책에서 사라졌다. 샤롯이 사라지고 몇 줄 지나지 않아서 일어난 일이었다. 베히모스가의 샤롯과 로즈마리는 그 후로 등장하지 않았다. 둘은 정말로 책 세상에서 보잘것없는 엑스트라였다. 엘리제를 한층 빛나게 해주는 배경에 덧붙은 설명에 불과했다.

그 이야기를 읽고도 로즈마리는 멈추지 않고 엘리제 이야기를 읽었다. 책 속 상황이지만 너무 분통터졌다. 로즈마리는 벨을 훈계했다.

"지조 없는 놈, 베히모스가의 혈족만 열 수 있다면서."

[이게 미래를 예견하는 내용이라면 아마 '그녀'가 어떤 방법을 이용했을 거라고 생각해. 로즈마리, 무한의 서고는 베히모스가의 피가 흐르지 않으면 열 수 없단다.]

양도 같은 건 있을 수 없어. 제법 단호한 벨의 대답에 로즈마리는 자못 심각해졌다. 어쩌면 엘리제가 무한의 서고를 위해 책에 기재되어 있지 않는 어떤 꼼수를 썼을 거라 상상하니 오한이 들었다.

그 후로도 로즈마리는 무한의 서고를 들락날락거리며 엘리제 이야기를 읽었다. 한 번 읽는 걸로 끝내지 않고 다시 읽었다. 혹시 자신이 빼먹은 내용이 있을까 봐. 그러니까 지금 105페이지를 읽는 것이 두 번째였다.

[어때, 로즈마리. 집중이 잘 되지?]

"가문의 미래가 걸렸다곤 말 안 했잖아. 무거워 죽겠다. 부담감 백배야. 언니한테 은근슬쩍 말할까 봐."

집중하게 해달라고 했더니 가문의 위기를 알려주는 책을 주다니 너무하네, 서고. 서고의 현재 주인은 샤롯인데, 그녀에게 떠넘길까도 했다. 그러자 벨이 사뭇 진지한 어조로 말했다.

[무한의 서고는 같은 책을 추천하지 않는단다. 서고는 키워드에 맞춰서 당사자에게 가장 필요한 책을 줘.]

"언니에게 '가문의 위기'라는 키워드를 내뱉으라고 하면 되잖아."

[그렇다고 같은 책이 나오지 않는단다.]

방금 말했지만 같은 책은 추천하지 않아. 벨의 말에 로즈마리는 입술을 삐쭉 내밀었다. 왠지 똥 밟은 느낌이었다. 그냥 포기하고 언니에게 자신에게 비밀 서고를 열람하는 특권이 있다고 말하고, 엘리제 이야기를 털어놓을까. 언니가 알아서 하게?

[그렇게는 안 될 거야, 로즈마리.]

이놈의 반딧불이, 벌레 주제에 안 된다는 게 더럽게 많네. 로즈마리에게 버거운 임무라 연장자인 언니에게 슬쩍 넘기겠다는 건데 벨은 몹시 단호하게 부정했다.

안 되는 게 어디 있어! 로즈마리는 작은 눈으로 반딧불을 째려봤다. 매서운 아기 돼지의 눈초리에도 반딧불이는 물러나지 않았다.

[너 같은 특이점을 가진 아이가 운명을 비틀기에 적합하기 때문이야, 로즈마리. 너는 전생을 기억하는 아이잖니. 이 세계에 살았던 기억이 아닌 다른 세계, 다른 차원을 살았던 너라면 누구보다도 운명을 거스르기 쉬울 거야.]

벨의 조언과 설명에 로즈마리는 한숨을 폭 내쉬었다. 자기가 원해서 다른 세계에 살았던 게 아니다.

[힘들면 포기해도 좋아. 너에게 강요하지 않는단다.]

"이 책이 그대로 진행되면 언니도, 나도 죽는다고."

[너는 쉬고 싶은 게 아니니?]

"그건 맞지만……."

[그렇다면 이번 생은 단명하도록 하렴.]

"무한의 서고가 엘리제에게 넘어가도 좋다는 거야?"

의외의 대답에 로즈마리는 고개를 갸웃 기울였다. 벨은 무한의 서고를 담당했던 초대 베히모스가의 가주 때부터 쭉 인연을 맺어왔다. 그런데 그 고용주가 완전히 바뀌는 것이다. 하물며 자신을 뽐내기 위해 무한의 서고를 사용할 게 분명한 인물에게 서고를 내줄 것이냐는 말이다.

[그걸 바라지는 않는단다. 무한의 서고의 안위는 나에게도 가장 중요하니까. 하지만 네가 원치 않은데 강요하고 싶지 않구나.]

"벨, 너는 벌써 나를 이용할 줄 아는구나. 그래, 내가 제격이면 해봐야지. 나는 두 번째 생이니 단명해도 괜찮지만 샤롯은 행복하면 좋겠거든."

그녀는 뭐니 뭐니 해도 로즈마리의 유일한 가족이니까. 세상에서 유일하게 로즈마리를 사랑해줄 사람이기에 샤롯이 불행하게 생을 마감길 원치 않는다. 노력해볼게. 샤롯이 행복해질 수 있게.

자매는 서로를 너무나도 소중히 여기기에 이 책처럼 사건이 진행되면 안 된다. 누군가 샤롯을 해친다고 하더라도 그 인물이 절대 로즈마리가 되어서는 안 된다.

로즈마리는 주인공인 엘리제가 점점 싫어졌다. 내용을 알아서 싫어졌고, 전생을 겪었기에 싫어졌다. 만약 로즈마리가 전생을 기억하지 못하는 평범한 여자애였다면 달랐을 것 같다. 소설에 표현된 엘리제는 누구보다도 아름답고, 누구보다도 사랑스러웠기에 로즈마리는 그녀가 부러운 동시에 감히 범접할 수 없는 사람이라 생각했을 것이다. 따라서 엘리제가 그녀에게 다가왔다면 누구보다 기뻤을 것이다.

"신년회라면 앞으로 얼마 남지 않았는데."

로즈마리는 안타깝다는 듯 중얼거렸다. 그때까지 비만을 탈피해야 할 텐데…… 가능할까? 문득 서고에 요청하고 싶었다. 가장 빠른 시간에 살을 뺄 방법이 적힌 책을 달라고. 하지만 고개를 바로 저었다. 당분간은 엘리제 이야기를 정주행하는 데 매달려야 한다. 한 문장이라도 잊어버리지 않게 머릿속에 넣어야 한다.

로즈마리는 미리 준비하면 백전백승이라는 명언을 떠올렸다. 로즈마리는 속독하는 편이라 때때로 중요하지 않다고 생각되는 부분은 그냥 넘어갈 때가 있다. 그러나 이 책만큼은 절대 그래선 안 된다. 로즈마리와 샤롯이 엑스트라이기 때문에.

엘리제 인생의 엑스트라…… 엑스트라의 사정이나 상황은 정확히 적혀 있지 않다. 그래서 주변의 다른 배경에 해당하는 문장을 읽고 추리해야만 했다.

[고민이 많겠어.]

"남 일처럼 말하지 마. 우리 모두의 안위가 걸린 문제라고. 내가 잘 해내야 서고도 안전하고, 너도 안전한 거야."

로즈마리가 톡 쏘듯 말했다. 벨이 까르르 웃음을 터트렸다.

[그래, 네가 잘해주면 나야 고맙지.]

로즈마리는 잠깐 현기증을 느꼈다. 곧 서고를 나가야 할 시간이다.

"생각해봤는데 이 책의 저자는 엘리제를 칭송하려는 의도가 있는 거야, 아니면 반대인 거야?"

[어째서 그렇게 생각해?]

"처음에는 엘리제를 칭송하듯 비유가 부드러웠는데, 페이지를 넘길 때마다 조금씩 거친 느낌이야."

[감은 좋구나, 로즈마리.]

일생의 반을 눈치로 먹고살았다. 이따금 촉이 좋다는 얘기를 칭찬 삼아 들었던 로즈마리는 어깨를 으쓱했다. 현기증이 심해진다. 로즈마리가 책을 덮었다. 이제 정말로 나갈 시간이다.

[다음에 봐, 로즈마리.]

"그래, 다음에 봐, 벨."

서로 인사를 마무리할 무렵, 로즈마리는 언제나처럼 서재의 바닥에 앉아 있었다. 차가운 바닥. 조만간 카펫이라도 깔아놓을까. 아직은 추운 겨울이라 맨바닥은 너무 춥다. 살집이 많아서 본의 아니게 추위를 이겨낼 외피가 있지만 그래도 안 추운 건 아니다.

로즈마리는 힘겹게 몸을 일으켰다. 서고를 들어갔다 나오면 늘 기진맥진이라 운동을 거세게 하고 난 것 같았다. 너무 힘들고 지쳐서 아무것도 하기 싫어. 로즈마리가 힘없이 서재의 문을 열었을 때 언제나처럼 로우 경이 서 있었다. 로우 경은 저녁노을을 등지고 그녀 앞에 섰다. 쓸데없이 잘생기긴.

"아가씨, 괜찮으세요?"

"아니 안 괜찮아. 어서 가서 쉬고 싶어."

"부축해드릴까요?"

"싫어."

거절은 칼같이. 무거운 무게를 로우 경에게 들키고 싶지 않다. 이미 들켰을 테지만.

로즈마리의 거절에 로우 경은 어깨를 으쓱할 뿐 두 번 제안하지는 않았다. 로즈마리는 방에 들어왔다. 잠시 후, '소문 제조기' 샤프란이 들어왔다. 샤프란은 힘없이 늘어진 로즈마리에게 다가가 살갑게 말을 건넸다.

"아이고, 아가씨 서재에서 너무 열심히 책을 읽으시는 거 아니에요? 그러다 쓰러지겠어요."

샤프란의 언뜻 다정한 걱정 어린 말이 귀에 닿지 않는다. 로즈마리는 성의 없이 손을 휘적거렸다.

"됐고, 배고프다. 샤프란. 저녁 식사를 내와."

"어머, 오늘도 남작님과 식사하지 않는 거예요?"

"다이어트 중이라고. 언니랑은 주말에만 같이."

로즈마리가 다이어트를 시작하자 늘 함께했던 식사시간도, 티타임도 없어졌다. 남작으로서 업무도 많았던 샤롯이기에 어쩌면 서로 식사를 따로 하는 게 나을 수 있다. 실상 샤롯은 섭섭해 하지만 말이다. 그래도 안 돼. 살기 위해 살을 빼는 중이라고.

로즈마리는 샤프란이 식사를 준비하러 간 사이에 뺨을 꼬집어 늘려보았다. 보기 좋은 찹쌀떡처럼 늘어난다. 무한의 서고에 들어갔다 오면 마력이 쭉쭉 빠진다. 그만큼 살도 빠지면 좋겠다. 뭐 희망사항이지만.

마력을 많이 써서인지 현기증이 계속 이어졌다. 허기마저 심하게 져서 더욱 그런 것 같다. 얼른 후르륵 마시고 좀 누워야겠다. 아마도 눕고 나면 그대로 잠들 것 같지만, 그렇다고 다른 걸 하고 싶지는 않다. 딱히 할 일도 없고. 로즈마리는 느리게 눈을 깜박거리며 생각했다.

빨리 한 달이 지났으면. 마카롱 먹고 싶다. 탑으로 쌓은 마카롱 탑을 흡입하고 싶어!

03 · 수도 상경

시릴 정도로 차가운 추위가 물러가고 있다. 차가운 바닥은 이제 서늘한 수준이 되었고, 햇볕도 따뜻함을 물씬 풍겼다. 봄이 오고 있는 것이다.

 베히모스가의 조촐한 신년회를 마치고 저택은 평화로운 한때를 만끽하고 있었다. 로즈마리는 방 창가에 놓인 의자에 앉아 광합성을 만끽했다. 로즈마리가 기분 좋게 늘어져 있자 옆에서 시중을 드는 하녀 제미가 살포시 웃는다.

 로즈마리가 살을 빼기 시작한 시기는 겨울에 막 들어설 무렵. 다행히 꾸준한 식이요법으로 지방의 탈피를 반복하여 현재는 볼살이 적당히 도톰하게 오른 일반인에 가까운 체형이 되었다.

 저택의 고용인들 사이에서, 특히나 여성들 사이에서 로즈마리는 인간 승리자였다. 4년을 찌운 살을 근 3개월 만에 뺀 것이다!

로즈마리가 기분 좋은 이유도 이것 때문이었다.

"드디어 다이어트 끝!"

로즈마리는 크게 기지개를 켜며 호기롭게 외쳤다. 곁에 있는 제미가 후후 가볍게 웃는다.

로즈마리의 시중을 드는 하녀 중 가장 나이가 많고, 저택에서도 중간 정도의 연령대에 있는 제미. 그녀는 로즈마리가 태어날 때부터 유모 옆에 보조로 붙은 하녀였다. 그렇다면 로즈마리의 식사를 책임지고, 그 곁에서 아양과 비위를 맞추기 위해 노력했던 샤프란은 어디 있을까?

"아가씨!"

귀족은 못 될 상이다. 자기 얘기하는 건 어찌 알고…… 샤프란이 문을 열고 들어왔다. 양손에는 티 세트가 들려 있었다. 로즈마리는 한껏 들뜬 표정으로 그녀를 보았다.

"그래, 샤프란. 기다리다가 목 빠지는 줄 알았어."

로즈마리는 어서 이리 오라며 손짓했다. 샤프란이 살랑살랑 가벼운 걸음으로 단숨에 로즈마리에게 다가갔다. 샤프란은 로즈마리 앞에 티 세트를 조심스럽게 내려놨다. 언제나 마시는 향만 달콤한 복숭아 블렌딩 티와 평소에는 없던 작은 디저트가 보였다. 오독오독 식감이 좋은 아몬드 쿠키 두 조각. 로즈마리가 그토록 그리워했던 달콤한 디저트, 달콤한 유혹, 행복의 나라로 가는 행운 티켓! 로즈마리는 군침을 삼켰다.

로즈마리는 떨리는 마음을 가다듬으며 복숭아 티를 한 입 머금었다. 그리고 제법 가늘어진 손가락으로 쿠키를 들었다. 황송하기 그지없다. 이날을 얼마나 기다렸던가. 로즈마리는 행복에 겨워 파란 눈동자를 반짝거렸다. 로즈마리는 겸허한 마음으로 쿠키를 영접하듯이 조심스럽게 베어 물었다.

부들부들! 고소하고 달콤해! 버터 최고! 설탕 최고! 밀가루 최고! 아몬드 착한 지방 최고!

로즈마리가 감격에 겨워 몸을 부들부들 떨었다. 제미와 샤프란은 자기도 모르게 뿌듯한 미소를 지었다.

"아가씨가 정말 좋아하죠?"

"당연하지, 아가씨가 디저트를 끊은 지 3개월이나 지났어. 이날만을 고대하신 거야. 얼마나 대견하니."

제미가 로즈마리를 따뜻한 눈으로 쳐다봤다. 샤프란이 웃으며 말했다.

"다시 살이 안 찌면 다행이겠어요."

"응?"

샤프란의 말에 제미가 반문하자 그녀는 소곤소곤 작은 목소리로 중얼거리듯 말했다.

"아가씨가 다시 달콤한 것에 빠져 고삐 풀린 망아지처럼 폭주하면 살이 다시 찔 수 있다는 말이에요."

제미가 눈가를 찌푸렸다. 아가씨가 오냐오냐해주니까

한계 없이 기어오르는 꼴이 제미의 눈에 여간 성가신 게 아니다. 듣기로는 저택과 영지 내에 아가씨에 대한 몹쓸 소문은 다 이 아이 입에서 나왔다는 얘기가 있다. 제미는 사실 샤프란을 처음 봤을 때부터 불편했다. 샤프란은 호감 가는 제법 예쁘장한 아이지만 꼼수를 잘 부리는 영악한 아이였기 때문이다.

제미는 이따금 로즈마리가 왜 이런 상스러운 여자애를 곁에 두고 있는지 궁금했다. 하지만 제미는 로즈마리의 충성스러운 하녀. 그녀의 행동과 뜻에 의심을 가져선 안 된다.

"아가씨에게 너무 건방지구나, 샤프란."

건방짐에도 정도가 있단다, 조용히 타이르듯 경고한다. 샤프란이 삐죽 입술을 내밀며 마지못해 '네' 하고 답한다.

로즈마리는 비워버린 디저트 접시를 보고 빙긋 웃었다. 괜찮아, 할 수 있어! 미련 없이 찻잔을 들었다. 달콤한 향이 입 안에 맴돌았다. 마지막의 씁쓸함이 남은 단맛을 씻겨주었다. 로즈마리는 찬찬히 음미하듯 티를 마셨다. 평화로운 로즈마리만의 티타임이 끝날 무렵, 그녀는 문득 창가로 시선을 돌렸다. 파란 하늘이 청명하기 그지없다.

"신년회인가."

얼마 남지 않은 제국의 신년회. 로즈마리의 파란 눈동자가 문득 시리고 차갑게 내려앉았다. 고요히 가라앉은 호수처럼 서늘한 기색이 돌았다. 그녀가 무의식적으로 테이블 위를 검지로 툭툭 쳤다. 엘리제를 만날 날이 얼마 남지 않았어.

몇 번이고 정주행한 덕분에 로즈마리는 눈 감고도 책 속 상황과 대사를 읊게 되었다. 하지만 사람인지라 실수할 수도 있고 빈틈이 있을 수도 있다. 완벽하게 방어할 대책 같은 건 없다. 아무리 수많은 변수를 생각해도 뜻밖이라는 것은 존재하기 마련. 그렇다면 로즈마리는 상황에 맞춰 융통성 있게 행동하자고 생각했다. 완벽하게 막을 수 없다면 최소한으로 줄이는 데 의의를 두자.

엘리제의 인생서는 운명서이자 일종의 예언서다. 그녀의 일생에 낀 모든 존재의 미래가 적혀 있는. 베히모스가의 미래는 그녀에 의해 좌우되지만 로즈마리는 그렇게 두지 않을 것이다. 운명은 순응하라고 있는 게 아니야, 깨라고 있는 거야! 정해진 길은 없다.

* * *

로즈마리는 언제나처럼 서고를 열람하고 나왔다. 바깥에는 충직한 기사 로우 경이 지루하지도 않은지 반듯이 서서 대기 중이다.

로즈마리는 문을 열자마자 보이는 저택의 커다란 창

을 응시했다. 붉은 노을이 지고 있었다. 하늘은 짙은 주황빛으로 물들고, 해가 지는 반대쪽에서 까만 어둠이 몰려오고 있다. 로즈마리는 황혼의 노을을 보는 듯 빤히 감상하다 복도를 걸었다. 그녀 뒤로 로우 경이 따랐다. 로즈마리는 로우 경의 시선을 느꼈다. 그녀는 자기보다 한참 큰 그를 힐끗 올려다봤다.

"왜?"

로즈마리가 툭 하니 내던지자 로우 경이 기다렸다는 듯 입을 턴다.

"아니, 아가씨, 지금 너무 좋아서요. 지금 정말 보기 좋아요. 아세요? 엄청 건강해 보이고 엄청 평범해 보인다고요."

로우 경은 더 신이 나서 떠들었다.

"진짜 살 잘 빼셨어요. 아주 보기 좋아요. 한창 클 시기니까 계속 빼면 남작님에 비할 바는 아니어도 예뻐질 거예요."

"로우 경."

계속되는 로우 경의 수다에 로즈마리는 말없이 듣다 뜬금없이 그를 불렀다. 로우 경이 신이 나서 떠들다 자신을 부르는 소리에 '네?' 하고 대답했다. 엄밀히 따지자면 로우 경 혼자 떠든 것이지만 걸음을 멈추지 않은 로즈마리는 멈춰서 그를 올려다봤다.

"난 자네가 좋으라고 살 뺀 적 없어. 남의 시선이 신경 쓰여서 빼야겠다 생각한 적도 없고, 예뻐지려고 뺀 것도 아니고, 언니처럼 되고 싶어서 빼야겠다고 생각한 적도 없어."

"……."

"난 순전히 건강을 위해 살을 빼겠다고 결심한 거야. 나를 위해서지 남들 좋으라고 뺀 게 아니란 말이야."

조곤조곤한 목소리가 들렸다. 로즈마리의 표정에는 불쾌감이나 화난 기색은 없지만, 목소리에는 단호함이 느껴졌다. 로우 경이 찔끔 찔린 표정으로 말했다.

"아, 가씨…… 혹시 화나셨어요?"

"화났어."

"제가 실례되는 말을 해서요?"

"그래, 경은 무례해. 경이 도대체 뭔데 내 외모며 몸매며 평가하는 거야? 경이 나한테 뭔데 내가 살 뺀 게 기뻐? 나랑 결혼할 거야?"

"아아아뇨!!"

로즈마리가 고개를 갸웃 기울이며 묻자 로우 경이 양손을 파닥거리며 소리쳤다. 로즈마리 역시 고개를 끄덕였다.

"나도 경이랑 결혼하기 싫어. 남의 시선을 더 신경 쓰는 경과 결혼해봐야 나만 힘들 텐데, 왜 해? 분명 타인과 비교할 텐데. 경은 눈도 높잖아. 나 같은 건 안중에 없는 거 알아."

로즈마리는 그렇게 말하고 멈춘 걸음을 옮겼다. 로우 경이 멍청한 표정으로 멍하니 그녀를 보다가 뒤늦게 따라갔다. 로우 경이 '무례했다면 죄송합니다' 사죄했지만 로즈마리는 더 이상 그를 쳐다보지 않고 말했다.

"나는 로우 경이 편한 사람이라고 깨닫는 중이었는데, 오늘부터 불편해질 것 같아. 싫어졌다는 말이야."

"아가씨."

"언니에게는 내가 말해놓을게, 다른 기사로 교체해달라고."

"저는 그냥 아가씨 지금 모습이 보기 좋아서."

"알아. 내 과거 모습을 나도 잘 아니까. 아는데, 그래도 무례해. 자신의 레이디를 점수 매기려는 경의 태도가 불순하고, 언니와 나를 비교하는 어투가 화가 나. 딱히 경에게 특별한 감정은 없으니 혹시라도 오해하지 말았으면 좋겠어."

로즈마리는 명확히 선을 그었다. 그리고 멈추지 않고 걸었다. 로우 경이 저자세로 그녀를 힐끗 보았다. 얼굴에는 노기 하나 없이 평온하지만, 그녀의 태도는 너무나도 차가울 정도로 날이 섰다. 로우 경은 시무룩한 표정으로 내키지 않은 듯 '네, 알겠습니다' 답하고 입을 다물었다.

로즈마리는 로우 경을 투명인간 취급하며 방으로 쏙 들어가버렸다. 로우 경만 문 앞에 덩그러니 남았다. 그는 잠시 서성거리다 마지못해 발걸음을 옮겨 로즈마리의 방을 떠났다. 터벅터벅 걸어가는 뒷모습이 안타까울 정도로 안쓰러웠다.

* * *

"아가씨, 무슨 일 있으세요?"

제미가 넌지시 묻자 로즈마리는 눈을 동그랗게 떴다.

"어떻게 알았어? 티 나?"

제미가 피식 웃으며 침구를 정리하다 말고 그녀에게 다가갔다. 그녀의 미간을 톡 건드리며 말했다.

"그럼요. 이렇게 티가 나는걸요?"

"정말?"

제대로 포커페이스였는데? 로즈마리가 중얼거렸다. 제미가 톡 건드린 미간을 매만졌다. 하긴 로우 경도 그녀를 보고 화났느냐고 물었었다. 로즈마리는 한숨을 폭 내쉬었다. 그녀는 노곤한 듯 소파에 폭 잠기듯 앉았다. 풀썩 일반적인 소리가 났다.

"무슨 일이세요?"

제미가 로즈마리 옆에 무릎을 꿇고 상냥한 어조로 묻는다. 로즈마리가 소파 팔걸이에 팔을 얹고 얼굴을 묻으며 눈앞에 시선을 마주한 제미를 빤히 쳐다봤다.

"제미도 예쁘게 생겼네?"

뜬금없는 말에 제미가 눈을 동그랗게 뜨고 깜박거렸다. 로즈마리는 우울해졌다. 그녀는 팔에 턱을 괴고 중얼거렸다.

"생각해보니 내 주변에 예쁜 애들이 왜 이렇게 많아? 샤프란도 예쁘고, 제미도 예쁘고, 너도 예뻐……."

"아가씨도 예뻐요."

"빈말 감사하네요."

로즈마리가 제미에게서 시선을 떼고 눈을 내리깔았다. 전생에도 외모는 차별의 아이콘이었다. 외모와 몸매는 여자에게 떼려야 뗄 수 없는 숙명과도 같았다. 로즈마리는 전생에서도 평생을 고통 받고 살았다. 여자이기에 날씬해야 했고 예쁘게 꾸며야 했다. 만약 환생한다면 남자로 태어나고 싶다고 바랄 정도로 힘들었다. 신도 무심하시지…… 로즈마리는 다시 여자애로 태어났다. 여성으로 태어나 또다시 겉모습이라는 지긋지긋한 굴레에 갇혔다.

다이어트는 로즈마리의 자기만족에서 발현한 것이다. 로즈마리 스스로 결정한 것! 그러나 살을 빼면 뺄수록 사람들은 자기 멋대로 기대하고 부추긴다. 조금 더 빼보세요, 더 빼면 예쁠 거야, 볼살이 홀쭉해지면 얼굴형도 작아 보일걸? 꼬리에 꼬리를 무는 겉모습의 굴레에 로즈마리는 숨이 막힐 것 같다. 게다가 주변에 예쁜 애들은 왜 이다지도 많은지, 괜히 자격지심 생기게 말이야.

투덜거리는 로즈마리의 이마에 제미가 톡 이마를 부딪쳐왔다. 두 사람의 시선이 마주쳤다. 로즈마리의 파란 눈동자에 음영 진 제미의 모습이 보였다. 제미는 눈을 슬쩍 감으며 말했다.

"아가씨는 눈이 참 예뻐요. 보석처럼 투명한 파란색이죠."

로즈마리가 치이, 하고 소리를 내뱉었다. 제미가 멈추지 않고 입을 열었다.

"그리고 이 말랑말랑하고 예쁜 볼살!"

"얼굴 살은 제일 늦게 빠져서 그래."

"귀엽다는 뜻이에요! 하얀 백옥 같은 피부도 아가씨의 장점이죠."

"언니가 더 하얗다 뭐……."

"아가씨랑 다르죠. 아가씨는 투명하게 하얗잖아요."

어린 피부라는 걸 돌려 말하는 것 같다. 로즈마리는 모른 척 흥흥거렸다. 잠시 시무룩한 얼굴에 조금 생기가 돌았다.

제미는 방긋 웃으며 늘어진 로즈마리의 몸을 번쩍 들었다. 제미는 힘이 장사만큼 세다. 저택에서 제미를 이길 인물은 성별 불구하고 아무도 없었다. 저택의 기사들마저도 혀를 내두를 정도로 강한 근력을 자랑했다.

가녀린 여인의 체구인데도 제미는 초인적인 힘을 발휘

해 로즈마리의 작은 몸을 들어 올려 안았다. 그녀의 가녀린 팔에 용케도 엉덩이를 걸친 로즈마리가 우왁, 하고 즐거운 비명을 지르며 제미의 목에 팔을 둘렀다.

"아가씨는 굉장히 귀여운 체구를 가졌죠."

"작다고 돌려 까는 거 아니지?"

로즈마리가 피이, 하고 입을 삐쭉 내밀며 중얼거렸다. 로즈마리는 열다섯 살 소녀이지만 드문드문 영양분 공급을 받지 못한 시기가 있어서 또래보다 성장이 현저히 느렸다. 덕분에 현재 로즈마리의 키는 140을 겨우 넘은 상황이다. 그녀에게 저택의 사람들은 모두 거인이었다. 질식당할 정도로 뚱뚱했을 때와 달리 적당한 체형의 로즈마리는 앙증맞을 정도로 귀여웠다.

"보세요, 방금 말한 것만으로도 아가씨의 예쁜 점은 다섯 개는 넘어요. 우리 아가씨는 장점이 많은 우리 저택 내의 예쁜이랍니다."

"제미 눈에나 그렇게 보이겠지!"

로즈마리가 눈을 흘기며 투덜거렸다. 제미는 로즈마리가 두 번째로 좋아하는 사람이다. 첫 번째는 당연히 샤롯이고. 제미는 로즈마리가 태어날 때부터 줄곧 곁에 있어준 사람. 로즈마리가 언니 다음으로 무조건 신뢰하는 여인이다. 제미 역시 로즈마리를 누구보다도 좋아하고 사랑한다는 걸 겉으로 표출하기에 너무도 잘 안다.

"그래도 뭐, 나쁘진 않네."

제미의 칭찬은 다르다. 빈말이라도 다를 거야. 하지만 제미는 늘 빈말을 내뱉지 않는다. 늘 다정하고 따듯하기에 로즈마리는 제미가 너무나도 좋았다.

로즈마리는 제미의 어깨에 뺨을 비비며 품에 파고들었다. 제미는 로즈마리의 작아진 등을 토닥였다. 여전히 작은 우리 아가씨, 어여쁜 아가씨라며 노랫소리처럼 들려준다. 로즈마리는 이 품이 좋고, 이 순간이 좋다. 이 평화로움이 너무나도 좋아서 지키고 싶다는 생각이 더 강해졌다.

로즈마리가 기운을 차리고 저녁을 먹고 잠자리에 들 때까지 제미는 곁에 있어주었다. 제미는 로즈마리의 잠자리를 정리하고 이마에 키스해주었다. 밤은 깊었고 어둠은 짙다. 로즈마리는 금세 꿈나라로 향했다.

* * *

그녀가 잠든 것을 확인한 제미는 조용히 문을 닫고 나왔다. 방을 나서자 까만 어둠이 짙게 깔렸다. 제미가 엄지와 검지를 부딪치자 복도의 마법 등이 촤르륵 순차별로 켜졌다. 제미는 복도를 걸어 다음 목적지로 향했다.

똑똑, 간결한 노크 소리에 막 업무를 마무리한 샤롯이 손으로 눈가를 매만지며 입을 열었다.

"들어와."

어둠이 내려 침묵이 흐르는 밤, 그녀의 집무실에 찾아온 이는 제미였다. 제미는 로즈마리와 있을 때와 달리 날이 선 명검과도 같은 서늘한 분위기를 뿜었다. 샤롯은 익숙한 듯 곁눈질로 보더니 입을 열었다.

"로즈마리는?"

"잠들었습니다."

제미는 마치 기사와도 같은 어조로 딱딱하게 말했다. 군주에게 대답하는 것처럼 느껴졌다. 샤롯이 양손 깍지를 끼며 그녀를 올려다보았다. 사실 제미는 기사였다. 로즈마리가 태어나기 전, 그녀는 저택의 부단장을 맡을 정도로 월등한 실력을 가진 인물이었다.

그런 그녀가 어쩌다 하녀로 전락했나 싶다. 전 남작과 모종의 거래가 이루어진 걸까? 샤롯은 속으로 중얼거렸다. 어찌 되었든 샤롯으로서는 제미가 로즈마리의 전속 하녀로 있어주는 것이 든든할 따름이다.

"제미, 벌레는?"

"아직 기어 다니고 있습니다."

"그래? 저택에 이따금 외부에서 기어오는 벌레들이 있어서 참 귀찮아."

"조만간 처리하겠습니다."

"반드시 숙주를 알아내도록."

"존명."

제미는 반듯하게 기사가 할 법한 경례와 대답을 간결하게 내뱉었다. 제미는 지난 15년간 하녀로 지냈지만 수련을 게을리하지 않은 노력가이자 베히모스가의 충직한 수하다. 그녀에게 군주이자 주인인 현 남작 샤롯은 절대적인 존재다.

"하필 로즈마리 옆에 달라붙어서……."

샤롯이 눈가를 찡그렸다. 제미도 그녀의 말에 절대적으로 동감한다. 그러나 당분간은 지켜볼 뿐이다. 벌레를 보낸 숙주가 누구인지 알 때까지.

"하아, 그나저나 쥐새끼처럼 숨어 있지 말고 나와, 엘릭서 로우."

샤롯이 골치 아프다는 듯 한숨처럼 말했다. 집무실 구석진 곳에서 슬그머니 음영이 꿈틀거렸다. 어둠이 꿈틀거렸지만 샤롯과 제미는 눈 하나 깜짝하지 않았다. 곧 빛이 밝히는 영역까지 어둠이 꾸물꾸물거리며 실체를 밝혔다. 그녀 말대로 실체는 엘릭서 로우. 로즈마리의 전 경호 담당 기사이자, 저택의 잘생김을 담당하는 로우 경이었다.

"주군, 외람되오나……."

"로즈마리에게 들었어. 갑자기 경호를 바꿔 달라더군."

로우 경이 시무룩한 어조로 입을 열었으나 샤롯이 잘라 말했다. 로우 경은 몹시도 처량하게 어깨를 움츠렸다.

"로즈마리가 원한다면 바꿀 의향이야."

"하오나!"

"기각! 엘릭서 로우 경. 어찌된 영문인지는 묻지 않겠어. 다만 그대는 명을 제대로 이행하지 못했다는 것만 알아두면 좋겠다. 그만 돌아가도록 해."

"주군!"

한 번만 기회를, 하고 입을 내뱉기도 전에 제미가 전광석화와 같은 속도로 그에게 달려들었다. 순식간에 제미에게 턱을 잡혀 벽에 내몰렸다. 등이 벽에 무서운 소리를 내며 부딪쳤지만 아픔보다는 두려움이 일었다. 제미에게서 베일 것 같은 살기가 온전히 쏟아졌다.

"아가씨에게 실례되는 행동을 했다는 것도 기억해줬으면 좋겠다, 엘릭서 로우."

"누님."

"엘릭서 로우, 공적인 자리다. 공과 사는 구별하도록 해. 나는 아직 직책에서 내려오지 않았어."

단지 겉으로는 장기 휴가로 부단장 자리를 비운 것뿐. 즉, 그녀는 겉으로는 일반적인 하녀이지만 실질적으로는 베히모스가의 '검은 달 기사단'의 부단장이다. 엘릭서 로우는 단원일 뿐이다.

제미니 로우, 그녀는 엘릭서 로우의 하나뿐인 누님이자 상사인 것이다. 서로 혈육 사이라 해도 지금 이 자리는 엄연히 모시는 주인 앞.

로우 경이 눈을 질끈 감고 힘겹게 '알겠습니다, 부단장님!' 하고 내뱉자 제미가 그를 놔줬다. 로우 경이 잡힌 턱 언저리를 매만졌다.

"그만 돌아가도록 해."

샤롯이 한숨처럼 내뱉었다. 남매 싸움이 간소하게 끝났지만 분위기는 암울하고 차갑다. 샤롯은 피곤이 몰려와 쉬고 싶어졌다. 로우 경의 후임도 정해야 했다. 그녀가 손사래를 치며 축객령을 내렸다. 둘은 샤롯의 집무실을 나왔다. 로우 경은 나오자마자 할 말이 많았지만 차마 입을 떼지 못하고 먼저 걸어가는 누님 제미의 뒤를 따랐다.

"넌 죽었어."

제미가 살벌하게 작게 중얼거리자 엘릭서 로우의 처연한 어깨가 흠칫 떨렸다. 누님이 그리 말했다면 엘릭서 로우는 진짜 죽었다. 내일이 오기까지 오늘 밤이 너무 길 것 같다.

* * *

다음 날, 날이 밝았다. 로즈마리는 고즈넉한 방에서 새벽의 여운을 느꼈다. 특유의 서늘한 공기가 로즈마리의 몽롱한 정신을 서서히 일깨웠다. 아직 제미가 오지 않은 것으로 보아 평소보다 일찍 일어난 게 분명하다. 로즈마리는 끄응, 하고 신음을 내뱉으며 이불 속을 파고들었다.

어쩐지 등 뒤가 따뜻하다. 로즈마리가 몸을 돌리니 익숙한 냄새가 났다. 눈 감고도 알 수 있다. 익숙한 샤롯의 몸내다. 로즈마리는 잔뜩 응석이 묻어나는 잠긴 목소리로 '언니' 하고 불렀다. 샤롯이 로즈마리의 작은 몸을 껴안자 안을 파고들어 비볐다.

샤롯은 종종 로즈마리의 방에서 함께 자곤 했다. 처음에는 깜짝 놀랐지만 하도 자주 있다 보니 익숙해졌다. 안 그래도 어제 껄끄러운 일이 있어서 침울하던 차였는데 잘됐지. 언니한테 잔뜩 어리광이나 부리자.

"언니."

"응, 로즈마리."

어쩜, 자다 일어난 목소리가 아닌 것 같다. 청량한 목소리에 로즈마리가 배시시 웃었다. 샤롯이 로즈마리의 얼굴을 쓰다듬으며 말했다.

"우리 예쁜 로즈마리."

"언니 눈에나 그렇게 보인다, 뭐."

로즈마리는 기분이 썩 나쁘지 않은지 웃음기 가득한 목소리로 면박을 준다. 샤롯이 살포시 웃는다. 샤롯은 로즈마리 앞에서만 웃어준다. 상냥한 샤롯, 아름다운 샤롯……

"나, 정말 예뻐?"

"그럼."

"살 더 안 빼도 예뻐? 아니, 살빼기 전에도 예뻤어?"

"로즈마리, 언니는 네가 어떤 모습이든 예뻐. 너는 내게 늘 예쁘고 사랑스러운 천사 같은 아이야."

"나도 그래. 세상에서 우리 언니가 제일 예뻐. 하늘에서 내려온 여신만큼 예뻐."

내 눈에만 그렇게 보이는 게 아냐, 다른 사람 눈에도 언니는 제일 예뻐. 로즈마리가 중얼거리듯 말했다. 로즈마리는 샤롯의 상냥한 손길에 방긋방긋 웃었다.

"언니, 언니는 나 믿지?"

"세상 누구보다도."

"무슨 일이 있어도?"

"네가 날 배신해도 나는 널 믿을 거야, 로즈마리."

로즈마리는 벌떡 상체를 일으키며 말했다.

"그런 거 안 해! 절대 안 해! 언니가 나를 믿듯이 나도 언니를 믿어!"

로즈마리의 화난 표정에 샤롯의 파란 눈이 동그래졌다.

"내가 잘못된 행동을 하면 혼내야지. 언니잖아! 내 언니!"

"알았어."

"눈물 쏙 빠지게!"

"노력해볼게, 로즈마리."

"어휴, 이 착한 언니를 어쩜 좋아! 걱정돼서 결혼도 못 하겠네!"

어느새 서로를 마주 보고 앉은 자매는 바보 같은 대화를 나누고 있다. 서로 무릎을 꿇고 중대한 회의를 하듯 진지했지만, 다음에 이어진 로즈마리의 결혼 발언에 샤롯이 놀라 버럭 소리쳤다.

"결혼? 로즈마리, 넌 아직 어려!"

"아니, 뭐 이른 나일 수도 있지만 이 나이에 결혼할 수도 있지."

"혹시 마음에 둔 상대라도 있니?"

"그건 아니지만……."

"언니가 이런 추측하기 싫지만, 혹시 어제 경호를 바꿔 달라던 엘릭서 로우……."

"절대 아냐. 절대 절대 아냐."

"절대가 세 번이나 나왔어 로즈마리! 강한 부정은 강한 긍정……."

"언니, 엘릭서 로우 경은 절대 안 돼!"

그는 어제 나한테 실례되는 행동을 했다고! 로즈마리가 소리치듯 말했다. 로즈마리의 발언에 샤롯은 안도하는가 싶다가 다시 얼굴을 일그러트리며 말했다.

"엘릭서 로우 경이 너에게 실례되는 행동을 했다니, 로즈마리! 무슨 일이 있었니?"

일부러 묻지 않으려 했지만 이렇게까지 펄쩍 뛰며 말하는 로즈마리 때문에 샤롯은 속에서 천불이 날 것 같았다.

"언니, 이건 나랑 엘릭서 로우 경과의 일이야! 내가 해결할 거야!"

"로즈마리, 그의 편을 들 필요 없다. 그가 충성을 맹세한 주인의 혈육에게 실례를 범했다면 주인도 욕본 거나 다름없어!"

샤롯은 엘릭서 로우가 자신에게 하극상을 벌인 거라며 불같이 화를 냈다. 로즈마리는 일이 점점 커지는 것 같았다.

'아, 이러면 안 되는데.'

로즈마리는 로우 경을 걱정해서 그녀를 말리는 게 아니다. 그저 샤롯이 쓸데없는 불화에 끼어들지 않기를 바랐다. 그러나 샤롯의 말대로 엘릭서 로우는 로즈마리에게 실례를 범했고, 나아가 그녀 뒤에 있는 샤롯에게 한 거나 다름없다.

샤롯은 몸을 일으켜 당장이라도 엘릭서 로우를 불러들일 태세였다. 로즈마리가 황급히 샤롯의 가녀린 허리를 붙잡으며 애걸복걸했다.

"어차피! 제미가 밤새 혼냈을 거야! 제미는 우리 가문의 기사단 부단장이니까, 단장님 다음으로 제일 세잖아! 제미가 아주 혼쭐 내주었을 테니 걱정하지 마, 언니!"

로즈마리의 입에서 뜻하지 않은 정보가 나왔다. 제미

의 정체에 대해서였다. 샤롯이 한풀 꺾인 목소리로 그녀를 내려다보았다. 그녀의 허리를 마구 껴안은 로즈마리가 어색하게 웃었다. 그녀의 어색한 미소는 들켰다는 뜻의 미소일 것이다.

"로즈마리, 너 알고 있었니."

"알고 있지."

"언제부터?"

"석 달 전부터?"

로즈마리가 《엘리제 이야기》를 읽기 시작 무렵이었다. 《엘리제 이야기》는 베히모스가의 가주인 샤롯과 여동생 로즈마리에 대해 몇 줄 안 되는 간결한 내용으로 정리해놓았다. 하지만 그녀들의 식솔들, 가문의 충직한 수하들은 제법 등장했다. 그중에서도 출연 비율이 높았던 것은 다름 아닌 로우가의 남매였다. 남매에 대한 정보는 꽤나 상세히 적혀 있는데, 엘릭서 로우는 엘리제의 수많은 남자 중 하나였다.

그래서 로즈마리는 엘릭서 로우와 절대 이어질 수 없다고 생각했다. 역시 엘릭서 로우는 얼굴을 따지는 녀석이다. 그렇다고 그가 나쁘다는 말은 아니다. 그건 본능적인 행동이다. 책에 나왔다시피 엘리제는 신마저 반할 정도로 아름다우니 현혹될 수밖에 없을 것이다.

반면 충직한 수하이자 로즈마리를 유일하게 챙겨줬던

제미니 로우는 그녀가 병들어 생을 마감한 순간 '자결했다'고 적혀 있었다. 책 속의 그녀는 제국 내에서도 손에 꼽을 정도로 대단한 기사였다. 그런 그녀도 주인과 모시던 아가씨가 세상을 뜨니 살 의욕을 잃고 세상과 작별하였다.

로즈마리는 처음부터 제미가 좋았지만, 책을 읽고 더 좋아졌다. 충직한 가문의 기사. 변함없는 마음으로 베히모스를 위해 희생한 제미. 그녀가 믿음직스러웠다. 로즈마리는 그때부터 제미의 정체를 알게 된 것이다.

"언니, 기왕 이렇게 된 거 다른 비밀도 알려줄게."

로즈마리의 파란 눈동자가 선명하게 긴장한 기색을 내비쳤다. 샤롯은 로즈마리를 빤히 내려다보더니 고개를 저었다. 아마도 로즈마리가 말하려는 다른 비밀은 그녀가 무한의 서고를 열람할 수 있음을 뜻하는 것이리라. 샤롯이 고개를 젓자 로즈마리가 고개를 갸웃 기울였다.

"언니?"

"알고 있단다, 로즈마리."

말하지 않아도……. 로즈마리의 작은 어깨가 흠칫 떨렸다. 어떻게? 반사적으로 반문하자 샤롯이 그녀의 머리를 쓰다듬으며 말했다.

"어릴 적에 네가 저택에서 사라진 적이 있어. 기억 나니?"

"그랬다고 제미가 얘기해주긴 했는데……."

샤롯은 그날 로즈마리가 무한의 서고에 들어갔다는 이야기를 전 남작인 아버지로부터 들었다고 말했다. 로즈마리는 금세 수긍했다. 아버지라면 그녀의 비밀을 알고 있는 게 당연했다. 그랬기에 어린 로즈마리가 안전하게 서고를 빠져나올 수 있었겠지.

"로즈마리, 너도 알고 있지만 나에게 말하지 않았듯이 나도 그래."

괜히 고민했네, 로즈마리는 조그맣게 중얼거리듯 투덜댔다. 샤롯이 빙긋 웃었다. 샤롯은 로즈마리의 머리를 한 번 더 쓰다듬고 몸을 일으켰다. 로즈마리가 그녀의 허리를 잡은 팔을 풀었다. 샤롯은 커튼이 쳐진 창가로 걸어갔다. 그녀가 거침없이 창가의 커튼을 열어젖히자 햇살이 쏟아졌다.

"로즈마리, 나에게 진실만 말할 필요는 없단다. 나는 누구보다도 너를 믿으니까."

샤롯이 햇빛을 등지고 섰다. 음영이 져 샤롯의 표정이 제대로 보이지 않았다. 로즈마리가 눈가를 찡그렸다.

"네가 무슨 일을 하든 나는 널 믿어. 그러니 약속 하나만 해주렴."

"무슨 약속?"

"무슨 일이 있더라도 너의 안전을 최우선으로 할 것. 뭘 해도 상관없어. 아프지만 않다면, 다치지만 않는다면, 위험하지만 않는다면 언제나 널 믿고 옹호할 거란다."

샤롯의 말에 로즈마리가 묘한 표정을 지었다. 뜻 모를 표정을 짓던 로즈마리가 말갛게 웃었다.

"최선을 다해볼게."

최선을 다해서, 최선의 방법으로, 최선의 미래를 만들어볼게, 언니.

로즈마리는 뒷말을 삼켰다. 밝은 오늘은 제국의 신년회에 참석하기 위해 수도로 떠나는 날이다. 로즈마리의 파란 눈동자가 반질반질 반짝거렸다.

'자, 책 속으로 등장할 시간이 얼마 남지 않았어.'

로즈마리는 침대에서 나와 샤롯에게 다가갔다. 샤롯은 로즈마리의 흐트러진 머리를 정리해줬다. 로즈마리는 샤롯의 손길을 느끼며 눈을 감았다 떴다.

"언니, 생각해보니까 경호는 바꾸지 않는 게 좋겠어. 그냥 로우 경으로 계속 둘게."

"괜찮겠니?"

"응, 생각할수록 괘씸하네. 옆에 두고두고 괴롭혀야지."

"좋은 생각이구나, 로즈마리!"

로즈마리가 상큼한 미소를 지었다. 언니라면 그렇게 말할 줄 알았어. 여자가 한을 품으면 오뉴월에도 서리가 내린다고 했다. 제미에게만 맡기기엔 괘씸하다. 두고두고 괴롭힐 테야. 로즈마리가 '우리 마차 옆에 붙여놔도 되지, 언니?'라고 묻자 샤롯은 냉정한 얼굴로 말도 못 타게 하자고 거들었다.

* * *

저택은 평소와 달리 부산했다. 베히모스가의 주인 샤롯과 로즈마리의 수도 상경을 위한 준비였다. 수도까지는 족히 열흘 거리라 부지런히 움직여야 신년회에 참여할 수 있다. 로즈마리는 야무지게 챙기는 제미에게 투덜거렸다.

"귀찮아 죽겠네. 변방 귀족인 우리가 왜 수도까지 상경해야 해?"

"베히모스가는 여러모로 특별하니까요. 신년회와 송년회에는 늘 참석해야 한답니다."

"여러모로 말이지."

베히모스가의 특별함은 제노시아의 황제는 물론 제국의 고위 귀족들도 알고 있었다. 로즈마리도 그 사실을 알고 있다. 가까이 하기엔 부담이 크고 멀리 하기엔 불안한 존재가 바로 베히모스 가문이다. 로즈마리는 끄응, 신음을 내뱉었다.

"하지만 굳이 아가씨까지 동행할 필요는 없는데."

계속 불편한 기색을 내비치자 슬그머니 제미가 중얼거

렸다. 로즈마리가 눈동자를 데굴데굴 굴렸다. 그럴 수 있다면야…… 하지만 황가에서 내려온 친서에는 일가 모두가 반드시 참석하라는 황명이 적혀 있었다. 책의 한 장면을 만들기 위해, 스토리의 흐름을 위해 샤롯은 물론 로즈마리도 필요한 것이다.

"황명이잖아."

"어휴, 그러게요."

로즈마리가 삐쭉 입을 내밀었다. 제미는 로즈마리의 보드라운 뺨을 매만지며 한숨처럼 내뱉었다.

로즈마리는 채비를 마치자마자 곧장 마차로 향했다. 마차에는 이미 샤롯이 착석해 있었다. 로즈마리는 방긋 웃으며 냉큼 언니 옆에 앉았다. 제미는 그녀들 맞은편에 앉았다. 뜻밖에 샤프란도 동행했는데, 남작 앞이어서인지 긴장한 기색이 역력했다. 제미 옆에 앉아 잔뜩 쪼그린 상태로 눈을 내리깔고 있는 샤프란을 아랑곳하지 않고 마차는 움직이기 시작했다.

마차가 움직이는 소리에 맞춰 덜컹거렸지만 폭신한 방석 덕분에 썩 불편하진 않았다. 말굽이 땅에 부딪히는 소리, 바퀴가 굴러가는 소리. 덜컹거리며 흔들리는 마차 풍경이 사뭇 새로웠다.

그 순간이었다. 로즈마리는 창가에 보이는 인영에 속으로 실소를 내뱉었다. 팔 한쪽이 제대로 아작 났는지 깁스를 하고 있었다. 반대쪽 발목도 부러진 모양이다. 유일한 자랑인 얼굴마저 붓고 멍투성이였다. 만신창이가 분명한 그는 바로 로즈마리의 호위 기사 엘릭서 로우였다.

그는 잔뜩 의기소침한 데다 한쪽 팔과 다리마저 불편해 말 위에서 몹시 불안정하게 중심을 잡고 있었다. 그래도 가문에서 손에 꼽을 정도로 대단한 기사인지라 볼썽사납게 바닥에 떨어지진 않았다.

로즈마리는 한껏 기분이 좋아졌다. 제미가 제대로 손을 봐준 모양이다. 엘릭서 로우는 로즈마리의 시선을 느끼는지 모르는지 정면만 바라보고 있었다.

"아가씨, 눈 버립니다. 이쪽으로 오세요."

제미가 상냥하지만 단호한 어조로 말을 걸었다. 로즈마리가 힐끗 그녀들을 보자 샤롯과 제미의 눈빛이 살벌하기 그지없다. 눈빛으로도 사람을 죽일 것 같다. 그녀들의 시선은 오로지 엘릭서 로우를 찢어 죽일 듯 고정하고 있었다. 로즈마리는 다시 엘릭서 로우에게 시선을 돌렸다가 그가 흠칫 떨고 있음을 포착했다.

그는 로즈마리의 시선보다 뒤에 있는 여인들의 시선이 두려운 모양이다. 로즈마리는 까르르 웃음을 터트리며 냉큼 샤롯에게 착 달라붙었다. 귓가에 서러운 한숨 소리가 들려오는 것 같았다.

마차는 쉬지 않고 덜컹덜컹 흔들려 로즈마리는 마치 요

람에 잠긴 아기가 된 기분이었다. 규칙적인 덜컹거림이 썩 나쁘지 않다는 뜻이다. 그렇지 않아도 로즈마리는 평소보다 일찍 일어나 금세 고단해졌다. 로즈마리의 몸이 점점 축 처지더니 쓱 미끄러졌다. 샤롯은 자신에게 기대오는 로즈마리의 작은 몸을 안쪽으로 끌어들여 안았다.

"남작님, 제가 안고 있을까요?"

"아니."

반쯤 안은 로즈마리를 제미가 인계받으려 했으나 샤롯은 단칼에 거절했다. 뻗은 양손이 민망해서인지 제미는 한 박자 늦게 대답을 내뱉었다. 그녀는 힐끗 옆에서 침묵을 지키고 고개를 싹 숙인 샤프란을 내려다봤다. 간간이 떨리는 어깨가 그녀가 졸고 있지 않다는 걸 알려줬다. 제미의 주황색 눈동자가 서늘한 빛을 내며 내리깐다. 스산한 기운을 느꼈는지 샤프란의 가녀린 어깨가 크게 흠칫 떨었다.

"제미."

로즈마리가 잠결에 웅얼거리자 샤롯이 제미를 제지했다. 아직 때가 아니니 적당히 하라는 뜻이었다. 제미가 샤프란에게서 시선을 옮겨 주군 앞에 고개를 살짝 숙였다. 언뜻 미묘한 분위기가 흐르는 마차 안과 달리 바깥의 엘릭서 로우는 한마디로 딱 죽을 것 같았다.

온몸이 성한 데가 없는데 말은 타야 하지, 무서워 죽겠는데 도망갈 수도 없지. 엘릭서 로우는 답답해 죽을 것 같앉다. 우울했다. 분명 아가씨의 심신을 불편하게 했다는 것은 둔한 제 눈치로도 알 수 있다. 그런데 대체 뭐가 문제였을까? 그녀에게 했던 말은 모두 칭찬이었는데, 응원이었는데. 무엇이 로즈마리의 마음을 상하게 했기에 누님 제미니는 물론 주인 샤롯마저 죽일 듯 노려본단 말인가.

엘릭서 로우는 한숨을 폭 내쉬었다. 힐끗 마차 쪽 창가를 보니 로즈마리가 샤롯에게 폭 안겨 자고 있다.

로즈마리 베히모스. 청초하고 아름다운 달꽃처럼 은은히 빛을 발하는 여신 같은 샤롯과 달리 제법 예쁘장한 꼬마 아가씨 로즈마리. 예쁘장한 외모이지만 언니에 비하면 평범하게 느껴질 정도다.

엘릭서 로우는 누님에게 맞기 전에도 자신을 외면한 로즈마리의 뒷모습을 보고 잘못했다는 걸 느꼈다. 그것도 뼈저리게. 몇 개월밖에 함께하지 못했지만 로즈마리의 칼 같은 성격은 샤롯은 물론 전 남작인 르기스 남작과 똑 닮아서 느낄 수밖에 없었다.

엘릭서 로우는 깊은 한숨을 내쉬었다. 그에게서 날카로운 시선이 느껴진다. 안 봐도 뻔하다. 누님 제미니 로우의 날 선 시선과 주인 샤롯 베히모스의 칼 같은 시선이다.

엘릭서 로우는 오늘부터 쭉- 우울할 예정이다. 로즈마리가 사죄를 받아줄 때까지.

04 · 저주받은 검은 토끼

로즈마리 베히모스는 지금 이 상황을 어떻게 받아들여야 할지 모르겠다. 어떻게! 잠깐 눈 감은 사이에 밤이 오지? 눈 떠보니 까만 밤이었고, 낯선 천장이 보였다. 나무로 된 천장이었다. 그걸 멀뚱히 보다가 옆에 곤히 잠든 샤롯을 힐끗 보았다. 정황상, 로즈마리는 누가 보쌈해 가도 깨지 않을 정도로 깊게 잤고, 그사이 마차는 부지런히 달려 마을에 도달한 것 같다.

"잠이 안 와."

너무 많이 자서인가, 로즈마리는 까만 밤을 친구 삼아 눈을 감으려 했지만 좀처럼 잠이 오지 않았다. 결국 로즈마리는 조심스럽게 언니 품에서 빠져나왔다.

삐걱, 나무 바닥이 소리를 질렀다. 귀족의 저택과 달리 서민의 건물은 대체로 나무로 이루어졌다. 오래되고 낡았다. 아무리 말끔히 정비해도 가공된 나무의 수명은 숨길 수 없다. 베히모스가의 저택에 비하면 몹시도 볼품없고 작고 낡았다. 하지만 저택을 나와 하루를 꼬박 달려 영지에서 제법 먼 곳에 외지인도 오가지 않는 변방에 이 정도 건물이면 나쁘지 않았다.

로즈마리는 혹여나 샤롯이 잠에서 깰까 봐 노심초사하며 뒤를 돌아봤다. 다행히 샤롯이 깊게 잠들었다. 로즈마리는 안도의 한숨을 내쉬며 살금살금 까치발을 들어 방을 나섰다. 잠도 안 오고 바깥바람이라도 쐬고 싶었다. 이상하게도 배는 고프지 않았다.

로즈마리가 방문을 닫는 소리가 나자 잠든 것 같았던 샤롯이 눈을 감은 채 입을 조그맣게 우물거렸다.

"아미."

"하명하십시오, 주군."

까만 어둠 속에 작은 소리가 들렸다. 샤롯은 어둠 속에 기척을 숨기고 있는 아미에게 말했다.

"로즈마리의 경호를."

"존명."

바스러질 듯 작은 대답이 들리고, 고요한 침묵이 흘렀다. 샤롯은 작게 한숨을 내쉬며 마지못해 잠을 청했다.

로즈마리는 문밖을 나와 여관이라 추측되는 건물의 계단으로 걸어갔다. 아래는 식당인지 어수선한 소리가 났다. 사람 소리가 시끌벅적하다. 로즈마리는 차마 아래로 내려갈 자신이 없었다. 이런 변방에서 외지인은 흔치 않기에 아래층 식당을 독차지하고 있는 것은 분명히 베히모스가의 식솔들일 텐데도 썩 내키지 않았다.

그녀는 조용히 시간을 보내고 싶었다. 로즈마리는 아래로 내려가지 않고 위로 올라갔다. 느긋하게 계단을 따라 걸었다. 마침내 꼭대기 4층에 도달하자 세상의 모든 소음이 사라진 듯 적막한 침묵이 쏟아졌다. 로즈마리는 마지막 계단에 털썩 주저앉았다. 그녀는 양 손바닥을 위로 하고 앞으로 살짝 내밀었다.

"도서 열람."

로즈마리가 작은 소리로 소곤거리자 손바닥 위로 별가루가 아스라이 쏟아졌다. 반짝거리는 황금의 빛 가루는 그녀의 손바닥에 모여 책의 형상을 만들었다. 익숙한 표지, 익숙한 두께, 무게감…….

《엘리제 이야기》다.

"책을 바깥으로 꺼낼 수 있어서 다행이야."

이것 또한 내가 특이점을 가진 존재라 그런 걸까. 로즈마리는 속으로 중얼거렸다. 이쯤 되면 치트키 아닐까. 환생인이라는 게 이렇게 메리트가 있다니…… 환생하고 볼 일이다. 그 순간, 그녀의 추측을 와장창 구겨버리는 익숙한 목소리가 귓가에 들렸다.

[책을 바깥으로 꺼내려면 대여권을 발급해야 해. 자! 여

기서 문제! 대여권 발급은 누가 하게?]

"사서겠지."

[딩동댕, 샤롯이 로즈마리 한정 대여권을 발급해줬답니다!]

로즈마리는 괜히 자기가 특별해서라고 생각했는데, 샤롯의 배려였다. 로즈마리는 책 위에 투명하게 비치는 카드가 빙글빙글 도는 걸 발견했다. 한쪽 모서리를 기축으로 팽이처럼 빙글빙글 돌던 카드는 로즈마리가 톡 건드리자 표지에 툭 쓰러졌다.

로즈마리가 대여권을 들어 살펴보니 베히모스가의 문장이 선명히 박혔고 배경은 투명하다. 재질은 알 수 없으나 가볍다. 카드 하단에 '로즈마리 베히모스'라고 선명히 각인되어 있다. 빤히 보던 로즈마리가 '아' 하고 탄성을 내뱉었다.

"어쩌면 엘리제도 대여권을 발급받은 걸까?"

[대여권은 이쪽 세상에 책을 구현하기 위한 매개체이지. 서고로 들어올 수 있는 열쇠는 아니란다. 대여권 발급은 오직 베히모스의 피가 흐르는 혈족에게만 할 수 있어.]

"거참, 이쯤 되면 무한의 서고가 아니라 베히모스의 서고 아냐? 오직 베히모스만 접근 가능한 서고라면 그렇게 이름을 바꿔야지."

머릿속으로 벨의 웃음소리가 들렸다. 귀에 걸면 귀걸

이, 코에 걸면 코걸이라는 말이 떠올랐다. 베히모스가를 통해 무한의 서고는 연결된다. 오로지 '베히모스'가를 기준으로.

로즈마리는 대여권을 뚫어져라 쳐다보다가 한숨을 폭 내쉬었다. 어쩐지 머릿속 한구석에 께름칙함을 지울 수 없다. 벨의 목소리가 들렸다.

[의문은 꼬리에 꼬리를 문단다, 로즈마리. 깊은 의문은 너를 더 커다란 의문의 구덩이로 떨어트릴 거야.]

벨이 경고하듯 속삭였다. 로즈마리의 미간이 찌푸려졌다. 로즈마리는 톡톡 대여권으로 표지를 건드리다가 책을 펼쳤다. 파르르 책이 펼쳐지는 소리가 아무도 없는 복도에 조그맣게 울렸다.

로즈마리는 책의 어느 부분에서 멈췄다. 그리고 거기에 대여권을 꽂았다. 로즈마리가 페이지를 멈춘 부분은 제국의 신년회 부분이었다. 로즈마리는 문장을 다시 읽었다. 몇 번이고 읽었던 문장이었다. 그럼에도 로즈마리는 또 읽는다.

[몇 번이고 확인하는구나.]

"조심해서 나쁠 것 없잖아."

로즈마리는 책에 적힌 스토리가 변할 수 있다는 가능성을 생각했다. 한 인간의 인생을 담은 책이라면 이 스토리대로 진행될 수 있지만 그렇지 않을 수도 있다. 로즈마리는 어디서나 이변은 일어나기 마련이며 자신처럼 특별한 경험을 가진 사람이 있을 거라 생각했다.

전생에서도 책 빙의가 키워드인 몇 권의 책을 읽었는데, 그때마다 주인공이 기억하는 스토리로 진행된 적이 없었다. 로즈마리의 촉이 강렬하게 외쳤다. 절대로 책의 스토리대로 진행되지 않을 것이라고!

밑져야 본전이다. 돌다리도 두드리라고 했다. 그녀는 신년회에 해당하는 페이지를 다시 한번 읽고서야 책을 덮을 수 있었다. 로즈마리는 가볍게 한숨을 내쉬며 입을 열었다.

"도서 반납."

[다음에 또 보자꾸나, 로즈마리.]

벨의 목소리가 잔잔한 울림을 남기며 사라졌다. 로즈마리는 투명한 대여권과 함께 아스라이 사라진 책을 들고 있던 손바닥을 내려다봤다. 뜻대로 되란 법은 없지만 뜻대로 됐으면 하는 바람은 너무 욕심인 걸까.

이 세계의 엑스트라에 불과한 존재에게도 각자의 삶이 있고 미래가 있다. 로즈마리는 그렇게 생각하고 그렇게 믿는다. 엘리제에게는 엑스트라에 불과하지만 샤롯과 로즈마리는 자기 인생의 주인공이라고.

로즈마리는 무릎 위에 팔꿈치를 얹고 손바닥에 얼굴을 올렸다. 그리고 그녀가 앉아 있는 계단 아래를 내려다봤다. 까만 어둠이 짙게 깔려 있다. 지금 로즈마리의 미래 같다. 괜히 낮잠을 길게 자서 이 시간에 깨서 감정적이 되었다. 죽을 때는 홀가분했는데, 다시 새 삶을 살 줄 알았다면 이토록 까마득하게 느껴지지 않았을 것이다. 아니, 애초에 평범한 세계에 태어났더라면, 전생을 기억하지 않았더라면.

'이렇게까지 먼 미래를 생각하지 않을 텐데.'

감성에 감성이 덧붙여진다. 적막한 침묵 가운데 로즈마리는 평화로운 순간을 즐기며 눈을 감았다. 하지만 그것도 오래가지 않았다.

와장창, 그녀의 등 뒤로 유리창이 깨지는 날카로운 소음이 찌를 듯 들렸다. 로즈마리는 화들짝 놀라 반사적으로 등을 돌렸다. 전생을 살 때 만화에서 굉장히 화려한 톤과 효과선, 그리고 화사한 꽃무늬가 붙은 컷을 본 적이 있다. 만화에서 대단히 중요한 인물이 '등장'했다는 걸 어필하는 의도였다. 그래, 단숨에 사람의 시선을 끌 정도로 화려한 배경과 효과음은 언제나 주인공이 등장할 때 쓰인다. 지금 눈앞에 보이는 장면은 그 '주인공'의 등장 씬 같다. 그런데…….

"네가 왜 거기서 나와!!!"

로즈마리는 너무 놀라 뒤로 자빠졌다. 뒤로 넘어가는 상태와 흔들리는 시야에서도 선명히 보이는 창문 파괴범의 얼굴에 기가 막혔다. 로즈마리의 작은 육체는 중력의 법칙에 따라 아래로 떨어졌다. 계단을 구를 것 같은 위험천만한 상황에도 로즈마리는 딴생각에 빠져 있었다. 이대로 떨어졌다간 어디 하나 부러지고도 남을 가파른 계단이었다. 그런 로즈마리의 팔을 그가 날렵하지만 무자비하게 붙잡았다.

바로 유리창 파괴범 '레비탄 후'가 말이다.

로즈마리는 무자비하게 양팔을 붙잡은 눈앞의 소년을 올려다봤다. 검은 머리는 정신 사납게 나부꼈다. 로즈마리는 인상을 찌푸렸다. 반가울 정도로 검은 머리카락을 나부끼는 건 좋지만 잡힌 팔이 너무 아팠다.

"아팟!"

로즈마리는 양팔을 붙잡는 소년에게 발길질을 날렸다. 소년은 놀라서 잡았던 팔을 놔버렸다. 허공에 멈춰버린 로즈마리의 작은 몸이 다시 곤두박질쳤다. 일순간 로즈마리는 눈을 질끈 감았다. 곧 따라올 충격에 대비하기 위함이었다. 하지만 의외로 고통은 없었다. 대신 폭 안기는 느낌이 들었다. 반사적으로 고개를 드니 익숙한 인영이 눈에 들어왔다.

"아미……."

로즈마리는 잔뜩 상기된 적금발의 아름다운 여인을 보며 안도의 한숨을 내쉬었다. 그녀는 샤롯의 호위 기사 중한 명인 아미였다.

"아미, 고마워. 덕분에 살았어!"

"아가씨를 제 품에 안는 은혜를 주셔서 감사합니다!"

"은혜까지야, 무겁진 않았고?"

로즈마리는 그녀의 품에서 벗어나려고 버둥거렸다. 그러나 아미는 로즈마리의 버둥거림마저 껴안으며 그녀의 정수리에 뺨을 비볐다. 이 작은 몸, 버둥거리는 것마저 하찮아서 사랑스럽다.

"아이참, 아가씨. 좀 더 제 품에 계세요! 이 품 밖은 위험하답니다."

아미는 황홀경에 빠진 목소리로 중얼거렸다. 아미는 작은 것에 사족을 못 쓴다. 작고 동글동글하고 귀여운 것을 광적으로 사랑한다. 그녀가 작은 것, 앙증맞은 것에 집착하는 데는 본인의 체형 탓도 있다.

아미는 여성 중에는 물론이오, 남자들 사이에서도 눈에 띌 정도로 크다. 손도 크고 발도 크다. 팔도 길고 다리도 길어서 균형 잡힌 아름다운 길쭉한 몸매를 지녀 기사로서 적합한 체형이다. 날렵한 것은 물론 상상 이상으로 사정권이 넓은 파괴력을 가진 그녀의 검술에 모두 혀를 내두를 정도다. 아마도 엘릭서 로우 다음으로 강하지 않을까?

어쨌든 아미는 자신과 정반대인 사람에게 약했다. 작은 키, 작은 손, 작은 발……. 저택에서 로즈마리 만큼 작은 아이는 없다.

로즈마리는 큰 어른에 품에 안긴 인형처럼 얌전히 안겨 계단 위에서 자신들을 빤히 쳐다보는 소년을 올려다봤다. 달빛에 음영 진 소년은 가히 몽환적이었다. 일반적인 소녀라면 너무나 아름다운 모습에 매료되었겠지만, 로즈마리는 그런 생각이 조금도 들지 않았다.

저 소년은 엘리제의 충직한 기사이기 때문이다. 소년의 이름은 레비탄 후. 어디서 왔는지, 그의 조상은 누군지 알 수 없지만 그는 불현듯 나타나 엘리제 곁을 지켰다. 기사 직위까지 떡하니 받은 그는 엘리제를 대신해서 모든 쓰레기 같은 일을 처리했다. 그는 엘리제의 뒤처리 담당이었다. 레비탄 후의 과거는 엘리제의 책에도 적혀 있지 않았다.

하지만 이상하다. 레비탄 후는 제국의 신년회가 끝나고 반년 뒤쯤 수도에 모습을 드러냈다.

"재밌는 애네."

레비탄 후는 불현듯 미소 지었다. 소름 끼치도록 텅 빈 미소에 소름이 돋았다. 기계적인 미소란 저런 게 아닐까 싶을 정도로 인위적인 미소였다.

"재밌다니, 무슨 말이야?"

"정말 모르는 거야?"

레비탄 후의 붉은 눈동자가 동그래졌다. 그는 쏜살같이 로즈마리 앞으로 내달렸다. 그가 로즈마리의 코앞에 도달하려는 순간 아미도 무서운 속도로 뒤로 물러났다. 로즈마리는 무시무시한 악력에 '억'하고 짧은 숨을 내뱉었다.

"아가씨, 아는 애예요?"

"아니, 알긴 아는데 보는 건 처음이야."

"알긴 안다고요?"

"어, 알긴 알지."

책에서 읽었으니까, 로즈마리는 뒷말을 삼켰다. 레비탄 후는 로즈마리가 있는 위치에 가볍게 톡 착지했다. 그리고 양팔을 뒷짐 지고 고개를 갸웃 기울였다.

"꽤나 강한 사람이네."

"자기야, 달려들면 위험하잖아."

아미는 잔뜩 경계한 시선으로 그를 노려봤다. 로즈마리는 폭 한숨을 내쉬며 말했다. 레비탄 후는 빙긋 웃었다. 저 소년에게 자연스러운 미소란 있긴 한 건지. 모든 표정이 인위적이다. 소년은 눈을 데굴데굴 굴리며 말했다.

"가까이서 보고 싶어서."

"봐서 뭐하게."

"색시 삼을까?"

"안 돼!"

"어?"

레비탄 후의 발언에 아미와 로즈마리가 동시에 입을 열었다. 기가 막혀서, '언제 봤다고 색시 같은 소리를 눈 하나 깜짝 않고 내뱉지?'라는 생각이 들었다. 아미는 소중한 천사를 소년에게 빼앗기고 싶지 않았다.

"너, 꽤 재밌는 아이라서 곁에 두면 지루하지 않을 것 같아."

레비탄 후는 아미와 로즈마리의 반응에 후후 웃음을 내뱉으며 검지를 들어 그녀를 가리켰다. 손가락은 정확히 로즈마리를 향해 있었다.

"재미 하나 때문에 그딴 말 하지 마."

레비탄 후는 다시 로즈마리에게 무서운 속도로 쏘아나갔지만 그때마다 아미가 날렵하게 회피했다.

덕분에 평범하다 못해 체력마저 쓰레기인 로즈마리는 그녀의 품에 이리저리 매달리고 흔들렸다. 그녀는 정말로 아미 품에서 인형 같은 존재가 되었다.

인간의 속도 범주를 벗어난 둘의 쫓고 쫓기는 공방전에 죽어나는 건 평범한 로즈마리였다.

"그만해! 그만하라고! 토할 것 같으니까 날 놓고 둘이 쫓든지 말든지 하란 말이야."

로즈마리는 화가 나서 소리를 내질렀다. 로즈마리의 고함이 복도에 쩌렁쩌렁 올렸다. 일순간 침묵이 흐르더니 아래층에서 다급한 발소리가 났다. 두세 명의 발걸음 소리에 레비탄 후는 어깨를 으쓱했다.

"재밌었는데……."

"너, 정말 최악이야. 첫인상 최악이라고!"

로즈마리가 일갈했다. 레비탄 후는 눈을 동그랗게 떴다. 로즈마리의 파란 눈동자에 경멸과 노기가 짙게 묻어 있었다. 그녀는 진심으로 화가 나 있었다. 로즈마리는 책을 읽다가 이따금 레비탄 후가 불쌍하다 느낀 적이 있었다. 그런데 그 감정을 모조리 철회하고 싶어졌다.

레비탄 후는 그녀를 빤히 쳐다보더니 이내 활짝 웃었다. 이제까지는 기계적 미소였다면 이번에는 진짜였다. 그는 제대로 된 미소를 지었다. 화사하고 아름다운 꽃이 피어나듯 아름답게 미소 짓는 레비탄 후를 보며 로즈마리는 기분이 더 나빠졌다.

"화났다! 나한테 화냈어!"

레비탄 후는 어린애처럼 기쁘다는 듯 웃음을 터트렸다. 황홀경에 빠진 사람처럼 생기 넘치는 모습이었다. 상기된 볼이 어여쁘기 그지없었지만 로즈마리는 약이 올랐다.

"내가 화난 게 기쁘니?"

"어, 나한테 반응해줬잖아."

"나, 방금 너 싫다고 말한 거야. 너, 짜증난다고!"

"응, 알아."

"알면서 좋아 죽니?"

"그러면 안 돼?"

레비탄 후는 천진난만한 미소를 지으며 고개를 갸웃 기

울였다. 로즈마리는 기가 막혀 헛웃음을 내뱉었다. 부산한 발소리가 지척까지 들렸다. 레비탄 후는 눈을 가늘게 접고 웃었다.

"방해꾼이 오네, 안타깝지만 이만 가볼게."

"다신 만나고 싶지 않으니까 영영 사라져버려!"

"그러고 싶지 않은걸. 내 직감으로는 조만간 우리는 다시 만날 거야."

로즈마리가 신경질적으로 소리쳤지만 레비탄 후는 아랑곳하지 않고 말했다.

그는 고개를 끄덕이더니 이제까지 보지 못했던 속도로 쏜살같이 달려왔다. 이번엔 아미의 반응 속도가 늦었다. 그는 드디어 로즈마리 코앞까지 도달했다. 레비탄 후는 로즈마리의 이마에 가볍게 키스를 쪽 남기고 뒤로 튕기듯 물러났다.

"다음에 보자, 색시야."

그리고 까만 어둠이 먹어버린 계단 위층으로 사라졌다. 소년의 목소리가 아스라이 환영처럼 울리듯 사라졌다.

"야아아아! 이 쓰레기야!!"

레비탄 후가 사라지자 남은 것은 아미와 로즈마리뿐이었다. 아미는 황급히 로즈마리의 이마를 옷소매로 문질렀다. 로즈마리는 남은 화를 어디에 풀어야 할지 몰라 악에 받쳐 쩌렁쩌렁 소리를 내질렀다.

그 순간, 소란스러운 소리와 함께 제미와 엘릭서가 등장했다.

"아가씨! 무슨 일이세요!"

몹시 놀란 표정의 제미가 한달음에 아미 앞에 섰다. 로즈마리는 시뻘게진 얼굴로 소리쳤다.

"미친 새끼가 날 추행하고 도망갔어!"

"뭐라고요! 어디로요?!"

로즈마리는 분개하다 못해 눈물까지 그렁그렁 맺혔다.

로즈마리는 씩씩거렸다. 전생에도 이런 희롱은 당해본 적이 없다. 너무 어이없는 동시에 화가 치밀어 올랐다. 그녀뿐만 아니라 제미와 엘릭서마저도 분개했다. 엘릭서는 의외였다. 그래도 자기가 지키는 아가씨라는 인식은 있는 모양이다.

"그게 무슨 말이야?"

제미가 로즈마리를 달래는 동시에 그가 사라졌다는 방향을 주시하던 중에 뒤로 서늘한 목소리가 들렸다. 서릿발처럼 차가워 듣기만 해도 얼어버릴 것 같은 목소리였다. 로즈마리는 익숙한 언니의 목소리를 향해 손을 뻗었다.

"언니……."

"로즈마리, 사랑스러운 내 동생! 누가 널 추행했다는 거니! 언니가 반드시 곤죽을 낼 것이야!"

샤롯이 노기 어린 어조로 말했다. 그녀의 말 한 마디마다 아미는 움찔움찔 떨었다. 그녀뿐만 아니라 엘릭서도 흠칫거렸다. 그녀의 서릿발 같은 차가운 한기를 아무렇지 않게 버티는 것은 제미와 로즈마리뿐이었다. 제미도 분개해 씩씩거렸다.

"우리 귀여운 아가씨! 불한당에게 당할 줄이야! 이 제미가 반드시 그 새끼를 아작 낼 것입니다."

"꼭 그렇게 해줘."

로즈마리는 그렁그렁한 눈으로 제미를 보았다. 샤롯은 로즈마리의 등을 톡톡 쓰다듬었다. 밤늦게 방을 나선 것에 대해서는 누구도 언급하지 않았다. 엄밀히 따지자면 귀족 여식이 조심성 없게 밖을 싸돌아다닌 잘못을 추궁해야 할 텐데 말이다.

"아미! 뭐하고 있지? 어서 빨리 몹쓸 불한당을 잡으러 뛰쳐나가지 않고!"

"네네!"

아미는 잔뜩 얼어붙은 상태로 대답하며 눈에 보이지 않을 정도의 속도로 깨진 유리창 너머로 뛰쳐나갔다. 그녀는 자신이 있었는데도 이 사달이 난 것에 조만간 가주의 추궁이 따를 줄 알고 있었다. 샤롯은 로즈마리에게만 인간적이고 다정하다. 그 외의 사람들에겐 가차 없기로 유명하다. 주군의 명을 이행하지 못한 아미는 후환이 너무도 두려웠다.

"로즈마리, 가서 좀 쉬자꾸나."

"응."

로즈마리는 기진맥진해진 기분이었다. 그는 샤롯의 어깨에 얼굴을 비볐다. 샤롯은 품에 안은 로즈마리의 무게가 조금 가벼워진 것 같아 마음이 아팠다. 온종일 먹지도 못한 아이니 기운이 없을 것이다. 잠에 취해 식사 때를 놓쳤지만 그래도 나날이 살이 빠지는 모습이 못내 아쉽고 안타까웠다.

샤롯은 7년 전 로즈마리가 독에 중독되어 중태에 빠져 잠들었던 때가 떠올랐다. 샤롯은 제미에게 간단한 요깃거리를 가져오라 명하고 계단을 내려갔다.

* * *

날이 밝았다. 로즈마리는 간밤에 가볍게 요기를 하고 언니 품에 안겨 잠들었다. 어린아이 같은 행동이었다. 귀족 가문 여식이 열다섯이라면 제법 성숙한 나이였음에도 로즈마리는 한껏 어리광을 부리고 싶어졌다. 앞으로의 미래에서 도피하고 싶은 건지도 모른다.

전날 만난 '레비탄 후'의 등장은 로즈마리의 심경을 더욱 심란하게 만들었다. 레비탄 후가 우연히도 샤롯과 로즈마리가 묵는 여관에 나타난 게 영 께름칙하다. 하필이면 왜 이곳에 모습을 드러낸 걸까. 우연일까? 필연일까?

그녀의 심경과 달리 마차는 부지런히 달려 긴 여행길을 재촉했다. 수도 행은 이제야 시작이다. 영원히 도달하지 않으면 좋으련만 갈 길은 멀고 기간은 정해져 있다. 로즈마리는 마땅히 명확한 답이 떠오르지 않아 깊은 한숨만 내쉴 뿐이었다.

* * *

로즈마리의 마음을 심란하게 한 원흉은 그날 밤 신기루처럼 사라졌다. 소년 레비탄 후는 가히 인간의 속도가 아닌 무서운 속도로 마을을 벗어나 마을 밖에 걸어놓은 말에 탔다.

레비탄의 말은 익숙한 듯 홍두깨처럼 나타난 그에게 전혀 놀라지 않고 빠르게 내달렸다. 말은 쉴 새 없이 내달렸다. 마을 밖 숲으로 들어간 레비탄은 저만치 멀리서 느껴지는 기운에 눈가를 찌푸렸다.

아마도 커다란 거인 같은 여자가 따라붙는 것 같았다. 레비탄은 피식 웃으며 품에서 검은 마력석을 꺼내 앞으로 던졌다. 마력석은 앞을 향해 빠른 속도로 쏘아졌다. 레비탄은 마력석을 노려보며 시동어를 내뱉었다.

"OPEN THE DOOR."

까만 마력석은 반짝거리더니 일순간 폭발하듯 마력을 증폭해 커다란 홀을 만들어냈다. 새까만 홀은 께름칙함과 동시에 소름이 끼치도록 꿀렁거렸다. 레비탄은 지체 없이 그 안으로 들어갔다. 순식간에 말과 함께 까만 홀 안으로 사라져버렸다. 그를 삼킨 께름칙한 형상의 홀은 아귀를 닫듯 가로로 길게 찢어져 사라졌다.

그가 사라진 부근에 뒤늦게 도착한 아미는 탄식 같은 한숨만 내뱉었다. 레비탄은 까만 홀을 통해 검은 터널을 내달렸다. 찰나의 시간이었다. 캄캄한 터널 끝에 빛이 보였다. 그는 말의 배를 치며 속도를 냈다. 순식간에 검은 터널을 통과한 레비탄은 쏟아지는 빛에 눈가를 찌푸렸다. 너무 어두운 곳에 있다가 상대적으로 밝은 곳에 오니 시각이 시야를 잃었다. 언뜻 주황색과 노란색의 빛의 환영이 보였다. 아마도 횃불이 아닐까 싶다.

"늦었습니다, 후님! 어서 들어가세요!"

귓가에 익숙한 낮은 목소리에 레비탄은 말에서 내려왔다. 그는 더듬더듬 벽을 매만지며 걸었다. 그의 곁에 누군가 따라붙었다. 한쪽 팔을 잡으며 안내하는 듯했다. 조급한 걸음에 맞춰 레비탄은 군말 없이 따랐다.

도착한 곳은 까마득한 어둠이 침식된 지하 감옥이었다. 가장 구석에 도달할 무렵에는 어느 정도 시야를 회복한 상태였다. 그는 자신을 부축해서 인도해준 이를 올려다보았다. 짙은 회색 로브를 뒤집어쓴 남자였다. 그는 감옥 문을 열며 다급한 어조로 말했다.

"어서 들어가세요. 그녀가, 마녀가 돌아오고 있어요!"

레비탄은 그를 힐끗 보고 퀴퀴한 냄새가 진동하는 자신의 익숙한 감옥으로 들어갔다. 감옥에는 흔한 침대 하나 없었다. 책상과 의자 하나뿐이었다. 레비탄은 뒤를 돌아 문을 닫았다. 그를 안내한 청년이 '어서 문을 잠그세요'라고 말하자마자 목에 건 목걸이에 걸린 열쇠를 꺼내어 바깥으로 팔을 내밀어 문을 잠갔다. 그제야 바깥에 있는 청년은 안도하며 어둠 속으로 사라졌다.

청년이 시야에서 완전히 사라지자 레비탄은 뒤를 돌아 책상으로 갔다. 책상에는 한 권의 책이 펼쳐져 있었다. 레비탄은 책상에 앉았다. 책상에는 백지, 아무것도 쓰이지 않은 무지가 놓여 있었다. 그는 낡은 깃털 펜대를 집었다. 꽤나 능숙한 자세였다. 펜을 잡았지만 아무것도 적혀 있지 않은 백지를 채울 생각은 없었다. 그저 버릇처럼 날카로운 펜의 촉으로 낡은 책상 바닥을 톡톡 칠 뿐이었다.

"잘 쓰고 있지? 사랑스러운 나의 레비."

등 뒤로 감미로운 여성의 목소리가 들렸다. 레비탄은 부러 뒤를 돌아보지 않았다. 상대가 누구인지 뻔히 알기 때문이다. 레비탄은 펜으로 책상 바닥을 일정한 간격으로 톡톡 칠 뿐이다. 달콤한 목소리는 그의 침묵에 개의치 않고 다시 말을 걸었다.

"바깥나들이 시켜줬잖니? 말 잘 들어야지. 착한 아이잖니?"

그녀의 말에 레비탄은 고개를 살짝 돌렸다. 몰래 다녀왔는데도 그녀는 자신의 일거수일투족 아는 것 같았다. 감옥 창틀 너머로 보이는 여인은 몹시 아름다웠다. 신이 반할 정도로 아름다운 외모는 눈을 멀게 할 정도였다. 황금빛 찬란한 머리카락은 굽이굽이 곱실거렸다. 새빨간 루비를 박은 그녀의 눈동자는 보석보다 찬란했다. 백옥 같은 피부는 말할 것도 없고, 풍만한 가슴과 잘록한 허리는 그녀를 돋보이게 만들었다. 그녀는 어디 하나 모자랄 것 없는 완벽한 신의 피조물이었다.

그녀는 제국에서, 아니 대륙에서 최고의 아름다운 여인으로 찬사를 받는 엘리제였다. 사랑스럽고 아름다운 엘리제. 천사 같은 고운 마음씨와 현명한 지혜를 가진 여인. 고귀한 엘리제. 아름다운 엘리제는 눈앞의 철장을 잡으며 가련한 표정을 지었다.

"나의 사랑하는 레비, 나의 아름다운 미래를 채워주렴."

레비탄은 그녀를 보다가 눈을 내리깔았다. 그리고 고개를 돌렸다. 톡톡 치던 펜을 공백이 있는 백지로 이동했으나 그뿐이었다. 그는 백지에 펜을 멈췄지만 글을 쓰려는 의지는 없어 보였다. 결국 그는 펜을 내려놓았다.

쾅! 등 뒤의 엘리제가 철창을 거칠게 흔들었다.

"레비탄!!"

그녀는 괴상한 소리로 레비탄을 불렀다. 레비탄은 그저 침묵으로 일관했다. 엘리제는 고고한 척 등을 돌린 가여운 소년을 빤히 노려보더니 이내 깔깔 웃음을 터트렸다.

"강인한 척하는 꼴이 여간 우스운 게 아니구나, 레비탄 후! 그래봤자 너는 내 손아귀야! 내 거라고! 나의 삶을 아름답게 채워 넣어, 레비탄 후! 그게 네가 태어난 이유야, 알겠어?"

레비탄 후는 광기 어린 목소리에도 반응하지 않았다. 엘리제는 더욱 거칠게 창틀을 흔들었다. 먼지가 날렸지만 그는 아무 반응도 하지 않았다. 엘리제는 창틀 너머로 손을 넣어 그에게 뻗었다.

그 순간, 감옥에 푸른 전류가 흘렀다. 엘리제의 날카로운 비명 소리가 들렸다. 꺄아아악! 귀를 찢을 듯한 비명소리였다. 레비탄은 의자에서 몸을 일으켰다. 그리고 뒤를 돌아 뒤로 자빠진 그녀를 삐뚤어진 자세로 쳐다봤다.

살이 타는 냄새가 역하게 났다. 그녀의 아름다운 몸에 전류가 파지직 훑고 지나갔다. 그녀가 크게 꿈틀거렸다. 그리고 기이하게 몸을 비틀었다. 살아 있는 인간이라면 절대 꺾이지 않을 방향으로 관절이 꺾였다.

우두둑우두둑 뼈가 부딪히는 소리가 귀를 거슬리게 했다. 그럼에도 레비탄은 그녀에게서 시선을 옮기지 않았다. 아름다운 엘리제는 순식간에 괴기한 모습으로 돌변했다. 그러나 그녀는 아랑곳하지 않고 뒤로 자빠지며 묻은 먼지를 털어냈다.

신기하게도 그녀의 타들어간 피부는 새살이 나는 것처럼 피어올랐다. 볼품없고 괴기하게 타들어가 화상 입은 부위가 뽀얗고 아름다운 피부로 빠르게 뒤덮였다. 그녀는 마저 먼지를 털어내고 다시 아름다운 얼굴로 말갛게 웃었다.

이 모든 것은 레비탄 후의 어머니가 내보인 알량하고 어설픈 호의와 잔혹하고 무지한 호기심이 불러온 결과다. 본래 레비탄의 어머니는 고귀한 여인이었다. 제노시아 황제의 막내딸로 태어난 그녀는 어머니를 닮은 외모 덕에 황제의 사랑을 받았다. 넘치는 사랑을 받고 자란 그녀는 건방지고 무지하며 순수하고 잔혹했다. 때때로 알량한 선의를 베풀며 스스로에게 만족하며 뿌듯해했다. 아름다운 그녀가 작은 친절이나 어설픈 호의를 베풀면 사람들은 칭찬하고 찬양했다. 그녀는 그 찬사가 너무나 좋았다. 엘리제는 그녀의 알량한 선의에 딸려온 찌꺼기였다.

레비탄의 어머니는 몸이 약한 모친을 따라 종종 산골에 요양을 갔다. 거기서 레베탄의 어머니 황녀는 마녀를 만났다. 마을 사람들이 손가락질하며 매질하는 가여운 소녀였다. 황녀는 더러운 마녀를 깨끗이 씻기고 고급 옷을 입혔다. 그녀의 상처투성이 피부에 고급 향유를 바르자 오물 냄새는 사라지고 향기로운 냄새가 났다. 씻겨놓고 어여쁜 옷으로 치장하자 소녀의 아름다운 외모가 드러났다. 소녀는 황녀 못지않게 아름다웠다. 모두가 놀라워하고 황녀 역시 놀라웠다. 그녀의 아름다움에 단숨에 매료된 사내들도 있었다.

그녀가 마녀라는 사실을 모르는 사내들의 접촉을 지켜보던 황녀는 호기심이 일었다. 마녀인 그녀에게 귀족의 예법을 알려주고 여성으로서 아름다움을 뽐내는 법을 알려준다면 사람들은 어떻게 반응할까? 그녀에게 사랑을 속삭이는 사람들이 나타날까? 잔혹하고 무지하고 어리석은 호기심이었다. 자신이 발굴한 보잘것없는 소녀를 아름답게 꾸미면 사람들의 마음을 빼앗을 수 있을까. 황녀와 그녀를 추종하는 사람들 사이에서 알게 모르게 내기가 오갔다.

황녀는 소녀에게 '엘리제'라는 이름을 주었다. 평생을 인간들의 매질과 경멸과 반감을 받았던 마녀는 난생처음으로 호의를 받았다. 이토록 달콤하고 이토록 따듯하다니. 마녀는 사람들의 호의가 이렇게 좋은 것인지 몰랐다. 그녀는 사람들의 호의와 선의가 탐났다. 황녀의 명으로 그녀를 보살펴주는 것이었지만 따뜻한 곳과 맛있는 음식이 모두 탐이 났다. 놓치고 싶지 않았다.

계속 이렇게 행복하게 살면 얼마나 좋을까. 마녀는 탐욕을 드러냈다. 무지한 황녀의 어설픈 선의 때문에 그녀는 새로운 세계를 맛봤다. 황녀는 마녀에게 언제나 풍족한 삶을 살게 해주겠노라 약속했다. 어리석은 약속이자 후대의 저주로 남을 위험한 약속이었다. 마녀는 붉은 눈을 반짝이며 물었다.

"언제나?"

언제, 어느 때나, 평생을 그리 살게 해주겠느냐는 질문이었다. 황녀는 마녀의 수명을 몰랐다. 마녀는 잘만 하면 불로불사하는, 인간이지만 인간이 아닌 존재다. 악을 섬기는 악녀이자 마녀. 마녀의 질문에 그녀는 흔쾌히 고개를 끄덕였다.

황녀는 매일같이 아름다워져 가는 엘리제를 보며 감탄했다. 이 업적을 글로 쓸까? 엘리제의 이야기를 써서 책으로 남기자. 황녀는 자신이 만들어낸 아름다운 피조물에 매료되었다. 황녀는 우쭐한 마음이 들었다. 자신의 눈에 들어오지 않았다면 마녀는 인간들의 매질에 맞아 죽었을 것이다. 마녀는 제국의 내로라하는 어떤 미녀들보다도 아름다워졌다. 황녀의 손아귀에서 피어난 마녀, 엘리제.

황녀는 엘리제를 총애하며 곁에 두었다. 사람들의 시선이 황녀가 아닌 엘리제에게 쏟아졌다. 무서울 정도로 아름다운 엘리제에게 시선을 두지 않을 수 없었다. 황녀는 엘리제의 정체를 알기에 속으로 그들을 비웃었다. 그들이 사랑해 마지않은 여인이 과거에 자신들이 침 뱉고 매질하며 경멸했던 마녀라면 어떤 반응을 보일까.

엘리제 이야기를 책으로 적자. 그리고 마지막 페이지에 그녀가 마녀라는 사실을 밝히자. 마녀였던 그녀가 자신의 손에 구해져 이런 삶을 살았노라고 적자. 펜을 쥔 황녀의 손이 기분 좋게 흔들렸다.

그러나 황녀는 안일했다. 엘리제는 탐욕의 마녀, 갖고자 하는 것은 어떻게든 얻어내는 마녀였다. 황녀의 눈에 들어올 당시 엘리제는 어리고 나약한 소녀였기에 본연의 능력이 미미했다. 그러나 나날이 성장하며 무시무시한 힘을 손에 얻었다. 그녀는 강력해진 자신의 마력과 잔혹한 탐욕에 눈을 떴다.

그녀는 자신보다 아름다운 여인을 쥐도 새도 모르게 살해해 피를 뽑아 마시거나 심장을 뜯어 먹었다. 마녀에게 사악한 행위는 힘의 원천이 된다. 그녀는 사랑하는 연인을 찢어놓고 헤어진 여인이 자살하도록 유도했다. 유부남을 꾀어 가정을 파탄 냈다.

그럼에도 사람들의 시야는 그녀의 아름다움에 가려졌다. 아름다운 엘리제를 향한 칭송은 나날이 높아졌고 그럴수록 엘리제의 악행은 악독해져 갔다. 그 사실을 알게 된 황녀는 두려움을 느꼈다. 자신이 무시무시한 괴물에게 힘을 준 건 아닐까? 황녀는 도망치듯 제노시아 옆 공국 레이블로 시집을 갔다.

마녀 엘리제는 자신의 손아귀에서 노는 어여쁜 인형이 아닌 탐욕에 미친 마녀였다. 화려하고 풍족한 삶을 위해서라면 무엇이든 하고, 사람들의 찬사를 받는 것에 황홀경에 빠졌다. 황녀는 그녀를 말릴 수 없었다. 아름다웠지만 그만큼 소름끼치게 두려운 기운이 느껴졌다. 붉은 그녀의 눈동자는 핏빛이었다. 황녀가 대공비가 되어 제국에서 사라졌음에도 엘리제는 한동안 풍요로웠다.

하지만 과욕은 파멸을 부르는 법이다. 엘리제는 기어코 새로운 황제에게 손을 뻗었다. 그는 대공비가 된 황녀의 오라비였다. 물론 신의 가호를 받는 제노시아의 왕에게 마력적이고 악질적인 아름다움은 통하지 않았다. 마녀는 갖가지 수단을 사용했으나 황제에게는 사랑하는 연인이자 아내가 있었다. 그러자 마녀는 기어코 그의 아내를 살해했다.

황제는 분노했다. 황제는 그녀가 저지른 악행을 하나하나 밝혀냈다. 그리고 엘리제를 화형에 처할 것을 명령했다. 엘리제는 황후를 시해하고 수많은 살해를 저지른 죗값을 몰아서 받았다. 엘리제는 순식간에 밑바닥으로 떨어졌다. 아름다운 드레스는 더러워졌고 풍족한 식사도 없어졌다. 그녀는 제국의 절세미인으로 찬양받았으나 이제는 희대의 악녀가 되었다.

모두가 악녀이자 마녀라며 침을 뱉고 돌을 던졌다. 불은 활활 타올라 엘리제를 불태웠다. 너무 아프고 뜨겁고 괴로웠다. 엘리제는 이 상황을 이해할 수 없었다. 이리 쉽게 동전 뒤집듯 바뀌다니. 황녀의 말이 떠올랐다. 엘리제는 불에 타오르면서 소리쳤다.

"황녀여, 약속하지 않았는가! 나에게 언제까지나 풍족하고 화려한 삶을 살게 해주겠노라고!"

불이 거세게 일어 그녀를 집어삼켰다. 불길 사이에 핏빛 눈동자가 섬뜩한 빛을 발했다. 그녀의 화형식을 지켜보는 사람들은 두려움에 시선을 돌렸다. 께름칙하고 두려운 화형식이었다. 자신이 기른 악마의 죽음을 지켜본 대공비는 그 자리에서 기절했다. 그리고 무슨 생각인지 그녀의 이야기를 계속 쓰기 시작했다.

그러나 황녀는 엘리제의 정체를 끝까지 밝히지 못했다. 책은 그저 행복하고 아름답게 마무리되었다. 책 속의 엘리제는 공작 가문의 공작 부인이 되어 평생을 호화롭게 지냈노라 적혀 있었다.

그 책이 어떤 이유로 출간되지 않고 무한의 서고에 꽂힌 건지는 알 수 없다. 이후 10년이 지나 공국의 유일한 후계자 레비탄 후가 감쪽같이 사라졌다. 그는 이곳 제노시아의 수도에 있는 비밀스러운 지하 감옥에 갇혀 있다. 화형당했던 엘리제는 놀랍게도 되살아났다. 그 이유를 아는 사람은 오직 엘리제뿐이다.

　엘리제는 대공비가 자신을 주인공으로 한 책의 존재를 알고 있었다. 그 책에 무한한 집착을 보였다. 그녀는 책이 필요했다. 자신을 주인공으로 삼은 그 책이. 그러나 《엘리제 이야기》의 원본은 사라지고 없었다. 엘리제는 책의 창조주인 저자에게 다시 집필하게 만들어야겠다고 생각했다.

　그러나 대공비는 아들을 낳고 얼마 지나지 않아 사망한 뒤였다. 엘리제는 포기하지 않고 그녀의 유일한 혈육을 납치했다. 공국의 왕자 레비탄 후가 감옥에 갇힌 전모였다.

　"황궁의 지하 감옥에 이런 장치를 해놓을 줄 몰랐어. 멜리사 고년이 꾀를 부렸구나."

　멜리사는 황녀의 이름이었다. 레비탄은 옷 속에 숨긴 목걸이를 매만졌다. 평범하기 짝이 없는 감옥의 열쇠였다. 엘리제는 레비탄을 납치했다. 하지만 감옥에 스스로 들어간 것은 어린 소년이었던 레비탄이었다.

　레비탄은 아주 어릴 적부터 어머니의 유언이 적힌 편지를 읽고 자랐다. 편지에는 무슨 일이 있더라도 타인에 의해 수도로 오게 되거든 반드시 지하 감옥에 숨으라는 유언과 함께 열쇠가 꽂혀 있었다.

　레비탄에게 어머니는 의문투성이였다. 하지만 그녀의 유언이 지금의 레비탄을 지키고 있는 것도 사실이었다.

　"글을 쓰지 않으면 자유는 없어. 사랑스러운 레비, 평생 지하 감옥에 썩고 싶은 거니?"

상냥하게 물어오는 질문에도 레비탄은 입을 열지 않았다. 침묵을 고수하자 엘리제는 안달이 나서 창살을 잡으려다가 멈칫했다. 감옥은 엘리제가 난동을 부리는 것을 허용하지 않았다.

"다음에 또 올게, 레비, 그때는 차도가 좀 있길 바라."

레비는 말없이 책상에 앉았다. 그가 등을 돌리자 엘리제는 감옥을 나섰다. 그녀가 사라지고 몇 분이 흘렀다. 레비탄은 입을 열었다.

"갔어."

"죄송합니다. 후 님."

까만 어둠 속에서 로브를 뒤집어쓴 청년이 나왔다. 레비탄을 재촉했던 남자였다. 그는 무릎을 꿇고 바닥에 머리를 쾅 찧어 박았다.

"별수 없지."

"하오나……."

"그녀의 술식에 걸려 있는 이상 네가 원치 않아도 마녀는 볼 수 있어."

"제가 그녀의 패밀리어만 아니었어도……."

"그렇지 않으면 들어올 수 없는 곳이지, 이곳은."

남자, 그는 엘리제의 패밀리어다. 일반적인 마녀의 패밀리어가 아닌 인위적으로 만들어진 자였다. 그의 몸이 꿈틀거리더니 서서히 작아졌다. 큰 키를 덮고 있던 로브가 스멀스멀 바닥으로 떨어졌다. 로브 사이로 까만 품종의 훌륭한 대형견이 빠져나왔다. 붉은 두 눈 위, 미간 사이에 세 번째 눈이 감겨 있었다.

레비탄은 그에게 다가갔다. 창살 너머로 손을 뻗어 개의 목 언저리를 쓰다듬었다. 개는 기분 좋다는 듯 눈을 지그시 감았다 떴다. 레비탄은 감겨 있는 세 번째 눈을 톡 건드렸다.

"감시하는 눈을 봉인해도 마녀는 나를 볼 수 있을 거야."

"송구합니다."

"네가 미안해할 필요 없어, 테류."

레비탄은 송구하다는 듯 고개를 숙인 대형견의 머리를 쓰다듬었다. 그러다가 피식 웃었다. 뜻하지 않게 한 사람이 떠올랐다. 금발에 동글동글한 얼굴, 유독 청명한 파란 눈동자, 기분 좋은 책 냄새가 나는 이상한 소녀.

"사서를 찾았어."

"사서를요? 무한의 서고의 주인 말입니까? 정말 존재한다는 말입니까? 무한의 서고가?"

되묻는 테류에게 레비탄은 고개를 끄덕였다.

"한데 제게 알려주셔도 될까요?"

"마녀가 들으라고 말하는 거야. 아마도 신년회에 사서가 참석할 것 같아."

"신년회……."

"무한의 서고에는 원본 《엘리제 이야기》가 꽂혀 있을 거야. 책은 거기 있어."

레비탄의 말을 테류는 조용히 들었다. 레비탄은 바닥에 털썩 앉았다. 그는 지금 마녀의 시각에 있다. 마녀를 벗어날 수 없다. 그가 목 언저리를 매만졌다. 빨갛고 얇은 실이 그의 목을 두르고 있었다.

마녀와의 맹약의 증거, 저주의 끈.

레비탄이 마녀에게서 벗어나기 위해서는 사서의 힘이 필요했다. 그는 외로운 탑에 갇힌 가련한 공주님처럼 처연하게 이곳에 갇힌 상황이 분했다. 하지만 어찌하겠는가. 마녀의 저주는 무시무시하고 잔혹하다.

"대공께서 아직도 후 님을 찾고 계십니다."

"찾는다 한들 끝날 일이 아니지. 내 손으로 마무리 짓겠어. 지금은 이렇게 비참하게 갇혀 있지만."

"성심성의껏 후 님을 돕겠습니다."

테류의 충직한 말에 레비탄은 보기 드물게 희미한 미소를 지었다.

"어쩌다가 이렇게 비참한 꼴이 됐을까. 미안하다 테류, 마녀의 패밀리어를 자처한 나의 충직한 충견이여."

그는 중얼거리며 테류의 머리를 쓰다듬었다. 테류는 기분 좋은 울음소리를 내며 눈을 지그시 감았다.

05 신년회에서 있었던 일

부지런히 꼬박 달린 덕분에 샤롯과 로즈마리는 신년회 전날 수도에 도착할 수 있었다. 수도에는 귀족들의 별관이 하나둘씩 있는데, 베히모스는 좀처럼 상경하지 않기에 따로 사둔 저택이 없었다. 그러나 베히모스가는 일반적인 남작가가 아니기에 특별히 친인척도 아닌 고위 귀족의 저택에 머물 수 있었다.

제노시아의 재상 베레이터 공작이 그들을 반겼다. 그는 황제의 가장 충직한 오른팔이다. 계산이 빠르고 사리분별이 명확하여 역대 재상직에 올랐던 누구보다도 천재라는 칭찬이 자자했다.

"어서 오세요! 남작!"

그는 뜻밖에 30대 초반의 제법 젊은 여인이었다. 제노시아는 성차별이 어느 대륙보다도 관대하다. 그래서 고위 작위를 계승하는 이들 가운데 여인도 제법 두루 있음을 알

앉다. 하지만 베레이터가의 가주가 여성일 줄은 꿈에도 몰랐다. 황제의 신뢰를 받는 나라의 재산을 관리하는 이가 여인일 줄이야!

"환대에 감사드립니다, 각하."

"딱딱하게 각하라니 섭섭하군요. 남작, 우리는 친우가 아니었나요?"

그녀가 쾌활하게 웃으며 말했다. 상큼한 레몬 빛 눈동자가 샤롯에게 따뜻하게 미소 지었다. 적색 머리카락을 가지런히 틀어 올린 그녀는 몹시도 강렬해 보이는 동시에 지적이었다. 로즈마리는 샤롯 뒤를 따라 조신하게 무릎을 살짝 구부려 인사했다.

"만나 뵙게 되어 영광입니다, 공작 각하."

"오! 네가 바로 샤롯, 아니 남작의 동생이로구나! 아주 귀엽기도 하지."

그녀가 생긋 웃으며 상체를 숙여 묻는다. 로즈마리는 호의 가득한 그녀의 미소에 보답하듯 말갛게 웃었다. 공작의 뒤로 그녀의 남편이 다가왔다. 그 역시 샤롯과 로즈마리를 환대했다.

공작과 샤롯이 친분 있는 사이인 줄 몰랐다. 책에는 안 쓰여 있었으니까.

로즈마리는 책을 중심으로 미래를 안다. 그게 얼마나 허점이 많은 예언인지 알겠다. 소설의 주인공은 엘리제이기 때문에 그녀 외의 인물 배경이라든가 상황이 명확히 적혀 있지 않았다.

레비탄의 등장 역시 그런 허점에서 나온 생각지 못한 상황이었으리라. 로즈마리는 이 구멍이 숭숭 뚫린 미래서를 곧이곧대로 믿어서는 안 된다는 점을 다시 되새겼다.

* * *

신년회 당일이 되었다. 열흘간의 피로를 하루 만에 풀기는 어려웠다. 샤롯은 여독을 어느 정도 풀긴 했지만 로즈마리는 달랐다. 로즈마리는 피로해 보였다. 제미는 피로한 로즈마리의 뺨을 매만지며 말했다.

"밤새 책이라도 읽으신 건 아니죠?"

뜨끔했다. 사실 그녀는 전날에도 걱정이 밀려와 《엘리제 이야기》를 다시 읽었다. 이제는 눈감고도 읊을 것 같다.

"잠이 안 와서."

로즈마리가 미적거리자 제미가 한숨을 내쉬며 그녀의 이마에 살짝 삐져나온 잔머리를 정리했다.

"긴장한 것은 알겠지만 잠은 충분히 주무셔야죠. 피부가 거칠어지잖아요. 물론 그래도 귀엽지만요."

제미의 말에 로즈마리는 어색하게 웃었다. 로즈마리는 처음으로 황궁에 입궁하는 상황에 긴장할 겨를이 없었다. 정확히는 황궁에 대한 기대감과 긴장보다는 드디어 책의 주인공을 만난다는 긴장감이 막대하게 컸다.

로즈마리와 샤롯은 평소보다 화려한 드레스로 치장했다. 황궁 입성 자체만으로도 큰 행사였기에 여간 힘을 줘서 치장하지 않을 수 없었다. 샤롯은 섬세하고 아름다우며 차가운 매력이 어필되는 세련된 드레스를 입었다. 보석 치장은 과하게 하지 않고 검소하게 포인트를 줬다. 로즈마리는 또래의 소녀들처럼 상큼함이 돋보이는 드레스를 입었다. 예쁘게 말아 올린 머리카락이 곱슬곱슬거렸다.

"로즈마리! 너무 예쁘다."

샤롯이 만족스럽다는 듯 미소 지었다. 로즈마리가 씩 웃으며 '언니가 더 예뻐! 여신 같아!' 하고 경쾌한 목소리로 말했다. 베레이터 공작은 두 자매의 훈훈한 분위기에 생긋 웃었다.

일행은 공작의 마차를 타고 입궁했다. 로즈마리는 글로 읽는 것과 직접 보는 것은 천지 차이임을 다시 깨달았다. 화려하고 웅장하다는 말로는 표현할 수 없을 정도로 거대한 궁이 눈에 들어왔다. 멀리서도 빛났던 궁은 가까이에서 보니 더할 나위 없이 눈부시게 아름다웠다. 샤롯은 바싹 긴장한 로즈마리를 토닥이며 신년회가 진행되는 궁으로 들어갔다.

그녀는 샤롯의 뒤에 바싹 붙었다. 어린 소녀다운 모습에 샤롯이 살포시 웃으며 로즈마리의 어깨를 토닥여주었다.

"로즈마리, 어디 가지 말고 이곳에 잠시 있거라. 폐하를 알현하고 오마."

"알았어, 언니."

로즈마리는 내키지 않았지만 이제까지 잡고 있던 언니의 손을 놓고 창가 쪽으로 걸어갔다. 샤롯은 창가로 걸어가는 로즈마리의 뒷모습을 잠시 지켜보더니 황제가 착석한 연회장의 가장 안쪽으로 걸어갔다.

로즈마리는 가장 조용한 창가 구석에 멈춰 섰다. 그녀의 시선은 샤롯에 고정되어 있었다. 샤롯은 화려한 궁의 위세에도 위축되지 않고 당당함을 유지했다. 남작에 불과하지만 그녀는 자신을 꺾지 않았다. 로즈마리의 귓가로 소곤거리는 소리가 들렸다.

"저 아가씨는 누구지?"

"세상에 너무 아름다워."

사람들의 시선이 샤롯에게 따라붙었을 때부터 직감했지만 이렇게 파격적일 줄은 몰랐다. 모두가 샤롯의 미모에 감탄하고 그녀의 정체를 궁금해 했다. 로즈마리는 벽에 기대어 팔짱을 꼈다. 로즈마리는 샤롯에게서 시선을 돌려 연회장을 둘러보았다. 어딘가 그녀가 있을 텐데…….

로즈마리는 어디서나 빛날 이 세상의 주인공 엘리제를 찾았다. 하지만 이상도 하지. 엘리제가 보이지 않았다. 어디 있을까? 이 연회장의 주연은 그녀인데…….

엘리제는 샤롯과의 첫 만남이 이루어지는 신년회에 등장하지 않았다. 로즈마리는 엄지를 물어뜯었다. 로즈마리가 상황을 변화시키기 전에 무언가 변한 게 틀림없다.

뭐가 달라졌지? 뭐가 바뀐 거야. 초조해질 무렵 연회장 입구가 소란스럽다. 로즈마리가 시선을 옮기니 황금빛 찬란한 금발의 절세 미녀가 언뜻 보였다. 로즈마리는 속으로 안도했다. 내가 조급했던 거구나. 마음이 급한 나머지 상황이 진행되는 것을 기다리지 못했다.

"아름다운 사람이구나."

이 세상 사람이 아닌 것처럼. 샤롯은 언제 돌아왔는지 로즈마리에게 가벼운 탄산수를 넘겨주며 말했다. 로즈마리는 레몬이 띄워진 잔을 받았다.

"그러게."

시큰둥한 로즈마리의 반응에 샤롯은 힐끗 그녀를 내려다보다 사람들의 열렬한 시선을 한몸에 받으며 등장한 여인을 봤다. 굽이진 황금빛 머리카락이 탐스럽다. 티 없는 하얀 피부와 완벽하게 균형 잡힌 이목구비가 절로 감탄을 일게 했다. 길고 가는 목, 아름다운 굴곡의 몸매. 모든 것이 놀라울 정도로 완벽한 여인이었다.

샤롯이 잠시 생각에 빠진 사이 로즈마리는 수많은 사람들에게 둘러싸이면서도 그들을 빈틈없이 상대하는 엘리제를 뚫어져라 쳐다보았다. 절세 미녀면 뭐하나, 그녀야말로 로즈마리에게는 최악의 악녀이자 요녀다.

사람들이 찬양하는 실존하는 여신 같은 존재라 해도 샤롯과 로즈마리의 인생에서 그녀는 사신과 같았다. 순간, 로즈마리는 엘리제와 시선이 마주쳤다. 반사적으로 흠칫 떨었다. 그녀의 루비색 눈동자가 짙은 핏빛으로 일렁이는 착각이 일었다.

로즈마리가 반사적으로 샤롯의 팔을 감싸 안으며 바싹 붙었다. 샤롯은 의아한 마음에 '로즈마리?' 하고 불렀지만 그녀는 고개를 푹 숙일 뿐이었다. 엘리제가 다가오고 있다. 엘리제는 변방의 남작인 샤롯 앞에 당도했다. 그녀는 햇살처럼 따사로운 미소를 지으며 입을 열었다.

"안녕하세요, 베히모스 남작님, 스컬리 공작가의 엘리제 요한 스컬리라고 해요."

책에서 읽었던 대사가 그녀의 탐스러운 입술을 통해 나왔다. 로즈마리는 순간 진짜 책 속으로 들어온 듯한 까마득한 기분이 들었다. 엘리제는 완벽한 예법을 보이며 남작에게 인사를 건넸다. 샤롯은 호의 넘치는 인사에 대답했다.

"안녕하세요, 공녀님. 샤롯 베히모스라고 합니다. 이 아이는 제 여동생 로즈마리입니다."

샤롯의 대사마저 완벽했다. 딱 들어맞는 퍼즐처럼. 로즈마리는 마른침을 삼켰다. 엘리제는 자기보다 작은 로즈마리에게 고개를 숙여 미소 지었다. 선량하기 짝이 없는 미소이거늘 어째서 위화감이 드는지 모르겠다. 엘리제가 달콤한 목소리로 속삭였다.

"반가워요, 로즈마리 양."

"저야말로 영광입니다, 공녀님."

로즈마리는 마른침을 삼키며 수줍은 소녀처럼 연기했다. 그녀가 겁 많은 소녀처럼 움츠리며 눈치 보듯 작은 목소리로 말하자 엘리제의 붉은 눈이 일순간 가늘어졌다. 로즈마리는 한순간 뱀 앞에 놓인 생쥐가 된 기분이었다. 한입에 꿀꺽 삼킬까 말까 고민하는 포식자의 흥흥함이 느껴져 등에서 식은땀이 났다. 로즈마리는 더욱 샤롯에게 바싹 붙었다.

"제 동생이 수줍음이 많습니다. 양해를 부탁드려도 될까요?"

그만 가라는 말을 참으로 돌려서 말한다. 샤롯의 말에 엘리제는 생긋 웃으며 '실례했군요' 하고 손아귀에 쥔 부채를 펼쳐 얼굴의 반을 가렸다. 로즈마리는 그녀를 올려다봤다. 엘리제는 선량한 분위기를 냈지만 눈빛만은 서늘하고 차가웠다. 사람의 눈이 아닌 것 같았다.

그녀가 가볍게 인사하며 등을 돌렸다. 로즈마리는 안도의 한숨을 내쉬었다. 화려한 자신의 자리로 돌아가는 엘리제의 뒷모습은 역시 완벽했다. 어디 하나 부족함이 없는

신의 가장 완벽한 피조물…….

일순간 로즈마리의 시야에 파지직, 오래된 흑백 TV의 노이즈 같은 게 지나갔다. 로즈마리가 미간을 찌푸리다 반사적으로 몇 번 깜박거렸다. 로즈마리는 놀라지 않을 수 없었다. 방금만 해도 보이지 않은 것이 보였기에.

세상이 글로 모두 이루어진다면 얼마나 괴기할까. 로즈마리는 두 눈에 비치는 세상이 그래 보였다. 화려한 연회장도 작은 글씨와 단어들로 자글자글 뭉쳐져 형태를 이루고 있었다. 사람들도 그러했다. 그들을 이루는 단어와 수식어들이 인간의 형태를 구현하고 있었다. 로즈마리는 '히익' 하고 짧은 비명을 지르며 뒤로 물러났다.

가장 끔찍한 것은 바로 아름답다고 칭송받는 엘리제였다. 엘리제는 그야말로 살아 움직이는 글자의 향연이었다. 빽빽하게 써진 글씨들이 덧붙여지고 덧붙여졌다. 그녀는 인간의 형태를 가졌지만 동시에 가장 괴기한 형태를 가졌다.

사람인가 괴물인가. 아니면 단순히 단어와 수식어들의 집합소인가. 로즈마리의 얼굴이 창백해졌다. 샤롯은 의아한 듯 로즈마리의 손을 붙잡았다.

"로즈마리?"

로즈마리가 반사적으로 자신을 부르는 샤롯을 올려다보았다. 로즈마리는 샤롯의 손을 뿌리쳤다. 샤롯이라고 별반 다를 게 없었다. 그보다 더 놀란 것은 샤롯을 이루는 단어 중 빨간 글씨가 너무나도 불길하게 크게 박혀 있었다는 것이다.

무한의 사서, 죽음까지 앞으로 ―

로즈마리는 기겁하며 뒤로 물러나 창가 테라스로 달려갔다. 샤롯이 다급히 부르는 소리가 들렸지만 로즈마리는 돌아보지 않았다. 테라스라고 다를 게 없었다. 어디 하나 제대로 된 풍경이 없었다. 오로지 단어와 수식어, 그리고 문장으로 이루어진 세상은 그야말로 글의 세상이었다.

로즈마리는 구역질이 올라오는 듯해서 테라스에 주저앉았다. 온몸이 덜덜 떨렸다. 로즈마리가 양손을 들어 보였다. 자신도 단어로 이루어져 있을까?

로즈마리도 예외는 아니었다. 그녀의 손이라 생각했던 것은 단어와 문장으로 뭉쳐 형태를 이루고 있었다. 단어와 문장은 이따금 자글자글 움직였다. 로즈마리는 비명을 내지르고 싶었다. 로즈마리는 그 와중에 비명을 삼켰다. 테라스 바닥에 주저앉아 몸을 숙여 웅크렸다. 단어들로 이루어진 손이라는 것으로 입을 막았다. 눈을 질끈 감았다. 보고 싶지 않은 세상이었다.

'냉정을 되찾아야 해, 로즈마리.'

로즈마리는 혼란스럽고 두려운 마음을 몰아내려 노력했다. 이건 착시 현상일 수 있어. 꿈일 수도 있고 환영일 수도 있어. 로즈마리, 정신 차리자! 로즈마리는 기도하는 심경으로 몇 번이나 반복했다.

"로즈마리? 괜찮니?"

등 뒤로 샤롯의 걱정 가득한 목소리가 들렸다. 로즈마리는 차마 뒤를 돌아볼 수 없었다. 눈을 뜰 수 없었다. 로즈마리가 대답도 없이 웅크려 있자 샤롯은 애가 탔다. 아이가 갑작스럽게 창백하게 질리더니 자신의 손길을 뿌리치고 도망갔다. 로즈마리는 알 수 없는 무언가에 굉장히 두려움과 공포를 느끼는 것 같았다. 파란 눈동자에 선명하게 느껴지는 공포감에 샤롯 역시 덩달아 두려워졌다. 이러다 로즈마리가 어떻게 될까 두려웠다.

샤롯은 덜덜 떨며 잔뜩 바닥에 웅크린 로즈마리의 어깨를 흔들었다.

"로즈마리, 로즈마리."

그리고 애가 타는 마음으로 그녀를 불렀다. 로즈마리는 한참을 대답이 없다가 천천히 고개를 들었다.

"언니?"

"그래, 로즈마리. 언니야."

로즈마리는 두려운 마음을 몰아내며 조심스럽게 눈을 떴다. 샤롯의 애타는 목소리에 용기가 났다. 천천히 고개를 들어 그녀를 쳐다봤다. 단어와 문장으로 이루어진 샤롯은 사라졌다. 로즈마리의 시야는 다시 복구되어 있었다. 제대로 샤롯의 얼굴이 보였다. 아름다운 파란색 눈동자와 하얀 피부, 짙은 고동색 머리카락…… 글자는 보이지 않았다.

"언니네."

"그래, 로즈마리. 괜찮니?"

"돌아왔네."

로즈마리는 기운 빠진 목소리로 중얼거렸다. 눈가에 맺힌 눈물이 툭 떨어졌다. 샤롯은 로즈마리의 눈가에 눈물을 닦아주며 말했다.

"창백해 보인다, 그만 돌아갈까?"

황제께 인사는 드렸으니 돌아가도 아무 문제는 없다. 로즈마리는 넋이 나간 상태로 고개를 끄덕였다. 샤롯의 등 뒤로 화려한 연회장이 보였지만 구역질이 날 것 같았다. 그 괴기한 현상이 다시 일어날 것 같아 당장이라도 이곳을 뜨고 싶었다.

로즈마리는 무의식적으로 샤롯의 손을 보고 그녀를 올려다보았다. 걱정 가득한 언니의 모습에 우습게도 안도감이 들었다. 그리고 테라스를 보았다. 연회장에서 뿜어져 나온 빛 때문에 풍경이 가까이 보였다. 테라스 바깥은 잘 정돈된 정원 같았다. 나무, 잔디, 꽃이 아름드리 조화를 이룬 궁의 정원. 그 중간에 서 있는 이름 모를 검은 개 한 마리.

로즈마리는 그것을 보고 미간을 찌푸렸다. 검은 개라니. 처음에는 무언가의 그림자라고 생각했다. 그러나 집중해서 보니 개라는 걸 알았다. 로즈마리는 테라스에 가까이 다가갔다. 샤롯은 로즈마리를 불렀지만 그녀는 검은 개에 집중했다. 윤기가 흐르는 검은 갈기가 탐스럽다. 고고한 자세로 서 있는 검은 개는 마치 한 마리 늑대 같았다. 그 정도로 위세가 대단했다. 검은 털과 대조되는 붉은 눈동자가 매섭고 날카로웠다. 로즈마리는 개를 빤히 쳐다봤다. 검은 개도 그녀의 시선을 마주했다.

"로즈마리, 뭘 보고 있니?"

샤롯이 의아한 어조로 물었다. 로즈마리는 손을 뻗어 검은 개가 있는 곳을 가리켰다.

"저기, 검은 개가 있어. 언니."

"검은 개?"

"응, 저기…… 어라?"

로즈마리가 샤롯에게 검은 개를 가리키는 사이 검은 개는 홀연히 사라졌다. 로즈마리는 눈을 동그랗게 떴다. 그리고 눈가를 비볐다.

"너무 피곤했나보다, 로즈마리. 어서 돌아가 쉬자."

"아무래도 그래야겠어."

피로감이 배는 되어 돌아온 것 같았다. 어떤 께름칙한 기분이 남아 로즈마리를 불편하게 했다. 하지만 지금은 쉬고 싶은 마음뿐이다. 로즈마리는 샤롯에게 이끌려 연회장을 나왔다.

로즈마리와 샤롯이 파티장 입구에 다다를 때 엘리제가 다가왔다.

"어머, 벌써 돌아가시나요? 이제 시작인데."

아쉬운 어조였다. 로즈마리는 샤롯의 뒤에 바싹 붙어 숨었다. 가장 끔찍한 형상을 보였던 엘리제였기에 썩 내키지 않았다.

"네, 피로가 덜 풀린 것 같아 힘드네요."

"아쉬워라. 혹시 수도에는 어느 정도 머물 생각이신가요, 남작님."

"열흘 정도 머물 생각입니다, 공녀님."

"혹시 괜찮다면 티타임에 초대하고 싶은데, 로즈마리 양과 함께!"

"로즈마리만 괜찮다면, 전 괜찮습니다."

샤롯이 로즈마리를 힐끗 보더니 말했다.

"로즈마리 양, 초대에 응해줄래요?"

엘리제는 로즈마리를 향해 선량하게 웃으며 물었다. 로즈마리는 눈동자를 데굴데굴 굴렸다. 승낙인가 거절인가를 고민했다.

"공녀님의 초대에 감사드립니다."

로즈마리가 샤롯에게서 살짝 벗어나 무릎을 살짝 구부

리고 답례 인사를 했다. 엘리제는 흡족한 미소를 지었다.

"그럼 조만간 초대장을 보내도록 할게요."

천사처럼 아름답게 미소 지으며 엘리제가 물러났다.

두 사람은 공작의 저택으로 향하는 마차에 탔다. 샤롯이 여전히 창백한 로즈마리에게 물었다.

"괜찮니, 로즈마리. 초대는 거절해도 되는데……."

"괜찮아 언니, 이때 아니면 공녀님의 티타임에 언제 참석해보겠어?"

"그래도 힘들면 언제든지 말하렴."

로즈마리는 샤롯의 당부에 고개를 끄덕였다. 로즈마리는 마차 창가를 통해 점점 멀어지는 화려한 궁을 보았다.

* * *

공녀의 초대장은 생각보다 빨리 당도했다. 제국의 신년회가 끝나고 이틀째 되던 날이었다. 아무래도 마음이 급했겠지 싶었다. 샤롯은 지금이라도 불편하면 거절해도 된다고 말했지만 로즈마리는 고개를 저었다. 피할 수 있다면 진즉에 피했을 것이고, 신년회도 가지 않았을 것이다.

고위 귀족이 초청한 티 파티는 남달랐다. 신년회만큼의 화려함은 아니었지만 충분히 화려했다. 역시 공작가의 공녀다운 퀄리티였다. 초대받은 귀족가 여식들도 하나같이 고위 귀족인 듯했다. 그들 중 대다수가 엘리제에게 잘 보이려고 안달 나 있었다. 그중에는 듣도 보도 못한 변방의 남작에 불과한 샤롯과 엘리제를 아니꼽게 보는 이도 있었다.

그런 아니꼬운 눈초리쯤 무시하는 건 샤롯과 로즈마리에겐 껌이었다. 하지만 부담스러울 정도로 다정하게 챙겨 주는 엘리제의 호의는 무시하기 어려웠다.

"로즈마리 양, 이 디저트 먹어봤나요?"

"감사합니다, 공녀님."

엘리제는 햇살 같은 미소를 지으며 달콤한 타르트가 담긴 접시를 건넸다. 로즈마리는 송구하다는 듯 접시를 받았다. 평소라면 달콤한 디저트를 받았으니 행복해 마땅하거늘 어쩐지 독이 가득 함유되어 있을 것 같아 먹기가 꺼려졌다.

"혹시 달콤한 걸 별로 안 좋아하나요?"

"송구합니다, 공녀님. 로즈마리가 충치가 있어서요."

샤롯의 철벽 방어에 타르트는 살포시 내려놓아야 했다. 엘리제는 안타깝다는 듯 로즈마리를 바라보았다.

"가여워라, 그 나이에는 한창 단 게 끌릴 나이죠."

"걱정에 감사드립니다, 공녀님."

"상냥하기도 하셔라!"

"어쩜 천사 같은 저 마음씨!"

역시 공녀님이라며 자리에 모인 여식들이 칭찬 일색이다. 책에서도 읽었지만 실제로 본 엘리제는 놀랍도록 완벽했다. 신년회 때의 괴기한 모습은 꿈이었을까.

공작가의 정원이 아름답다고 칭찬이 자자하던데 잠시 둘러봐도 되냐는 질문에 엘리제는 흔쾌히 끄덕였다. 로즈마리는 안도의 한숨을 내쉬었다. 과연 칭찬이 자자할 만했다. 남작가의 정원이 초라할 정도로 아름다운 진풍경이 눈앞에 펼쳐졌다. 로즈마리는 조금은 느긋한 마음으로 정원을 걸었다. 그때 등 뒤에서 뜻밖의 목소리가 들렸다.

"로즈마리 양."

로즈마리는 속으로는 기겁하고 겉으로는 화들짝 놀라며 뒤를 돌아봤다. 엘리제였다.

"정원은 어떤가요?"

"아, 너, 너무 아름다워요, 공녀님."

"후후, 칭찬에 감사해요. 정원사가 들었다면 굉장히 좋아하겠군요."

엘리제는 로즈마리에게 거침없이 다가갔다. 그녀는 로즈마리보다 머리 한 개 반 이상 컸다. 그녀가 상체를 가볍게 숙였다.

"종종 놀러 오세요. 이렇게 귀여운 로즈마리 양은 언제나 환영할게요."

그녀는 로즈마리의 머리를 쓰다듬었다. 로즈마리는 어

색하게 웃었다. 배려에 감사드린다며 인사하자 그녀가 손사래를 쳤다.

"저는 외동이라 로즈마리 양 같은 동생이 있는 남작님이 부러워요. 저를 친언니만큼은 아니지만 가까이 생각해줄래요? 언니라고 불러도 좋아요!"

일반적인 귀족 여식이라면 기뻐할 호의였다. 하지만 로즈마리는 영 내키지 않았다. 실제 로즈마리 성격이라면 어땠을까. 소심하고 겁 많은 자신이었다면.

"언니라고 불러도 되나요? 정말요?"

일반적인 귀족 여식들과 별반 다르지 않을 것이다.

"물론이에요, 기뻐요. 로즈마리 양과 친하게 지낼 수 있을 것 같아요."

엘리제는 대뜸 로즈마리의 작은 손을 잡아 이끌었다. 뱀의 피부처럼 차갑다. 사람의 손이라고 생각하기 어려울 정도로. 로즈마리는 흠칫 떨었지만 아무렇지 않은 듯 그녀에게 이끌렸다. 엘리제는 정원에 아름답게 핀 꽃밭을 안내해줬다. 절로 감탄이 나올 법한 풍경이지만 좀처럼 눈에 들어오지 않았다.

"영지로 돌아가면 당분간 보지 못하겠죠?"

"네."

"너무 아쉽네요. 좀 더 있으면 좋으련만. 괜찮다면 편지를 보내고 싶은데 답장해줄래요?"

"공녀님께서요?"

"로즈마리는 이제 제 동생이나 마찬가지잖아요."

"꼭 답장하겠습니다, 공녀님."

아마도 책 속의 로즈마리였다면 엘리제와 몇 번을 교류했을 것이다. 그녀의 상냥한 문장과 안부에 점차 매료되었겠지. 베히모스가의 영지는 오지이고, 언니 샤롯은 가주로서 늘 바빴기에. 외로움을 달래기 딱 좋았을 것이다.

엘리제는 미소 지었지만 로즈마리는 얼마 전 보았던 레비탄 후가 절로 떠올랐다. 의미 없는 엘리제의 미소는 레비탄의 기계적인 미소만큼 인위적이다. 엘리제의 티 파티는 마무리되었다. 기억하기론 이 티타임은 책에 나열되지 않았다. 엘리제 입장에선 별로 중요하지 않아서가 아닐까라는 생각이 들었다.

어느덧 내일이면 영지로 돌아가야 한다. 시간은 빠르게 지나갔다. 사실 엘리제는 티타임 이후로도 자주 베레이터 공작가를 찾았다. 이틀에 한 번 꼴이었다. 엄밀히 따지자면 목표물인 로즈마리를 만나러 왔다고 볼 수 있다.

그녀는 친히 로즈마리를 데리고 수도 곳곳에 있는 아틀리에를 구경시켜주었다. 나름대로 그녀도 로즈마리에게 공을 들이고 있었다. 덕분에 로즈마리는 늘 피로했다. 샤롯은 힘들면 거절해도 좋다고 했지만 그럴 순 없었다. 적의 동태를 살피는 것이 가장 중요하기에.

로즈마리가 엘리제를 따라 바깥에 나가면 호위는 언제나 엘릭서가 맡았다. 로즈마리는 그 사실이 좀 불안했다. 엘릭서는 미적 감각이 굉장히 높아서 엘리제를 보면 반할 수밖에 없을 거라 생각했다.

하지만 예상 밖으로 엘릭서의 반응은 시큰둥했다. 너무 의외여서 한동안 그와 묵언 수행을 로즈마리가 물을 정도였다.

"로우 경, 엘리제 공녀님 예쁘지 않아?"

"예쁘시죠."

"한눈에 반했어?"

"아뇨, 그 정도는 아닌데요."

"뭐? 제국에서 가장 아름다운 공녀님이잖아."

"썩 내키지 않는다고 할까……. 그것보다 아가씨."

"왜?"

"이제 화는 푸셨어요?"

잔뜩 시무룩한 엘릭서가 로즈마리의 눈치를 살피며 말 끝을 흐렸다. 로즈마리는 기가 막혔지만 사실 풀린 게 맞았다. 애초에 그에게 품은 신뢰나 기대가 크게 없었기에 당시에는 화가 많이 났지만 시간이 지날수록 무뎌졌다. 게다가 엘릭서보다도 무례한 레비탄을 겪어보니 이 정도면 양반이다 싶었다.

"화 풀렸어. 다음부턴 입조심 해."

"힝, 아가씨. 저 눈치 없는 거 아시면서…….."

"어디서 힝 같은 귀엽지도 않은 소리를 내뱉고 있어? 여기 닭살 돋은 거 안 보여?"

로즈마리가 소매를 살짝 걷으며 보여줬다. 실제로 장신의 사내가 귀엽지도 않은 소리를 내뱉자 닭살이 돋아났다.

"잘생긴 사람이 하면 다르다고요."

"얘가, 얘가 아직도 정신을 못 차렸네?"

"죄송합니다."

로즈마리가 정색하자 엘릭서가 얼른 군기를 잡았다. 로즈마리는 고개를 절레절레 흔들며 공작가에서 지내는 방으로 향했다. 엘릭서는 그래도 한결 부드러워진 로즈마리의 반응에 몹시 기뻤다. 앞으로 조심해야지, 아가씨 앞에서 말조심해야지. 속으로 되새겼다.

문득 엘릭서는 로즈마리가 물었던 엘리제 공녀가 떠올랐다. 실제로 감탄이 터져나올 정도로 아름다웠다. 신의 완벽한 피조물이라 생각될 정도로. 하지만 어째서일까. 로즈마리에게 말했다시피 엘릭서는 그녀가 썩 내키지 않았다.

영지를 떠나기 전날 밤, 로즈마리는 한동안 엘리제에게 시달리는 바람에 책을 읽지 못했다. 그녀와 있는 동안 늘 긴장해야 해서 기운이 쭉 빠져 책을 읽을 겨를이 없었다. 하지만 이제 곧 이곳과 이별할 시기가 왔다.

로즈마리는 실로 오랜만에 책을 꺼내기로 했다. 그녀의 창가를 누군가 두드리지 않았다면 말이다. 누가 창에 작은 조약돌을 던진 것 같았다. 로즈마리는 의아했다. 자신이 묵고 있는 방의 창문을 두드릴 만한 인물이 누구일까? 변방의 하위 귀족 자제에게 말이야.

로즈마리는 창을 열었다. 어두운 밤하늘, 공작가는 자잘한 소음 외에는 조용했다. 창가 바깥에는 공작가의 작은 정원이 보였다. 그리고 정원에 고고한 자세로 서 있는 검은 개 한 마리.

검은 개의 붉은 눈은 아름다운 루비를 연상케 했다. 로즈마리는 자신을 올려다보는 검은 개에 눈살을 찌푸렸다. 착각이 아니었다. 황궁에서 봤던 검은 개와 같은 형상이었다. 로즈마리는 좀 더 자세히 보려고 상체를 앞으로 쑤욱 숙였다.

06
탑에 갇힌 왕자를 구하는 건

하지만 이내 뒤로 자빠질 수밖에 없었다. 로즈마리가 묵고 있는 방은 3층이었다. 꽤 높은 고층이라 일반적인 개라면 절대 올라올 수 없는 높이였다. 그런데 그 높이를 검은 개가 불현듯 도약하며 올라온 것이다.

로즈마리는 소리 없는 비명을 질렀다. 그녀는 바닥으로 꼬부라졌다. 그녀 위로 검은 개가 날렵하게 올라섰다. 가까이서 보니 로즈마리만큼 컸다. 커다란 개가 덮치는 상황은 겪어보지 않으면 아무도 모를 것이다. 이 공포감은.

로즈마리는 저도 모르게 소리를 지르려 했다. 하지만 그럴 수 없었다. 영악한 개가 앞발로 그녀의 입을 막았기 때문이다. 미친 개 같으니라고! 로즈마리의 파란 눈동자가 동그래졌다. 하지만 잠시뿐 로즈마리는 버둥거리며 밑을 빠져나오려 했다.

"진정해, 자꾸 버둥거리면 재미없어."

익숙한 목소리가 들리지 않았다면 말이다. 굉장히 귀에 익은 목소리였다. 로즈마리는 반사적으로 다리를 뻗어 자신에게 올라탄 개를 뻥 차려 했다. 날렵하고 영악한 개가 펄쩍 점프하며 뒤로 물러났다. 왠지 데자뷰 같다. 어디서 겪어본 느낌!

"레비탄 후?"

"어떻게 내 이름을 알지?"

창가 쪽으로 물러난 검은 개가 눈을 가늘게 접으며 물었다. 로즈마리는 대답 없이 눈만 깜박거렸다. 진짜 레비탄 후? 속으로 중얼거렸다.

"예의 없이 숙녀의 방에 난입하다니, 정말로 무례한 놈이야."

"꼴에 여자라 이거야?"

그가 고개를 들어 쓱 로즈마리를 훑어봤다. 로즈마리는 발끈하지 않기로 했다. 그녀는 그가 튀어 올라온 창가를 손수 가리키며 말했다.

"소리 지르기 전에 썩 꺼져줄래?"

"너무하네. 미래의 남편이 될지도 모르는 사람한테."

"누가 내 남편이래. 개를 남편으로 들일 만큼 형편없지 않아."

로즈마리의 말에 레비탄은 코웃음을 쳤다.

"사람 일은 모르는 거야. 내가 보기엔 우리 인연은 스쳐 지나갈 인연이 아닌 것 같은데 말이야."

"부부 될 인연은 아니지. 원수 될 인연일 순 있어도 말이야."

"왜 그렇게 나를 싫어해? 내가 네게 너무 무례했다면 사과할게, 됐지?"

"진심을 담은 사과도 아니거니와 그럴 마음도 없으면서 왜 나한테 이러는지 모르겠네. 심히 의심스러워."

로즈마리의 말에 레비탄은 웃었다.

"네가 내 구명줄이거든."

"나 참, 이 세계는 수수께끼 같은 말만 늘어놓는 놈들이 왜 이렇게 많담."

로즈마리는 고개를 절레절레 흔들었다. 레비탄이 가까이 다가가 그녀의 허리춤에 얼굴을 비볐다. 로즈마리는 커다란 개가 비비는 통에 몸이 살짝 밀려나 반사적으로 그의 정수리를 매만지고 말았다. 생각보다 보드라운 감촉에 놀랐다. 겉보기에도 반질반질 윤이 났지만 실제로 놀라울 정도로 감촉이 좋다.

"알 수가 없네. 한없이 무례한 무뢰한이었다가, 날 약 올리려 하는 치졸한 놈이 왜 이렇게 나한테 비비적거리는 거야?"

한껏 아양을 부리는 꼴의 레비탄이라니. 개의 모습이지만 어쩐지 낯설게 느껴졌다. 그렇다고 밀어내자니 거머리처럼 빙빙 도는 것이 집요하기도 했다. 이따금 쿵쿵거리는 것도 불쾌하고 말이다.

"그만 좀 비비적대."

"아무리 생각해도 네가 확실하네."

뜬금없는 레비탄의 말에 로즈마리는 고개를 갸웃 기울였다.

"너지, 무한의 서고의 주인이."

그의 말에 로즈마리는 느리게 눈을 깜박거리다 한 손으로 이마를 짚으며 깊은 한숨을 내뱉었다.

"미안하지만, 틀렸어."

"책 냄새가 강하게 나는데?"

"나는 책 읽는 걸 좋아하거든. 그나저나 너, 어떻게 서고의 존재를 알아?"

"그러는 너야말로 나를 어떻게 알아? 내 이름, 처음 보자마자 알았잖아."

로즈마리는 미간을 찌푸렸다. 그녀가 입을 다물자 그는 빙글빙글 느릿느릿 주변을 돌았다.

"나를 안다면 엘리제도 알겠군. 엘리제가 너에게 집적대지 않았어?"

그녀가 최근에 기분이 좋아 보이던데, 아마도 서고의 주인을 찾은 게 아닐까 싶었다.

"너에게 기묘한 냄새가 나. 책 냄새와 더불어."

"개코가 따로 없군."

로즈마리는 레비탄을 살짝 밀어내 열린 창가 쪽으로 걸어갔다. 창가에 걸터앉은 그녀가 레비탄을 마주봤다. 레비탄은 고고한 늑대처럼 어깨와 등을 쭉 펴고 앉았다.

"안타깝게도 나는 서고의 주인이 아니야. 네가 왜 그렇게 확신하는지 알 수 없지만, 서고의 주인은 대대로 가주가 이어받아."

"놀랍군."

"서고의 주인은 내 언니야. 언니 곁에 붙어 있다 보니 네가 맡았다는 기운이 묻어날 수도 있지 않을까?"

"그러기엔 너무 강한데? 오히려 네 언니 쪽이 옅어."

"언니한테도 접근한 거야?"

로즈마리는 으르렁거리듯 말했다. 레비탄은 고개를 저었다. 가지 않아도 느낄 수 있다. 이 저택에 침입하는 순간, 온전히 로즈마리에게서 느껴지는 기묘한 기운이 강했기 때문에.

그는 두 눈을 들어 그녀를 보았다. 루비색 눈동자에 로즈마리가 비쳤다. 그녀 주변에 기묘한 기운이 빛의 알갱이처럼 톡톡 터졌다. 맡고 느끼고 보인다. 로즈마리를 감싸고 있는 무언가.

그는 눈을 가늘게 뜨고 그녀 너머에 보이는 커다란 나무문을 뚫어져라 보았다. 흐릿하지만 사상 최악의 마수 베히모스가 조각되어 있는 듯했다. 광오한 기운이 느껴졌다. 레비탄이 눈을 느리게 감았다 떴다.

"주인은 따로 있는데, 문은 이쪽이야."

그는 조용히 중얼거렸다. 로즈마리가 '응?' 하고 반문했지만 고개를 저었다. 그는 풀쩍 뛰어올라 로즈마리가 걸터앉은 창가에 착지했다.

"미안하게 됐어. 아무래도 넌 엘리제의 표적이 된 것 같거든."

"아, 온몸으로 느껴져. 그녀가 나를 사로잡으려고 한다는 것."

"이상하군, 너 엘리제에 대해 알고 있는 거야?"

"글쎄, 잘 모르겠지만, 그녀가 내 인생을, 우리 가문을 망치려는 악녀라는 건 알겠어."

"하, 악녀라!"

"너야말로, 뭐야. 내가 알고 있는 레비탄이랑 달라."

"알고 있다라……. 우리 너무 스무고개 같지 않아?"

"서로 진실을 공유하기엔 우리 둘, 신뢰가 바닥을 기잖아."

서로 두리뭉실한 말만 내뱉고 있었다. 이 대화 가운데 서로 유추해내야 한다는 건 알 것 같다. 로즈마리는 미간을 찌푸렸다. 레비탄이 돌연 웃음을 터트렸다.

"너 같은 애는 처음이야. 당돌하고, 저돌적이고, 차갑고, 다혈질에 의문투성이야."

"어머, 나도 똑같이 돌려주고 싶네. 거기에 무뢰한도 넣어서!"

악녀의 개가 주변에 맴돈다는 것은 몹시 께름칙한 일이 아닐 수 없다. 로즈마리는 더러운 것을 털어내듯 손을 흔들었다. 레비탄은 개의 인상으로 가여운 표정을 지었다.

"너무 밀어내지 마. 이쪽은 절실해서 그래."

"이쪽도 마찬가지거든."

"네가 내 구명줄인 건 사실이야. 내 명예를 걸고 장담하지."

"어머나! 그런 거 걸 필요 없어! 딱히 널 구해줄 마음이 없거든, 나."

"과연 그렇게 될까?"

"과연 그렇게 되겠지! 운명은 스스로 개척하는 거야. 신께 기도한들 상황은 바뀌지 않아."

로즈마리는 냉정하게 떨쳐내며 말했다. 레비탄이 한숨을 내쉬었다. 당돌하고 고집 센 구원자다.

"나는 너에게 동맹을 요청하기 위해 온 거야."

"동맹? 넌 악녀의 개잖아. 엘리제의 발닦개면서."

"그런 것도 알고 있어?"

로즈마리는 슬그머니 고개를 돌렸다.

"원해서 그녀의 밑에 있는 게 아냐. 이쪽의 목줄을 그녀가 움켜쥐고 있어서 살기 위해 따르는 거야."

"생각지도 못한 말인데."

로즈마리는 실로 놀란 듯 눈을 동그랗게 떴다. 레비탄은 고개를 숙이며 말했다.

"나와 내 동료가 그녀의 저주에 걸렸어. 살기 위해 그녀가 원하는 대로 움직여줘야 해."

"저주라고? 그녀에게 그런 능력이 있어?"

"뭐야, 엘리제를 아는 것 같더니 이건 모르는 거야?"

로즈마리는 그녀대로 혼란스러웠다. 책에는 그녀에게 저주를 내릴 능력 따윈 서술되어 있지 않았다. 로즈마리는 이 괴이한 상황에 빠르게 머리를 돌려 상황 판단을 하려 했다.

"쓰여 있는 것과 달라, 어째서?"

"엘리제는 마녀야, 모르겠어? 그녀는 사상 최악의 마녀야. 죽지 않는 영원한 세월을 살아가는 이 세상의 어둠이라고."

"마녀란 말이야? 아니, 잠깐 잠깐! 죽지 않는다니 무슨 말이야."

"정말 모르는군. 그녀는 이미 몇십 년 전에 화형 당했어. 그리고 어찌 된 영문인지 알 수 없지만 몇 년 전에 부활했고, 나와 동료는 그녀에게 사로잡혔어."

"맙소사!"

로즈마리는 양손으로 머리카락을 움켜쥐며 짧은 비명을 내질렀다. 그녀는 창가에서 내려와 바닥에 털썩 주저앉았다. 그리고 양손을 착 모아 펼치며 말했다.

"도서 열람!"

그녀의 펼쳐진 손바닥 위로 투명한 서고의 카드가 빙글빙글 돌며 나타났다. 레비탄의 눈이 휘둥그레졌다. 카드는 빙글빙글 돌며 위로 천천히 떠올랐고 그 아래로 빛의 가루가 쏟아졌다. 빛의 가루가 쏟아지는 로즈마리의 손바닥 위로 두툼한 책이 형성되었다.

"뭐, 뭐야."

처음으로 그의 나이다운 모습을 보이며 레비탄이 껑충 뛰어 그녀 주변으로 다가왔다. 로즈마리는 레비탄의 놀람을 뒤로하고 형상화된 《엘리제 이야기》를 펼쳤다. 책을 펼치면 언제나처럼 익숙한 문장들이 적힌 페이지들이 보여야 했다. 하지만······.

"이럴 수가."

그녀가 펼친 책의 페이지에는 수많은 글씨가 문장들이 덧붙여지고 겹쳐지고 겹쳐져 어지럽게 얽혀 있었다. 글을 읽을 수가 없어. 그녀의 두 눈에 혼란이 일었다.

"이봐, 내 눈이 잘못된 게 아니라면······."

혼란스러운 한가운데 그녀의 귓가로 레비탄의 난감한 목소리가 들렸다.

"여기, 글자들이 움직이고 있어."

"어떻게 이런 일이!"

로즈마리는 레비탄의 말대로 꼬물꼬물 움직이는 지렁이처럼 살아 있는 듯한 글자와 문장들을 망연한 표정으로 쳐다볼 수밖에 없었다. 바로 얼마 전까지만 해도 말끔했던 평범한 책이 지금은 괴기한 현상을 일으키고 있다.

"대체 무슨 일이 벌어지려는 거야."

그녀가 열심히 읽었던 내용은 온데간데없이 없어졌다. 아니, 분명 있을 테지만 어지럽게 어질러져 있을 뿐일 테지. 로즈마리는 책을 닫았다. 그녀가 책을 닫는 순간 표지 위로 서고의 카드가 톡 떨어졌다.

로즈마리는 책을 바닥에 내려놓고 절망했다. 알고 있던 사실들, 읽었던 내용들, 전부 예언서라고 미래의 일어날 일들이라고 호언장담하며 외울 정도로 읽고 또 읽었다. 전생에 읽었던 소설에서 책 빙의가 된다면 원작이 틀어진다는 이슈 사항은 늘 있었다. 그것까지 포함해서 원작을 비틀어 주인공들은 사랑과 평화를 얻긴 했다.

"이건 아니지."

어지럽게 얽힌 문장들이 뒤섞인 책도 그렇고, 중요 인물인 엘리제의 정체가 생각했던 것과 전혀 다르다. 평범한 사람과 사람이 아니라.

"마녀와의 싸움이잖아, 이건."

이 세계에는 절대적으로 악이 마녀다. 마녀는 때때로 탑의 현자보다도 강하고 교황보다도 강하다. 악의는 그녀의 힘이자 원천이다. 수많은 사람이 이 대륙에, 이 세계에 살면서 늘 좋은 감정들만 가지고 살진 않는다. 좋은 사람이 있다면 나쁜 사람도 있다. 오히려 나쁜 사람이 더 많을 때도 있다. 그들이 품은 어두운 면은 모조리 마녀의 양식이 된다. 마녀는 모든 악의 속에서 태어나 불현듯 등장한다.

로즈마리가 바닥에 이마를 대고 주먹을 치며 말했다.

"말도 안 돼! 마녀라니! 마녀라니! 그런 게, 그런 게 어딨어!"

애초에 잘못되었다. 로즈마리는 모든 것이 혼란스러웠다. 진실이라 믿었던 것들이 전부 허상이고 거짓이었다. 어쩐지 귓가에 벨의 웃음소리가 들리는 것 같았다. 로즈마리는 악에 받쳐 소리쳤다.

"벨! 이 거짓말쟁이!"

[그만해!]

일순간 로즈마리 위로 묵직한 무언가가 올라탔다. 로즈마리는 바닥에 살짝 짓눌렸다. 거친 포효와 같은 소리가 마치 상처받은 짐승 소리 같았다. 문밖까지 울릴 정도로 쩌렁쩌렁 소리쳤건만 달려오는 인기척이 없다. 로즈마리가 흐느꼈다.

"다 거짓말. 벨, 이 배신자."

로즈마리가 끅끅 울음을 터트리자 그녀 위에 올라탄 레비탄이 한숨을 내쉬었다. 당최 어떻게 돌아가는지 알 수가 없다.

"대체 무슨 영문인지 알 수가 없군. 서고에서 꺼낸 책 같은데 저 책의 상태 때문에 이러는 거야?"

"저 책은 그냥 책이 아냐. 무한의 서고에서 꺼낸 책이야."

"알아, 두 눈으로 봤으니까."

책이 빛의 가루 속에서 나타난 신비한 광경을 두 눈으로 봤다. 레비탄은 직감적으로 무한의 서고에서 나온 책이라는 걸 알 수 있었다.

"그래서 뭔데. 책 상태가 이상한 거야 그럴 수 있지."

"그럴 수 있다고? 책이야. 책이라고. 반듯하게 나열되어 있어야 할 문장들이 어지럽게 얽혀 있어서 읽을 수도 없어. 저걸 책이라 부를 수 있어?"

"그래, 알았어. 진정해."

로즈마리가 흥분하며 소리치자 레비탄이 턱 언저리로 그녀의 정수리를 누르며 말했다. 짓눌렸지만 아프진 않다. 등 뒤로 따뜻한 체온이 느껴지고 털의 감촉이 간지럽다. 로즈마리는 우울한 목소리로 말했다.

"무한의 서고에서 꺼낸 책이야. 미래가 적힌 책이지."

"그런 책도 있단 말이야? 그래서 너는 나를 아는구나."

레비탄의 말에 로즈마리는 고개를 끄덕였다.

"예언서지만 반쪽짜리야. 엘리제를 중심으로, 그녀의 미래를 중심으로 적혀 있거든."

"엘리제의?"

"그래, 책의 이름은 《엘리제 이야기》."

레비탄은 직감적으로 저 책이 엘리제가 찾는 책이라는 걸 알았다. 자신의 어머니가 썼던 그녀의 일생을 담은 책. 그녀의 거짓된 일생을 적은 엘리제가 바라는 미래가 적힌 책이다. 하지만 책이 온전치 못했다.

"책에 적힌 미래에 나와 언니와 가문은 엘리제에 의해 희생돼. 우린 곧 죽을 날이 얼마 남지 않았어."

로즈마리의 말에 레비탄이 번뜩 정신을 차렸다.

"그렇게 적혀 있었어?"

"그래, 얼마 남지 않았어. 신년회에서 이상한 걸 봤어. 세상이 온통 글자와 문장으로 이루어졌어. 언니의 죽을 운명이 읽혔어."

너무 무서운 광경이었다. 로즈마리는 눈을 질끈 감았다. 레비탄은 형용할 수 없는 괴이함을 느꼈다. 그녀에게서 짙게 묻어나는 절망감에 그도 젖는 느낌이었다.

"너나 나나 참으로 기구하군."

"망했어, 망했다고."

로즈마리가 불현듯 꺼이꺼이 울음을 토해냈다. 그렁그

렁 눈물이 눈가에 맺어 쉴 새 없이 바닥에 떨어졌다. 작은 소녀가 가련하게 울고 있자니 아무리 이기적인 레비탄이라 할지라도 약해질 수밖에 없었다. 그는 그녀에게서 슬그머니 내려와 로즈마리의 눈가를 혀로 핥았다.

"이봐, 기구한 운명끼리 동맹을 맺자."

"동맹?"

"네가 날 구해준다면 나도 너를 구해줄게."

"너에게 그런 능력은 있고?"

"지금은 없지만 방법은 있어."

"너의 어딜 믿고?"

"무슨 애가 꼬박꼬박 지질 않아?"

"훌쩍, 지금 사기당한 사람한테 또 사기 치는 걸 수도 있잖아."

"나도 절실하거든? 내가 개같이 보이면 더 믿음이 가야 하는 거 아냐? 개는 충성심이 높은 짐승이잖아."

"뜬금없네? 내게 충성심이라도 바치겠다는 거야?"

로즈마리의 말에 그는 기운 빠지는 웃음을 내뱉으며 말했다. 말이 그렇다는 거지. 로즈마리는 엎어졌던 몸을 일으키고 눈가를 닦으며 말했다.

"당최 어떻게 해야 할지 모르겠어."

로즈마리는 자신이 길 잃은 미아처럼 느껴졌다. 책에 써진 미래만 비껴가면 된다고 생각했는데 이제는 알 수가 없다. 로즈마리의 우울한 목소리에 레비탄이 뺨을 비볐다. 참혹한 기분이지만 그렇다고 방금처럼 막연히 절망스럽진 않았다. 아마도 '기구한 운명끼리'라는 레비탄의 말에 언뜻 위로가 된 것 같다. 우습게도 자신과 같은 상황에 처한 사람이 더 있다는 것이 말이다.

"내가 널 구할 수 있을까?"

"사실, 잘 모르겠어."

갑자기 바닥을 치던 신뢰도가 지하까지 땅굴을 판 느낌이었다. 로즈마리가 인상을 찌푸리자 그가 웃었다. 이 상황이 어찌 될지 모르겠지만…… 그런 기분이 들었다. 로즈마리라면 그 감옥에서 자신을 꺼내줄지 모른다고 말이다. 목 언저리를 조여 오는 붉은 실이 거슬렸다. 하지만 아랑곳하지 않고 그는 말했다.

"그래도 너랑 나, 혼자보단 둘이 더 가능성 있지 않아?"

"그래, 혼자보단 둘이 외롭진 않네."

로즈마리는 붉어진 눈가를 접으며 살포시 웃었다. 물기를 잔뜩 머금은 파란 눈동자가 마치 청명하게 반짝거리는 것 같았다. 레비탄은 그녀의 눈가를 혀로 핥았다.

"다시 찾아올게."

"뜬금없이 나타나서 뜬금없이 작별하네."

그는 키득거렸다. 그 주변에 검은 안개가 뭉게뭉게 일어났다. 폭신한 느낌을 일게 했다. 로즈마리는 그것을 하염없이 쳐다보다가 불현듯 그런 생각이 들었다.

"그나저나 이렇게 소란스럽게 굴었는데, 누구 하나 안 나타나네."

"내가 아무 준비도 없이 널 찾아왔을 것 같아? 네 주변에 가시가 얼마나 많은데."

그의 붉은 눈이 즐거운 듯 반짝거렸다. 동시에 로즈마리의 방에 돌풍이 불었다. 작은 토네이도를 일으키며 검은 안개를 휩쓸어갔다. 로즈마리는 저도 모르게 눈을 질끈 감았다. 시야를 잃은 상황에서 뺨을 때리는 머리카락이 느껴졌다. 그러나 그것도 잠시, 로즈마리의 머리카락을 어지럽게 휘날리던 바람이 사라졌다. 동시에 검은 안개도 사라졌다. 정적이 흘렀다.

로즈마리는 슬그머니 눈을 떴다. 따뜻한 기운이 느껴지는 로즈마리의 방에는 그녀 혼자뿐이었다. 검은 개는 온 데간데없이 사라지고 없었다.

"레비탄?"

"조만간, 또."

그녀의 귓가로 흐릿한 목소리가 작게 속삭이고 사라졌다. 그녀의 이마 위로 무언가 톡 떨어졌다. 그녀는 반사적으로 그것을 잡았다.

개의 형상을 접은 종이였다. 어찌나 야무지게 접었는지 살아 움직일 것 같은 개 모양의 종이에 바람 빠진 한숨을 내쉬었다. 진이 빠진다. 로즈마리는 무릎걸음으로 침대까지 기어가 올라갔다. 한 손에 종이 개를 쥐고.

고작 한두 시간 소비한 것 같은데 몸이 물먹은 솜처럼 무겁다. 그녀는 이불 속을 파고들었다. 내일이 어찌 될지, 앞으로의 미래가 어찌 될지 갈 길을 잃었지만 지금은 쉬고 싶다. 로즈마리가 이불 속으로 들어간 지 얼마 지나지 않아 작은 숨소리가 규칙적으로 들려왔다.

그녀의 방바닥 한쪽에 《엘리제 이야기》 책이 덩그러니 놓여 있었다. 책 위에 서고의 열람 카드가 팽이처럼 빙글빙글 돌았다. 하염없이 빙글빙글.

* * *

날이 밝았다. 로즈마리는 제대로 못 잔 사람처럼 꾸벅꾸벅 졸면서 일어났다. 잠을 쫓아내기 어려웠다. 몸은 무겁고 기운은 없다. 입맛도 나지 않아 아침을 먹는 둥 마는 둥 해서 샤롯을 슬프게 했다.

로즈마리는 어딘가 정신이 나간 사람처럼 멍해 있었다. 그녀는 창가 쪽 테라스로 걸어갔다. 그리고 의자에 앉았다. 드레스 속 숨은 주머니에 손을 넣고 뒤적이며 무언가를 꺼내 보니 개 모양의 종이였다. 로즈마리는 그것을 빤히 내려다보더니 조심스럽게 종이가 찢어지지 않게 펴기 시작했다.

얼마 안 가서 종이는 접힌 자국이 선명한 채로 온전히 펼쳐졌다. 종이에는 낯선 글자가 떡하니 적혀 있었다. 로즈마리는 미간을 찌푸리며 빤히 바라보았다.

읽을 수 없는 것을 보니 현 시대에 사용하는 글자는 아닌 것 같았다. 몇 개국 언어를 얼추 알고 있지만 이런 형태의 글자는 본 적이 없다. 로즈마리는 테라스 탁자에 올려둔 책을 내려다보았다. 그 옆에 종이를 내려놓고 책 위에 놓인 투명한 카드를 집어 들고 모서리로 책의 표지를 톡톡 쳤다.

무언가 골똘히 생각하던 로즈마리는 내키지 않은 듯 나지막이 입을 열었다. '도서 반납'이라 명하자 책은 환상처럼 사라졌다. 그녀는 손바닥 위에 모서리의 축을 기준으로 빙글빙글 도는 카드를 보며 다시 입을 열었다.

"《글의 기원》."

늘 읽던 책은 도서 열람을 명하면 자동으로 나온다. 하지만 그 외의 책을 찾을 경우 제목이나 키워드를 새로이 주입해야 한다. 로즈마리는 레비탄이 남기고 간 종이에 담긴 글자의 정체를 알고 싶었다. 본 적 없는 형태의 글자라 어쩌면 고대어가 아닐까 하는 생각에 슬그머니 키워드를 주입하니 오래된 책이 톡 하고 탁자에 떨어졌다.

로즈마리는 책을 펼쳐 페이지를 넘기며 종이의 글자와

대조하기 시작했다. 빠르게 넘기며 책의 글자와 일일이 대조한 끝에 종이에 써진 글의 뜻을 알았다. 역시 종이에 써진 글자는 고대어였다. 심지어 마술적 의미를 담은.

"개로군."

그야말로 단순명료하게 '개'라는 뜻을 담은 주술적 고대어에 코웃음을 쳤다. 개를 형성하기 위해 존재한다는 글자를 손끝으로 문질렀다. '다시 또 보자'는 그의 목소리가 귓가에 어른거렸다.

이제 곧 영지로 돌아간다. 로즈마리가 영지로 돌아가면 그 오지로 레비탄이 찾아올 수 있을까? 로즈마리는 자꾸만 아른거리는 검은 개와 붉은 눈, 그리고 그를 얽매는 저주가 목에 걸린 가시처럼 거슬렸다.

[개로군.]

그녀의 사색을 방해하는 목소리가 들렸다. 로즈마리의 눈가가 움찔 떨렸다. 어제 저녁, 그토록 소리치며 불렀던 이의 목소리이지만 지금은 듣고 싶지 않았다. 로즈마리는 '도서 반납'이라 명하며 카드와 책을 서고로 반납했다.

배신자 같으니, 미래를 알려주는 책이라고? 그런 책이 아니었다. 그건 그냥 단순히 쓸모없는 책이며, 로즈마리를 속이기 위한 미끼였다. 자신의 상황은 책을 알기 전보다 복잡하고 난해하다. 어떻게 해야 할 방도도 마땅히 떠오르지 않았다.

"로즈마리 아가씨, 엘리제 아가씨께서 찾아오셨어요."

로즈마리의 생각을 끊어버린 것은 난데없는 엘리제의 방문이었다. 일정대로라면 오늘 영지로 돌아가야 한다. 아마도 그런 채비를 하고 있을 터이다. 그런데 엘리제가 찾아왔다. 로즈마리는 썩 내키지 않았다.

레비탄을 믿어도 될지 모르겠지만, 그의 말이 사실이라면 엘리제는 마녀였다. 그녀를 만나는 것이 두려워졌다. 그렇다고 공녀를 무시할 수 없기에 그녀는 내키지 않은 듯 느리게 몸을 일으켰다. 그리고 하녀의 안내를 받아 응접실에 우아한 자태로 앉아 있는 엘리제를 맞이했다.

"로즈!"

그녀가 달갑게 눈을 곱게 접으며 로즈마리를 불렀다. 달콤하기 한없이 그지없는 목소리는 남녀노소 불구하고 녹아들게 할 정도로 매혹적이었다. 응접실의 하녀와 하인들이 사랑에 빠진 사람처럼 황홀경에 빠져 있는 모습이 기이하고 괴이했다.

로즈마리는 이제야 때때로 그녀 주변의 사람들에게서 기묘한 느낌을 받는 이유를 알 것 같았다. 마녀의 유혹에 모두가 현혹되는 것이다. 천사처럼 성스럽기 그지없는 겉모습과 달리 속은 새까만 악의로 이루어진 마녀에 의해 말이다. 로즈마리는 마른침을 삼키며 살포시 웃었다. 치마를 살짝 들며 사랑스럽게 인사했다.

"공녀님, 어서 오세요. 배웅 오신 건가요?"

"너무해요, 로즈. 언니라고 불러달라니까."

"하지만 하찮은 제가 감히 언니라 부르기가……."

"그러지 말아요. 나는 로즈를 정말로 동생처럼 생각한답니다."

"황송합니다, 공녀님."

"오늘 떠나는 건가요. 너무 서운하네요. 기어코 이별의 날이 왔다니 말이에요."

그녀의 말에 로즈마리 역시 안타깝다는 듯 웃었다. 엘리제가 서글픈 표정을 지으며 그녀의 양손을 잡고 말했다.

"편지해요."

로즈마리는 반드시 그러겠노라 고개를 끄덕였다. 엘리제가 기쁜 듯 꽃처럼 웃었다. 길은 정해져 있지 않고 온통 길게 자란 갈대숲에 나무가 우거져 있다. 방향도 알 수 없다. 돌아가고 싶어도 어디로 돌아가야 할지 모른다.

처음부터 그렇게 생각했잖아, 로즈마리. 너와 샤롯의 운명, 그리고 마녀의 손아귀에 있는 레비탄. 모두가 눈앞의 마녀에 얽매여 있다. 우리의 기구한 운명과 암울한 미래를 벗어나기 위해 방향 잃은 이 한복판에서 로즈마리는 생각했다.

길이 없다면 앞을 가리는 갈대를 베고, 길을 막고 있는 나무를 베서라도 걸어가겠노라고. 어차피 운명은 자신의 손으로 개척하는 거야.

* * *

샤롯은 수도를 하루빨리 떠나고 싶었다. 이유는 당연히 로즈마리였다. 로즈마리는 원체 병약한 아이였지만, 영지에 있을 적에는 평범한 아이들처럼 건강하게 지냈다. 하지만 수도에 상경해 있는 동안 아이는 때때로 불안하고 초조해 보였다. 나날이 낯빛이 창백해져 가는 것이 안타까웠다. 그녀가 무엇을 그리 두려워하고, 무엇을 그리 조심하는지 알 수 없었다.

샤롯은 마차에 짐이 옮겨지는 것을 보고 저택의 문을 힐끗 보았다. 닫혀 있던 문은 열렸고 거기서 샤롯의 사랑하는 동생 로즈마리가 걸어왔다. 로즈마리는 샤롯을 향해 언제나처럼 해사하게 웃었다. 샤롯은 로즈마리의 동그란 정수리를 쓰다듬으며 준비를 마친 마차에 올라탔다.

말굽 소리와 바퀴가 땅과 부딪히는 소리가 났다. 이따금 덜컹거리는 소리가 마차 안을 흔들 뿐 고요한 침묵이 흘렀다. 로즈마리는 창가에 팔을 얹고 바깥을 구경하는 것 같았다. 초점은 명확히 잡히지 않은 것으로 보아 멍하니 생각에 빠진 것 같지만 말이다.

마차가 수도를 떠나는 관문을 지났다. 숲을 지나갈 무

렵, 창가에 시선을 두던 로즈마리가 고개를 돌려 샤롯을 마주 봤다. 샤롯은 영지를 관리하는 업무를 보고 있었다.

"언니."

"응, 로즈마리."

그녀는 펼쳤던 서류를 접었다. 로즈마리는 무언가 말을 꺼내기 어려운 듯 손가락을 꼬물거렸다. 샤롯은 그녀 앞에 상체를 내밀어 작은 손을 마주 잡았다.

"로즈마리, 나는 언제나 네 편이야."

뜬금없는 샤롯의 말에 로즈마리는 수도를 떠나기 전날 아침이 떠올랐다. 샤롯은 그때도 이렇게 말했다. 언제나 나의 편.

로즈마리는 그 말이 자신에게 얼마나 큰 힘이 되는지 너무나도 잘 안다. 가슴 한구석이 뭉클해지고 먹먹해졌다. 그녀의 손을 마주 잡은 샤롯의 가늘고 어여쁜 손을 내려다본 로즈마리가 눈을 감았다 떴다.

"언니, 나는 지금부터 백마 탄 왕자님이 될 생각이야. 근데 언니도 알겠지만 나는 나약하잖아. 사정이 있어서 다른 누구도 도와줄 수 없고, 오로지 나 혼자서 해내야 해. 그래서 편법을 쓸 건데, 언니가 싫어할 수도 있어."

"네가 위험해질 수도 있다는 거구나?"

샤롯은 입을 다물었다. 샤롯의 침묵에 로즈마리는 마른침을 삼키며 다시 입을 열었다. 아니 열려 했다. 하지만 샤롯이 빨랐다.

"제미, 로즈마리에게 그걸 줘."

옆에서 침묵하며 없는 듯 있던 제미가 오른손 손바닥이 보이게 가슴 언저리에 올리고 그 위에 가볍게 왼 손바닥을 포갰다. 그녀의 마주친 손바닥이 경쾌한 박수 소리를 냈다. 동시에 작은 금빛이 번졌다. 제미가 왼손을 들어 올린 순간 오른손에 까만 마력석 하나가 놓여 있었다. 로즈마리의 엄지손가락만 한 크기의 검은 마력석.

"이걸 사용해, 로즈마리."

"이게 뭔데?"

"최상급 마력석이야. 네 신변을 지켜줄지 모르겠지만 이거라도 사용해주길 바라."

"언니."

"마음 같아선 제미라도 붙여주고 싶어. 하지만 너는 거절하겠지? 온전히 너 혼자서 해야 한다면 이거라도 가져가."

샤롯의 간절한 말에 로즈마리는 입술을 깨물었다. 로즈마리는 마지못해 손바닥을 내밀었다. 제미가 그 위에 마력석을 내려놨다. 크기가 작은 마력석임에도 묵직했다. 마력을 모르는 로즈마리가 느끼기에도 심상치 않은 기운이 감돌았다.

"가문에 몇 개 없는 최상급이야. 어떻게 사용하느냐에

따라 도시 하나는 날려버릴 정도의 마력을 가졌지."

로즈마리는 시선을 마력석에서 천천히 샤롯에게로 옮겼다.

"네가 누굴 구하려는지 모르겠지만……."

샤롯은 말끝을 흐렸다. 그녀는 로즈마리의 작은 손에 놓인 마력석을 내려다보며 다시 말을 이었다.

"나는 언제나 너를 믿어. 네가 바라는 것이 무엇이든 내가 할 수 있는 선에서는 언제나 도와줄 거야."

"응, 언니. 고마워."

로즈마리가 마력석을 그러모으며 고개를 주억거렸다. 옆에 앉은 제미의 눈빛에 걱정이 가득했다. 로즈마리는 그녀를 올려다보며 빙긋 웃었다.

"최대한 다치지 않도록 노력해볼게."

07 마녀의 패밀리어

로즈마리의 말에 제미는 고개를 절레절레 저으며 확고한 어조로 말했다.

"아가씨가 다치는 건 싫어요. 최우선적으로 다치지 않도록 노력해주세요."

"노력할게."

말을 덧붙이자 제미가 한시름 놓은 표정을 지었다. 로즈마리는 곁에 있는 모두에게 감사했다. 마음 같아선 모두 털어놓고 도와달라고 부탁하고 싶었다. 하지만 그럴 순 없다. 상황이 어떻게 돌아가는지 아직도 감이 잡히지 않는다. 위험할 수도 있다. 목숨을 잃을 수도 있어.

하루를 꼬박 달려 수도에서 멀지 않은 마을에 당도했다. 수도에 비할 바는 아니지만 변방의 영지보다는 활발하고 인구도 많았다. 마을의 번화가에서 가장 좋은 여관을 잡은 일행은 짧은 여독을 풀고 휴식을 취했다.

로즈마리는 방에 들어갔다. 그녀는 마력석을 손바닥에 올려놓고 깊게 숨을 들이마시고 내쉬었다. 짧은 침묵이 떨어지고 어느 정도 안정을 찾은 로즈마리가 입을 열었다.

"언어 숙식."

검은 마력석 위로 투명한 카드가 톡 떨어져 모서리를 축으로 빙글빙글 돌았다. 카드에서 떨어지는 빛의 가루가 반짝반짝 터지며 빛을 발산했다. 곧 그녀의 손바닥 위로 두툼한 책이 톡 떨어졌다. 귓가에 익숙한 안내자의 목소리가 들렸다.

[무슨 생각을 하고 있니, 로즈마리.]

로즈마리는 답하지 않았다. 벨은 로즈마리를 속였다. 로즈마리는 포옥 한숨을 내쉬며 들고 있는 책을 무릎에 내려놓고 오른손에 쥔 마력석을 들어 올렸다.

[무슨 짓을 하려는 거야, 로즈마리.]

로즈마리는 목소리를 뒤로하고 주저 없이 마력석을 입안으로 털어 넣었다. 엄지손톱만 하지만 못 넘길 정도의 크기는 아니었다. 목구멍에 묵직한 무언가가 꾸역꾸역 넘어간다. 식도를 타고 내려간 마력석은 곧 로즈마리의 심장에 천천히 떨어져 내렸다.

로즈마리는 심장이 있는 가슴 부위를 움켜쥐었다.

[로즈마리! 왜 그리 무모한 행동을!]

마력이 미미하며 성장이 완전히 멈추지 않은 미성년자

의 몸으로 마력석을 섭취하는 것은 독약을 삼키는 것과 같다. 로즈마리는 곧 전신에 퍼져나가는 방대한 마력에 심장의 맥박이 미친 듯이 뛰고 피가 들끓는 것을 느꼈다.

[로즈마리! 로즈마리! 오, 맙소사!]

귓가에 비명 같은 벨의 목소리가 들렸다. 배신자 주제에 걱정하는 거니? 두툼한 책이 바닥에 떨어져 묵직한 소리가 났다. 로즈마리 역시 바닥에 쓰러지고 말았다.

[마력이 네 몸을 갈기갈기 찢어버리면 어쩌려고 그래!]

"네가 그랬잖아. 나는 특이점이 있는 영혼이라고. 그럼 이 정도는 뭐, 어 넘을 만, 한 버, 버프는 있겠지!"

[미련하긴!]

기가 막혀 하는 벨의 목소리에 로즈마리 역시 어이가 없는 웃음을 가볍게 내뱉었다. 그러나 잘못 웃어 사레가 들고 말았다. 콜록콜록 기침을 내뱉자 목구멍이 뜨거웠다. 반사적으로 입가를 막고 기침을 막다 슬쩍 보니 검붉은 것이 묻어나는 것이 보였다.

[너란 아이는! 정말!]

의식이 점점 몽롱해진다. 몸은 여전히 발작을 일으키듯 크게 움찔거렸다. 로즈마리는 전신에 느껴지는 식은땀으로 인해 흐리게 웃었다.

생각해보니 무리수였나 싶다. 하지만 로즈마리에겐 마력이 절실히 필요했다. 그러고 보니 전생에 로또 한번 당첨된 적 없었지. 그만큼 재수 없는 여자였는데, 뭘 믿고 이런 극단적인 선택에 도박을 건 걸까. 로즈마리는 점점 암전되어 가는 시야를 보며 피식 웃었다. 죽음 앞에 초연해지는 것은 아니다. 그저, 자신의 도박이- 성공했다는 것을 깨달았기 때문이다.

눈을 온전히 감은 그녀 위로 태양처럼 찬란한 빛이 커다란 원을 그렸다. 마치 태양의 관을 그리듯. 빙글빙글 돌던 금의 원 아래로 빛의 알갱이가 톡톡 쏟아져 내렸다.

그 위로 이 세상에 존재하지 않을 법한 아름다운 금색 여인이 모습을 드러냈다. 창백한 인상의 금색 머리, 금색 눈동자, 붉은 입술. 티 하나 없는 순백의 드레스를 입은 여인은 고고하고 아름다우며 성스러웠다. 그녀는 기절한 로즈마리 앞에 무릎을 친히 꿇으며 속삭이듯 말했다.

[내 생전에 너같이 무모한 아이는 처음이야.]

벨의 목소리였다. 그녀는 졌다는 듯 가벼운 웃음소리를 내뱉었다. 하얗고 가는 손을 들어 로즈마리의 이마에 살포시 얹었다. 작은 로즈마리의 몸에 들끓던 마력이 거짓말처럼 잔잔해졌다. 마력은 로즈마리의 몸 전체를 순환하며 맴돌았다. 작은 마력석은 어느새 로즈마리의 심장에 안착했는지 그 속에서 함께 뛰고 있었다. 벨은 로즈마리의 몸을 들어 올렸다. 가볍고 작다.

식은땀으로 얼룩진 그녀의 얼굴에 평화가 찾아오는 듯

했다. 벨은 그녀를 침대에 눕혀놓고 고개를 비스듬히 기울이며 미소를 지었다. 강단 있는 아이, 싫지 않아. 무모한 도전 정신도 사랑스러워.

[나는 너 같은 아이를 얼마나 기다렸는지 몰라.]

기쁨이 넘친 벨의 목소리는 그녀의 얼굴에도 온전히 드러났다. 아름답게 꽃 피듯 미소 짓는 벨은 세상에 현존하는 어떤 여인보다 아름다웠다. 가히 여신이라 칭해도 좋을 정도였다. 그녀는 로즈마리의 이마에 달라붙은 머리카락을 조심스럽게 정리하며 말했다.

[서고는 늘 굶주리고 있단다. 너의 이야기를 기대하고 있어. 부디 나와 서고의 기대를 저버리지 않길 바라.]

벨이 속삭이듯 중얼거렸다. 로즈마리의 방은 평온을 되찾은 잔잔한 침묵과 안식으로 가득했다. 이따금 그녀의 작은 숨소리가 로즈마리가 살아 있음을 알려주는 것 같았다.

* * *

로즈마리와 헤어지고 3일이 지났다. 레비탄이 종이로 만들어낸 허상의 개로 그녀를 만난 다음 날 불현듯 엘리제가 찾아왔다. 그녀는 웃으며 고개를 갸웃 기울였다.

"귀여운 짓을 했더구나, 레비."

옥구슬처럼 아름다운 소리가 오싹함을 품고 퀴퀴한 감

옥에 조용하게 울렸다. 레비탄은 부러 그녀를 보지 않고 등을 돌린 채 책상 의자에 앉았다. 눈앞의 책은 여전히 백지였다. 엘리제는 철장을 손으로 가볍게 쓸며 천천히 걸었다. 또각또각 구두 굽이 부딪치는 소리가 조용히 울렸다.

엘리제는 자신의 깜찍한 작가에게서 풍기는 익숙한 기운에 눈을 가늘게 떴다. 그녀의 붉은 눈동자가 섬뜩하게 반짝거렸다. 그녀는 철장에 고개를 살짝 기대며 노래하듯 말을 내뱉었다.

"나의 귀여운 새에게 왜 네 마력의 잔향이 났을까?"

마녀는 마력에 민감하다. 마력은 마녀의 가장 큰 힘이자 동시에 독이기도 했다. 선의 마력은 그녀를 갉아먹고 무너트린다면, 악의 마력은 그녀를 덧없이 강력하고 견고하게 해준다.

괜찮아, 세상은 아직 악의 마력이 강하다. 인간은 끝도 없이 깊고 어두운 내면을 가지고 있으니까. 그로 인해 발생하는 악의 찌꺼기는 주변의 마력을 더럽힌다. 그로 인해 만들어지는 악의 마력은 엘리제를 누구보다도 강인하게 해줘. 엘리제가 부러 위험하고 잔혹한 행위를 하는 것은 그 때문이기도 했다. 두려움과 공포에 젖은 여인들 주변에 마력이 검게 물든다. 엘리제는 그 광경을 보며 황홀경에 빠지곤 했다.

엘리제의 물음에도 레비탄은 침묵할 뿐이었다. 엘리

제는 철장을 쓰다듬지 않은 반대 손을 들어 가볍게 주먹을 쥐었다. 그러자 핑~ 하고 팽팽한 끈이 당겨지는 소리가 났다. 그녀의 가녀리고 하얀 주먹 쥔 손아귀 주변에 붉은 실이 움켜쥐어졌다. 붉은 실은 일직선으로 레비탄의 목과 이어졌다.

레비탄의 목이 당겨졌다. 소리 없는 비명을 삼키며 레비탄은 목을 움켜쥐었다. 엘리제는 그럼에도 주변의 마력에 변화가 없음에 서늘한 미소를 지으며 코웃음을 쳤다.

"겁 없는 놈 같으니라고."

그래서 좋지만, 그래서 싫기도 했다. 대공의 저택에서 레비탄을 데려올 때도 그 작았던 아이는 눈 하나 깜짝하지 않은 강단을 보였다. 낯선 여인에 의해 낯선 곳, 자신의 편 하나 없는 오지에 도착해 스스로 감옥에 갇힌 가여운 왕자님. 그럼에도 스스로를 가엽게 여기지 않는 고고함이란,

엘리제는 비실 웃었다. 너희 족속들은 언제나 그래. 그딴 허세를 부리며 버텨봐야 승리자는 나란 것을 왜 모를까. 쓸데없는 반항에 괜히 힘을 빼고 있는 것이 안타까운 동시에 우스웠다.

그의 목줄을 쥐고 있는 손아귀에 힘을 주며 잡아당기자 쿠당탕 소리가 났다. 기어코 당겨지는 힘에 못 이겨 레비탄이 의자에서 넘어져 바닥을 굴렀다. 먼지가 공중으로 떴다 무겁게 내려앉았다.

"도와주지는 못할망정, 방해는 말아야지."

엘리제는 바닥을 기는 가여운 왕자님의 정수리를 서늘하게 내려다보며 중얼거렸다. 레비탄은 고개를 들어 그녀를 노려봤다. 자신과 같은 붉은 눈동자가 자신과 다르게 활활 타올랐다. 루비색 눈동자가 놀라울 정도로 강렬한 색을 품고 있는 것이 몹시 아름다운 반면 질투가 났다. 엘리제의 눈은 그와 같은 붉은색이지만 핏빛처럼 붉다. 그녀의 눈은 열렬히 반짝이기보다는 차갑게 식었다.

엘리제가 목줄을 더 잡아당기자 레비탄이 끌려갔다. 손톱을 세워 바닥을 긁는 것이 같잖다. 꼴에 고귀한 피라 이건가 싶어 엘리제는 심경이 더 끓었다.

"로즈마리에게 허튼짓을 한 건 아니겠지? 내가 널 이때까지 살려준다고 죽이지 못하는 건 아니라는 걸 명심해!"

"그럼 죽여."

레비탄은 지지 않고 으르렁거리듯 말했다. 그에 엘리제가 '하' 하고 마른 웃음을 내뱉었다. 그녀가 양손으로 철장을 잡고 흔들며 비명을 지르듯 말했다.

"죽일 거야! 죽여버리겠어! 거짓말쟁이의 혈육 따위! 배신자의 자식 따위!"

"그래! 죽여! 죽여! 엘리제! 나를 죽이고 싶다고! 그럼 여기서 끝내!"

그가 말을 잇기도 전에 엘리제는 감옥에 발동된 전류에

부딪혀 파르르 떨고 있었다. 그녀에게 잡힌 목줄은 온데간데없이 사라졌다. 목을 조여 오는 압박감이 사라졌다. 하지만 진짜 사라진 게 아니라 잠시 느슨해진 것이다. 새파란 전류에 의해 온몸이 타오른 엘리제가 파르르 떨었다.

이미 몇 번, 몇십 번이나 전류로 인해 엘리제의 몸은 부서졌다 재구성되었다. 엘리제는 전류로 인해 입은 화상 입은 피부를 재구성했다. 붉은 오라가 뭉게뭉게 그녀 주변에 피어나며 하늘로 올랐다. 핏빛 오라는 섬뜩하고 괴기하기 그지없다. 그것을 바라본 레비탄이 침울한 어조로 중얼거렸다.

"언제까지 되살아날 셈이야."

죽은 자가 몇 번이고 되살아난다. 그녀를 몇 번이고 되살리는 것은 엘리제 본인일까, 아니면 다른 무엇일까.

바닥을 긁느라 부서진 손톱에서 피가 맺혔다. 레비탄은 이곳에 갇혀 있는 동안에 수십 번도 생각했다. 차라리 이렇게 구차하게 살아 있을 바엔 죽는 게 낫다고.

이게 사는 건가? 마녀에게 목덜미를 잡혀 휘둘려 사는 것이.

그때마다 여전히 자신을 찾고 있을 대공이 떠올랐다. 아내를 잃고 유일한 자식마저 행방불명되었다. 공국에는 변변치 않은 후계자도 없거늘 현 대공은 후처를 두지 않고 마냥 자신을 찾는다.

돌이켜보면 아버지인 대공과 레비탄은 변변한 애정 관계를 형성하지 못했다. 하지만 이제는 그런 생각이 든다. 사실 레비탄의 아버지는 생각보다 그를 더 많이 사랑하는 게 아닐까.

그런 생각이 들면 살고 싶어졌다. 이 지옥에서 빠져나가 나의 나라로 돌아가고 싶다. 살고 싶다. 그 마음은 로즈마리를 만나고 더욱 강해지고 깊어졌다. 그녀가 유일한 희망임을 본능적으로 느낀 순간, 레비탄은 비굴하고 이기적이지만 로즈마리를 끌어 들이기로 마음먹었다.

그는 목 언저리를 매만지며 철장 가까이 걸어갔다. 엘리제는 바닥에 주저앉아 바스락거렸다. 그녀는 과부하가 걸린 것처럼 중얼거렸다.

"행복해지고 싶어. 춥지 않고 배고프지 않고 아프지 않고 언제나 빛나는 세상의 중심에 있고 싶어."

약속했으면서 어디 간 거야……. 그녀의 하염없는 앓이에 그는 눈을 지그시 감았다. 이럴 때면 이렇게 커다란 흔적을 남기고 세상을 떠난 어머니가 못내 밉다. 너무 밉다.

* * *

레비탄은 눈을 감았다가 다시 떴다. 며칠 전을 회상하던 레비탄은 손아귀에 잡힌 깃펜의 촉으로 백지를 톡톡 건드렸다. 검은 잉크가 백지 위에 검은 원을 물들였다.

하지만 신기하게도 얼마 지나지 않아 검은 원은 백지에 먹힌 것처럼 스륵 사라졌다. 무엇을 써도 백지에는 아무것도 남지 않는다. 엘리제가 이 책에 자신의 이야기를 적으라고 한들 아무것도 남지 않는다.

그는 그것을 마냥 내려다보며 천천히 깃펜을 책상 위에 내려놨다. 책의 페이지를 몇 장 넘겼지만 여전히 백지였다. 이런 기이한 책을 엘리제는 어디서 찾은 걸까. 그가 책을 덮을 무렵 인기척이 느껴졌다. 이곳에 올 만한 이는 엘리제뿐이기에 부러 돌아보지 않았다. 바닥을 쓸고 있는 천 자락 소리가 가까워졌다. 오늘은 또 어떤 히스테리를 부리는 걸까. 최근에는 꽤나 기분이 좋아 보이던데 말이다.

"힘들게 찾아왔는데 뒤 좀 보시지?"

그러나 레비탄의 추측은 완벽히 틀렸다. 들려서는 안 될 목소리가 감옥에 조용히 울렸다. 그는 황급히 뒤를 돌았다. 급작스럽게 일어서는 바람에 의자가 부산한 소리를 내며 바닥에 쓰러졌다. 바닥의 먼지가 짧게 상승하다가 무겁게 내려앉았다.

"어떻게?"

레비탄은 믿을 수 없다는 듯 중얼거렸다. 어두운 로브를 뒤집어쓴 작은 인영이 철장 너머에 서 있었다. 레비탄의 붉은 눈동자가 잘게 떨렸다. 그가 황급히 철장으로 뛰어갔다.

"너!"

"너가 아니라 로즈마리. 동맹 상대의 이름도 모르고 있는 건 아니겠지?"

로즈마리는 머리에 뒤집어쓴 로브를 벗으며 말했다. 그녀는 며칠 전 봤을 때와 달리 꽤나 핼쑥해져 있었다. 어두운 시야에서도 언뜻 보이는 것이 과로한 사람처럼 피로해 보이기도 했다.

로즈마리는 철장을 한 손으로 잡으며 좀 더 가까이 다가왔다.

"백마 탄 왕자님 등장인가?"

"어머, 백마는 없지만 검은 개는 있지."

로즈마리가 가볍게 코웃음 치며 로브 자락을 살짝 들치자 그 안에서 검은 개 한 마리가 불쑥 나왔다. 레비탄이 종이로 만들었던 검은 개였다. 그를 구성하는 마력원이 레비탄의 것은 아니지만 분명 그의 잔향이 남은 개였다.

"다시 접느라 힘들었어. 뭐 그리 복잡한지."

로즈마리가 투덜거렸다. 레비탄은 주체할 수 없는 웃음이 절로 터져 나오는 것을 막아야 했다. 그럼에도 미소가 나올 수밖에 없었다. 뜻밖의 인물이 너무 반갑고 고대했던 이였기 때문일까.

"날 구해줄 거야?"

"그래, 하필이면 찾기도 어렵고 잠입하기도 어려운 곳에 꽁꽁 숨겨놨을 줄 몰랐어. 찾는 데 얼마나 힘들었는지 알아?"

로즈마리는 한숨을 폭 내쉬었다. 레비탄은 눈꼬리를 가늘게 접고 웃었다. 고생했네. 그답지 않게 다정한 말에 로즈마리가 기겁했다.

"저기, 어울리지 않으니까 그렇게 웃지 말아줄래?"

"왜? 날 구원해줄 왕자님이 오셨는데 예쁘게 웃어줘야지."

로즈마리는 어이없다는 듯 입을 가리고 비웃었다. 그녀의 파란 눈동자에 비친 레비탄은 솔직히 말해서 찬란히 빛나는 태양처럼 반짝거렸다. 반칙이야. 겉가죽이 이렇게 훌륭하면 조금만 웃어도 눈이 부시잖아. 로즈마리는 속으로 중얼거리며 철장을 톡톡 건드렸다.

"이걸 부숴야 할까?"

"열 수 있어."

"열 수 있는데 이제까지 도망치지 않고 뭐했어?"

로즈마리는 눈을 동그랗게 뜨고 물었다. 그러자 레비탄이 비참한 미소를 지었다. 그는 목 언저리를 매만지며 말했다.

"대신 목줄이 있지."

로즈마리는 그의 말에 감싸 쥐고 있는 목을 빤히 쳐다

봤다. 흐릿하게 붉은 무언가가 레비탄의 목에 둘러 있었다. 붉은 실이다. 가늘고 날카로운 붉은 실이 몇 겹 휘감겨 있다.

"대체 어떻게 된 거야? 며칠 전에 봤을 때는 평범했는데 지금 보니……."

레비탄은 궁금해졌다. 갑작스러운 그녀의 등장은 반갑고 기쁘지만, 로즈마리의 전신에서 느껴지는 방대한 마력의 양은 절로 의문이 들게 했다.

며칠 사이에 이렇게 많은 양의 마력을 전신에 담을 수 있을까? 하물며 저보다 머리 하나 작은 왜소한 소녀의 육체에 말이다. 그의 물음에 로즈마리는 답하려 했지만 답할 수 없었다.

감옥으로 들어가기 전에 혹시라도 외부인이 침입할까 걸어놓은 언어의 실이 흔들거렸다. 로즈마리의 오른쪽 손목에 묶인 실 팔찌의 방울이 사정없이 딸랑거렸다.

"누군가, 왔어."

"엘리제야."

로즈마리의 말에 레비탄의 붉은 눈이 차갑게 내려앉았다. 이곳에 올 사람은 그녀뿐이다. 레비탄은 황급히 로즈마리에게 말을 걸었다.

"여길 떠난다 한들 엘리제가 목줄을 쥐고 있다면 아무 소용없어!"

"젠장, 처음부터 보스전이냐!"

로즈마리는 급작스럽게 변한 상황에 입술을 깨물었다. 그녀는 로브의 후드를 다시 뒤집어썼다. 그리고 레비탄을 보며 말했다.

"이 감옥 열쇠, 엘리제가 갖고 있어?"

로즈마리의 질문에 그는 고개를 저으며 목에 걸린 목걸이를 꺼냈다. 로즈마리는 기묘한 표정을 지었다.

감옥에 스스로 갇힌 건가? 레비탄은 로즈마리의 시선에 쓰게 웃으며 황급히 열쇠를 쥔 손을 감옥 밖으로 내밀었다. 그리고 익숙하게 열쇠 구멍에 열쇠를 끼어놓고 문을 열어줬다. 로즈마리는 점점 강렬하게 흔들리는 팔찌의 방울 소리에 다급해졌다.

감옥 문이 열리자마자 그녀는 지체 없이 안으로 들어갔고, 레비탄은 으레 그래왔듯이 열쇠로 감옥 문을 잠갔다. 동시에 지하 감옥으로 내려오는 계단에서 또각또각 구두 소리가 났다. 로즈마리는 절로 마른침을 삼키며 레비탄 뒤에 숨었다.

"어디 쥐새끼가 숨어들어왔나?"

감옥에 들어선 엘리제는 천사처럼 고결하게 아름다웠지만 얼굴에 묻어나는 미소는 괴기함을 느끼게 했다. 하얀 얼굴에 반짝이는 황금빛 머리카락과 핏빛 눈동자가 섬뜩했다.

레비탄 뒤에 숨은 로즈마리는 절로 그의 옷자락을 움켜쥐었다. 그녀는 최대한 고개를 숙였다. 엘리제는 쥐새끼가 숨어들어왔다고 생각하지만, 그 쥐새끼가 로즈마리인지는 모르는 것 같았다.

"사랑스러운 나의 레비, 이걸 보렴. 어떤 맹랑한 쥐새끼가 이런 걸 장식해뒀더구나."

엘리제는 가녀린 자신의 손아귀에 쥐어진 얇은 실 뭉텅이를 내밀었다. 레비탄은 입을 다물었다. 언제나처럼 똑같은 무표정이지만 평소와 다른 모습이다. 그는 늘 엘리제를 뒷모습으로만 맞이했다. 하지만 지금은 그녀와 마주 보고 있었다.

"네 쥐새끼니? 세상에나! 가여운 레비. 너는 내 손아귀에서 절대 벗어날 수 없다는 걸 알면서도 이렇게 무의미한 발버둥을 치다니."

엘리제는 실로 가엾다는 듯 서글픈 미소를 지었다. 그녀는 드레스 주머니에서 손수건을 꺼내 눈가를 찍으며 말했다.

레비탄은 아무 말도 하지 않았다. 주먹을 쥔 양손이 부들부들 떨렸다. 그의 뒤에 바싹 숨은 로즈마리는 그의 치를 떠는 분노와 약간의 공포감을 느꼈다. 레비탄 역시 사람이었다. 그 역시 엘리제라는 마녀라는 존재가 두려운 것이다. 그러니 스스로를 가뒀겠지.

엘리제는 실 뭉텅이를 바닥에 떨구고 그 앞에 팔을 뻗어 주먹을 쥐었다. 그러자 붉은 실이 선명한 핏빛을 내며 드러냈다. 붉은 실은 레비탄의 목으로 이어졌다. 로즈마리는 두둔에 선명히 보이는 그의 목을 조여 오는 붉은 실에 입술을 깨물었다.

엘리제는 주먹 쥔 손을 안쪽으로 굽히며 잡아당겼다. 동시에 레비탄의 몸이 크게 앞으로 쏠렸다. 그는 끌려가지 않으려 두 다리에 힘을 주고 있었다. 하지만 그의 목줄을 잡아당기는 여인은 일반적인 여인이 아닌 마녀. 레비탄은 이를 악물고 버티며 목을 움켜쥐었다. 그럼에도 그는 감옥 바깥으로 질질 끌려가고 있었다.

그의 등 뒤에 있던 로즈마리는 반사적으로 레비탄의 허리를 붙잡았다. 그가 상체를 숙이자 숨어 있던 로즈마리가 엘리제의 시야에 들어왔다. 로브를 뒤집어쓴 작은 체구의 쥐새끼. 엘리제가 눈을 가늘게 떴다.

"우리 쥐새끼가 사랑스러운 레비 뒤에 숨어 있었구나."

엘리제는 입꼬리를 끌어올리며 웃었다. 잡아당기는 손아귀에 힘을 줬다. 로즈마리는 점차 그녀에게 가까워지는 것에 조바심이 들었다. 레비탄 역시 다를 바 없었다. 서로가 가까워질수록 엘리제가 뒤에 있는 로즈마리를 알아차린다면 그녀 역시 위험에 노출될 것이다. 살살 구슬려야 할 대상이 엘리제의 뒤통수를 친다면 그녀는 절대로 가만

두지 않을 것이기 때문이다.

"이대로 끌려가면……."

"아, 알고 있거든?"

목구멍이 턱 막힌 레비탄이 힘겹게 입을 열어 속삭였다. 로즈마리 역시 이 상황이 위험하다는 것을 깨달았다. 그녀는 레비탄이 끌려가지 않게 있는 힘껏 허리를 껴안은 양팔에 힘을 주었다. 그녀는 눈을 질끈 감았다. 어디로 가야 해. 어서 이곳을 벗어나자.

"오동나무로 만들어진 커다란 문. 투박한 쇠고리를 문고리로."

로즈마리가 소설의 한 구절을 읊듯 말을 내뱉자 신기하게도 레비탄 바로 앞 바닥에서 커다란 문이 쓱 올라왔다. 투박한 문이었다. 레비탄은 앞에 나타난 문을 잡았다. 문의 등장에 엘리제는 눈을 휘둥그레 떴다.

"마법사?"

아냐, 틀려. 마법사는 이런 식으로 마법을 구현하지 않는다. 엘리제는 레비탄과 로즈마리를 가리고 있는 커다란 문을 노려봤다.

"문고리를 잡고 세 번 두들겨라. 문 너머 바깥으로 나갈 것이다."

로즈마리가 이어서 말을 내뱉었다. 레비탄은 점점 혼미해지는 정신을 붙잡으며 부들부들 손을 뻗어 쇠고리를 잡았다. 그리고 쇠고리를 문 쪽으로 세 번 부딪혔다. 그러자 문틈 사이로 빛이 새어 나왔다. 로즈마리가 그의 뒤에서 속삭이듯 말했다.

문을 열어.

레비탄은 문고리를 잡아당겼다. 그러자 새하얀 빛이 쏟아졌다. 빛은 레비탄과 로즈마리 앞으로 쏟아져 곧 감옥 전체를 밝혔다.

엘리제는 쏟아지는 빛에 저도 모르게 팔을 들어 눈가를 가렸다. 반사적으로 주먹 쥔 손을 풀고 말았다. 붉은 줄이 느슨해져 저 너머로 사라졌다. 폭발할 것 같은 빛은 금세 사라졌다. 엘리제가 시야를 회복했을 때는 커다란 문도, 레비탄도, 그 뒤에 숨은 의문의 쥐새끼도 온데간데없이 사라졌다. 엘리제는 입술을 깨물며 양손으로 철장을 쥐며 흔들었다.

"아아아아!"

엘리제는 비명을 내뱉었다. 퀴퀴한 먼지가 팔랑팔랑 흔들려 무겁게 떨어졌다. 그녀는 잠시 그 상태로 서 있다가 왼손으로 살짝 드레스 자락을 들쳤다. 기이하게도 그 순간 그녀의 그림자가 길게 늘어졌다. 어둠이 내려앉아 감옥 너머 레비탄이 켜놓은 촛불 하나의 빛에 의해 흐릿하게 느껴지는 그림자가 저만치 길게 늘어졌다.

"찾아라."

엘리제는 서슬 퍼런 목소리로 중얼거렸다. 그림자 너머 눈이 세 개인 검은 개가 튀어나왔다. 그는 엘리제의 패밀리어이자 레비탄의 심복인 테류였다. 테류는 잠시 그녀를 올려다보더니 번개보다 빠른 속도로 시야에서 사라졌다. 엘리제의 패밀리어로 귀속된 이상 테류는 절대 그녀를 배신할 수 없다. 그녀의 술식이 그의 영혼을 조여오기 때문이다.

테류는 엘리제의 목줄이 이어지는 방향으로 달려가면서 부디 그가 멀리 사라지길 바랐다. 하지만 그의 후각에 감지되는 잔향은 그리 멀지 않았다.

그 시각, 문을 열고 바깥으로 나온 레비탄과 로즈마리는 바닥을 굴렀다. 당겨오는 악력이 사라졌다 해도 반동이 남아 있었기 때문이다. 레비탄은 반사적으로 로즈마리를 껴안았다. 문은 마치 두 사람을 토해내듯 바깥으로 내던지고 환상처럼 사라졌다. 그는 그것을 멍하니 보더니 이내 바닥에 털썩 누웠다. 목 주변이 눈물 날 정도로 따끔거리고 아팠다. 마른기침을 이따금 내뱉었다. 그의 가슴팍에 안긴 로즈마리 역시 거친 숨을 내쉬었다.

"무슨 짓을 한 거야?"

레비탄은 쇳소리가 나는 목소리로 중얼거리듯 물었다. 로즈마리는 질문에 답하지 않았다. 아니, 답할 수 없었다. 문장을 만들어 말로 내뱉어 형태를 구현하고 기능을 가동시키기 위해서는 많은 마력이 필요하다. 로즈마리는 마법사로 훈련된 인물이 아니다. 그저 책만 읽을 줄 알고, 마력도 변변치 않으며, 몇 년 전까지 침대에서 요양했던 나약한 소녀였다. 그런 그녀가 마법 아닌 마법을 부리기 위해서는 육체적, 정신적으로 과부하가 요구된다.

'언어 술식'이라는 '마도서(魔導書, 마술을 배우기 위한 일종의 교과서)'가 있다. 말을 내뱉어서 마법을 구체화시키는 마도서였다. 어떻게 보면 고대 용(龍)들의 언령과 같은 것이라 할 수 있다. 그러나 고대 용들은 마력적으로 방대한 존재. 그와 다른 로즈마리는 마력석에 의해 억지로 품은 마력을 운용해야 했다.

언어 술식은 그만큼 많은 마력을 집어삼킨다. 로즈마리는 자신의 마력이 빠르게 빠져나갔음을 느꼈다. 정신이 혼미하고 메스껍다. 숨이 목구멍까지 차올랐다. 언어 술식은 문장이 세세할수록 마력을 갉아먹는 양이 적다. 그래서 세세한 수식어와 단어와 용어를 엮어서 읊어야 한다. 하지만 방금은 그럴 수 있는 상황이 아니었다.

레비탄은 자신의 품에서 바르르 떨고 있는 로즈마리의 상체를 일으켰다. 그리고 근처 나무로 몸을 끌고 가서 기대앉았다. 로즈마리는 그에게 끌려갔다.

"무슨 마법인지 모르겠지만 부담이 큰 거구나."

레비탄이 중얼거렸다. 로즈마리는 점차 몸 안에 빠져

나간 만큼 빠르게 채워가는 요동치는 마력을 잠재우며 고개를 끄덕거렸다. 그녀는 조금 나아진 얼굴을 들어 그를 올려다보았다.

"목줄이 있어서 도망갈 수 없었던 거야?"

그녀의 시야에 보이는 레비탄의 목은 붉게 부어올라 있었다. 붉은 실은 보이지 않지만 존재감이 느껴졌다. 그녀가 눈을 가늘게 뜨며 그것을 노려보다가 손을 들어 목 언저리를 매만지자 따끔거릴 정도로 포악한 그녀의 마력이 느껴졌다.

"그래, 목줄이 매여 있는 이상 어딜 가도 그녀는 나를 찾아올 수 있어."

"엄청난 집착이네."

"그녀는 탐욕의 마녀거든."

"왜 하필 너야?"

로즈마리의 질문에 레비탄은 입을 다물었다. 로즈마리는 그 모습을 빤히 보다가 한숨을 폭 내쉬었다. 그녀는 기댔던 몸을 일으켜 그를 마주 보고 허리를 세워 앉았다.

"이 목줄을 끊어내지 않으면 상황은 달라질 게 없겠어."

"방법이 있을까?"

"있기야 있지."

로즈마리는 짧게 뜸을 들이며 마지못해 답했다. 레비탄의 붉은 눈이 차분하게 가라앉았다. 할 수는 있지만, 그녀가 힘들든가 자신이 힘들든가, 아니면 부작용이 있다든지.

"어려운 거지?"

레비탄이 묻자 로즈마리는 그의 눈을 빤히 쳐다봤다. 파란 눈동자는 망설임이 없어 보였다.

"어렵다면 어렵지."

"그럼……."

하지 말라고 말하려다가 말았다. 어떻게 해야 할지 감이 오지 않았기 때문이다. 로즈마리는 그런 레비탄을 보며 피식 웃었다.

"어렵고 부작용도 있어. 하지만 할게. 해야지! 그래야 그녀에게서 벗어날 수 있잖아."

"고마워."

레비탄이 수많은 감정을 내포하며 말했다. 로즈마리는 고개를 살짝 숙이고 숨을 크게 마시고 내쉬었다.

"나는 마녀이니라. 망각의 샘물을 마시고도 과거를 기억하는 변이이며, 세계의 이면을 꿰뚫고 그로 인해 기이한 능력으로 인간의 범위를 넘어섰노라."

로즈마리는 차분한 어조로 술식을 읊었다. 그녀 주변에 수많은 마력이 방출하듯 뭉게뭉게 피어났다. 마력은 안개처럼 피어나 대지에 내려앉아 커다란 원과 원을 이어 만들었다. 원 안에 기묘한 도형들이 그림을 그리듯 그려졌고, 로즈마리의 입 밖으로 나온 말이 구체화되어 원을 타고 술식으로 그려졌다.

"나는 마녀이니라. 타인의 인생에 불시에 나타나 그녀의 삶을 망쳤으며 정해진 운명을 거스르기 위해 마도와 손을 마주 잡았으니 어찌 마녀가 아니라 하겠는가."

그녀의 말이 다시 술식 위에 그려졌다. 로즈마리 주변에 반짝이는 청록색 마력이 빛의 가루처럼 사방에 떨어졌다. 레비탄은 자신과 그녀를 중심으로 방대한 마력과 함께 술식이 그려지는 모습을 멍하니 쳐다보았다. 로브를 뒤집어쓴 로즈마리의 얼굴이 창백하다. 파란 눈동자는 점차 금빛으로 물들기 시작했다.

"패밀리어가 없는 마녀는 완전한 마녀가 아닐지니. 마녀의 저주에 걸린 그대야말로 운명을 거스르는 이 마녀의 그림자로 합당할지어다."

곧 레비탄의 붉은 목줄이 선명한 빛을 발했다. 마치 로즈마리에게 대항하듯 붉은 스파크가 일었다. 레비탄은 목이 뜨거울 정도로 강렬한 엘리제의 마력에 얼굴을 찡그렸다. 로즈마리는 그것을 보며 양손으로 붉은 목줄을 잡았다. 작고 가녀린 손에 스파크가 일었다. 로즈마리는 강렬한 아픔에도 눈 하나 깜짝하지 않고 다시 말을 내뱉었다.

"그대여! 그대는 곧 나의 것이다. 나의 귀이며 눈이며 입이며 다리며 그림자일지니, 그대의 존재가 곧 나의 존재이며 나의 존재가 곧 그대의 존재일지니, 그대는 온전히 나의 것으로 귀속될 것임을 단언한다!"

곧 로즈마리 전신에 청염한 오라가 일어났다. 숲의 특유한 내음이 청명하며 서늘하다. 원의 수식을 중심으로 거대한 회오리가 쳤다. 방대한 마력이 로즈마리의 몸에서 쉴 새 없이 빠져나갔다. 그녀가 잡고 있던 엘리제의 목줄이 부서지듯 사라졌다. 대신 청록색 넝쿨이 유려한 선을 그리며 레비탄의 목을 감쌌다.

* * *

그 순간, 성에 있던 엘리제는 자신의 목줄이 끊어짐을 느꼈다. 그녀는 마치 실이 끊어진 마리오네트처럼 바닥에 주저앉았다. 가슴 언저리를 움켜쥐는 그녀의 손아귀가 마치 깨진 유리처럼 파열이 났다. 그녀의 하얀 피부는 더욱 하얗게 변해 도자기 인형 같은 괴이함을 느끼게 했다. 그녀는 바르르 몸을 떨며 분노가 확연히 느껴지는 어조로 중얼거렸다.

"어떤 것이 내 개의 목줄을 끊었어."

이글이글 타오르는 엘리제의 두 눈이 섬뜩하기 그지없다. 그녀는 당장이라도 지하 감옥 바깥으로 뛰쳐나갈 기세였다. 그녀가 뒤돌아서 발걸음을 다급히 옮기던 중 불현듯 등 뒤로 희미한 빛이 퍼지는 것이 느껴졌다. 엘리제가 뒤를 돌아보니 레비탄이 갇혀 있던 내부의 책상에 올려 있는 책이 빛나고 있었다.

책은 공중으로 서서히 떴다. 펼쳐진 페이지가 빛나더니 엄청난 속도로 넘겨지고 있었다. 엘리제는 기묘한 광경에 할 말을 잃은 듯 멍하니 쳐다봤다. 책은 곧 마지막 페이지를 넘기고 탁 닫혔다. 빛은 사라지고 응당 그렇듯 어둠이 밀려왔다. 엘리제는 천천히 가까이 걸어갔다. 하지만 철창이 그녀를 막고 있었다.

그녀는 손을 뻗었으나 닿지 않았다. 뭔가 중요한 일이 벌어진 것 같다. 책을 확인하고 싶었다. 그러나 감옥 안으로 들어갈 문은 단단히 닫혀 있었다. 작은 촛불은 어느새 꺼지고 어둠은 새까맣다. 엘리제는 책을 향해 손을 뻗었지만 결국 닿지 않아 돌아서야 했다. 새장 안에 얌전히 앉아 있던 새가 하늘로 날아가 멀리멀리 사라졌다.

엘리제는 붉은 입술을 깨물며 자신의 패밀리어가 뒤쫓는 곳으로 뒤따랐다. 그녀마저 감옥에서 사라지자 조용한 정적이 흘렀다. 책상 위에 책만 덩그러니 놓여 고요한 침묵을 즐기고 있었다.

* * *

로즈마리는 폐가 압사당할 것 같은 거대한 압력을 느

꼈다. 온몸의 혈관이 들끓고 혈관을 따라 순환하던 마력도 들끓었다. 그녀는 바로 앞 레비탄의 양어깨를 붙잡으려다가 실패하여 주룩 미끄러졌다. 레비탄이 황급히 그녀를 껴안았다. 불덩이처럼 뜨겁다.

패밀리어를 맺는 순간, 레비탄은 그녀의 고통을 느낄 수 있었다. 정신이 혼미해질 정도로 뼈마디마다 비명을 질렀다. 패밀리어는 마녀의 고통을 나눠 갖는다. 그는 그녀의 수족이며 눈이며 귀이며 입이다. 곧 그가 그녀이기에 그녀가 느끼는 감정과 고통이 동조하고 동화된다. 레비탄은 부들부들 떨리는 양팔로 그녀를 꼭 껴안으며 가녀린 어깨에 얼굴을 묻었다.

너무 아파, 이렇게 아플 수가. 그녀는 말로 표현할 수 없는 고통을 감수하면서 그의 목줄을 끊었다. 엄밀히 따지자면 그의 목줄의 주인을 바꾼 것일 테지만 말이다.

로즈마리는 민감해져가는 감각에 질끈 감았던 눈을 가늘게 떴다. 자신을 마녀화시킨다는 것이 얼마나 무책임하고 무섭고 어렵고 아픈 것일 줄 몰랐다. 인간이 아닌 마녀라는 존재로 자신을 재구성한다는 것이 얼마나 고통인지 이제야 알 것 같았다. 모든 감각이 민감해졌다. 식물 하나하나, 공기 중에 떠도는 마력들이 세세하게 느껴졌다.

마력은 마녀의 원천. 마녀는 숨을 들이마시고 내쉬며 마력을 흡수하고 내뱉는다. 로즈마리는 잠시 자신의 영역이 된 숲에 누군가가 침범함을 느꼈다. 그녀는 파르르 떨며 자신을 껴안고 있는 레비탄의 팔을 힘없이 잡으며 말했다.

"세눈박이 검은 개가 오고 있어."

"테류야. 엘리제의 패밀리어야."

로즈마리의 말에 그는 즉각 답했다. 세눈박이 검은 개라면 테류일 것이다. 엘리제는 자신의 손아귀의 목줄이 끊겼음에도 테류를 회수하지 않았다. 테류는 후각이 뛰어나다. 개라는 짐승으로 형상화했기 때문에 그는 곧 로즈마리와 레비탄의 위치를 알아낼 것이다. 그는 바들바들 떨리는 몸을 일으키려 노력했다. 하지만 고통은 여전히 동반되고 뒤따르는 여운도 만만치 않았다.

"여기 있으면 엘리제가 우릴 찾을 거야."

발각되기까지 시간문제라는 뜻이다. 레비탄은 끙끙거리며 자꾸 늘어지려는 로즈마리를 끌어올리며 말했다. 로즈마리는 혼미한 상태에서 고개를 끄덕였다.

로즈마리는 느리게 눈을 깜박거렸다. 그녀는 힘이 들어가지 않은 몸을 움직이려고 노력했다. 그때 목 언저리가 뜨거웠다. 절로 마른기침이 터져 나와 콜록거리자 왈칵 붉은 피가 뿜어 나왔다. 입 안 가득한 피는 역류해 곧 바깥으로 흘렀다. 로즈마리는 고개를 숙이며 격렬하게 기침을 내뱉었다. 피는 곧 그녀의 입가와 상체를, 그리고 흙바닥에 투둑투둑 떨어졌다.

"로즈마리!"

레비탄이 놀라 그녀를 불렀다. 코끝에 강렬하게 느껴지는 피 냄새에 그는 어찌할 바를 모르는 듯했다. 로즈마리는 그에게서 살짝 멀어져 바닥에 반쯤 엎어져 격렬하게 기침을 내뱉었다. 레비탄은 더욱 당황할 수밖에 없었다.

"좀 더 네 아픔을 내게 줘."

그가 다급히 로즈마리의 등을 토닥이며 말했다. 로즈마리는 기침하는 통에도 고개를 저었다. 그 이상 그와 고통을 동화시키면 둘 다 녹다운이 되어버린다. 아직 위험에 노출되어 있는 상태이기에 한 사람이라도 조금이라도 상태가 나아야 했다. 완전히 고통을 절단시킬 순 없어도 어느 정도 조절은 되고 있다. 그 의미로 로즈마리는 각혈하지만 레비탄은 하지 않았다. 레비탄 역시 로즈마리의 심중을 알기에 그저 입술을 깨물 뿐이었다.

피 냄새가 짙어졌다. 곧 테류의 후각에 로즈마리의 피 냄새가 감지될 것이다. 로즈마리는 고통 속에서도 머리를 굴려야 했다. 그녀는 바닥에 이마를 얹으며 눈을 감았다. 그녀의 피가 대지를 적셨다. 로즈마리는 갈라진 목소리로 조곤조곤 조용히 읊기 시작했다.

"이곳은 나의 영토. 나의 피를 마신 대지여. 드넓은 숲의 뿌리를 내리는 이곳, 숲은 우거지고 가지는 널리 퍼져

하늘을 가리리라. 숲의 청염한 내음이 짙게 묻어나 짐승의 기운도 냄새도 묻어버리리라."

로즈마리는 긴 시를 읊듯 속삭였다. 잠시 피가 남은 침을 삼키며 다시 입을 열었다.

"이곳, 청록으로 우거진 숲에 그 누가 길을 찾으리. 누구라도 길을 잃을 것이다. 누구도 이 영토의 주인인 나의 허락 없이 들어올 수도 나갈 수도 없으리라……."

안에서도 막고 밖에서도 막았다. 그러나 일시적일 뿐이다. 로즈마리는 그대로 바닥에 엎어져 누웠다. 콜록콜록 잔기침이 나와 입 밖으로 피를 토해냈다. 레비탄은 얼른 그녀를 일으켜 안았다. 하얗게 창백해진 얼굴과 대비되어 붉은 피가 유난히 선정적이었다. 레비탄은 조심스럽게 로즈마리의 입가를 소매로 닦았다.

로즈마리는 눈을 감고 있었다. 레비탄은 자신의 품에 안긴 로즈마리가 작게 숨을 쉬는 걸 느낄 수 있었다. 패밀리어는 마녀와 생을 공유한다. 마녀가 죽으면 패밀리어도 죽는다. 로즈마리는 아직 살아 있기에 레비탄도 살아 있는 것이다. 로즈마리는 감았던 눈을 가늘게 뜨며 그를 보았다.

"이 빚, 언젠간 다 받을 거야."

로즈마리는 죽어가는 와중에도 잊지 않고 말했다. 레비탄은 희미하게 웃었다. 제 몫은 챙기려는 것이 쉽게 죽을 상은 아니군. 그는 그녀가 좀 더 숨쉬기 편하도록 어깨에 기대게 했다. 로즈마리는 역류하는 피를 얼추 토해내고 기도를 어느 정도 뚫었는지 조금은 수월하게 숨을 내쉬었다. 그리고 레비탄의 품에 안겨 눈을 감고 중얼거렸다.

"여기서 서쪽으로 가. 계속 가다보면 나를 찾는 사람을 만날 수 있을 거야. 길은 잃지 않을 거야. 여긴 내……영…… 니까."

로즈마리는 그 말을 끝으로 완전히 기절했는지 축 늘어졌다. 레비탄은 그녀가 혼절했음에도 자신이 가진 고통을 나누지 않고 끌어안고 있음에 심란한 표정을 지었다. 고집불통 같으니. 그는 잠시 나무에 기대어 로즈마리와 함께 한숨 돌리기로 했다. 아무리 그래도 당장은 움직이기 힘들었다.

짧은 휴식을 가진 레비탄은 고통의 여운이 남은 몸을 일으켰다. 그는 로즈마리를 등 뒤로 업었다. 그는 로즈마리가 말한 서쪽으로 천천히 걸어갔다. 숲은 비상식적으로 우거지고 하늘이 보이지 않을 정도로 가지가 처졌다. 그럼에도 레비탄은 신기하게도 길을 느낄 수 있었다.

그는 로즈마리의 말대로 하염없이 서쪽으로 걸었다. 귓가로 풀벌레 소리, 이따금 잎사귀가 부딪히는 소리, 그리고 그가 밟은 풀이 사부작거리는 소리가 들려왔다. 이따금 로즈마리의 작은 숨소리에 안도하며 레비탄은 발걸음을 멈추지 않았다.

숲은 여전히 우거지고 바깥이 보이지 않았다. 온통 초록색과 고동색으로 이루어진 세상에 레비탄은 자신의 주인이 된 마녀를 위해 전진할 뿐이었다. 하늘을 가리는 잎사귀 사이로 어둠이 점점 짙게 내려왔다. 땅거미가 지고 숲의 어둠이 깔려 더 이상 움직일 수 없는 상황이 되자 레비탄은 주변에 그나마 숨을 만한 곳을 찾았다.

동굴은 없지만, 갈대가 높고 나무들이 따닥따닥 붙은 곳에 터를 잡았다. 그는 로즈마리를 나무에 기대어 앉혔다. 로즈마리는 끈이 떨어진 인형처럼 나무에 기댔다.

그는 로즈마리의 팔을 잡고 목과 어깨 중간쯤에 얼굴을 대고 숨소리와 맥박을 확인했다. 겨울잠에 빠진 짐승처럼 로즈마리의 맥박은 한없이 느렸다. 숨소리도 몹시 작아서 자세히 듣지 않으면 죽은 것처럼 느껴졌다. 그는 아직 살아 있는 로즈마리에 안도하며 근처에 나뭇가지를 모아 불을 지폈다.

로즈마리의 무한에 가까운 마력은 패밀리어를 맺은 레비탄에게도 닿았다. 레비탄이 중지와 엄지를 부딪치다가 마른 나뭇가지에 붉은 스파크가 튀었다. 곧 불로 타올라 나뭇가지를 태웠다. 따뜻한 불길이 느껴졌다. 그는 로즈마리 옆에 앉았다. 그리고 로즈마리의 몸을 기울여 그녀의 머리를 그의 무릎 위에 올렸다.

숲의 풀벌레는 쉴 새 없이 작게 울었다. 레비탄은 아직도 심장이 두근거리고 고통의 여운이 남아 몸 전체가 무겁고 나른했다. 하지만 그는 좀처럼 경계를 늦추지 않았다. 이곳은 로즈마리의 영토로 선언되었지만, 엘리제는 그녀보다 더 오래된 마녀다. 갓 마녀가 된 로즈마리가 아무리 방대한 마력을 가졌다 한들 오래된 마녀를 이길 순 없다. 당장은 눈속임이 될 테지만 상황은 어찌 될지 모르는 법.

그는 최악의 상황을 추측하며 주변을 경계했다. 눈 붙이는 것조차 허락되지 않았다. 자신의 마녀를 지키기 위해, 나아가 엘리제에게 벗어나기 위해 레비탄은 두 눈으로 밤을 지새웠다.

평소에도 엘리제의 눈을 피해 밤을 떠돌았지만 목줄이 조여 자유롭지 못했다. 한데 이상도 하지. 지금도 목줄에 매여 있는데 썩 나쁘지 않다. 이런 느낌이 낯설다. 주인만 바뀌었을 뿐이지 여전히 자유를 잃은 몸인데도 레비탄은 썩 싫지 않았다. 오히려 이제까지 보아온 풍경과 느낌과 경험과는 다른 묘한 기분이 들었다.

레비탄은 자신의 무릎을 베고 잠든 작은 마녀를 내려다보았다. 이따금 붉은 불꽃의 빛이 그녀를 비췄다. 뒤집어쓴 로브 사이로 짙은 금발이 붉은색으로 물들었다. 그는 살짝 흘러내린 로즈마리의 머리카락을 쓸어 로브 모자 안으로 넣었다. 살짝 닿은 그녀의 볼이 놀라울 정도로 보드라웠다. 그는 손등으로 로즈마리의 뺨을 쓰다듬었다. 그럼에도 로즈마리는 눈을 뜰 생각을 하지 않았다. 아마 못했다는 것이 맞으리라.

그는 한동안 로즈마리의 뺨, 얼굴, 이목구비를 집요하게 내려다보다 고개를 들어 나뭇잎에 가려진 하늘을 올려다봤다. 틈새 사이로 밤하늘이 보이고 별이 반짝거리는 게 보였다. 레비탄은 하늘을 보며 눈을 감았다 떴다.

제발, 부디 우리가 무사하기를.

레비탄은 하늘에 소원을 빌 듯 속으로 중얼거렸다. 밤은 길다면 길고 짧다면 짧다. 제대로 눈도 못 붙인 레비탄은 곧 새벽의 기운이 몰려오는 것을 느끼며 로즈마리를 다시 등에 들쳐 멨다. 밤새 지폈던 모닥불을 발로 슥슥 치우고, 다시 서쪽이라 느껴지는 방향으로 발걸음을 옮겼다. 끝도 없는 숲길을 하염없이 걸었다.

* * *

로즈마리는 꿈을 꿨다. 아니 꾼다고 생각했다. 레비탄에게서 엘리제의 목줄을 끊고 숲을 영토로 선언하고 나서 로즈마리는 좀처럼 정신을 차릴 수 없었다. 그러나 희미하게 레비탄이 자신을 업고 숲을 걷고 있다는 것은 느낄 수 있었다. 그에게 업힌 두 다리가 흔들렸다. 이따금 흘러내리는 자신을 다시 추스르며 그는 쉬지 않고 걸었다.

밤이 오면 그는 숨기 좋은 음습한 곳에 자신을 숨기고 불을 지폈다. 불이 따뜻해 춥진 않았다. 아마도 체온을 유지하기 위해 이따금 레비탄이 자신의 품에 로즈마리를 안았기 때문이리라. 레비탄은 정말로 첫 만남 때와 다르게 꽤나 성실하고 책임감 있게 로즈마리를 챙기고 지켰다.

'진짜 패밀리어 같아.'

로즈마리는 속으로 중얼거렸다. 몸은 납을 단 것처럼 몹시 무거웠다. 눈을 뜨고 싶지만 좀처럼 쉽지 않았다. 로즈마리는 몇 번을 정신 차리려 노력했지만 여전히 희미하게 이어질 뿐 몸과 영혼이 와닿지 않았다. 결국 한숨을 내쉬며 자신의 정신세계에 둥둥 떠다녔다.

잠이라도 잘까? 몸은 이미 잠들어 있으니 정신도 닫을까 생각했다.

눈을 감았다고 생각했다. 눈을 감자 평화로운 침묵이 그녀 주변을 감쌌다. 하지만 곧 까만 어둠 속에서 작은 빛이 새어 나왔다. 빛은 점차 강렬하게 로즈마리 위로 쏟아졌다. 결국 로즈마리는 참지 못하고 감았던 눈을 떴다.

눈을 뜨자 고풍스러운 천장이 보였다. 눈동자만 데굴굴리자 엄청나게 고급 재질로 이루어진 가구가 눈에 들어왔다. 로즈마리의 가문은 남작가라 이 정도로 질 좋은 가구는 좀처럼 두지 않는다. 재정이 빠듯해서가 굳이 필요치 않기 때문이다. 로즈마리는 자신이 누워 있는 이 방이 낯설다고 생각했다.

수도에서 머물렀던 공작의 저택에서도 이런 방은 본 적이 없었다. 모두 들어가 보지는 않았지만 말이다. 로즈마리는 생각했다. 레비탄이 별 탈 없이 자신이 잠든 사이에 안전히 일행과 합류한 것일까? 덕분에 근처에 좋은 숙소를 잡아 그동안 잠들어 있던 것일까? 느리게 눈을 깜박거렸다.

고민한 결과 그녀의 추측 중 어느 것도 답이 없다고 생각했다. 수도의 공작가에서도 없을 법한 가구와 아름다운 벽지와 고풍스러운 천장이 있는 이 방이 바깥 마을의 여관에 있을 것 같지 않았기 때문이다.

일행과 합류했다면 샤롯 성격상 무조건적으로 로즈마리 곁에 있을 것이다. 그녀가 잠들어 있든 깨어 있든 말이다. 하다못해 제미라도 로즈마리 근처에 있어야 하는데, 이 방에는 오로지 로즈마리뿐이었다.

로즈마리는 느리게 눈을 깜박거리며 자신이 처한 상황을 판단하기로 했다. 그러나 그녀의 고민은 오래가지 못했다. 홀로 누워 있는 방에 낯선 인물이 들어섰기 때문이다. 방의 문은 흔한 마찰음 없이 몹시도 조용하게 열렸다. 마법으로 소음을 없앤 것일까.

열린 문 너머 뜻밖의 인물이 들어왔다. 커다란 장신과

떡 벌어진 어깨, 아름다운 검정 머리카락이 돋보이는 제법 흰 피부가 보였다. 눈에 띄게 아름다운 루비색 눈동자가 도드라졌다. 이목구비가 가히 놀라울 정도로 뛰어나 절로 입이 떡 벌어졌다. 실상은 그저 눈만 깜박거릴 뿐이지만 말이다.

그러나 로즈마리는 속으로 몹시 놀라워하고 있었다. 심하게 잘생긴 검은 머리카락의 남자는 굉장히 놀라울 정도로 레비탄과 닮았기 때문이다. 본인일까 싶을 정도로 똑 닮은 것을 보며 로즈마리는 심각하게 고민했다. 혹시 자신은 생각보다 오랜 시간 동안 잠들어 있었던 것이 아닐까, 라고 말이다.

미간을 찌푸리는 동안 입이 떡 벌어질 정도로 아름다운 남자는 가까이 다가왔다. 그는 침대 가까이에 걸터앉아 손을 뻗었다. 몹시도 자연스러운 그의 스킨십에 로즈마리는 눈만 데굴데굴 굴렸다. 그는 로즈마리의 흐트러진 머리카락을 정리하며 뜻밖의 말을 내뱉었다.

"언제까지 계속 누워 있을 셈이냐, 레비."

응? 레비? 저는 로즈마리인데요?

로즈마리는 말없이 눈만 깜박거리다가 입을 열기 위해 입술을 벌렸다. 하지만 생각뿐이었다. 실상은 입술 하나 꿈틀거리지 않았다. 얼레? 왜 이러지? 로즈마리는 당황해 저도 모르게 팔을 버둥거리려 했지만 그조차 뜻대로 되지 않았다. 그러거나 말거나 눈앞의 남자는 로즈마리를 몹시도 애잔하게 내려다볼 뿐이었다. 그는 목소리마저 놀라울 정도로 듣기 좋았다.

"레비, 너마저 잃을 순 없다."

그는 로즈마리를 '레비'라 불렀다. 로즈마리는 속으로 몇 번이고 외치듯 말했다. 저기, 저는 로즈마리인데요? 잘못 본 것 같은데? 방을 잘못 찾으셨어요, 그러나 밖으로 나오진 못했다. 혼란이 가득한 로즈마리를 뒤로하며 그는 그녀의 이마에 자신의 이마를 얹으며 말했다.

"레비, 레비탄. 내 아들아."

낯선 풍경의 고급스러운 방. 레비탄을 몹시 닮은 잘 생긴 남자, 그리고 그 남자가 로즈마리를 부르는 이름.

맙소사! 혹시 내가 레비탄이 된 거야?

로즈마리는 돌연 남자에게서 고개를 돌렸다. 로즈마리가 하려는 행동은 아니었다. 로즈마리는 그대로 이끌렸다. 시야는 곧 남자의 반대쪽으로 옮겨졌다. 자연스럽게 보이는 반대쪽 이불과 작고 가녀린 팔이 보였다.

몹시 작았다. 열다섯 살 로즈마리보다도 작고 짧고 얇았다. 그제야 로즈마리는 확신할 수 있었다. 지금 자신은 과거의 몹시 어렸던 레비탄이 된 것이라고. 그녀는 더 깊게 추측할 수 있었다. 지금 이 상황은 레비탄의 과거의 기억 속이라고 말이다. 로즈마리는 패밀리어의 감각과 기억과 동화되었다. 레비탄의 과거를 그의 시각에서 경험하고 있다는 것을 깨달았다. 마치 자신이 전생을 경험한 것처럼. 그녀는 자신의 뜻대로 되지 않게 움직이는 시야에 정신을 맡겼다. 그렇다면 이 과거의 기억에 휩쓸려갈 수밖에 없다.

어린 레비탄은 자신의 아버지 후 대공을 외면했다. 어린 시절 레비탄은 몹시도 나약하고 작았다. 생모를 닮아 뼈대가 얇고 잔병이 많았다. 침대에 누워 있던 시간이 대다수였기에 또래보다 성장도 더디었다. 레비탄은 일찍이 어머니를 여의고 홀아비 밑에서 자랐다. 풍족함은 많았지만 레비탄은 제 어미를 닮아 숨기고 있는 게 제법 많았다. 어리고 나약하고 작은 레비탄은 또래 아이답지 않게 사교성도 감정도 좀처럼 없었다. 마치 살아 있는 도자기 인형처럼 예쁘장한 어린 소년일 뿐이었다.

레비탄이 감정을 잃은 인형처럼 침대 생활을 하게 된 것은 생모가 죽고 얼마 지나지 않아 발견되었던 유서를 읽고 난 후였다. 생모는 기이하게도 레비탄 앞으로 유서를 남겼다. 그것도 그녀가 죽고 나서 4년이 지난 후에 말이다. 유서는 누구도 뜯을 수 없게 마법 봉인에 걸려 있었다. 후 대공은 아내의 유서를 확인하려고 했지만, 그녀를 몹시도 사랑했기에 차마 무력으로 뜯지 못했다. 그녀가 죽기 전에 후 대공에게 간절히 요청했기 때문이었다.

'반드시, 반드시 레비가 여덟 살이 될 때 이 유서를 건네주세요.'

절대, 누구에게도 이 유서를 넘겨주지 말고, 꼭 나와 당신의 아들인 레비에게 넘겨주세요, 라고 간절히 바라는 통에 후 대공은 고개를 끄덕이며 약속할 수밖에 없었다. 대공은 아내의 유언대로 여덟 살 생일을 맞이한 레비탄에게 유서를 건네줬다.

그때부터였다. 그렇지 않아도 또래 애들보다 감정 기복을 좀처럼 드러내지 않던 아들은 그나마 내뱉던 말수조차 줄이고 나아가 입마저 다물었다. 이따금 보였던 감정도 감쪽같이 사라져 숨만 쉬는 인형처럼 지낸 지 2년이 지났다.

덕분에 아내를 잃고 슬픔에 잠겨 살았던 후 대공은 나날이 수척해져 갔다. 유일하게 그녀가 남겨준 혈육마저 어찌 될까 두려웠다. 세상 진기한 약재로 약을 지어 먹여도, 맛있는 산해진미를 내밀어도, 귀하고 신비한 물건이며 장난감을 내줘도 레비탄을 고개를 저을 뿐이었다.

이따금 아들은 후 대공을 원망스럽다는 듯 쳐다보기도 했다. 마치 자신을 왜 낳았냐는 듯 말이다. 그것이 후 대공의 가슴 언저리에 묵직하게 내려앉았다. 아들은 스스로 자신의 존재를 부정하는 것 같았다. 후 대공은 틈이 날 때마다 레비탄의 방을 찾아와 그를 어르고 달랬지만 좀처럼 레비탄은 입을 열지 않았다. 고개마저 돌리고 자신을 외면하자 가슴이 찢어질 것 같았다.

"대체 뭐가 문제인 것이냐."

하도 답답해 하루에 한 번 이상은 되묻는 질문이었다. 레비탄은 한 번도 답해주지 않았다. 그러나 오늘은 실로 무슨 마음인지 굳게 닫힌 입술을 우물거렸다.

"아버지."

감정이라고는 눈곱만큼도 없는 목소리가 부서질 듯 들려왔다. 실로 오랜만에 들어보는 아들의 목소리에 후 대공은 반색하며 응답했다.

"그래, 레비. 아비다."

그를 외면한 상태로 누워 있는 레비탄이 느리게 다시 입을 열었다.

"제가 사라지면 절 찾아주실 겁니까?"

"어찌 그런 어리석은 질문을 하느냐. 응당 너를 찾아 마땅한 것을."

"몇 년, 몇십 년이 걸려도 못 찾으면요?"

"얼마가 걸리든 상관없다. 부모를 얕보지 말거라. 세상 끝까지 돌고 돌아서라도 내 반드시 찾을 것이야."

"그 말, 약속할 수 있어요? 포기하지 않겠다고?"

레비탄은 후 대공 쪽으로 고개를 돌리며 물었다. 빛을 잃은 루비색 눈동자에 언뜻 빛이 돌았다. 후 대공은 고개를 크게 끄덕였다. 그는 작고 여린 레비탄의 손을 큰 손으로 감싸 쥐며 말했다.

"반드시, 반드시 약속하마. 절대 무슨 일이 있어도 너를 포기하지 않겠다고."

"다행이다."

레비탄이 진실로 안도한 듯 흐리게 웃었다. 의미심장한 질문에 후 대공은 일말의 망설임도 없이 대답했다. 일반적인 부모라면 그런 질문에 당황하고 걱정하며 꼬치꼬치 캐물을 법도 한데, 후 대공은 어떤 것도 묻지 않았다. 아니 묻지 못했다. 그에 대해 물었다가 레비탄이 겨우 열었던 마음의 문을 다시 닫아버릴까 두려워 어떤 것도 묻지 못했다.

하지만 그날, 후 대공은 레비탄이 그렇게 질문한 이유를 캐물어야 했다. 왜 그리 사라져버릴 것같이 두려운 질문을 하느냐고 물었어야 했다.

그날 저녁, 그의 유일한 아들이 온데간데없이 사라졌다. 대공의 가슴은 찢어져 피가 끓고 곪고 다시 터지기를 반복했다. 아들을 잃은 아버지는 미친 사람처럼 세상을 떠돌았다. 아들을 찾고 있을 아버지가 레비탄은 그리웠다. 로즈마리 역시 함께 동조하며 느낄 수 있었다.

시야는 고풍스러운 방이 아닌 퀴퀴한 감옥으로 뒤바뀌었다. 레비탄은 고개를 숙여 양손을 내려다봤다. 로즈마리도 보았다. 양손이 피범벅이었다. 누구의 피일까. 그의 정수리 위로 귀에 익은 목소리가 들려왔다.

"아이야, 사랑스러운 레비. 보이니?"

레비탄, 아니 로즈마리가 고개를 들었다. 사악하게 아름다운 엘리제가 기이하게 웃고 있었다. 어둠을 머금은 미소는 섬뜩하듯 붉었다. 그녀의 오른손에 무언가 들려 있었다. 자세히 보니 누군가의 머리였다. 그녀는 철장에 머리를 짓누르듯 밀어내며 말했다. 철장에 흐릿하게 파란 스파크가 일었다.

"이거 네 아비가 보낸 사람이란다. 널 찾고 있었다구나. 네가 아는 얼굴이니?"

레비탄은 입술을 깨물었다. 익히 알고 있는 얼굴이다. 가문의 기사 중 하나일 것이다. 그러나 레비탄은 대답하지 않았다. 엘리제가 원하는 대답을 절대 해주고 싶지 않았다.

그는 피로 물든 주먹을 쥐었다. 반드시 엘리제에게서 벗어날 것이다. 나의 나라, 나의 영토, 나의 아버지가 있는 곳으로 살아 돌아갈 것이다. 레비탄의 심장은 차게 식었다.

귓가로 엘리제의 김빠진 목소리가 들렸다.

재미없는 아이네.

가늘게 눈을 접고 웃는 꼴이 실로 잔혹한 마녀 같다. 그녀는 오른손에 들고 있던 머리를 내던졌다. 그리고 상체를 숙여 자신의 드레스 자락 밑에 깔린 어둠 속에 손을 쑥 집어넣었다. 놀랍게도 그녀의 발밑 어둠 속에서 무언가가 쑥

끌려왔다.

덜미를 잡힌 검은 개였다. 세눈박이 검은 개. 검은 개는 뒷덜미를 잡혀 버둥거렸다. 그르르거리며 위협적으로 우는데도 엘리제는 눈 하나 깜박하지 않았다. 그녀는 철장에 검은 개를 짓누르듯 밀며 말했다.

"레비, 이 가여운 개를 보렴. 너의 충성스러운 개잖니."

그녀의 말에 레비탄은 차가운 눈으로 그녀를 올려다보았다. 엘리제가 진득하게 웃는다. 레비탄의 붉은 눈에 서리 치듯 차가운 홍염의 분노가 짙게 묻어났다.

그래, 나를 증오하렴. 증오할수록 주변의 마력은 모조리 나의 것이란다.

엘리제는 요사스럽게 웃으며 속삭였다. 레비탄은 주먹 쥔 양손이 바르르 떨렸다. 눈앞의 마녀를 증오하지 못하는 자신이 너무나 한심했다. 두렵고 미웠다. 악하고 부정적인 감정을 드러낼수록 마녀에게 힘이 된다는 것을 알고 있었음에도 레비탄은 멈출 수 없었다. 이곳으로 끌려와 유일하게 레비탄을 지켜줬던 가여운 그의 수족은 마녀의 제물이 되어 휘둘려졌다.

레비탄은 이를 악물고 저택에서 배웠던 마술식 주식을 스스로 터득하고 진화시켰다. 인간은 무수히 많은 위기를 겪을수록 강해진다고 하더니 딱 그 상황이었다. 스스로를 단련시키지 않으면 안 됐다. 나약한 자신 때문에 누군가가 고통 받고 희생당하는 것을 두 눈으로 지켜볼 수 없었다. 나약하고 병약한 소년은 사라지고 악으로 깡으로 똘똘 뭉친 소년만 남았다.

로즈마리는 그동안 자신이 느꼈던 감정을 모조리 받아들였다. 마녀와 패밀리어는 세상 어떤 것보다 가까웠다. 서로를 '영혼의 반쪽'이라 칭할 정도로 둘은 하나이자 둘이었다. 그녀가 그이고 그가 그녀인 것처럼. 로즈마리는 들끓는 분노와 무기력함을 온전히 느끼며 눈을 감았다.

* * *

다시 눈을 감았다 뜨자 그토록 바랐던 샤롯이 보였다. 로즈마리는 뻐근한 눈을 느리게 깜박거렸다. 꽤나 오래도록 잠들었나 싶었다.

샤롯은 손을 뻗어 로즈마리의 눈가를 매만졌다. 그제야 눈가가 촉촉하다는 것을 깨달았다. 울고 있었나. 로즈마리는 느리게 눈을 깜박거리며 입을 뻐끔거렸다. 그러나 쉿소리만 날 뿐 목소리가 나오지 않았다.

"괜찮아, 로즈마리."

로즈마리의 마음을 이해한다는 듯 샤롯이 눈을 가늘게 접고 웃었다. 안도한 듯 상냥한 미소에 로즈마리가 흐리게 웃었다. 그녀는 문득 자신의 오른손을 누가 잡고 있다는 것을 깨달았다. 왼쪽에는 샤롯이 있었고, 오른쪽에는 제미가 서 있었다. 천천히 고개를 돌리자 까만 정수리가 보인다. 얼굴을 보지 않아도 알 것 같다. 레비탄이다.

"편히 쉬래도 굳이 네 곁을 자처하더구나."

샤롯의 심기 불편한 목소리가 귓가에 들렸다. 로즈마리는 키득거리듯 웃었다. 샤롯은 눈치가 빨라 분명 알아챘을 것이다. 로즈마리를 만신창이로 만든 이가 누구인지, 그녀가 구하러 간다는 인물이 누구인지.

그래, 로즈마리의 손을 잡고 한시도 떠나지 않은 이 소년이겠지.

로즈마리는 잡힌 손을 꼬물거렸지만, 레비탄은 곤히 잠들었는지 좀처럼 깨지 않았다. 색색거리는 숨소리가 규칙적인 것으로 보아 깊게도 잠든 모양이다. 로즈마리는 한동안 까만 정수리를 내려다보다가 고개를 돌려 샤롯을 올려다보았다. 입을 뻐끔거리며 말을 내뱉고 싶지만 목구멍이 말라 쉽사리 나오지 않았다.

"물을 마시겠니?"

로즈마리는 고개를 끄덕였다. 그녀는 로즈마리의 상체를 살짝 일으켜 마른 입가에 물 잔을 기울여주었다. 입술 틈으로 미지근한 물이 졸졸 흘러들어왔다. 그리 많지도 않고 적지도 않은 물을 흘려 마시자니 좀 살 것 같았다. 식도만 적시는 정도로 물을 마시고 다시 누웠다.

"저 소년이 너를 업고 온 지 벌써 한 달이 흘렀단다. 보이니? 네 앙상해진 몰골이."

샤롯이 속상해 죽겠다는 듯 우울하게 중얼거렸다. 로즈마리는 쓸쓸하게 웃었다. 벌써 한 달이 지났나. 꽤나 길게 잠들었던 모양이다. 로즈마리는 눈을 느리게 깜박거렸다. 그렇게 많이 잤는데도 아직도 졸린 게 신기했다.

나른하게 깜박거리는 통에 샤롯은 로즈마리가 곧 다시 잠들 것임을 눈치챘다. 이번에는 한 달을 꼬박 잠들지 않을 것을 직감적으로 느낀 샤롯이 그녀의 이불을 정리하며 말했다.

"더 자렴. 너무 오래 자지는 말고."

로즈마리는 작게 고개를 끄덕였다. 샤롯이 로즈마리의 잠을 방해하지 않기 위해 방을 나서자 조용한 침묵이 흘렀다. 로즈마리는 끙끙거리며 침대에서 사부작거렸다. 그녀는 곧 레비탄 쪽으로 몸을 세워 누웠다. 한사코 자신의 손을 놓지 못한 레비탄에 로즈마리는 흐리게 웃었다. 꿈속의 그가 느끼고 겪었던 감정과 경험이 심장을 후벼 파듯 강렬했다.

영원한 악몽 속에서 헤매듯 살아 숨 쉬는 공포 속에서 레비탄은 대견하게도 살아남고 성장했다. 그녀는 그의 정수리에 기대어 비볐다. 잡혀 있는 손아귀가 따뜻하다. 들끓던 마력이 놀라울 정도로 안정적이다. 숨쉬기 편하고 무섭도록 몰아붙이던 위기에서 벗어남에 큰 안도감을 느끼며 로즈마리는 다시금 눈을 감아 잠을 청했다. 이번에는 꿈도 꾸지 않고 깊은 잠의 나락에 빠질 수 있음을 직감하며.

* * *

로즈마리의 예상대로 별다른 꿈 없이 개운하게 숙면을 취할 수 있었다. 로즈마리는 만족스럽게 자고 일어났다. 부스스 눈을 뜨니 바로 코앞에 붉은 눈이 보였다. 선명한 루비색 눈동자에 자신이 비쳤다. 로즈마리는 눈을 가늘게 접고 웃었다.

"안녕?"

"안녕."

둘의 목소리가 맥없이 갈라져 있었다. 그럼에도 둘은 서로를 놀리지 않았다. 레비탄은 로즈마리가 잠들어 있는 근 한 달이 몹시도 느리게 흘러갔다고 느꼈다.

그는 착실하게 로즈마리의 말대로 서쪽으로 하염없이 걸어 숲을 빠져나왔다. 숲을 빠져나오자마자 쿠궁, 하고 등 뒤 너머로 무언가 무거운 것이 내려앉은 소리가 났다. 발밑을 내려 보자 희미하게 흙먼지가 일었다. 잘게 땅이 울렸다. 뒤를 돌면 무슨 일이 났는지 알 수 있었겠지만, 레비탄은 부러 돌아보지 않았다. 돌아보지 않아도 알 수 있었다. 따갑도록, 섬뜩하도록 두려운 마녀의 기운이 그의 뒤를 바싹 쫓아오는 것 같았다. 레비탄은 마른침을 삼키며 멈췄던 걸음을 다시 옮겼다.

그렇게 한참을 걷는데, 갑자기 발걸음이 무거워졌다. 불길한 기운이 엄습했다. 귓가에 맴도는 서릿발 같은 시린 목소리에 절로 식은땀이 흘렀다. 로즈마리도 혼절하고 자신 역시 변변치 않은 상태다. 목줄을 끊었지만, 과연 오래된 마녀여서인지 기어코 잡히기는 했나보다. 그는 귓가에 흐릿하게 들리는 엘리제의 목소리에 입술을 깨물었다.

"레비, 레비. 귀여운 나의 토끼."

그녀의 목소리가 저만치서 들리고 두 발은 묶여버렸다. 그녀의 기운이 점점 짙어짐에도 레비탄은 어찌하지 못했다. 그러나 하늘은 생각보다 무심하지 않았다.

"이쪽!"

무겁게 내려앉은 남자의 목소리와 함께 땅에 묶였던 두 다리가 가벼워졌다. 저도 모르게 앞으로 꼬부라지려는 순간 누군가 그의 상체를 지탱했다. 레비탄의 시야에 희미하게 짙은 갈색 머리가 휘날렸다.

"늦지 않아서 다행이야."

서늘한 음색이 안도한 듯 중얼거렸다. 레비탄의 상체를 지탱해준 여인은 그대로 그와 업힌 로즈마리를 감싸며 뒤를 쏘아보았다.

"엘릭서!"

그녀가 소리치자 몹시도 빠른 무언가가 레비탄의 뒤로 쏘아나갔다. 잔상조차 남기지 않을 정도로 전광석화처럼 쏘아나간 엘릭서는 큰 동작으로 검을 사선으로 그었다. 괴기한 비명이 쏟아졌다. 익히 들어본 비명이었다. 레비탄은 움직이지 않은 고개를 천천히 돌려 엘릭서가 베어버린 방향을 보았다.

사악하기 그지없는 까만 어둠이 짙은 농로로 꿀렁거렸다. 그 안에서 거대한 손이 뻗어왔으나 엘릭서에 의해 반토막이 되었다. 베어진 틈새로 빛이 쏟아지더니 이내 그 중심으로 바스러져 사라졌다.

이 광경을 두 눈으로 목격한 레비탄은 후들거리는 다리에 힘이 풀려 주저앉을 뻔했다. 하지만 그의 등에 업힌 로즈마리와 그를 지탱해주는 여인, 샤롯 덕분에 두 다리가 접히지 않고 서 있었다.

"네가 바로 로즈마리가 구해주려 했던 공주님이구나."

샤롯의 특색 있는 서늘한 음색이 귓가에 웅웅 울렸다. 공주님? 로즈마리다운 비유였다. 분명 자신은 백마 탄 왕자님이라 비유했겠지.

"로즈마리는…… 괜찮니?"

"괜찮은 것 같습니다."

"그거 다행이군."

로즈마리가 무사하지 못했다면 단번에 베어버릴 거라는 듯 서릿발처럼 차가운 샤롯을 보며 그는 희미하게 웃었다. 그의 등 뒤로 검은 손을 제거한 엘릭서가 무언가를 들고 왔다.

"검은 짐승이 매개체였나 봅니다."

손에 들린 것은 세눈박이 검은 개였다. 바로 레비탄의 수족이자 마녀에게 사로잡힌 또 다른 희생자 테류, 그였다. 마녀의 패밀리어가 될 수밖에 없었던 그 테류.

레비탄의 붉은 눈이 잘게 흔들렸다. 기어코 너마저 보내고야 말았구나. 후회와 분노에 그는 그저 입술을 깨물어야 했다. 레비탄에게서 침울한 기운이 느껴졌다.

"아는 자야?"

초면에 당연한 듯 말을 자연스럽게 놓는 샤롯에 레비탄은 고개를 무겁게 끄덕였다. 그녀는 레비탄 등에 업힌 로즈마리의 몸을 들어 올렸다.

눈 깜짝할 사이에 로즈마리를 빼앗겼다는 허탈한 마음으로 샤롯을 보자 그녀가 왜? 뭐? 왜? 하는 눈초리다.

"동생이 애써 구한 공주님도 귀히 대접해주마."

목소리에서 흐리게 노기가 느껴졌다. 레비탄은 자신을 적대하는 샤롯에 그저 고개를 끄덕였다.

"선처에 감사드립니다."

"엘릭서, 저 가여운 공주님을 맡아주지 않으련?"

레비탄은 옆으로 다가온 엘릭서에게서 검은 개를 건네 받았다. 숨결이 느껴지지 않은 것으로 보아 즉사한 것 같다. 결국 이렇게 비참하게 생을 마감하고야 마는구나. 그는 침중한 마음을 정리하며 안전한 곳으로 가면 양지 바른 곳에 테류를 묻어줘야겠다고 생각했다.

"로즈마리 곁에 있고 싶습니다만."

그는 테류를 품에 안고 샤롯에게 다가갔다. 샤롯은 인상을 쓰며 그에게서 살짝 물러났다. 그녀는 혹여 레비탄에게 로즈마리를 빼앗길까 경계하는 것이 역력했다.

"왜?"

"우린 떼려야 뗄 수 없는 각별한 사이거든요."

그게 무슨 상관이냐는 듯 눈으로 묻자 그는 희게 웃었다.

"공주랑 왕자가 떨어져 있는 거 봤어요?"

"많이 봤단다."

"로즈마리와 저는 서로 붙어 있어야 합니다. 부디 양해를 부탁드립니다."

바들바들 떨리는 두 다리며 몸 전체가 성하지 않아 보임에도 그는 끊임없이 로즈마리 곁에 있겠다고 샤롯을 좇았다. 샤롯은 로즈마리를 품에 고쳐 안으며 마지못해 끄덕였다.

"그리고 부탁드릴 게 하나 있습니다만."

"말해보게."

"괜찮으시면 후 공국에 서신 하나만 보내주실 수 있겠습니까?"

보다시피 기이한 것에 쫓기는 상황이라 샤롯의 수족을 통해 보내지길 바라는 눈치였다. 샤롯은 두통이 이는 것 같았지만 거절하진 않았다. 고개를 끄덕이며 그녀는 입을 열었다.

"기사를 통해 보내도록 하지."

"선처에 감사드립니다."

"그만 가도록 해야겠어. 누구 하나 때문에 길을 꽤 지체했거든."

샤롯은 제 할 말만 하고 쌩하게 걸어갔다. 레비탄은 뒤를 따랐다. 얼마 가지 않아 구석진 곳에 마차 한 대가 대기하고 있었다. 마차 문 앞에는 젊은 여인이 서 있었는데, 복장으로 보아 하녀로 보였다. 그녀가 마차의 문을 열자 샤롯은 안으로 들어갔다. 레비탄이 따라 들어가려 하자 하녀가 제지했다.

"그 검은 개는 따로 이동하는 게 좋을 것 같군요."

"제 지인이니 소중히 대해주시겠습니까?"

"그리하도록 하지요."

하녀 제미가 무겁게 가라앉은 눈빛으로 고개를 끄덕였다. 사기가 짙어 몸이 성하지 않은 로즈마리와 같은 공간에 두기에는 좋지 않았다. 그것을 익히 알기에 레비탄은 순순히 테류의 사체를 제미에게 넘기고 마차에 올라탔다. 제미는 그것을 엘릭서에게 건넸다. 엘릭서는 덮고 있던 망토를 벗어 사체를 감쌌다.

"사기가 짙어."

"중화시켜볼게."

제미가 말하자 엘릭서는 고개를 끄덕이며 답했다. 남매는 검사의 길을 걷고 있지만, 원래 로우 가문은 베히모스를 모시는 충직한 마법사 가문이었다. 덕분에 제미와 엘릭서도 약간의 마법을 사용할 수 있었다. 특히 엘릭서는 사악한 기가 짙게 남은 사체를 어느 정도 봉인하고 중화시킬 수 있었다.

일행이 마차와 말에 모두 올라탔다. 기이한 것은 사라졌지만 잔재와 잔향이 남아서 오래 머무는 건 좋지 않았다. 마차는 쉴 새 없이 달렸고, 꼬박 나흘이 걸려 베히모스 영지에 도착했다. 모두 로즈마리가 잠들어 있는 사이에 일어난 일이었다.

베히모스가에 도착하는 동안에도 로즈마리는 좀처럼 깨지 않았다. 레비탄의 속은 새까맣게 타들어갔다. 종종 로즈마리가 깊게 자는 경우가 있기에 그리 걱정하지 않아도 된다고 샤롯이 한마디 건넬 정도로 레비탄은 홀로 심각했다. 그간의 일을 회상한 레비탄이 유난히 초췌해진 로즈마리를 보며 물었다.

"괜찮아?"

"아니, 괜찮지 않아."

온몸 마디마디가 아프고 쑤시고 무겁다. 마력은 방대하게 늘어만 가서 로즈마리를 버겁게 하고 감각은 예민하다.

"그래도 네가 있으니까 어쩐지 무겁진 않아."

레비탄을 패밀리어로 맺은 순간, 무겁게 짓눌렀던 마력의 무게가 어느 정도는 가벼워진 기분이 들었다. 마녀의 패밀리어는 그녀의 마력도 나눠 가질 수 있다.

"그거 다행이네."

그가 흐리게 웃자니 꿈결에 보았던 레비탄의 아버지 대공이 떠올랐다. 그는 실로 놀라울 정도로 잘생긴 미남이었는데 레비탄도 후에 자라면 그리 훤칠해질까?

"나, 지금도 꽤 훤칠해."

"멋대로 내 생각 읽지 말아줄래?"

"사방팔방 들으라고 활짝 열어놨으니 듣기 싫어도 들려."

"기다려봐. 마녀가 처음 되어봐서 조절이 안 돼."

아픔의 강도는 조절할 수 있으면서 감정적인 것은 영 어려운 모양이다. 레비탄이 쓰게 웃으며 고개를 저었다.

"멋대로 내 생각을 읽으면 안 돼. 이거 사생활 침해야, 알지?"

"노력해볼게."

레비탄은 모든 상황이 기적처럼 꿈처럼 느껴졌다. 그의 붉은 눈동자가 떨어지는 햇살에 반사되어 반질거렸다.

"로즈마리, 정말 고마워. 넌 나의 구원자야."

레비탄은 다시 태어난 기분이 들었다. 언제까지고 외롭게 홀로 살아갈 거라 생각했던 절망적이고 삭막한 세상은 사라지고 따스한 봄 햇살이 내리쬐는 양지가 되었다.

"낯간지럽게. 이거 다 받아먹을 거거든? 우리 상부상조하는 거야."

로즈마리는 진지하게 감사를 표하는 레비탄에게 부끄럽다는 듯 시선을 슬그머니 돌렸다. 정말로 낯간지럽다. 그저 같은 적을 둔 동지로서 도우려 했던 것뿐이다. 정말 정말 약간의 사심은 있지만.

"그래, 언제든지 얼마든지."

레비탄은 눈을 가늘게 뜨고 해사하게 웃었다.

"꿈을 꿨어. 나 있지, 꿈속에서 네가 되어 있었어."

로즈마리는 그를 마주 보며 속삭였다. 레비탄은 눈만 깜박거렸다.

네가 납치당하기 전날이었어. 로즈마리는 조곤조곤 속삭였다. 레비탄은 아무 말 하지 않았다. 로즈마리는 그를 빤히 보더니 말갛게 웃으며 손을 뻗어 그의 머리를 쓰다듬었다.

"그동안 죽지 않고 살아 있어줘서 고마워."

레비탄의 눈가를 따라 눈물이 흘렀다. 레비탄의 벅찬 감정이 로즈마리에게 강렬하게 와 닿았다. 로즈마리는 그의 과거를 경험하고 그의 감정을 경험했다. 지금 이 세상 누구보다도 레비탄을 이해할 수 있는 사람은 오직 로즈마리뿐이다. 로즈마리는 그의 눈가를 닦아주며 속삭였다.

"살아 있어서 다행이야."

"고마워."

레비탄이 느리게 눈을 깜박거리자 눈물이 따라 흘렀다. 실로 오랜만에 흐르는 눈물은 주체할 수 없을 정도로 흘렀다. 로즈마리는 하염없이 눈물을 흘리는 레비탄의 눈가를 부지런히 닦아주었다.

"아프게 해서 미안해."

레비탄이 진심을 다해 사과를 건넸다. 로즈마리는 씩 웃었다.

"마녀를 처치하려면 마녀가 되는 게 가장 현명하지."

악의 축, 세상의 오점이자 어둠이 되었음에도 로즈마리는 실로 환하게 빛나는 별 같았다. 까만 밤하늘 유일하게 길을 비추는 찬란한 빛을 내뿜는 황금별. 나의 황금별.

* * *

엘리제는 치밀어 오르는 화를 주체하지 못하고 방에 있

는 장식품과 가구를 내던지고 부쉈다. 방은 화려하고 드넓지만 삽시간에 난장판이 되었다. 방 안 가득 날카롭고 둔탁한 소음이 연달아 잇달았다. 방에 차마 대기하지 못한 하녀들은 문 뒤에 서서 눈만 질끈 감았다. 귓가로 귀한 아가씨의 찢어지는 비명 소리가 울려 퍼졌다.

몇 시간 동안 난동을 부린 엘리제는 현기증이 이는지 보드라운 카펫에 털썩 주저앉았다. 그녀는 짧은 시간에 걸었던 저주가 깨져 그 반동으로 일부 타격을 입었다. 그뿐만 아니라 패밀리어마저 잃었다. 연달아 입은 타격에 엘리제는 넘쳐흐르는 마력을 가졌음에도 쓰러질 수밖에 없었다.

패밀리어의 죽음은 마녀에게 꽤나 큰 타격을 준다. 마녀와 패밀리어는 서로의 영혼을 엮기 때문에 가장 가까이에 있는 또 다른 자신이기도 했다. 비록 강제적으로 부린 패밀리어라 할지라도 테류는 엘리제의 패밀리어다. 설마 그쪽에 오래된 마녀의 패밀리어를 단숨에 제거할 능력자가 있을 줄은 몰랐다.

카펫에 얹은 손등은 거울이 깨져 금이 간 것처럼 쩍쩍 금이 가 있었다. 엘리제는 반대 손으로 손등 위에 감싸고 있는 프릴 소매 단을 들췄다. 손등에 난 파열 선은 쭉 이어져 팔까지 올라갔다. 엘리제의 팔은 마치 도자기 인형처럼 부서지고 있었다. 이따금 부스러기 같은 조각이 투둑투둑 떨어졌다.

엘리제는 입술을 깨물었다. 마력, 마력이 필요해. 그리고 새로운 패밀리어도 필요했다. 엘리제는 부서져가는 팔을 감싸 쥐며 분노에 이를 갈았다.

"거기, 누구 없나?"

엘리제는 당장 부서져 내리는 팔을 원상복구하기 위해 희생양을 들여야 했다. 겁에 질린 가엽고 나약한 인간이라는 희생양을. 그녀가 서늘한 어조로 말하자 문 너머에서 어린 하녀가 오들오들 떨면서 들어왔다. 엘리제는 소녀를 보며 선량하게 웃었다.

"애야, 날 도와주겠니?"

달콤한 목소리로 속삭이듯 말하자 어린 하녀가 떨면서 다가왔다. 가까이 다가온 하녀는 살결이 곱다. 희고 보드라운 것이 먹음직스러웠다. 엘리제는 고개를 살짝 기울여 여상하게 웃었다.

"이름이 뭐니?"

"카미예요."

저택의 금지옥엽 고명딸인 엘리제 아가씨는 고용인들 사이에서 자랑이다. 이따금 이 같은 히스테리를 부리곤 하지만 세상 어디 없을 아름다운 분이기에 감수할 수 있었다. 그리고 아무리 그녀가 히스테리를 부려도 하녀에게 손찌검하진 않았다.

어린 하녀 카미는 사실 저택에 들어온 지 얼마 안 된 신참 하녀다. 카미는 세간에서 여신이라 칭송받을 정도로 아름다운 아가씨를 모실 생각에 가슴이 벅찼다.

하지만 첫 출근 당일, 하필이면 재수 없게도 그 아름다운 아가씨께서 몹시 심기 불편하셨다. 선임 하녀들은 대체 무슨 생각으로 카미를 한창 분노에 달아오른 아가씨 앞에 내보냈을까. 카미는 혹여 손찌검이라도 당할까 두려운 마음으로 바들바들 떨었다.

엘리제는 처연하게 웃으면서 속으로 희열에 벅차 깔깔거렸다. 겁에 잔뜩 질린 카미의 주변에 까만 마력이 물에 번진 물감처럼 퍼져나갔다. 어쩜 먹음직스럽기도 해라.

"그래, 카미구나. 어쩜 귀엽기도 해라."

"가, 감사합니다. 아가씨······."

엘리제의 붉은 눈동자가 가늘게 접힌 눈꺼풀 사이로 요사스럽게 빛났다. 엘리제가 카미 앞에 손을 내밀었다. 카미는 반사적으로 귀한 아가씨의 손을 보잘것없고 상처투성이인 두 손으로 살며시 잡았다. 동시에 엘리제의 그림자가 기이하게 카미 쪽으로 길게 늘어졌다. 그림자는 작은 카미를 집어삼킬 정도로 번지듯 커져 기어코 바닥을 벗어나 위로 치솟았다. 순식간에 그림자는 카미의 주변을 감쌌다.

"잘 가렴."

상냥하기 그지없는 엘리제의 목소리가 카미의 귓가로 속삭였다. 동시에 카미는 엘리제의 그림자에 먹혀 순식간에 자취를 감췄다. 그림자는 검은 파도처럼 소녀를 휩쓸어 갔다. 엘리제는 여운을 즐기듯 고개를 살짝 젖히며 섬뜩하게 웃었다.

"아, 살 것 같다."

파열이 난 손등과 팔은 금세 원상복구가 되었다. 엘리제는 카펫에서 일어나서 엄지와 중지를 부딪쳤다. 딱! 소리가 경쾌하게 울리자 난장판이 된 방 안이 순식간에 깨끗해졌다. 엘리제는 자신과 같이 완벽하기 그지없는 방 풍경에 진하게 웃으며 창가 테라스로 걸어갔다. 테라스에 기대어 있자 햇살이 따뜻하게 쏟아졌다. 엘리제는 햇살을 만끽하며 눈을 감았다.

"토끼는 잃었지만, 귀여운 토끼는 또 있지."

아주 먹음직스러운 통통한 토끼 한 마리가 떠올랐다. 금색 윤기 좋은 털에 파란색 동그란 눈. 새로운 먹잇감을 떠올리며 엘리제는 살포시 미소 지었다. 그러다 문득 그녀는 자신이 아끼던 토끼에 달라붙은 작은 인형이 자연스럽게 떠올랐다. 그녀가 가볍게 미간을 찌푸렸다. 어쩐지 익숙한 기운이었다. 어디서 맡아봤던 내음이 났었는데…….

"그게 어디서 맡아봤더라."

좀처럼 생각이 나지 않았다. 생각이 깊어졌지만 길어지진 않았다. 엘리제의 방에 낯익은 방문객이 찾아왔기 때문이다. 은색 실을 뽑은 듯 반짝이는 은발의 중후한 매력을 풍기는 미남이 들어왔다. 금색의 눈동자는 또 얼마나 매력적인지. 마치 황금을 박은 듯 화려했다.

엘리제는 남자의 방문에 눈을 동그랗게 뜨더니 이내 사르르 녹듯 웃었다. 만개한 꽃처럼 아름다운 미소를 지으며 그녀가 남자에게 다가갔다. 달콤하고 애틋함과 애정이 가득한 목소리로 속삭였다.

"폐하."

"사랑스러운 나의 엘리제."

남자 역시 그녀에게 다가가 손을 내밀었다. 엘리제는 세상 행복한 미소로 그의 커다란 손에 자신의 하얀 손을 살포시 내리며 다가갔다. 곧 그의 넓은 품에 안긴 엘리제가 한껏 아양을 부렸다. 엘리제의 방 테라스 너머로 햇살이 쏟아졌다.

당장은 패밀리어를 잃어 타격이 크지만 패밀리어는 다시 만들면 된다. 눈앞의 이 아름다운 남자로. 엘리제는 그의 품에 안겨 섬뜩한 핏빛 눈동자를 가늘게 접고 웃었다. 은은하게 퍼지는 그의 마력 파동에 달콤한 쾌락을 느끼며 그녀는 눈을 마저 감았다.

*　*　*

베히모스가는 한동안 평화로운 일상이 계속되었다. 로

즈마리는 여전히 침대에서 벗어나지 못했지만, 처음 깨어 났을 때와 달리 썩 나쁘지 않아 보였다. 짧은 시간 동안 많은 피와 마력과 체력과 정신을 빼앗겼지만 서서히 회복하고 있었다. 살짝 파인 볼살은 제미와 샤롯의 지극정성으로 다시 보기 좋게 도톰하게 올랐다.

레비탄은 로즈마리 곁에서 한시도 떨어져 있지 않았다. 그 점이 샤롯에게는 불만이었지만 로즈마리가 썩 좋아하는 모습인지라 둘을 떼어 놓을 수 없었다.

"저택 구경이라도 하고 오지 그래?"

"괜찮아."

"심심하지 않아?"

"네가 있는데 왜 심심해?"

로즈마리는 사실 레비탄이 곁에 있으면 좋긴 했다. 그가 가까이 있는 것만으로도 그녀 안에 갈무리되지 않은 마력이 온순해졌다. 아마도 레비탄은 자신의 초짜 마녀를 위해 암묵적으로 그녀의 마력을 운용해주고 있는 게 아닌가 싶다.

레비탄은 꽤나 유능한 패밀리어다. 갇혀 살고 있었던 주제이지만, 고급 지식과 뛰어난 응용력과 이를 뒷받침하는 재능이 있어서 가능한 것 같다. 덕분에 로즈마리는 육체에 비해 턱없이 넘쳐나는 마력에도 각혈하지 않고, 발작도 일으키지 않은 채 숨 쉬고 있었다. 처음 마력석을 삼키고 그를 구하기 전에는 숨 쉬는 것만으로도 폐가 찢어질 것 같았는데…….

"너, 꽤 유능하구나."

"워낙 핏줄이 대단해서 말이야."

레비탄은 로즈마리의 칭찬에 싱긋 웃었다. 레비탄은 로즈마리 앞에서만큼은 감정을 잘 드러냈다. 로즈마리 옆에 샤롯이나 제미가 오면 언제 그랬냐는 듯 감정 없는 인형처럼 무표정을 고수하면서도 단둘이 있으면 세상 다정하게 굴었다. 로즈마리는 자신에게 상냥하게 구는 검은 짐승에 속으로 쓰게 웃었다.

"앞으로 어떻게 해야 할지 모르겠어."

로즈마리는 그와 있을 때면 앞으로 어떻게 해야 할지를 고민하곤 했다.

"나도 모르겠어."

레비탄이 로즈마리의 말에 응답했다. 로즈마리는 레비탄을 빤히 쳐다봤다.

"이렇게 정말로 구해질지 몰랐거든."

"어머, 날 못 믿었던 거야?"

"그런 게 아니라 네가 있을 줄 몰랐다는 거지. 나를 구해줄 너의 존재를 말이야."

레비탄의 말에 로즈마리는 눈을 동그랗게 떴다. 한번 깜박이더니 그녀가 고개를 끄덕였다.

"나도 내가 이렇게 대단할 줄은 몰랐어."

로즈마리는 자신의 작은 두 손을 보았다. 불과 며칠 전처럼 느껴지던 그때, 이 두 손은 붉은 피로 물들어 있었다. 자신의 붉은 피가 땅을 적시고 손을 물들었다.

"반격해올까?"

"그녀라면 그럴 수 있지. 하지만 그녀는 그 사람이 너인지 모를 것 같은데……."

"듣던 중 다행이다."

목숨 걸고 후드를 뒤집어쓰길 잘했어. 속으로 자신을 칭찬하자 레비탄이 피식 웃으며 손을 들어 그녀의 머리를 쓰다듬었다.

"장하네."

"너, 내 마음 읽지 말랬지."

"자꾸 들리는 걸 어쩌란 말이야?"

"나도 읽을 거야."

"난 애초에 오픈해놓은 상태야."

그래, 맞아. 너무 활짝 열어놔서 다 들리고 있어.

로즈마리는 속으로 중얼거렸다. 레비탄은 로즈마리의 패밀리어가 되고 나서, 정확히는 그녀가 잠에서 깨어난 시점에서부터 줄곧 본인의 마음을 그녀 한정으로 활짝 열어놓았다.

"마녀와 패밀리어는 서로 사생활이라는 게 없는 건가."

로즈마리는 볼을 부풀리며 중얼거렸다. 레비탄은 그저 말없이 키득거렸다. 오늘도 평화로워 다행이야. 로즈마리는 레비탄 너머로 쏟아지는 햇살에 빙긋 웃었다. 잠시 휴전 상태라도 좋다. 이렇게 한숨 돌릴 수 있다면. 다음은 더 힘들지 모르지만 그래도 힘을 낼 수 있어.

"아가씨."

이 평화도 곧 끝을 맞이하나보다. 단둘이 있는 방에 제미가 들어왔다. 그녀는 조곤조곤한 어조로 로즈마리를 불렀다. 로즈마리는 고개를 들어 그녀를 올려다봤다. 제미는 그녀와 레비탄을 번갈아 보더니 입을 열었다.

"후 공국에서 귀빈이 오셨습니다."

제미의 말에 로즈마리는 슬그머니 레비탄을 곁눈으로 쳐다봤다. 레비탄의 표정은 평소처럼 무표정해 보였지만, 그의 마음은 일순간 크게 일렁거렸다. 로즈마리는 제미를 다시 올려다보며 말했다.

"제미, 손님맞이 준비를 해주겠어?"

"예, 아가씨."

제미는 빙긋 웃으며 고개를 살짝 숙이고 로즈마리를 치장할 준비를 했다. 후 공국에서 귀빈이 왔다면 일단 샤롯이 먼저 상대하고 있을 것이다. 조금은 늦어도 괜찮겠지. 로즈마리가 바스락거리면서 침대로 갔다. 레비탄이 얼른 그녀에게 다가갔다.

"나 혼자 가도 괜찮아."

"거짓말하지 마. 사실 안 괜찮잖아. 혼란스럽고 긴장되고 두려운 것 같아."

레비탄이 눈을 느리게 감았다 떴다. 그는 어색하게 웃었다.

"역시 서로를 읽을 수 있다는 건 좀 불편하네."

"그렇지?"

레비탄이 수긍하자 로즈마리가 해사하게 웃었다. 그녀는 그에게 당연한 듯 손을 내밀었다. 레비탄은 자신을 향해 올려 있는 작고 하얀 손을 빤히 보다가 슬그머니 잡았다. 로즈마리는 레비탄의 손을 잡고 일어났다. 약간 빈혈이 일어 비틀거렸지만 레비탄이 자연스럽게 그녀를 지탱해주자 버틸 만했다.

"그리고 아직 나는 패밀리어랑 멀리 떨어지면 안 되는 것 같거든."

마력이 넘칠 테니까. 로즈마리는 자신을 부축하는 레비탄을 보며 새침하게 웃었다. 레비탄이 키득거렸다. 그러게, 나의 마녀는 손이 많이 가는걸. 곁에 있어 줘야지. 로즈마리는 볼을 부풀렸다. 하여튼 치켜세워주면 버릇 나빠진다니까.

로즈마리가 레비탄의 부축을 받아 손님을 맞이할 준비

를 하는 동안 응접실에는 삭막하고 초조한 분위기가 흘렀다. 베히모스가 특유의 검소함이 묻어나는 응접실에 도착한 장신의 남자는 소파에 앉지도 못하고 주변을 서성거리고 있었다.

남자는 검은 머리카락에 비례해 하얗게 보이는 피부와 선명한 붉은 눈동자를 지닌 중년이었다. 중년의 남자는 짧지 않은 세월을 꽤나 고생했는지 비쩍 마르고 수척했다. 얼굴의 양 볼이 파였고 눈가는 검다. 그럼에도 골격은 듬직하여 어깨며 전신이 길고 넓었다. 원래도 다정한 인상은 아니지만 덕분에 날카롭고 매서워 보이는 남자의 붉은 눈이 눈에 띄게 초조해 보였다.

그는 몇 번이고 응접실을 서성거렸으나 잠시 저만치서 느껴지는 기운에 마지못해 소파에 앉았다. 그리고 문이 열리자 무심함을 덮은 붉은 눈으로 상대를 힐끗 보았다.

베히모스가의 젊은 주인 샤롯이 특유의 냉담한 인상으로 응접실에 입실했다. 그녀는 사뿐사뿐 걸어 남자의 맞은편에 섰다. 뒤따른 수호기사 아미와 담당 하녀 메릴이 뒤로 섰다. 그러고 보니 조금 이상했다. 하위 귀족인 샤롯도 제 집에서 수행인을 달고 참석했거늘 고위직에 속한 남자는 수행인 하나 없는 단신이었다. 샤롯은 남자 앞에 자신의 드레스 자락을 살짝 들고 무릎을 구부려 인사했다.

"후 공국의 주인을 뵙습니다."

그녀의 인사에 후 공국의 주인인 대공이 천천히 일어나 가볍게 고개를 끄덕이며 응답했다.

"반갑네, 베히모스 남작."

"오지의 영지에 이렇게 기별도 없이 찾아오셔서 놀랍답니다."

샤롯은 조곤조곤 말을 내뱉었다. 고위 귀족이 이런 오지에 방문한다는 것은 대부분 썩 좋은 일이 아니다. 특히 베히모스가 맡은 사명 때문에 샤롯은 남자의 갑작스러운 방문이 몹시 불편했다. 그의 말에 대공은 쓰게 웃었다.

"앉으시지요, 메릴. 귀인께 차를 대접해주세요."

"예, 주인어른."

대공이 어떠한 대답도 없이 쓰게 웃자 샤롯은 포옥 한숨을 내쉬며 뒤에 서 있는 메릴을 응접실 밖으로 내보냈다. 이어서 눈빛으로 아미마저 내보냈다.

응접실에는 둘만 남게 되었다. 짧은 침묵이 오갔다. 사실 샤롯은 대공이 저택에 방문한 이유를 어림짐작하고 있었다. 아마도 사랑하는 동생 로즈마리가 구해준 공주님 때문이겠지. 그녀는 특이한 서고를 담당하는 사서이자 주인이다. 그러니 이 대륙, 나아가 세계에 대한 정보와 지식을 마음만 먹으면 금세 알 수 있다. 게다가 레비탄의 검은 머리카락과 붉은 눈동자는 대륙을 통틀어 쉽사리 볼 수 없는 조합이었다. 물론 공녀 엘리제도 붉은 눈이지만, 붉은 눈과 검은 머리칼을 함께 가진 조합은 특유 혈통에게만 이어지고, 그 혈통이 현재 어느 위치에 있는지도 안다.

후 공국. 이 시대, 이 대륙, 이 세계 전체를 훑어봐도 검은 머리카락에 붉은 눈동자의 조합은 후 가문의 혈통밖에 없었다. 그렇기에 그를 처음 본 순간 후 가문의 혈통임을 알았다. 속으로 어찌나 놀랐던지, 태어나 저택 밖을 나간 적 없는 로즈마리가 높은 고위 가문과 안면이 있을 줄 누가 알았을까.

사실 놀람은 그 때문만은 아니었다. 후 가문은 손이 귀한 가문이지만, 그래도 유일한 후계자가 하나 있다. 아마도 올해 나이가 열여섯 살쯤 되었으리라. 대충 어림짐작하면 그 나이겠지.

사실 그 후계자에 대한 굉장히 안타까운 소문이 떠돌고 있었다. 후 가문의 유일한 후계자이자 대공의 유일한 가족인 아들이 6년째 소리 소문 없이 사라졌다는 소문이었다. 소문에 의하면 공국의 약점을 잡기 위해 유일한 혈육을 납치했다는 말이 있다. 그것이 사실인지 아닌지 모르겠지만 대공은 아이를 잃고 6년째 대륙을 떠돌며 찾고 있다고 한다. 사실인지 거짓인지는 눈앞에 수척해 보이는 남자를 보자마자 알 수 있었다.

"실례를 무릅쓰고 방문하여 미안하게 생각하네."

"대공께서 급히 방문하신 이유를 대략 짐작할 수 있습

니다. 수행인 없이 홀로 방문해주신 것은 베히모스를 배려함이시겠지요."

만약 대공이 수행인을 이끌고 베히모스가에 방문했다면 삽시간에 수도까지 소문이 번질 것이다. 베히모스가는 무한의 서고 때문에 고위 귀족도 쉽사리 방문하지 못한다. 이를테면 암묵적 금지 구역이지만, 이런 곳에 대공이 방문했다면 제국의 귀족들은 물론 대륙 전체에 소문이 어슬렁거릴 것이다. 그렇기에 대공은 혈혈단신으로 온 것이다. 후 공국과 베히모스가를 위해서. 대륙의 시선을 피해 서로를 지키기 위해서 말이다. 대공이 고개를 끄덕이며 조금은 빠른 어조로 입을 열었다.

"맞네, 사실 서신을 받았네만."

"서신을 보낸 분은 이곳에 머물고 있습니다. 곧 당도할 터이니 잠시 기다려주시겠습니까?"

샤롯이 덧붙여 말하자 대공의 붉은 눈이 눈에 띄게 안도하며 기대하는 기색이 흘렀다. 찰나였지만 샤롯은 대공의 눈빛에 쓰게 웃었다. 아무래도 그 공주님은 대공이 찾는 납치당한 아들이 맞는 모양이다.

대공은 양손에 식은땀이 났다. 그럼에도 흐트러지지 않은 곧은 자세를 유지했다. 남작이 권한 차도 한 모금 마셨지만, 무슨 맛인지 느껴지지 않을 정도로 긴장한 상태였다. 그는 이곳에 방문하기 전에 받았던 정체 모를 서신을 보고 한동안 믿을 수가 없어 몇 번이고 읽었다. 서신에는 단출하게 한 줄 적혀 있었다.

레비탄 후, 베히모스.

단 한 줄이었지만 알 수 있었다. 그가 찾는 아들의 행방이 베히모스가에 있다는 것을. 그는 당장 베히모스로 향하지 않을 수 없었다.
유일한 아들이 홀연히 사라져 생이별한 기간이 자그마치 6년이 되었다. 어린 아들이 이제는 어떻게 자랐는지 감도 잡히지 않는다.
수족들이 기겁하여 뒤따랐지만 대공은 멈추지 않고 영지에 입성했다. 그 순간부터는 수족들도 기척과 정체를 숨기고 여행자인 양 베히모스가에 몰래 입성했다. 대공이 남작가에 들어간 순간에도 그들은 그를 설득하는 데 실패하여 그저 주변을 배회하며 기다릴 수밖에 없었다.
"서신을 보낸 이의 이목구비를 알 수 있겠는가?"
"생각하신 바가 맞을 것입니다."
대공은 마른침을 삼키며 조심스럽게 물었다. 샤롯은 희미하게 웃으며 응답했다. 사실 쉽게 대답해줄 마음이 없었다. 샤롯은 자신의 가문과 공국의 미래를 위해 혈혈단신으로 방문해준 대공의 배려가 고마웠다. 그렇다고 온전히

다 감출 수는 없었다. 그는 의도하지 않았겠지만 그가 달고 온 꼬리가 여간 많아야지.

덕분에 평소보다 철통 보안이 이루어졌다. 이런 일이 있을 때마다 수족들의 앓는 소리를 들었기에 그녀는 이런 거물의 방문이 썩 반갑지 않았다. 아니, 이는 극히 일부분이고 사실은 대공의 혈육 때문에 앓아누운 로즈마리 때문이었다. 금지옥엽 키운 여동생이 댁의 아들 덕분에 만신창이가 되었으니 좀 더 속 좀 썩어보라며 슬그머니 대답을 내뺀 것이다.

샤롯의 말에 대공은 티를 내지 않았지만 약간은 의기소침한 듯했다. 지난 6년 동안 그는 굉장히 많은 사기와 헛소문에 의존해 아들을 찾았을 것이다. 수척한 얼굴과 거뭇거뭇한 눈빛은 과거 로즈마리가 잠들어 있던 시절의 샤롯과 비슷했다. 샤롯은 그 심경을 너무나도 잘 알았지만 부러 원하는 대답을 해주지 않았다. 어차피 만날 테니까.

둘 사이에 짧은 침묵이 흘렀다. 응접실에 걸려 있는 시계만이 째깍째깍 소리를 내뱉었다. 샤롯에게는 의미 없는 기다림이지만, 대공에게는 오래도록 고대해왔던 기다림이었다. 그때였다. 응접실 너머 노크 소리가 들려왔다.

"가주님, 로즈마리 아가씨께서 오셨습니다."

"들라 하거라."

응접실 너머 익숙한 제미의 목소리가 들렸다. 샤롯은

긴 말 없이 방문을 허락했다. 곧 응접실 문이 열렸다. 대공은 두 손을 꼭 쥐고 마른침을 삼켰다. 그는 일말의 희망을 담아 붉은 눈을 부릅떴다.

문 너머로 작은 소녀와 소년이 걸어왔다. 소년은 소녀보다 머리 하나가 더 컸다. 검은 머리카락이 가볍게 흔들렸다. 붉은 눈동자의 시선이 같이 걸어온 소녀에게 고정되어 있었지만, 분명 대공과 같은 색이었다. 작고 왜소한 아이는 온데간데없이 사라지고 제법 훤칠하게 큰 소년이 되었다.

대공은 벌떡 일어났다. 그리고 성큼성큼 소년과 소녀에게 걸어갔다. 커다란 키의 대공은 그 둘에게 닿는 두 걸음 정도의 간격에 멈췄다. 주먹을 쥔 양손이 부들부들 떨렸다. 숨을 쉬는 방법을 순간 잊은 기분이 들었다. 아득하게 흘러간 지난 세월이 무성했다.

그는 한 걸음 다가갔다. 레비탄의 몸이 살짝 움찔거렸다. 자기도 모르게 뒷걸음치려는 것을 마주 잡아준 로즈마리의 손 때문에 멈출 수 있었다. 로즈마리는 레비탄의 마음 전체가 요동침을 느꼈다. 그의 마음속은 온통 카오스였다. 기쁨과 그리움, 서운함과 미안함, 두려움과 기대, 그리고 약간의 증오가 느껴졌다.

약간의 증오? 의아한 감정이었다. 로즈마리는 힐끗 그를 올려다보았다. 레비탄은 어느새 시선을 대공으로 고정한 상태였다. 올려다본 그의 옆얼굴, 붉은 눈동자가 잘게 흔들렸다. 자기도 모르게 깨문 입술이며 로즈마리가 잡은 손아귀에 힘이 들어간 것까지 선명히 보이고 느껴졌다.

"레, 레비탄. 내 아들이 맞느냐."

대공이 손을 뻗었다. 비쩍 마른 손가락이 한없이 떨렸다. 언제 이렇게 마르고 나약해지셨나. 레비탄은 속상한 마음이 들었다. 마르고 수척해지고 지쳐 있는 대공은 6년 전 호쾌하게 약속했던 아버지와 많이 달랐다. 너무나 마음이 아팠다.

두 눈에 습기가 차고 목구멍이 꿀렁거려 차마 입을 떼지 못했다. 그저 마지못해 고개를 느리게 끄덕이자 대공의 붉은 눈에서 투명한 눈물이 그렁그렁 맺었다. 그의 움푹 팬 볼을 타고 눈물이 줄줄 흘렀다. 그는 바들바들 떨며 자신의 아들 레비탄의 뺨을 매만졌다. 꿈에서도 찾던 아들의 뺨이 현실에서도 닿았다. 손에 닿는 온기에 거짓은 없었다.

대공은 단숨에 아들의 머리통을 양팔로 감싸 안았다. 훅하고 그에게 레비탄이 이끌렸다. 레비탄이 대공의 가슴팍에 안겼다. 레비탄은 놀라 눈을 동그랗게 떴다. 그를 올려다보니 대공은 감개무량한 듯 눈을 감고 연신 눈물을 흘렸다.

"아, 드디어 찾았구나. 내 아들아."

레비탄은 드디어 만난 혈육에 기쁨에 겨웠다. 평생을 마녀의 손아귀에 갇혀 살며 아버지를 뵐 날이 없을 것이라 여겼다. 간간이 들려오는 소문에 대공이 미쳤다더라, 세상을 정처 없이 떠돌며 아들을 찾는다더라 하여 어찌나 심장이 무너져 내리고 고통스러웠던가. 이따금 그에게 대공이 보낸 사람이 와 닿는다 해도 엘리제에 의해 무참히 살해당하지 않았던가.

레비탄은 대공의 등을 몇 번이고 토닥여줬다. 대공은 아들의 정수리에 얼굴을 묻고 한없이 눈물만 쏟아냈다. 그토록 염원했던 부자 상봉이 응접실에 있는 모두를 감동케 했다. 특히 샤롯과 로즈마리는 각별히 와 닿았다. 둘 역시 서로가 세상에서 유일한 버팀목이자 혈육이기에 부자의 각별한 마음을 누구보다도 강하게 느낄 수 있었다.

조금은 진정이 된 대공이 품에 알고 있던 아들의 뺨을 손으로 매만지며 물었다.

"그간 성한 곳 없었느냐? 어릴 적 너는 병치레가 워낙 많아 매일 걱정이었다."

자신의 뺨을 매만지며 하염없이 눈물을 쏟아내는 아버지를 보며 레비탄은 눈을 빠르게 깜박거렸다. 목구멍이 먹먹해 절로 말을 내뱉기 어려웠지만 대공은 괘념치 않았다. 그는 레비탄이 벙어리가 되어 나타나도, 다리 하나가 없이 나타나도 누구보다도 기뻤을 것이다. 레비탄이 살아 있다는 것만으로도 그는 족했다.

"키가 많이 컸구나."

"아버지를 닮았으니까요. 조만간 아버지만큼 크겠죠."

"그래, 당연히 그럴 것이다."

대공이 고개를 크게 끄덕였다. 누구 아들인데…… 당연히 그럴 것이다. 레비탄은 한 손으로 아비의 눈가에 흐른 눈물을 닦아주며 말했다.

"그만 우세요. 저는 괜찮습니다."

"내 그때를 되돌아보면 늘 후회한단다. 그때 네게 자세히 물어봤어야 하거늘. 그랬다면 너와 나, 우리가 이렇게 긴 시간을 헤어져 지내지 않았을 거다."

대공의 말에 레비탄은 쓰게 웃으며 고개를 저었다. 자신이 진실을 말한다 한들 당시 대공은 엘리제를 막을 수 없었을 것이다. 오히려 레비탄은 대공이 엘리제와 마주하지 않은 것을 다행으로 여겼다.

"감격스러운 순간에 끼어들어 죄송합니다만……."

벅찬 감정을 다스리는 두 사람 사이에 서늘한 음색이 비집고 들어왔다. 두 사람이 끼어든 샤롯을 향해 시선을 돌리자 어쩐지 언짢은 그녀의 인상이 보였다.

"제 동생이 지금 다 쓰러져가네요."

약간의 노기에 레비탄이 화들짝 놀라 로즈마리 쪽을 쳐다보니 샤롯의 말대로 그녀는 실신 직전이었다. 회복되지 않은 몸을 이끈 채로 왔고, 뜻하지 않은 감정 기복을 맛본 결과 몸도 마음도 상대적으로 지쳐버린 것이다. 한껏 창백해진 로즈마리의 인상에 레비탄이 당황해 그녀를 부축했다.

"미안해, 로즈마리."

"괜찮아, 괜찮아. 이깟 거, 정신력으로 버틸 수 있어. 감동적인 부자 상봉을 망칠 수 없지."

로즈마리는 희게 웃으며 말했지만 모습이 썩 좋지 못했다. 다 쓰러져가는 몰골이라 레비탄은 황급히 그녀를 안아 들고 소파로 갔다.

대공은 갑작스러운 광경에 눈을 동그랗게 떴다. 샤롯은 쯧 하고 혀를 차다가 대공을 슬쩍 보니 거대한 토끼 같다 싶었다. 눈이 붉어서 그런가. 샤롯은 멍하니 망부석처럼 서 있는 대공께 말을 걸었다.

"대공께서도 괜찮다면 앉으시지요."

"감사하네."

샤롯의 인도를 받아 소파에 앉자 하필이면 마주하는 곳에 레비탄과 로즈마리가 앉아 있었다. 대공의 시야에 로즈마리를 부축해주며 그녀의 눈가를 닦아주는 레비탄의 다정한 모습이 비쳤다. 그는 마냥 그것을 쳐다보다가 조금 떨떠름한 목소리로 중얼거렸다.

"애인……."

"아닙니다."

서로 연인 사이인가 싶을 정도로 퍽이나 다정한 아들의

모습에 그런가 싶어 내뱉기도 전에 샤롯이 날카롭게 자르며 부정했다.

샤롯의 날 선 반응에 대공이 입을 다물었다. 샤롯은 부정하지만 대공의 눈에는 딱 그래 보였다. 하지만 부러 말을 이어서 은인으로 추정되는 남작의 심기를 거슬리게 할 필요는 없다고 생각했다.

"대공께서 괜찮으시다면 며칠 머물다 가시겠습니까?"

"그럼 실례가 되지 않는다면 며칠 신세를 지겠네."

"네, 며칠 정도는 괜찮지요."

아쉽네요, 샤롯은 속마음을 삼켰다.

샤롯은 속마음을 숨기며 문 너머에 대기하던 제미를 불러 '귀빈을 모시라'고 하며 로즈마리 곁에 앉았다.

"공자께서도 감격스럽게 상봉한 아버지를 모셔야 하지 않겠습니까?"

로즈마리는 제게 맡기고 대공과 못다 한 대화를 나누시지요. 서슬 퍼렇게 웃는 샤롯에 레비탄은 흠칫 몸을 떨었다. 너 때문에 우리 애가 이 꼴인데 무슨 낯짝으로 붙어 있냐는 어조였다. 근 한 달을 그렇게 취급받아 면역이 되었지만 나날이 강도가 심해져 마치 시댁살이를 혹독하게 하는 맏며느리가 된 느낌이다. 레비탄은 굳어 가는 얼굴을 어색하게 펴며 말했다.

"괜찮습니다. 로즈마리는 아직 제가 곁에 있어야 하거

든요."

"어머나, 감사하여라. 하지만 공자께서 곁에 있는 게 동생에게 더 안 좋은 것 같아서요."

"아니, 어찌 그런 안타까운 말을 하시나요, 남작님. 로즈마리는 그렇지 않은데."

"매일같이 서로 붙어 있다가 정분날까 두렵네요. 호호호."

"이미 가볍하거늘 더 가볍해지면 좋을 수도 있지요."

입은 제대로 건방지다 여긴 샤롯이 얼굴을 구겼다. 로즈마리는 둘 사이에 벌어지는 신경전에 머리가 아팠다. 그뿐만 아니라 자신과 이 광경을 말없이 지켜보는 대공의 시선도 부담스럽다. 그 눈빛에서 레비탄과 자신의 사이를 의심하는 것이 역력하게 보였다. 딱 봐도 연인 사이로 말이다.

하긴 자기가 보기에도 자신을 부지런히 챙기는 레비탄은 불과 몇 달 전만 해도 생각지도 못한 모습이었다. 감정 없는 인형처럼 차갑기 그지없고 자기밖에 모르는 이기주의자인 줄 알았는데 모두 환경의 문제였다. 싸가지 없는 건 본성 같지만.

"그만해, 어지러워 죽겠어."

"세상에, 로즈마리. 쉬자꾸나, 쉬어야겠어."

"그래, 로즈마리 가서 좀 눕자."

로즈마리가 중재하고자 입을 열었다. 그러자 안쓰럽다

는 듯 샤롯과 레비탄이 사이좋게 한마디씩 내뱉었다. 로즈마리는 고개를 끄덕였다.

"난 언니랑 갈게. 레비탄은 대공 각하와 함께 남은 회포 좀 풀어. 감동적인 부자 상봉이잖아."

로즈마리의 말에 레비탄이 고개를 저었다.

"아냐, 내일 하면 돼."

순식간에 그리웠던 아비가 식은 밥 취급을 받았다. 로즈마리는 단호하게 고개를 저었다.

"그러지 마. 난 괜찮아. 네가 어디 멀리 가는 것도 아니고. 이 저택에 있으면 난 괜찮아."

"무리하는 거 아니야?"

둘이 패밀리어를 맺었다 한들 아직은 서로를 조정 중이고 조율 중이다. 특히 로즈마리 같은 경우에는 워낙 특수하게, 동시에 강제적으로 변화시킨 이질적인 존재가 되었기에 한없이 불안정하다. 그녀의 존재를 지탱해주는 것 자체가 패밀리어인 레비탄의 몫이다. 그렇기에 이제까지 레비탄이 꾸역꾸역 그녀 곁을 지킨 것이다.

"그래, 괜찮아. 내가 조금이라도 아프면 넌 알 수 있잖아."

"그야 그렇지만……."

"정말 괜찮아. 지금 너 귀찮거든. 가서 좀 쉬다 오란 말이야. 나도 좀 쉬게."

마음에도 없는 말로 그를 밀어내자 레비탄이 피식 웃었다. '맹랑하게 거짓말하는 것 보소. 다 알거든' 하는 눈초리라 자기도 모르게 검지와 중지로 V를 만들어 그 눈을 찔러버릴 뻔했다.

"알았어, 네 말대로 할게."

속으로 위험천만한 행동을 할 뻔했다는 것을 읽은 레비탄이 한 걸음 물러났다. 그는 마지못해 벌떡 일어나 대공에게로 걸어갔다.

레비탄은 아버지 대공을 이끌고 제미의 안내를 받아 응접실을 나섰다. 그들이 모두 사라지자 샤롯이 로즈마리를 어깨에 기대게 하며 말했다.

"나는 저 소년이 마음에 들지 않아."

레비탄이 빨리 자기 나라로 돌아가길 바라는 어조였다. 로즈마리는 쓰게 웃었다. '미안해, 언니. 당분간은 무리야.' 속으로 중얼거렸다. 샤롯은 로즈마리의 흰 뺨을 매만졌다.

"속상해 죽겠어."

"언니, 나 괜찮아."

"나는 괜찮지 않아."

"얼른 나을게."

로즈마리는 샤롯의 애틋한 손길을 느끼며 느리게 눈을 감았다 떴다. 오랜만에 오붓한 자매의 시간이었지만 요상하게도 오늘따라 주변에서 둘을 그렇게 오래 두지 않았다. 응접실 너머로 노크 소리가 들려왔다. 샤롯이 서늘한 어조로 '무슨 일이냐' 묻자 문 너머 그녀를 담당하는 하녀 메릴이 송구스럽다는 듯 입을 열었다.

"로즈마리 아가씨 앞으로 서신이 왔습니다."

"방에 갖다 두어라."

별일 아닌 것에 문까지 두드려 부러 자매의 시간을 방해하다니. 샤롯은 심기 상한 어조였다. 그러자 문 너머 메릴의 마지못한 목소리가 들려왔다.

"꼭 로즈마리 아가씨께서 직접 받길 원하는 서신이라……."

"누구야?"

샤롯이 성난 어조로 중얼거렸다. 로즈마리는 언니를 달래며 응접실 너머 메릴에게 말했다.

"가져와도 좋아, 메릴."

메릴이 응접실 너머로 문을 열자 웬 훤칠한 청년이 들어섰다. 꽤나 잘생긴 남자의 옷차림은 고급스러운 전령복이었다. 가슴팍에 박힌 가문의 인장을 보며 로즈마리는 절로 미간을 찌푸렸다. 엘리제의 가문 인장이다.

친애하는 로즈마리 베히모스 양에게.
그간 평안하셨나요? 그대가 수도를 떠난 지 벌써 두

달이 넘어가네요. 그리운 마음을 담아 일주일에 한 번은 편지를 부쳤으나 어찌 된 영문인지 답장이 오지 않아 실례를 무릅쓰고 전령을 보냅니다. 부디 그대를 그리워하는 마음과 걱정이 깊어 보내는 것이니 부담을 갖지 않길 바라요.

"누가 보면 우리 둘 연인 사이인 줄 알겠어."

로즈마리는 방으로 돌아와 건네받은 서신을 뜯어보고 기가 막히고 코가 막혀 어이없는 어조로 중얼거렸다. 그녀를 닮은 유려한 글씨체가 좋은 향이 나는 편지지에 아름답게 수 놓이듯 쓰여 있었다. 하지만 그녀의 본성을 두 눈으로 목격한 로즈마리로서는 같잖았다.

"누가? 누구랑?"

서신을 구겨서 불쏘시개로 쓸까 하던 참에 등 뒤에서 서늘한 목소리가 떨어졌다. 로즈마리가 화들짝 놀라 비명 같은 소리를 내질렀다. 그녀는 자기도 모르게 쥐고 있던 서신을 움켜쥐었다. 사정없이 구겨지는 서신과 같이 로즈마리의 인상도 찡그려졌다.

"아니, 왔으면 인기척 좀 해."

"새삼스럽게. 어차피 마음만 먹으면 내가 어디 있는지 알면서 왜 그렇게 놀래."

로즈마리는 한껏 인상을 찌푸리며 등 뒤에 서 있는 그

를 올려다보았다. 레비탄 역시 그리 좋은 표정은 아니었다. 그는 양손으로 로즈마리의 작은 머리통을 한껏 비비더니 맞은편에 털썩 앉았다. 테라스 탁자에 엘리제의 서신이 사정없이 구겨져 있었다.

"왜 그렇게 심기 불편해? 그토록 보고 싶었던 아버지와 상봉도 했으면서."

심지어 생각보다 빨리 돌아온 레비탄에 의아해했다. 그에 비에 레비탄은 약간 뿔이 났다. 대공과 그간의 화포를 풀던 중에 문득 로즈마리의 심기가 불편하다는 것을 깨달았다. 곧 그 사유를 찾아보니 엘리제에게서 전령이 왔다는 것을 깨달았다. 그러고 보니 응접실 너머 저 멀리서 익숙한 음흉한 기운이 느껴졌다 생각했더니 엘리제의 수족일 줄은 몰랐다.

로즈마리에게 전령이 찾아왔다는 사실을 깨닫는 순간 레비탄은 황급히 일어날 수밖에 없었다. 그 마녀는 언제나 빈틈을 보여서는 안 되는 무시무시한 인물이다. 잠깐의 틈을 보이는 순간 비집고 들어가 덜미를 잡아 목을 잔혹하게 뜯어먹을 괴물이다.

감히 내 마녀에게! 레비탄은 로즈마리에게 강한 소유욕을 느꼈다.

마녀의 것인 패밀리어 주제에 마녀보다 더 그녀를 소유하고자 하는 패밀리어라니 웃기기도 해라. 어쨌든 레비탄은 상당히 기분이 언짢았다. 로즈마리는 맞은편에 앉은 레비탄에게서 느껴지는 심기 불편함에 인상을 썼다.

한동안 얌전하더니 갑자기 왜 저럴까. 레비탄은 심기 불편한 기색으로 자기와 눈도 마주치지 않으려는 듯 창가 쪽으로 시선을 돌렸다. 유려한 옆선이 보였다. 흰 편에 속한 피부에 기미나 주근깨 없이 깨끗한 뺨이 보였다. 살짝 내리깐 시선 속에 붉은색 눈동자는 마치 보석과도 같이 반짝거렸다. 아마도 상대적으로 검은 머리카락에 대비되어 더 밝게 빛나는 것 같았다.

전반적으로 레비탄은 세세히 보자면 나른한 인상에 묘하게 색기와 투기가 흘렀다. 이 기묘한 조합에 로즈마리는 아예 팔꿈치를 탁자에 얹어놓고 손바닥 위에 얼굴을 올리고 감상했다.

벨에 의해 엘리제의 인생 책이라 깜박 속은 책에 등장한 레비탄은 실로 놀라울 정도로 미소년이라고 적혀 있었다. 성인이 아님에도 엘리제 곁에 있으면 견줄 정도로 아름다운 외모를 가졌기에 그녀가 가는 무도회나 파티에 들러리처럼 참석하면 못내 귀족 아가씨들이 황홀경에 빠져 감상했다고 했다. 그래서 책에서는 레비탄은 '엘리제의 인형'이라는 암묵적인 명칭으로 불리기도 했다. 개나 인형이나, 책에서 레비탄은 가여울 정도로 인간 취급을 받지 못했다. 지금은 딱히 가엽기는 무슨, 호강하는 거지. 이렇게 좋은 주인 만났는데.

"주인이 손이 많이 가서 문제지만 말이야."

레비탄이 또 로즈마리의 속내를 읽은 모양이다. 그는 힐끗 그녀를 흘겨보더니 톡 쏘았다. 로즈마리는 팍 인상을 쓰고 볼을 부풀렸다. 건방진 패밀리어 같으니라고. 속으로 중얼거리자 레비탄이 한풀 꺾인 누그러진 기운으로 키득거렸다.

"답장을 보낼 거야?"

레비탄은 로즈마리 쪽으로 고개를 돌리며 물었다. 로즈마리는 그의 질문에 눈을 데굴 굴렸다. 편지의 정황상 엘리제는 그녀가 떠난 직후부터 매주 한 번씩 편지를 보낸 모양이다. 하지만 받을 상대가 장기간 혼절해 있는 상태였기에 읽을 수도 답장을 보낼 수도 없었다. 덕분에 근 두 달 동안 연락이 두절되었으니 괜히 조급해져 전령까지 보냈겠지 싶다.

"보내야지."

"서신엔 어때? 그녀가 네 정체를 짐작하는 것으로 보여?"

"아니, 그런 건 없고 절절한 구애 같은 구절만 있어."

읽어볼래? 로즈마리의 말에 레비탄은 험악하게 인상을 찡그렸다. 그녀는 때때로 원하는 바가 있으면 그 외모와 기름칠한 혓바닥으로 상대를 유혹했다. 아마도 서신에도 그와 같은 꿀 바른 유혹이 담겨 있으리라. 로즈마리가 구겨진 서신을 넘겨주자 레비탄이 마지못해 건네받았다. 빠르게 읽던 레비탄이 사정없이 서신을 구겼다.

"나, 지금 구역질나려고 해."

그는 혀를 내밀며 진심으로 헛구역질을 하는 듯 제스처를 취했다. 로즈마리는 가볍게 웃음을 터트렸다. 살짝 동감하고 싶어졌다.

"답장은 써야지."

"뭐라고 쓸 건데?"

"그냥 뭐, 그간 연락하지 못한 변명거리를 써야겠지. 그녀는 나와의 왕래를 원하고 있으니까 당분간 장단에 맞춰줄까 해."

아직 엘리제의 시각에 로즈마리는 노출되어 있다. 정확히는 그녀 너머의 무한의 서고에 대한 엘리제의 집착일 테지만. 마녀가 노리는 게 하필이면 세계의 모든 시한폭탄을 짊어진 무한의 서고라니. 로즈마리는 그쯤 생각하다 한숨을 포옥 내쉬었다.

"왜 그래? 무한의 서고 때문에 그래?"

로즈마리의 복잡한 심경을 읽은 레비탄이 슬쩍 묻는다. 로즈마리가 가재 눈으로 그를 노려본다. '자꾸 맘대로 읽지 말랬지'라고 면박을 주자 그는 그저 히죽 웃을 뿐이다.

그래, 사실 로즈마리는 무한의 서고를 생각하면 심경

이 복잡하다. 바로 벨 때문이었다. 벨이 무슨 연유로 자신에게 그런 거짓말을 했는지 아직도 감이 오지 않았다. 심지어 거짓으로 날조된 그 괴이한 책이 왜 서고에 꽂혀 있는지도 모르겠다. 하물며 그 책이 하필이면 자신에게 왔는지도 말이다.

"한 번 가보는 건 어때? 혼자 마냥 생각해봤자 답이 나오지 않으면 당사자에게 직접 묻는 수밖에 없잖아."

"당사자를 만나서 직접 물어보라는 거야?"

"그래, 어차피 당사자가 답을 알고 있을 텐데 네가 끙끙거려봤자 답이 나오지 않으면 물을 수밖에."

"알려주지 않으면?"

"글쎄, 그럼 억지로라도 말하게 만들어야지."

"너무 쉽게 말하네."

"넌 마녀야. 원하는 바가 있다면 이룰 수 있는 능력이 있다고 봐."

엘리제를 상대로 대응한 로즈마리의 능력이라면 작기는커녕 크다고 생각했다. 엘리제가 오래된 마녀에 속했다면 로즈마리는 갓 태어난 마녀다. 그녀가 건 저주를 끊은 시점에서 로즈마리는 앞으로 더 강력한 마녀가 될 수 있다는 뜻이다. 레비탄의 말에 로즈마리는 끙 신음을 내뱉었다. 고민하는 것 같았다.

"좋아, 물어보겠어."

"좋은 판단이야, 나의 마녀님."

"근데 아직 마음의 준비가 되지 않았으니까 내일 갈까 봐."

왜 그런 가자미눈으로 보는 거야? 로즈마리가 당장 내빼는 꼴은 마치 숙제하기 싫어 뒤로 미루는 어린아이 같은 모습이었다. 레비탄은 은근히 소심하고 은근히 사소한 것에 겁을 내는 로즈마리를 보며 그녀를 홀로 물가에 두면 안 될 것 같은 기분을 느꼈다. 하여튼 손이 많이 가는 마녀라니까.

* * *

다음 날 갈 거라던 로즈마리는 당연히 당일이 되어도 서고 근처도 가지 않았다. 가자미눈으로 보는 레비탄의 훈계하는 시선에도 로즈마리는 괜히 휘파람을 불며 딴청을 피웠다. 하기 싫은 일을 피할 수 있다면 피하고자 하는 철부지 아이 같았다. 레비탄이 안 가느냐고 물으면 로즈마리는 '엘리제에게 답신을 보내야겠다'며 부산스럽게 굴었다.

로즈마리가 만족스럽게 답신을 적었을 무렵엔 이미 해가 질 무렵이었다. 창가로 쏟아지던 찬란한 햇빛은 붉은 노을에 물들어 붉은빛을 내비쳤다.

"어때, 이제 할 일 끝났으면 가보지?"

"오랜만에 펜을 잡았더니……."

"아픈 것 같아? 쓰러질 것 같아? 부축해줄까?"

부축해서라도 서고로 끌고 갈 기세라 로즈마리는 입을 다물었다. 아직은 회복이 덜 돼서 몸 자체의 피로도가 빨리 쌓이긴 했다. 레비탄도 알고 있지만 굳이! 부러! 해야 할 일을 뒤로 미루는 것은 그의 성격상 맞지 않았다. 어느 정도 거동이 가능하다면 처리할 일을 미루는 것은 게으름을 피우는 거라 생각했다.

"아직 마음의 준비가."

"그 마음의 준비는 평생 안 될 것 같은데. 그냥 가는 건 어때?"

"자꾸 내 마음 읽지 말랬지."

"로즈마리, 생각보다 어려운 일이 아닐 거야. 그리 무서운 일도 아니고."

레비탄은 로즈마리에게 다가가 조금은 어그러진 어조로 달래듯 말했다. 로즈마리는 볼을 부풀리며 중얼거렸다.

"알아. 알고 있지만 가기 전이 어렵단 말이야."

전생에도 살을 빼겠다며 헬스장에 등록한 적이 있다. 그래, 거기까진 좋았다. 하지만 당시 로즈마리는 회원 등록만 하고 한 번도 가지 않았다. 그 한 번이 어려운 것이다. 뭐든, 뭐든 말이야.

잘못을 저지른 것은 엄연히 벨, 그쪽이지만 그것을 캐

묻고 몰아붙이며 진실을 알아내는 것은 온전히 로즈마리의 몫이다. 싫은 말도 해야 하고 언성을 높이며 화를 낼 수도 있다. 그 모든 행위가 로즈마리에겐 부정적인 것에 속해서 하고 싶지 않은 행동이기에 미루고 싶은 것이다.

"로즈마리, 세상에 하고 싶은 것만 살 순 없잖아. 싫은 소리도 하고, 싫은 행동도 하고, 미움도 받기 마련이야. 너는 지금 너를 배신한 존재에게 혹여 미움 받을까 두려워하고 있어. 내가 느낀 게 틀린 건 아니지?"

"무슨 말을 하고 싶은지 알겠어. 하지만 나는 누군가를 미워하고 싶지도 미움을 받고 싶지도 않아."

"너는 마녀야 로즈마리, 알고 있어?"

마녀는 악의 존재야. 지금 너는 누군가를 미워해도 되고 증오해도 되고 해쳐도 되는 그런 마녀야. 레비탄의 말에 로즈마리의 파란 눈동자가 세차게 흔들렸다.

그의 말대로 로즈마리는 사악함의 상징 같은 마녀다. 악의를 먹이 삼고, 타인의 부정적인 것을 원천으로 살아가는 악한 마녀다. 마녀가 미움을 받기 두려워한다면 마녀가 아닐 것이다. 레비탄은 그제까지 목 언저리를 감추고 있던 셔츠 깃을 들추며 말했다.

"봐, 로즈마리. 희미해지고 있어."

레비탄의 목을 두르고 있던 청록색 덩굴 모양의 문신이 흐릿해졌다. 마녀 로즈마리로서의 존재감이 흐릿해지고 방황하면 레비탄과 맺은 패밀리어도 희미해진다. 자칫 위험해질 수도 있다. 저주는 끊었지만 방심은 금물이다. 엘리제는 대단히 사악한 마녀이기에 철통 경비의 공국 안에서 쥐도 새도 모르게 레비탄을 납치해 왔다. 패밀리어를 맺으면 레비탄은 온전히 로즈마리 휘하에 있기에 그녀의 보호막에서 안전할 수 있다. 마녀는 아무리 사악하고 아무리 탐욕에 찌들어도 동족의 패밀리어는 건드리지 않는 규칙이 있다.

"로즈마리, 네가 마녀로 존재하길 바란다면 착한 아이 탈을 쓴 것은 벗어버리도록 해."

레비탄은 그녀에게 다가가 뺨을 매만지며 속삭였다. 악마의 속삭임 같다고 생각했다. 로즈마리는 말없이 입술을 깨물었다. 누군가를 미워하기보다 미움을 받는 게 두렵다. 타인의 부정적인 시선을 받는 게 두렵고 무섭다. 그렇지만 그게 뭐가 나빠. 로즈마리는 속으로 중얼거렸다. 이 또한 이기적인 감정이다. 자신을 위해서 눈을 감고 입을 다물고 귀를 닫는다. 로즈마리는 눈을 느리게 감았다 떴다.

"알았어, 가면 되잖아."

"착하네, 나의 마녀님?"

"그놈의 마녀, 마녀 좀 그만해."

"마녀를 마녀라 부르지 뭐라 하겠어?"

"그럼 앞에 붙은 주어를 빼던가."

"나의?"

"그래."

"왜? 싫어. 넌 내 마녀가 맞잖아."

"내가 왜 네 마녀야? 네가 내 패밀리어지."

로즈마리는 어이없어하며 그녀의 뺨을 매만지는 레비탄의 손을 쳐내며 말했다. 새침하고 앙칼진 어조였다. 레비탄은 그녀를 빤히 쳐다보더니 고개를 살짝 기울이며 여상하게 웃었다. 어쩐지 로즈마리 입에서 나온 대사가 그의 가슴 언저리를 간지럽혔다. 명백한 그녀로서 자신을 소유하고 있다는 어투였기에 약간의 희열도 느껴졌다. 이상한 건가? 아무렴 어때.

"그래, 알았어. 나의 주인님."

"일어나, 서고로 가겠어!"

"예예, 알아 모시지요."

로즈마리는 벌떡 일어나 고개를 치켜들며 거만하게 말했다. 레비탄은 살짝 눈을 내리깔며 황송하다는 듯 연기하는 어조로 응답했다. 로즈마리는 그 모습에 코웃음을 치며 그대로 방문을 나섰다. 레비탄이 말없이 말갛게 웃으며 뒤를 따랐다.

방을 나서는 로즈마리는 전날보다 더, 그리고 잠들어 있을 때보다 활기차 보였다. 레비탄은 로즈마리가 차마 운용하지 못하는 그녀의 방대한 마력을 꽤나 많은 부분을 나눠 가졌다. 로즈마리가 숨쉬기 쉬울 정도의 농도가 될 만큼.

덕분에 레비탄은 평소보다 더부룩한 느낌이지만 썩 나쁘지 않았다. 그는 원체 대대로 기골이 장대하고 마법적 재능이 천부적으로 뛰어난 집안에서 태어났고 마력의 이해도가 높았다. 섭취하는 흡입력 또한 누구보다도 빨랐다. 그렇기에 로즈마리의 무서울 만치 무식한 마력을 앗아가도 멀쩡히 서 있고 생활하고 있는 것이다.

레비탄 덕분에 오늘의 로즈마리는 평소보다 가뿐한 기분이 들었다. 하지만 실상은 모르니 '그저 적응하고 있구나'라고 그녀는 생각했다. 레비탄은 부러 그녀의 오해를 잡아줄 마음이 없기에 침묵할 뿐이다.

종종걸음으로 걷는 그녀는 몸집이 작기에 보폭도 좁았다. 덕분에 레비탄은 그녀와 속도를 맞추기 위해 꽤나 신경 써야 했다. 로즈마리는 자신을 배려하는 레비탄에 그저 의기양양한 표정을 지을 뿐이었다. 그래봤자 이쪽이 우위! 이런 느낌으로 말이다. 그는 그저 피식 웃을 뿐이었다. 로즈마리는 그와 짧은 신경전 아닌 신경전을 하고 나서야 서고 앞에 당도할 수 있었다.

"여기야? 평범한 방 같은데……."

로즈마리는 문 앞에 오른손 손바닥을 얹었다. 묵직함

이 느껴졌다. 아마도 정신적으로 부담스럽고 불편한 일을 해야 한다는 생각이 들었기 때문일 것이다. 레비탄은 부러 로즈마리의 불편한 마음을 조금이나마 지워주기 위해 말을 걸었다. 로즈마리는 그의 심중을 알기에 피식 웃으며 옆에 선 레비탄을 보며 말했다.

"겉으로나 그렇지. 문 너머에는 무한의 서고로 이어져 있어."

로즈마리는 씩 웃으며 문고리를 잡아당겼다. 끼익 소리와 함께 저 너머 까만 어둠이 보였다. 로즈마리는 문을 여는 손의 반대 손을 레비탄에게 내밀었다.

"서고의 입장을 허락한 건 온전히 나 하나뿐이지만. 넌 내 패밀리어니까."

로즈마리가 씩 웃자 레비탄이 키득거렸다. 그 울림이 좋다. 레비탄은 로즈마리의 작은 손을 잡았다. 그녀는 그대로 레비탄을 이끌고 문 너머로 들어갔다. 로즈마리 손에서 미끄러지듯 열린 문은 둘이 안으로 들어가자마자 무거운 소리를 내며 서서히 닫혔다. 마치 까만 입 안으로 빨려 들어가는 것처럼 로즈마리와 레비탄은 안으로 들어갔다. 레비탄은 걷고 있다고 생각한 순간 아래로 하강하는 기묘한 감각을 느꼈다. 마주 잡은 로즈마리의 손에 체온을 느끼며 그가 힐끗 로즈마리를 보자 그녀는 이 추락하는 감각이 여간 싫은지 잔뜩 찡그리고 있었다.

레비탄은 로즈마리의 팔을 잡아당겼다. 찡그린 로즈마리가 의아한 기색으로 그를 보는데, 레비탄이 한순간에 로즈마리의 몸을 잡아당겨 그녀의 무릎 뒤로 팔을 끼고 등을 받쳐 않았다. 이른바 '공주님 안기'를 당한 로즈마리의 파란 눈동자가 휘둥그레졌다.

"뭐야."

"떨어지는 이 감각이 싫은 것 같아서."

"그거랑 이거랑 무슨 상관이야?"

"음, 안아주면 덜 무서울 거 아냐?"

"누가 무…… 무섭대!"

그냥 추락하는 감각이 싫은 거지! 로즈마리가 버럭 소리쳤다. 동시에 레비탄과 로즈마리는 폭신한 구름 위로 떨어졌다. 푹 파묻힐 정도로 보드라운 구름은 질 좋은 솜보다도 더 촉감이 좋았다.

[어서 와!]

안전히 구름 위에 착지 당한 둘 위로 황금빛 가루가 아름다운 유선을 그리며 떨어졌다. 로즈마리는 그 목소리에 인상이 굳어졌다. 그러거나 말거나 반딧불이는 주변을 춤추듯 반짝거렸다.

[속상해, 로즈마리. 왜 집에 돌아왔는데도 서고를 찾아주지 않았어?]

"모른 척하는 거야? 모르는 거야? 알면서 그러는 거

야?"

반딧불이, 서고의 안내자 벨이 잔뜩 속상한 어조로 투덜거렸다. 로즈마리는 그 목소리에 빈정거리듯 중얼거렸다. 반딧불이는 그저 반짝거렸다.

[무슨 말이야?]

"벨, 사기꾼아. 너 나한테 왜 그랬니?"

[진정해 로즈마리. 왜 나한테 화를 내는 거니?]

벨은 사뭇 슬픈 어조로 중얼거렸다. 로즈마리는 레비탄에게서 벗어나 벌떡 일어났다. 확실히 생각대로 처음에 서고로 가는 길이 부담스럽고 불편했을 뿐 막상 저 순진무구한 빛 덩어리를 보자니 부아가 치밀어 올랐다. 화가 잔뜩 난 로즈마리가 성난 어조로 입을 열었다.

"책 말이야! 너 나한테 사기 쳤어! 뭐? 예언서? 미래를 아는 책이라고? 가문이 위험해? 그 책은 인생서도 예언서도 아니었어!"

그저 괴이한 책일 뿐이었다. 로즈마리를 현혹하기 위해 짜 맞춰진 이야기들로 이루어진 그런 책이었다. 로즈마리는 씩씩거렸다. 로즈마리는 누구보다도 벨을 믿었다. 가문의 미래가 위험하다는 사실을 알았을 때 유일하게 로즈마리의 편에 있어줄 존재라 믿었다.

하지만 아니었다. 벨의 말 중 어느 것도 진실은 없었다. 책도 거짓이었다. 로즈마리의 파란 눈동자에 열기가 피어올랐다. 안구에 습기가 차는 것이 곧 눈물이 쏟아질 듯했다. 슬퍼서가 아니라 화가 너무나도 치밀어 올라 눈물이 날 것 같다는 게 정확했다.

그런 로즈마리의 눈가를 가려준 것은 레비탄이었다. 어느새 왔는지 그는 로즈마리를 등 뒤에서 안아 눈가를 가렸다. 그리고 속으로 '진정하자. 진정해, 로즈마리'라고 속삭였다. 속마음을 절로 읽어낸 로즈마리는 씩씩거림을 서서히 멈췄다.

[패밀리어군.]

"반가워, 무한의 서고 안내자."

레비탄이 싱긋 웃었다. 어쩐지 서슬 퍼런 미소였다. 저런 미소를 어디서 본 적이 있다. 반딧불이는 유려하게 춤을 췄다. 그래, 샤롯도 이따금 저런 미소를 지으며 괜히 로즈마리에게 헛바람 넣지 말라고 으름장을 놓은 적이 있다. 그래 봤자이지만 말이다.

벨은 로즈마리와 레비탄 사이에 강렬하게 연결된 청록색 넝쿨의 운명의 실을 보았다. 둘은 서로가 운명 공동체며 서로가 자신이 되었다. 아, 어쩜 이다지도 강렬한 인연이란 말인가!

[로즈마리, 마녀가 되었구나!]

벨은 실로 경쾌한 어조로 노래하듯 속삭였다. 마치 이 순간을 바란 것처럼. 로즈마리는 귓가로 맴도는 벨의 청아한 목소리에 무언가 팽팽하게 당겨진 끈이 끊어진 기분을 느꼈다. 정신 줄이었다. 이성적으로 판단할 수 있는 유일한 정신 줄이 기어코 끊겼다. 동시에 로즈마리 주변에 묵직한 압력이 가해졌다. 스멀스멀 몰려오는 농도 깊은 로즈마리의 마력이 삽시간에 서고를 채웠다. 그녀 주변에 넝쿨이 무서울 만치 빠른 속도로 성장해 꿈틀거렸다.

넝쿨에는 가시가 나 있었다. 닿기만 해도 찔릴 것만 같은 날카로운 가시가 넝쿨마다 꽂혀 있었다. 로즈마리의 가시넝쿨이 묵직한 소리를 내며 삽시간 주변으로 퍼져갔다.

"너, 지금 사람 등신 만들고 웃니?"

로즈마리가 음산한 어조로 말했다. 그녀의 짙은 금발이 붉게 물들고 그 청아한 눈동자가 금빛으로 일렁거렸다. 레비탄은 황급히 그녀의 팔을 잡고 진정시키려 했지만 로즈마리는 이미 제정신이 아니었다.

"재밌었어? 네 손바닥에서 놀아나는 내 꼴이?"

서고 안에는 푸르고 눈에 보기에도 맹독의 기운이 느껴지는 가시넝쿨로 가득 찼다. 로즈마리는 이를 갈며 자신 앞에 천진난만하게 반짝이는 반딧불이를 노려봤다.

"혼자서 북 치고 장구 치고, 중대한 사명을 짊어진 구세주처럼 구는 꼴이 아주 재밌었지?"

얼마나 재밌었을까. 고작 저 작은 반딧불이의 사탕발림에 몸부림치며 때때로 우쭐하고 의기양양하며 겁내고 두려워했던 자신의 모습이. 얼마나 나를 비참하게 하느냐 말이다.

"로즈마리!"

레비탄은 그녀를 감싸 안았다. 그는 로즈마리의 패밀리어기에 맹독이 가득한 위험천만한 넝쿨 사이에서도 타격을 받지 않는다. 그는 그녀의 울타리에 있는 유일한 자신이기 때문이다. 레비탄은 그녀의 머리를 감싸며 말했다.

"진정해, 로즈마리."

"말리지 마. 나 지금 너도 날려버리고 싶은 거 참고 있어."

"알아, 네가 얼마나 화가 났는지 알고 있어. 누구보다도 잘 알아. 하지만 이렇게 방대한 양의 마력을 쏟아내면 네 몸이 버티지 못해."

레비탄은 차분한 어조로 그녀를 달래듯 설득했다. 로즈마리의 금색에 가까워진 파란 눈이 살짝 찡그려졌다. 그의 말이 끝나기 무섭게 말괄량이처럼 로즈마리의 몸 안을 타고 순환하던 마력이 들끓기 시작했다. 무시무시한 넝쿨이 크게 휘청거리며 서고 안을 휩쓸었다. 괘씸하게도 그 와중에 반딧불이는 틈을 빠져나가 유유히 위로 날아갔다.

로즈마리는 그 광경이 어찌 잘 보이는지 허탈한 동시에 화가 났지만 목구멍에서 뜨거운 것이 올라와 치켜들었던 고개를 숙이고 말았다. 콜록 하고 묵직한 기침 소리를 내뱉으며 입가를 막았다. 그럼에도 입술 사이로 검붉은 액체가 뿜어져 나왔다. 각혈이었다.

로즈마리는 피를 보며 허탈하게 웃었다. 비틀거리며 무릎이 구부려지는 로즈마리를 부축한 레비탄이 그녀의 등을 지지하며 근처 구름 소파에 앉았다. 마력이 부산하게 움직이는 바람에 무시무시한 괴물 같은 넝쿨이 일부분 사라졌다. 바로 소파 주위였다. 다행히 둘은 편히 앉을 수 있었다.

로즈마리는 목구멍이 여전히 뜨거워 몇 번의 기침과 피를 내뱉어야 했다. 레비탄은 그녀의 등을 쓸어냈다.

"당분간 또 침대 신세네."

"잔소리할 생각 마. 지금 듣고 싶지 않아."

"누가 뭐래? 속상하다 이거야."

레비탄은 금세 창백해진 로즈마리의 뺨을 매만졌다. 입가에 핏자국이 선명하다. 그는 엄지로 입가에 묻은 핏자국을 닦아냈다. 안쓰러운 마음이 느껴졌다. 로즈마리를 걱정하는 레비탄의 마음이 너무나 와 닿아 그녀는 일순간 입을 다물었다. 하지만 화가 나는걸. 참을 수 없는걸.

[로즈마리, 가여운 마녀야. 내가 밉니?]

저 멀리 날아올랐던 반딧불이가 팔랑팔랑 날아왔다.

"로즈마리 말로는 반딧불이라고 했는데, 그냥 금덩이 여자잖아?"

레비탄이 허공의 어딘가를 붙잡았다. 그러자 놀랍게도 반딧불이는 온데간데없이 사라지고 없고 금색으로 이루어진 여자가 서 있었다. 레비탄은 그녀의 반투명한 팔목을 잡고 고개를 살짝 기울이며 웃었다.

"내 마녀한테 이제까지 헛바람 넣은 건 사과해야 할 거야."

레비탄 주변에 붉은 오라가 꿀렁거리듯 흘러나왔다. 로즈마리처럼 방대하게 터져 나온 것이 아니라 자연스럽게 방출한 마력은 무거운 억압을 내뱉었다. 금의 여인 벨의 눈동자가 작게 흔들렸다. 당장이라도 그녀의 목을 조일 것 같은 마력의 억압은 아무리 그녀라도 버티기 버거울 정도였다. 고작 두 달 된 패밀리어가, 인간이 하등하다 여겼던 존재가 그녀를 위협하다니. 이 얼마나 대단하단 말인가!

[사과할게, 로즈마리.]

벨은 음흉한 마음을 숨기며 가련한 표정으로 그녀에게 사과를 건넸다. 로즈마리는 그 광경을 휘둥그레진 눈으로 쳐다봤다. 눈을 깜박거리는 사이 금색으로 물들어가던 눈동자는 선명한 파란색으로 돌아왔다.

"진정성이 없네."

레비탄이 낮은 음조로 으르렁거리듯 말했다. 말뿐인 사과는 필요 없다. 그의 의도를 눈치챈 벨이 처연한 듯 어깨를 누그러트리며 말했다.

[어떻게 하면 내 사과를 받아주겠니? 하지만 로즈마리, 이 모든 게 널 위해서였다는 것만 알아주면 좋겠구나. 덕분에 너는 힘을 얻고 영원한 동반자를 만났잖니?]

벨이 얄궂게 말했다. 사과하겠다는 건지 화를 돋우자는 건지 모르겠다. 레비탄이 으르렁거리듯 이를 갈며 잡은 그녀의 손목을 부러트릴 기세로 쥐었다. 분명 벨은 서고에 있는 한 무한의 존재이며 누구도 타격을 줄 수 없다. 하지만 이상하게도 로즈마리의 패밀리어의 힘은 서고의 모든 것을 무력화시키는지 제대로 타격이 갔다.

얼마 만에 느껴보는 감각인가. 아픔이라니…… 아픔을 느끼고 있다. 마치 살아 있는 존재처럼 벨은 아픔을 동반한 고통을 느끼고 있었다. 이 감각이 그리웠을 줄이야, 바라던 것일 줄이야.

"레비탄 그만해. 쟤 표정 이상해."

"고통을 즐기는 타입인가?"

레비탄은 약간 질색하며 그녀의 손을 내치듯 떨구고 로즈마리에게로 갔다. 벨은 가차 없이 내쳐진 손목을 부여잡고 매만졌다. 한낱 인간에게 이만큼이나 위협당하고 타격을 받은 적이 있었던가? 하등한 존재라 무의식적으로 생각했기에 벨은 인간에게서 상처를 받을 수 없다고 생각했다. 머나먼 과거, '그녀가 살아 있었다'라는 과거에는 있었지만, 서고의 안내인으로 있는 동안에는 추앙을 받았다면 받앉지, 이렇게 차가울 정도로 냉대를 받아본 적이 없었다는 말이다. 벨은 자신을 냉담하게 쳐다보는 소년 소녀를 보며 생각했다. 이 얼마나 특이한 조합인가. 이 심심하기 그지없는 밋밋한 세상에.

전생을 기억하는 기묘한 특이성을 가진 소녀와 마녀의 저주를 받은 소년이 만나 이룬 조합. 이는 실로 놀라울 정도로 독특한 특이성으로 벨에게 유쾌한 호기심을 선사해 줬다.

"벨, 나는 아직 화를 풀지 않았어."

[로즈마리, 사랑하는 나의 친구야 어찌하면 그 화를 풀겠니?]

"나는 알고 싶어. 네가 나한테 왜 그 책을 주었는지, 왜 내게 거짓 사탕발림을 했는지, 왜 나를 그렇게 몰아붙이듯 네 손바닥에서 춤추게 했는지."

[오! 로즈마리, 그때도 말했지만, 그 책은 내가 골라준 게 아니란다.]

"거짓말."

[진실이야. 거기에 관해서 나는 거짓을 말하지 않았어. 안내인의 직책을 가지고 맹세할게.]

"그딴 게 뭔 상관이야. 맹세고 나발이고. 결국 그 외에는 모두 사탕발림이고 거짓이겠군. 그럼 그 책은 정말로 내게 필요한 것이기에 서고가 내준 것이란 말이야?"

[그래, 로즈마리. 그 책은 너를 위해 서고가 일부러 내준 것이야.]

로즈마리가 날카로운 시선으로 그녀를 보며 묻자 벨이 어색하게 웃었다. 결국 나머지는 벨의 거짓임이 드러났다.

"어째서 그런 말도 안 되는 책을 준 거지."

로즈마리는 의심 가득한 어조로 중얼거렸다. 옆에 앉은 레비탄이 입을 열었다.

"로즈마리 나도 그 책을 볼 수 있을까?"

"뭐, 상관은 없지."

로즈마리는 손바닥과 바닥을 마주치며 박수를 치고 펼쳤다. 이제는 책 제목을 읊지 않아도 책이 나왔다. 실상 이 책은 더 이상《엘리제 이야기》라는 책으로 불릴 수 없지만 말이다.

책은 로즈마리 손바닥 위로 툭 묵직한 소리를 내며 떨어졌다. 아름다운 엘리제가 수놓인 것처럼 그려진 표지는 어느새 새까맣게 물들어 있었다. 표지에는 제목도 적혀 있지 않았다.

로즈마리는 괴이한 기운을 내뿜는 책을 내던지듯 레비탄에게 건네주었다. 레비탄 역시 책의 괴이함을 느꼈는지 선뜻 펼치지 못했다. 벨은 싱글벙글 웃으며 어느새 그들 앞에 무릎을 꿇고 있었다.

다소곳한 모습이 천사처럼 아름다웠지만, 그 심중을

알 수 없는 사악한 것이기에 로즈마리는 그녀를 가자미눈으로 노려보다 팽 하니 고개를 돌려버렸다. 그사이 레비탄이 책을 펼쳐 페이지를 넘기기 시작했다. 귓가로 사각사각 페이지가 넘어가는 소리가 났다.

"어때, 페이지마다 글자가 엉망이지?"

"그러게, 도저히 읽기 어려울 정도로 엉망이야. 이건 책이 아니군."

[어머나 섭섭한 소리, 엄연히 책이란다.]

벨이 노래하듯 속삭였다. 로즈마리와 레비탄이 그녀를 쏘아보았다. 무슨 뜻이냐는 눈빛이었다. 살벌한 파란색과 루비색 눈동자에 벨은 생긋 웃으며 책을 향해 양손을 내밀었다. 책이 살아 있는 것처럼 그녀에게 날아와 안착했다.

[이 책은 사실 완전한 책이 아니야. 이를테면 내용이 빈 책이라고 할까.]

"분명 몇 달 전에는 제대로 글이 적힌 책이었어. 내가 몇 번이나 읽었다는 거 너는 알잖아."

[그래 맞아. 그때까진 껍데기로서 내용이 적혀 있었지. 그건 누군가의 인생이 적혀 있었던 거 아니니?]

"맞아, 엘리제의 인생이 적혀 있었지."

레비탄의 눈이 가늘어졌다. 그는 벨 위에 안착한 검은 표지의 책을 보며 생각했다. 이게 바로 엘리제가 찾던 그 책이라는 건가.

[하지만 그건 속을 숨기기 위한 위장에 불가하단다. 실상은 그런 내용이 아니지.]

"책이 원래 내용을 숨기기 위해 다른 이야기로 만들어냈단 말이야?"

로즈마리의 말에 벨이 화사하게 웃으며 고개를 끄덕거렸다.

[로즈마리, 이곳은 무한의 서고란다. 진귀한 것, 신기한 것, 위험한 것, 사악한 것, 기묘한 것을 담은 책들이 모인 곳이야.]

벨의 속삭임에 로즈마리는 입을 다물었다. 실제로 생각해보니 그럴 법한 말이었다. 그렇다고 믿는 건 아니다. 그녀가 로즈마리의 뒤통수를 친 것은 여전히 바뀌지 않았으니까. 벨은 가슴팍까지 책을 들어 올리며 말했다.

[책에 제목이 없지? 분명 있었는데 말이야.]

벨의 말에 로즈마리는 내키지 않지만 순순히 고개를 끄덕였다.

[책이 제 모습을 찾아가는 중이야. 페이지도 어지럽고 혼란스럽지만 잘 봐.]

벨이 페이지를 펼쳐 손가락으로 가리켰다. 로즈마리와 레비탄이 좀 더 가까이 다가가 자세히 보니 글자들이 자글자글 작은 움직임으로 끊임없이 움직이고 있었다. 서로의 위치를 찾아 조금씩 이동하고 있었던 것이다.

[글자들이 각자의 위치로 이동하고 있어, 그렇지?]

"그게 어쨌다는 건데?"

[책이 자신의 나머지 반을 찾아냈다는 거야.]

"반쪽? 이곳에 있는 게 아니야?"

[내용물이라고 해야 하나. 속이, 스토리가 담긴 책은 다른 곳에 있지.]

"어디 있는데?"

[두 달 전, 너와 네 패밀리어가 함께 있었던 곳. 아주 깜깜하고 퀴퀴한 어둠 속 마녀의 치맛자락 아래.]

"자꾸 빙빙 돌려 말하네. 내가 그런 거 싫다고 했지!"

[로즈마리, 너무 냉정해졌어.]

"네가 저질렀던 만행을 생각해봐. 어디서 귀여운 척이야!"

로즈마리는 으름장을 놓듯 으르렁거렸다. 벨이 눈물 그렁그렁한 표정으로 그녀와 레비탄을 번갈아 보았지만 둘의 태도는 살얼음판 같았다. 레비탄은 애초에 그녀에게 호감조차 없었고, 그는 전적으로 로즈마리 편이기에 그녀의 감정에 손을 들어줄 수밖에 없었다.

"결론은 이 책의 절반이 있는 곳은 그 감옥이란 건데."

[딩동댕! 똑똑한 패밀리어구나.]

"아니, 다 말해놓고 뭘 치켜세워? 부담스럽게?"

패밀리어는 마녀를 닮는다더니 말하는 어투조차 로즈

마리를 닮아간다. 면박을 주려는 건지 무안함을 주려는 건지. 둘은 죽이 잘 맞게 틈만 나면 벨을 공격했다. 벨은 '1 대 2는 너무 하잖아' 속으로 중얼거리며 큼큼 목을 다듬었다.

[이 책의 반은 그 감옥에 있어. 로즈마리, 너는 때때론 원치 않아도 서고와 연결되어 있기 때문에 그곳에 있는 것만으로도 이 책은 변할 수 있었어.]

"그러니까 내가 일시적으로 이 책과 그 감옥의 책이 서로 연결할 수 있는 통로가 되었단 말이야?"

로즈마리가 그곳에 있는 것만으로도 서고 안에 꽂힌 책은 자신의 나머지를 찾을 수 있었다. 서로를 연결하고 일부 스토리를 주고받았다. 실상은 전적으로 스토리를 담고 있는 책이 서고의 책으로 넘어왔다고 보면 된다. 극히 일부분이지만.

"내가 갇힌 감옥에는 마땅한 책 같은 건 없었…… 아! 혹시 그건가?"

"뭔데?"

"아무리 써도 적히지 않은 백지의 책이 있었어."

"그런 책을 왜 네가 가지고 있어?"

로즈마리가 눈을 동그랗게 뜨고 물었다.

"내가 가지고 있는 게 아니라 '준 거'야."

"누가 줬는데?"

"엘리제."

"그녀가 왜 그 책을 가지고 있지?"

로즈마리는 의문을 담아 벨을 쳐다보았다. 벨은 그저 싱긋 웃으며 어깨를 으쓱할 뿐이었다. 그 미소에는 또 다른 숨겨진 진실이 있을 거라는 강렬한 확신이 들었다.

"바른대로 말하는 게 좋아, 벨."

[드디어 날 불러주는구나?]

벨이라는 이름은 실상 그녀의 진짜 이름이 아니다. 베히모스가의 사서들은 늘 벨을 향해 안내인이라 칭할 뿐 이름이라는 것을 알지 못했다. 그렇다고 그녀에게 이름을 지어주지도 않았다. 그녀에게 유일하게 이름을 준 것은 눈앞의 작은 마녀 로즈마리뿐.

벨은 사랑스러운 이름이 주는 울림이 좋았다. 유일하게 그녀를 칭하는 명칭이 아닌 이름이라는 것을 받아 기뻤다. 그래서 그녀는 로즈마리를 누구보다도 좋아할 수 있었다. 그런 그녀가 로즈마리에게 실상과는 다른 이야기를 속삭이고 몰아붙이고 구슬린 것이 이해되지 않을 것이다. 벨은 거기에 응답해줄 수 없었다. 다만, 모든 것이 그녀를 위해, 나아가 서고를 위해서라고 밖에 답할 수 없다.

[그 책을 왜 엘리제가 갖고 있는지는 나도 몰라. 오히려 궁금해. 그 책은 서고의 것이야, 어느 누구도 소유할 수 없는.]

벨이 속삭이듯 말했다. 그것은 기이한 것. 흰 백지이지만 그 위에 글씨를 휘갈겨도 적히지 않고 사라져버린다. 영원히 무엇도 담지 않은 백지의 책. 레비탄은 뭔가 골똘히 생각하더니 중얼거리듯 말했다.

"그래서 적히지 않는 건가? 백지 위에 글을 써도 사라졌거든. 적으면 적을수록 지워졌어. 어떤 글자도 허락하지 않겠다는 듯 말이야. 지금 생각해보면 애초에 책에는 스토리가 담겨 있기 때문에 다른 글자를 포용할 수 없는 거 아냐?"

[어머, 똑똑해라.]

"칭찬을 딱히 받고 싶어서 말한 건."

"아니지. 암 아니지! 내가 칭찬해줄게, 레비탄. 너 똑똑해. 아주 좋아."

레비탄이 똥 씹은 표정을 짓다가 로즈마리의 명랑한 목소리에 눈을 동그랗게 뜨더니 이내 피식 웃었다. 그가 머리를 그녀 아래로 내려주자 로즈마리가 작은 손으로 톡톡 쓰다듬는다. 로즈마리는 레비탄이 일부러 여전히 화기가 남은 자신을 위해 벨에게 톡톡 쏘아 말하고 있다는 것을 안다. 그녀가 조금이라도 개운해지길 바란다는 의도가 느껴졌다.

사실 로즈마리는 그 점이 조금 기뻤다. 자신의 편이 있다는 것은 생각보다 꽤나 든든한 일이구나 싶었다.

[어쨌든 그 책 역시 사실은 백지가 아니야. 패밀리어의 말대로 책은 스토리를 담고 있기 때문에 다른 스토리를 담

을 수 없는 거야.]

 그 책 역시 위장을 하고 있는 걸까. 로즈마리는 속으로 중얼거렸다.

 "그래서 결국 너는 뭣 때문에 나를 구슬렸어? 가문의 위기? 정말 있는 거야?"

 이야기의 주제가 다시 돌아왔다. 로즈마리에게는 신비한 책도 책이지만, 당장은 벨이 자신에게 해왔던 행동의 이유가 궁금했다.

 [로즈마리, 엘리제는 '마녀'이지?]

 "그래, 너는 내가 알려주지 않아도 세상 모든 일을 알 수 있다고 했으니 알고 있겠지."

 [그래 맞아. 나는 모든 정보와 지식이 있는 곳은 어디든 갈 수 있어. 엘리제는 마녀야. 그렇지? 그녀가 서고를 원한다는 것은 사실이야.]

 그렇지 않니? 벨이 슬쩍 레비탄을 흘겨봤다. 레비탄이 마지못해 고개를 끄덕였다. 그녀는 책을 찾고 있다. 자신을 행복하게 해줄, 자신의 스토리를 담은 책을. 레비탄은 벨이 들고 있는 책이 엘리제가 찾고 있는 책이라 생각했다.

 [엘리제는 책을 찾고 있어. 자신을 행복하게 해줄 책. 자신의 아름다운 미래가 적혀 있을 책. 하지만 이건 그녀가 찾고 있는 책이 맞을 수도 아닐 수도 있어.]

 아리송한 그녀의 말.

[엘리제는 자신이 찾고 있는 책이 이 무한의 서고에 있다고 믿고 있지.]

구연동화를 읊듯 말하는 벨에 로즈마리도 레비탄도 귀담아듣기 시작했다. 그녀는 책을 무릎 위에 내려놓고 양손을 넓게 펼쳤다. 그리고 양손 엄지와 검지를 부딪치자 똑 경쾌한 소리가 터져 나왔다. 그러자 뭉게뭉게 피어난 구름이 걷히고 짙은 고동색 책장들이 하늘 높이 쌓인 서고가 모습을 드러냈다. 곳곳에 빼곡히 책들이 꽂혀 있었다.

고동색의 책장은 마치 높은 탑을 쌓아 하늘을 가릴 정도로 높았다. 작은 원이 보였다. 그 너머 금빛이 쏟아지는 게 보였다. 거대한 서고의 탑 안에 벨과 로즈마리와 레비탄이 갇혀 있었다. 거대한 기둥 안에. 기이하고 어찌 보면 경이로운 광경에 로즈마리와 레비탄은 눈을 동그랗게 뜨고 깜박거렸다. 벨은 방긋이 웃으며 말했다.

[이 무한의 서고에는 없는 게 없지. 세상 모든 지식과 정보가 쌓여 있는 지식의 창고!]

엘리제는 이곳을 원해. 벨이 속삭였다.

"아니지, 그녀는 단 하나의 책을 바랄 뿐이야."

로즈마리는 과장되게 말하는 벨의 틈을 콕 집어 말했다. 벨의 금색 눈이 살짝 찡그려졌다가 펴졌다. 두 번은 속지 않겠다는 건가. 귀엽기도 하여라.

[그래, 어쨌든 그녀는 이곳에 들어오고 싶을 거야.]

"그렇겠지."

[서고에 들어올 수 있는 사람은 오직…….]

벨은 로즈마리를 보며 눈을 가늘게 접고 웃었다. 로즈마리는 미간을 찌푸렸다.

"사서뿐."

[사서뿐.]

로즈마리의 중얼거림과 벨의 목소리가 일순간 맞아떨어졌다. 로즈마리는 입술을 깨물었다. 안 그래도 신년회에 보았던 그 괴이한 광경이 못내 걸렸다. 온통 글자로 문장으로 이루어진 괴이한 세상 속에 빨간 섬뜩한 글자.

[로즈마리, 위험하다는 것은 진실이야.]

그렇기 때문에 내게 다시 찾아온 거겠지. 벨이 교활한 여우처럼 웃는다. 로즈마리는 인상을 찡그리더니 고개를 고고하게 치켜세우며 말했다.

"맞아. 또 무슨 허튼수작을 하려는지 모르겠지만! 사실 그래. 샤롯이 위험해."

[사서가 말이지?]

"그래, 나는 엘리제를……. 그러니까 식상하지만 해치우고 싶어."

정의의 사도는 아니지만, 엘리제 입장에서 로즈마리는 악당인 격이다. 물론 그녀 가문의 수족이 죽인 셈이지만 그녀의 패밀리어를 죽이고, 그녀가 예뻐하던 소년도 가로

챘으니 말이다. 엘리제 입장에서 로즈마리는 썩 좋은 사람일 수 없다. 원수면 모를까. 하지만 당하기 전에 선빵은 기본이잖아.

"너는 알고 있겠지? 엘리제를 해치울 방법을…… 서고의 안내인이잖아."

[그럼, 알고 있지. 하지만 네가 내 말을 믿어줄까? 내가 방법을 알려줘도 믿지 않을 거잖니?]

"그래, 믿지 않겠지. 하지만 안 하겠다고도 안 하겠지."

[솔직하구나.]

"내 장점 중 하나거든. 누구처럼 거짓말하지 않기."

꼭 집어서 비꼬는 로즈마리에 벨은 그저 웃을 수밖에 없었다. 로즈마리는 벨을 빤히 쳐다보더니 하아 하고 묵직한 숨을 내쉬었다. 눈앞의 여인은 정말로 의문투성이 존재다. 진실처럼 꾸미는가 싶다가도 긴가민가하게 만들고 늘 두리뭉실하고 확고하게 답해주는 적이 없다.

유일하게 그녀가 강력하게 어필하고 확고하게 답해준 게 하나 있긴 하지. 운명을 바꿀 사람은 오직 로즈마리만 가능하다, 라고 말한 적이 있다. 이제까지 들었던 그녀의 말 중 유일하게 확고했던 말이었다. 로즈마리는 그 말을 믿었다. 딱히 정의감에 불타거나 그런 건 아니다. 하지만 일종의 책임감이 있었고, 약간은 우월감을 느꼈던 것 같다. 평범한 사람이 아닌 조금은 특별함을 느끼고 싶었나

보다.

  샤롯이 아닌 나를 선택해줬다는 희열도 있었다. 완벽한 언니 밑에 있다 보면 자격지심이 생기기 마련이다. 사실 로즈마리는 양호한 편이다. 그녀는 이미 전생에서 턱없이 잘난 사람들 사이에 치였다. 그렇기에 샤롯이 아무리 완벽하고 눈부신 미녀임에도 질투나 비교 때문에 의기소침하지 않았다. 동시에 자격지심이나 부러움이 생기는 것도 사실이었다. 로즈마리의 복잡한 심경을 누구보다도 먼저 느낄 수 있는 레비탄이 그녀의 머리를 톡톡 쓰다듬었다.

  [로즈마리, 나는 이 책이 완벽해지길 원해. 이건 서고의 바람이기도 해. 그리고 이 책의 염원이기도 하지.]

  벨이 넌지시 말을 꺼냈다. 그녀는 로즈마리와 레비탄을 번갈아 보며 다시 입을 열었다.

  [이 책이 완전히 하나의 책이 된다면 서고는 너를, 나아가 베히모스가를 지켜줄 거야.]

  "그 말은 샤롯을 죽음에서 비껴가게 해주겠다는 거야?"

  샤롯을 이루고 있던 문장 중 '디데이'라고 빨갛게 적혀 있던 글씨가 절로 떠올랐다. 시간은 그리 많지 않았다. 그때로부터 두 달이나 흘렀으니 줄어들었을지도 모른다. 어쩌면 상황이 변했기 때문에 늘어났을지도 모르고. 그 붉은 글씨가 샤롯을 볼 때마다 자꾸만 떠올랐다. 샤롯이 시한부 인생을 살고 있는 환자처럼 느껴져서 먹먹하고 괴로웠다.

[그럴 수 있지.]

"똑바로 말해. 또 두리뭉실하게 말해서 뒤통수치지 말고."

"어서 말해! 이게 최선이야? 이게 가장 나은 방법이냐고!"

[로즈마리, 그래 최선이야. 가장 나은 방법이야. 책만 가져와, 그럼 엘리제를 해치우는 방법을 알려줄게!]

"너, 분명 말했어. 이게 가장 최선이라고."

로즈마리는 확인하듯 되물었고 벨이 수긍하며 끄덕였다. 그제야 로즈마리가 안심한 듯 성난 어깨를 늘어트렸다.

"그나저나 결국 그 감옥에 다시 가야 한다는 거잖아."

로즈마리는 당장 그곳을 방문할 자신이 없었다. 워낙에 그곳에서 겪은 일이 힘들었기도 했지만, 다시 엘리제와 마주치면 그녀가 자신을 알아차릴지도 모른다는 부담감 때문이기도 했다.

"당분간은 괜찮을 거야."

"응? 정말?"

"그때도 내가 말했지만, 그 감옥을 열 수 있는 건 이 열쇠뿐이거든."

레비탄이 목깃 사이에서 목걸이를 꺼내 보였다. 은색의 평범한 열쇠였다. 벨은 그것을 보며 눈을 빛냈다.

[죄수의 열쇠구나.]

"죄수의 열쇠?"

[오랜 옛날에는 감옥의 문을 잠그는 열쇠를 '죄수의 열쇠'라 칭했거든.]

레비탄은 그녀의 말에 잠시 생각했다. 죄수의 열쇠라…… 의미심장하다. 이런 열쇠를 왜 레비탄의 어머니는 유서와 함께 남겨줬을까. 레비탄은 다시 한번 의심을 갖게 되었다. 어머니의 존재와 그녀가 행했던 행동에 대한 이유를.

"그만 나가야겠어."

[벌써?]

"용무가 끝났으니까."

[이제 마력도 넘쳐나는데 좀 더 느긋하게 있어도 되잖니. 책 읽을래? 읽고 싶은 책은 뭐든지 있어.]

"딱히 그럴 마음이 안 생겨."

로즈마리가 서고를 나가려 하자 벨이 아쉬운 듯 붙잡았다. 로즈마리는 가차 없이 고개를 저었다. 벨과 같이 있어 봤자 뱀의 혀 같은 그녀의 사탕발림에 홀라당 넘어가버릴지 모른다. 두 번 다시 그런 경험은 겪고 싶지 않았다.

[아쉬워.]

"평생 안 오겠다는 것도 아닌데 왜 그래?"

[그렇지만 로즈마리, 자주는 오지 않을 거잖니. 일전엔 매일같이 들렀으면서.]

"그때야 그 책의 내용을 읽는 게 유일한 방법이라 생각했으니까 그렇지."

[로즈마리, 봐봐 여기에 수많은 책이 쌓여 있어. 이 중에서 너에게 필요한 책이 더 있을 텐데.]

"오늘은 딱히 그러고 싶지 않아."

로즈마리가 딱 부러지게 말하자 벨이 어깨를 축 늘어트렸다. 그렇다면 할 수 없지. 대상자가 원치 않으면 서고는 문을 닫아야 한다. 그게 이 공간의 이치다.

[그렇다면 작별을 전해야겠구나. 그 전에……. 패밀리어와의 연대는 좀 더 상위로 조율하는 게 좋을 것 같구나. 약식으로 맺은 술식이라 언제라도 끊어져도 이상할 게 없어.]

"역시 약식이었나."

"역시라니?"

레비탄이 의아한 듯 물었다. 로즈마리는 그를 힐끗 보더니 우물거렸다.

"너와 패밀리어를 맺을 때 일단 내가 마녀가 되어야 했어. 마녀가 되면서 패밀리어를 맺는 바람에 한쪽으로 치우쳐버린 거야. 내가 마녀가 되는 쪽으로."

"그럼……."

"약식으로나마 너와 나는 맺어졌지만 결국 약식이라 불안정한 거지."

[다시 맺으면 돼. 영역을 만들어주마.]

벨은 방긋 웃으며 앉아 있던 몸을 일으켰다.

마녀가 패밀리어와 맺기 위해서는 세 가지가 필요하다. 마력, 맺을 대상, 그리고 안전한 영역. 패밀리어와 맺는 순간은 마녀에게 가장 무방비한 상태이기 때문에 어떠한 위험도 노출도 없는 곳에서만 시행해야 한다. 그 순간의 마녀는 가장 나약한 동시에 가장 강력하다. 마녀의 마력이 온전히 패밀리어가 될 대상에게 쏟아지는 가운데 외부인의 공격을 받으면 그 수많은 기운이 속절없이 팡! 하고 터져버리기 때문이다. 마녀는 그 순간 목숨을 잃고, 사방은 초토화가 되니 살아 있는 폭탄인 셈. 로즈마리에게 서고는 안전한 장소의 축에 든다. 하지만 눈앞에 벨이 거슬렸다.

"딱히 그럴 필요 없는데……."

[이 서고만큼 안전한 곳은 없단다, 로즈마리.]

"바깥은 우리의 영지야. 누구도 베히모스가의 영지에서 나를 공격할 무뢰한은 없어."

[그렇지만 여기만큼 안전하진 않지.]

그녀는 같은 말을 되풀이했다. 이곳이야말로 가장 안전한 벙커다. 누구의 침입도 허락하지 않는 구역. 벨이 눈을 반짝거렸다. 로즈마리는 그녀를 힐끗 보더니 한숨을 푹 내쉬었다. 딱히 내키진 않지만 그렇다고 온전히 틀린 말도 아니었다.

[여기서 네 마력을 내뿜어도 엘리제는 알지 못해.]

"그렇긴 하지."

만약 방대한 마력이 일순간 베히모스가에서 뿜어져 나온다면 멀리 수도에 있는 엘리제라도 눈치챌 수 있다. 그것을 방지해줄 수 있는 건 확실히 서고가 적격이긴 했다. 로즈마리는 깊게 숨을 들이마시고 내쉬었다. 그리고 레비탄의 앞에 섰다. 레비탄은 로즈마리를 말없이 내려다볼 뿐이었다.

"레비탄, 손을."

로즈마리는 하얗고 작은 손을 내밀었다. 레비탄은 그것을 내려다보더니 천천히 그녀의 손을 잡았다. 마치 악수하듯 서로를 마주 잡았다. 서로의 온기가 여실히 느껴졌다.

[무한의 서고여! 이 마녀에게 가장 안전한 영역을!]

벨이 둘 사이에 섰다. 그리고 양팔을 펼쳐 경쾌한 어조로 소리쳤다. 서고가 일순간 고고한 소리를 내며 웅장하게 변했다. 높이 쌓인 서고는 온데간데없이 사라졌다. 넓은 평야처럼 드넓은 바닥에는 비칠 정도로 투명한 대리석 바닥이, 그리고 천장은 하늘 높이 뻗어 아름다운 크리스털의 샹들리에가 걸렸다. 마치 연회장 같았다. 장소는 준비되었다. 로즈마리는 레비탄의 손을 잡은 손에 힘을 주었다. 그리고 굳게 다문 입술을 우물거렸다.

"마녀의 동반자, 마녀의 반신, 마녀의 그림자! 나의 눈과 귀와 입이 되어줄 또 하나의 나, 영원한 나의 편, 패밀리어."

그녀의 말이 끝나기 무섭게 둘 사이에 커다란 원이 그려졌다. 원을 따라 넝쿨 모양이 똬리를 틀듯 따라 그려졌다. 로즈마리의 작은 몸에서 청명한 청록의 오라가 피어올랐다. 뭉게뭉게 피어오른 마력은 거대한 억압을 자랑하며 둘 사이를 중심으로 뿜어져 나왔다. 벨은 절로 감탄이 일어나는 광경을 보며 저만치 물러났다.

"나의 패밀리어, 영원한 나의 것. 나의 시작부터 함께하고 끝을 맞이할 운명의 상대여."

원은 또 다른 원을 만들고, 그 주변에 마력의 원이 복잡한 형태로 춤을 추듯 퍼졌다. 그녀가 읊는 말은 원의 안으로 호선을 그리며 새겨졌다. 로즈마리와 레비탄이 마주 잡은 손을 중심으로 뫼비우스의 띠가 그려졌다. 뫼비우스가 그리는 누운 8자의 두 개의 원 중심에 둘의 손목이 자리했다. 순백의 띠가 점차 로즈마리의 마력에 물들어 청록색으로 변했다.

"레비탄 후, 나의 것이 되길 기원하는가."

로즈마리는 낮은 음색으로 조곤조곤 입을 열었다.

"그대는 마녀의 심복으로, 마녀의 소유물로서, 악인으로서, 악의 축과 손을 잡고 일생의 끝을 함께할……."

말끝을 살짝 흐린 로즈마리가 레비탄의 붉은 눈을 노려보며 다시 이어갔다.

"용기가 있는가!"

로즈마리의 질문과도 같은 말의 술식에 레비탄은 느리게 눈을 감았다 떴다. 수많은 감정이 담겨 있을까? 로즈마리는 그의 눈을 빤히 노려봤지만 알 수 없다. 로즈마리는 부러 읽지 않았다.

읽지 않아도 알 수 있거든. 레비탄은 화사한 꽃처럼 해사하게 웃었다. 눈꼬리를 가늘게 접자 루비색 눈동자가 살그머니 가려진다. 그러나 선명히 발하는 눈빛에 로즈마리는 알 수 있었다. 그가 '기쁘다'고 말하는 것을.

"마녀 곁에, 마녀의 시작과 끝을, 우리가 운명공동체가 된다는 게 한없이 기뻐! 나, 레비탄 후는 로즈마리 베히모스의 소유물이 될 것을 받아들이겠습니다."

흡사 결혼식에 선 신랑의 서약처럼 레비탄은 자신의 뜻을 내뱉었다. 동시에 둘의 손목을 중심으로 타고 있던 뫼비우스의 띠가 빠르게 줄어들었다. 점점 작아지면서 손목을 타고 손등을 탔다. 둘이 마주 잡은 손을 놓자 뫼비우스의 띠가 서로의 약지를 붙잡아 죄였다. 따끔한 통증과 동시에 서로의 약지에 청록색 두꺼운 선이 그려졌다. 마치 반지 같았다. 청록색 띠는 곧 넝쿨처럼 변해 아름다운 호선을 그렸다. 로즈마리는 오묘한 표정으로 바라봤다.

레비탄의 약지에 자리한 넝쿨의 띠는 거기서 그치지 않고 빠른 속도로 팔을 타고 올라가 목 언저리까지 자라났다. 목에는 이미 약식의 증거인 넝쿨이 자리했는데, 약지의 넝쿨과 만나 어우러졌다. 목과 약지에 자리한 넝쿨은 혹여 마녀를 배신하거나 그가 가진 마음의 변심이 왔을 때 가차 없이 패밀리어의 목을 부러트릴 심산으로 보였다. 마녀의 패밀리어는 오직 그녀를 위해 존재하기 때문에, 그녀를 배신한 패밀리어는 더 이상 존재해서는 안 되는 것이기 때문에.

레비탄이 목 언저리를 매만졌다. 옷깃 사이로 보이는 넝쿨의 청록색이 꽤나 잘 어울린다고 로즈마리는 생각했다.

"어때, 괜찮아?"

레비탄은 로즈마리의 시선을 느꼈는지 빙긋 웃으며 옷깃을 살짝 들쳐주었다. 로즈마리는 눈을 동그랗게 뜨고 깜박거렸다. 그러고는 수긍하듯 끄덕였다. 레비탄이 웃으며 그녀에게 다가가 넝쿨 문양이 자리한 약지가 있는 손을 들어 올렸다.

"마치 반지 같군."

"나도 그렇게 생각했는데."

마녀와 패밀리어가 맺는 방식은 어떻게 보면 조금은 결혼식과 비슷한 느낌을 준다. 로즈마리도 그렇게 생각했다. 조금은 부끄럽지만 상대의 결의와 서약을 받아야만 완벽하게 이어진다는 점이 언뜻 비슷했다.

[어떤 책의 구절에는 마녀와 패밀리어는 동반자인 동시에 반려라는 말이 있다지.]

벨이 저만치서 사뿐히 내려왔다.

[결혼식을 보는 것 같았어.]

벨마저도 그리 말하자 조금은 쑥스러워졌다. 로즈마리는 여전히 자신의 손을 들어 올리고 문양을 보고 있는 레비탄의 손을 내쳤다. 저도 모르게 손을 등 뒤로 숨겼다. 어쩐지 열이 나는 것 같았다.

"이제 그만 돌아가는 게 좋겠어."

로즈마리는 서고에 퇴장을 고했다.

* * *

로즈마리는 서고를 나가고서도 어쩐지 낯짝이 부끄러워져 레비탄을 쉽사리 쳐다볼 수 없었다. 로즈마리가 시선을 바닥으로 고정하며 앞으로 걸어가자 레비탄은 어미 쫓는 새끼처럼 뒤를 졸졸 따라다녔다. 그녀의 수줍은 마음은 말하지 않아도 보지 않아도 선명히 들리고 깊숙이 느낄 수 있었다. 레비탄은 앞장서서 가는 작은 정수리를 보며 방긋이 웃었다.

"싱글벙글······. 그만 웃어."

입꼬리가 귀에 걸리겠어. 로즈마리는 부러 뒤를 돌아보지 않고 중얼거렸다. 그녀의 목소리에는 여전히 부끄러움이 남아 있었다. 레비탄은 뒤를 따라 걷던 걸음을 빨리하며 그녀와 마주 걸었다. 그가 부러 그녀 쪽으로 상체를 기울이며 말했다.

"앞장서면서 보였어?"

"보이지 않아도 알 수 있는걸."

"혹시라도, 아니 확신하는데."

로즈마리는 걷다 말고 자꾸만 히죽거리는 레비탄을 향해 얼굴을 들었다. 드디어 바닥을 꽂던 시선이 그에게로 향했다.

"내가 네 것이 아니라 네가 내 것이야. 널 소유하고 있는 것은 엄연히 나 로즈마리고, 우위에 있는 것도 나 로즈마리야."

로즈마리가 덧붙였다. 레비탄이 눈을 동그랗게 떴다. 그러나 얼마 안 가 깜박거리더니 배시시 웃으며 끄덕였다.

"기어오르는 개는 키우고 싶지 않아, 알아듣지?"

레비탄은 방긋 웃었다. 로즈마리는 대답을 바라는 듯 고개를 치켜세웠다. 레비탄은 로즈마리를 빤히 쳐다볼 뿐 응답하지 않았다. 로즈마리는 대답을 강요하듯 눈을 치켜떴다. 레비탄은 그 모양새를 빤히 보다가 넌지시 로즈마리의 넝쿨 문양이 새겨진 오른손을 잡아 깍지를 꼈다. 로즈마리는 눈을 동그랗게 뜨고 그가 하는 행동을 멍청히 쳐다봤다.

"로즈마리, 나는 지금 온순한 새끼지만……."

그가 그녀의 손을 잡은 팔을 천천히 자신의 오른쪽으로 곧게 뻗었다. 로즈마리의 팔도 그를 따라 펼쳐졌다. 둘 다 아직 자라날 세월이 남아 있음에도 확연히 레비탄의 팔이 더 길었다. 신장도 당연히 레비탄이 머리 하나가 더 컸다. 팔 기장이 길었기 때문에 로즈마리가 상대적으로 오른쪽으로 쭉 끌렸다. 레비탄은 그녀가 넘어지지 않게 왼손으로 그녀의 왼쪽 손목을 잡아 지탱했다. 그리고 로즈마리의 이마에 자신의 이마를 얹으며 말했다.

"다 자란 성년이면 이보다 더 크고, 더 늠름해질 수 있어."

평소보다 낮고 차분한 어조가 귓가를 간지럽혔다. 로즈마리는 굳은 모양새로 눈만 깜박거렸다. 할 말을 잃은 로즈마리를 보며 레비탄은 눈을 가늘게 접고 웃었다.

"나아가 어쩌면 포악해질 수도 있고, 아니면 지금처럼 온순하게 자라날 수도 있지."

살짝 숙여오는 고개가 마치 키스할 것처럼 기울여졌다. 로즈마리는 꼼짝도 못했다. 숨 쉬는 것조차 까먹은 사람처럼 망부석처럼 멈췄다.

"그래도 날……."

소유해줄래? 레비탄이 뒷말을 소리 없이 속삭였다. 목언저리가 오소소 소름이 돋았다. 로즈마리는 잠시 숨을 참다가 기어코 숨을 내뱉고 마셨다. 작은 그녀의 가슴이 크게 솟다 내려앉았다.

"내가 마녀인 이상 넌 나의 패밀리어야. 그러니까……내 거라고."

엄연히 주인임을 쐐기 박듯 내뱉었다. 로즈마리의 말이 끝나기 무섭게 그는 방긋이 웃었다. 무서울 만치 뇌쇄적인 색기가 살짝 누그러졌다. 로즈마리는 마른침을 억지로 삼켰다. 지금도 이따금 놀라울 정도로 현혹시키는 레비탄에 감탄하지만 훗날이 순간적으로 걱정된다는 생각이 스쳐 지나갔다.

서고를 갔다 오고 나니 해는 지고 노을이 내려앉았다. 주황빛 노을빛이 창가를 통과하고 잔잔히 떨어졌다. 따스한 빛은 로즈마리에게 내려앉아 반짝거렸다. 레비탄은 마녀의 보폭에 맞춰 천천히 그 뒤를 따랐다. 앞으로 갈 길은 멀 수도 가까울 수도 있지만, 걱정은 한결 꺾였다. 혼자보단 둘이 서로를 의지하고 보탬이 되기 때문일까.

* * *

서고에 다녀온 그날 밤, 로즈마리는 심하게 앓았다. 아무래도 강력한 마력을 하루에 두 번이나 연달아 내뿜었기 때문이리라. 연약한 로즈마리의 몸이 아우성을 치듯 열을 냈다. 활활 타오르는 로즈마리의 몸을 제미는 밤새 물수건을 적셔서 식혔다. 레비탄도 곁에 있으려 했지만 로즈마리가 절대적으로 반대했다. 열이 나면 땀이 나기 마련이고 그걸 닦아내야 할 텐데 그 일을 레비탄에게 시키고 싶지 않았다. 수치스럽다고! 무엇보다 나, 여자란 말이야. 로즈마리의 절대적인 반대로 레비탄은 문밖으로 쫓겨났다.

제미의 밤샘 간호 덕분인지 활활 타오르던 열기가 한풀 꺾일 때쯤에 샤롯이 찾아왔다. 조금 나아진 로즈마리가 가늘게 눈을 뜨고 언니를 올려다봤다. 샤롯은 식은땀이 난 로즈마리의 작은 손을 두 손으로 감싸 쥐며 물기 가득한 표정을 지었다.

"언니, 나 괜찮아."

"로즈마리, 넌 늘 괜찮다고만 하는구나."

"정말로 괜찮아."

"로즈마리, 사실은 안 괜찮으면서…… 무리할 필요 없단다. 난 네 언니잖니, 어리광부리고 엄살 부려도 돼."

샤롯의 속상한 어조에 로즈마리는 희게 웃었다. 하지만 정말로 괜찮다. 나아지고 있었고, 앞으로 이렇게 많이 아플 일은 없을 거라는 생각이 들었다.

"후 공자가 어서 빨리 제 나라로 떠났으면 좋겠어."

난데없는 샤롯의 일격에 로즈마리는 눈을 휘둥그렇게 떴다.

이제 겨우 마력을 컨트롤하게 되었는데, 패밀리어가 멀리 떨어진 공국으로 떠나면 나는 어떻게 되지?

로즈마리는 자신의 넘치는 마력 일부를 레비탄이 가져가고 있음을 알고 있다. 그것도 생각보다 많이. 그는 말하지 않았고, 본인도 알면서 모른 척했지만 로즈마리의 패밀리어는 상당히 유능하기에 이래저래 도움을 많이 받고 있는 상황이었다. 그런 그가 곁에 없다면 이제까지 알게 모르게 처리해줬던 모든 것을 로즈마리 스스로 컨트롤해야 한다는 것이다. 과연 할 수 있을까. 벌써부터 걱정이 밀려온다. 그를 보내기는 싫고, 그렇다고 안 보내자니 공국의 입장도 난처할 터이니.

나아지려고 하는 열이 다시 끓어오르는 것 같아 로즈마리는 그저 눈을 감았다. 귓가로 샤롯의 조곤조곤한 목소리가 들어왔지만 자장가 삼아 귓등으로 넘겨버렸다. 샤롯은 약간의 한풀이와 섭섭함을 토해냈지만, 여전히 회복이 온전치 않은 동생이 서서히 눈을 감아버리자 작은 한숨을 내쉬었다. 섭섭하지만 어쩌겠는가. 아이는 아무리 물어도 대답하지 않고 마냥 괜찮다고 하니. 그렇다고 몰아붙여서 답을 얻어 내고 싶진 않았다. 샤롯은 점점 숨소리가 규칙적으로 변하면서 서서히 잠들어가는 동생의 이마에 가벼운 버드 키스를 해주며 속삭였다.

"잘 자렴."

샤롯은 로즈마리의 잠자리를 정리해주고 나왔다. 그녀는 깊은 한밤중에 침실로 가지 않았다. 그녀의 발길에 닿은 곳은 다름 아닌 서고였다. 무한의 서고로 들어가는 서재의 문 앞에 선 그녀는 잠시 멈춰 서 있었지만 곧 문고리를 잡고 열었다.

까만 어둠. 로즈마리가 그러했던 것처럼 샤롯 역시 서재 안에 숨어 있는 무한의 서고로 입장했다. 서재의 문이 무거운 소리를 내며 서서히 닫히자 복도에는 아무도 없이 정적만 흘렀다. 밤은 점점 깊어졌지만 끝내 새로운 날이 밝았다. 까만 어둠이 서서히 걷히기 시작했다.

* * *

대공이 샤롯의 배려로 손님방에 머문 지 며칠이 지났다. 그는 며칠 동안 레비탄과 많은 대화를 나눴다. 대체로 늦은 저녁에 자주 그랬지만 대공은 아무래도 상관없다고 생각했다. 그간 많은 일이 있었다. 서로를 그리워하며 마음을 삼켰던 캄캄한 암흑기가 무려 6년이었다. 하고 싶은 말은 많고, 마음에는 흘러넘치도록 먹먹함이 가득했기에 서로 마주 보고 대화할 수 있다면 그걸로 족했다.

하지만 며칠쯤 지나니 조금 궁금해지긴 했다. 대체 아침나절부터 저녁까지 어디에서 무얼 하는지 코빼기도 보이질 않으니 말이다. 그렇다고 주변에 묻기엔 조금 껄끄러웠다. 묻는다면 답하지 않을 리는 없겠지만, 딱히 그러고 싶진 않았다. 둔치가 아닌지라 어느 정도 레비탄의 낮과 저녁의 행방이 어디로 향해 있는지 짐작하기 때문이다.

그러던 중 평소보다 일찍 눈이 뜬 대공이 바람이라도 쐴까 방을 나서다 레비탄과 마주쳤다. 레비탄 역시 대공이 오고부터 자연스럽게 그의 옆방으로 배정되었다. 샤롯이 이때다 싶어서 그를 로즈마리와 조금이라도 멀리 떼어놓으려는 심산이었지만, 둘은 별달리 불편해 보이지 않았다. 어쨌든 아들과 새벽부터 마주치자 그는 못내 반가웠다. 대공이 반가운 듯 말을 걸었다.

"레비, 이 새벽에 산보라도 가느냐?"

간다면 동행하겠다만, 하고 뒷말을 삼켰다. 레비탄 역시 반가운 기색이었지만 그의 질문에 흐리게 웃을 뿐이었다. 대공이 의아한 듯 다시 물었다.

"어디 다른 데라도 가느냐?"

"네."

"그렇구나, 혹시."

대공이 말끝을 흐렸다. 그가 짐작하는 것이 맞는지 살짝 떠보았다. 레비탄이 낮부터 밤까지 행방이 묘연한 것은 혹시 베히모스가의 둘째 아가씨 로즈마리 때문이 아닐까?

"혹시 너의 소중한 사람이니?"

"네."

한 치 망설임도 없이 즉각 대답하니 오히려 말문이 막힌 것은 대공 쪽이었다. 사랑하는 사람이라니. 그는 그렇게 오해했다. 소중한 사람이니 분명 사랑하는 연인 쪽으로 기우는 것은 당연했다. 대공은 눈동자를 데굴데굴 굴렸다. 6년 사이에 아들은 많이 변해 있었다.

감정 없는 아이가 평범한 사람처럼 웃을 줄도 알고 찡그릴 줄도 안다. 미묘한 표정의 변화가 새롭고 신기했다. 그 작던 아이가 이렇게 자라나고 얇아 부러질 것 같은 뼈마디가 꽤나 굵직하다. 과연 공국의 혈통을 이었다 싶을 정도로 말이다. 더 자라나 성년이 되면 대공을 쏙 빼닮을 것이다. 오히려 더 훤칠할 수 있다. 대공의 유전자만 가진 것이 아닐 테니.

"그럼, 이만 실례해도 될까요?"

"그래, 그러렴."

대공은 잠시 붙잡은 레비탄을 놔주다 다시 다급히 그를 불렀다. 레비탄이 발길을 옮기다 고개를 돌려 대공을 쳐다봤다.

"아들아, 이제 슬슬 준비해야 하지 않을까 싶구나."

"뭐를요?"

"공국으로 돌아갈 준비 말이다. 다들 너를 애타게 그리워하며 기다리고 있을 것이다."

"그렇죠."

"혹시 돌아갈 생각이 없는 건 아니지?"

"……."

대공은 일순간 아연해졌다. 그가 다급히 아들의 어깨를 잡으며 말했다.

"아들아, 아니라고 말해다오. 조국에 돌아가지 않고 어디에 있겠다는 말이냐. 이제야 우리 만났거늘 다시 헤어지자는 말은 하지 말아다오."

"그런 건 아닙니다. 다만……."

"그 아가씨 때문이니?"

"나중에 다시 얘기해요."

"아들아."

"정말요. 지금은 좀 바빠서……."

회피하려는 듯 도망치는 기세였지만 대공은 다시 그를 붙잡지 않았다. 그 역시 생각을 정리할 시간이 필요했다. 레비탄 역시 그러하고. 점점 멀어져 가는 레비탄의 모습을 조금은 망연한 모습으로 바라보던 대공은 낮은 한숨을 내뱉으며 나섰던 방으로 다시 들어갔다. 갑자기 기운이 쭉 빠져서 쉬고 싶어졌다.

* * *

　꿈을 꿨다. 꿈에 몹시도 훌륭하게 자라난 성년의 레비탄이 나왔다.

　찰랑거리는 검은 머리카락, 혈색 좋은 피부 결, 보석처럼 빛나는 눈동자, 완벽한 비율을 자랑하는 이목구비와 훤칠하게 자라난 키. 성년의 레비탄은 감탄이 절로 일어날 만큼 몹시도 장성한 모습이었다. 남자로서의 아름다움을 극대로 담은 그를 보고 있자니 가슴이 세차게 뛰었다. 누구라도 반하지 않을 수 없을 것이다.

　세상에 존재하지 않을 것 같은 남자가 로즈마리에게 다가온다는 것은 약간의 희열과 약간의 긴장을 불러일으켰다. 아름답기에 부담스럽고 아름답기에 내 것이 아닌 것 같기에. 꿈속의 레비탄은 평소 현실의 그처럼 자상한 미소를 짓고 있었다. 따뜻한 눈빛이 도는 루비색 눈동자는 어둠속에서 빛날 만큼 눈부셨다. 어떤 미사여구도 부족할 정도로.

　꿈속 레비탄은 너무나도 로즈마리의 취향이라서 그래서 기뻤다. 좋은 꿈이라고 생각했다. 그때까지만 해도 말이다. 하지만 그가 로즈마리를 지나쳐 가는 순간 꿈은 악몽으로 변했다. 자신을 지나쳐 가는 레비탄에 로즈마리가 그를 따라 몸을 돌리니 그 앞에 금발의 아름다운 미녀가 서 있었다. 엘리제였다.

로즈마리는 그녀의 의기양양한 아름다운 미소를 마지막으로 눈을 감았다. 감겨오는 시야 사이로 레비탄을 향해 손을 뻗는 자신의 손등이 보였지만 그는 돌아보지 않았다. 차디찬 등을 마지막으로 눈을 감았다.

* * *

눈을 떴을 때 눈가가 촉촉하다는 것을 깨달았다. 울었나? 손을 들어 눈가를 닦아내자 물기가 느껴졌다. 울었나 보다. 꿈인데도 어찌나 생생하고 어찌나 슬펐던지. 아직도 가슴이 먹먹했다.

한동안은 누워 있었다. 먹먹한 가슴이 진정되지 않았기 때문이다. 어느 정도 진정이 된 로즈마리가 느리게 상체를 일으켰다. 창가를 가린 커튼 사이로 희미한 어둠이 느껴졌다. 아직 아침이라기엔 이른 시간 같았다. 새벽인가. 그녀는 이불을 들추고 침대 바깥으로 나왔다. 일순간 확 체온이 낮아지는 기분에 바르르 떨었다. 맨발에 보슬보슬한 카펫의 질감이 느껴졌다. 로즈마리는 방을 가로질러 문으로 걸어갔다. 그녀가 문을 열자 열지 않은 반대쪽 문쪽에 기대앉아 있는 낯익은 인물을 발견했다.

지금은 당장 가장 보기 힘든 사람, 꺼려지는 사람. 아니 사실은 가장 보고 싶은 사람, 매일 붙어 있어도 안심되는 사람. 나의 패밀리어, 레비탄이었다. 레비탄은 쭈그려 앉아 있다가 로즈마리가 문을 열자 고개를 들었다.

"안녕."

"안녕."

사실은 알고 있었다. 레비탄이 그녀의 문 앞에 앉아 있다는 것을. 하지만 좀처럼 진정되지 않은 감정을 갈무리할 수 없어서 잠시 그를 기다리게 한 것 같다. 레비탄은 쭈그려 앉은 몸을 일으켰다. 그리고 손끝으로 붉어진 로즈마리의 눈가를 톡 건드리며 말했다.

"눈가가 붉네, 울었어?"

"조금."

로즈마리는 순순히 레비탄의 질문에 응답했다. 어쩐지 침울해진 감정이 느껴졌다. 로즈마리가 잠에서 깨기 전부터 방 밖에 앉아 있었던 레비탄은 그녀가 몹시 행복한 꿈을 꾸고 있다는 것을 느꼈다. 하지만 그것은 잠시였고, 곧 해일처럼 밀려오는 슬픔과 먹먹함에 그는 솔직히 말해 조금 당황했다. 악몽이었던 걸까.

곧 로즈마리가 깼다는 것도 알았지만 그녀의 먹먹함은 아직도 여운이 남아서 차마 그녀에게 다가갈 수 없었다. 그를 당혹하게 했던 것은 로즈마리가 어쩐지 자신을 만나는 것을 영 내켜 하지 않다는 것을 느꼈기 때문이다. 아이러니하게도 그 와중에 만나고 싶다는 마음이 남아 있으면서.

하룻밤 사이 로즈마리는 레비탄에 대한 심경이 복잡해진 것 같다. 레비탄은 엄지로 그녀의 눈가를 닦듯 문질렀다. 물기를 가득 머금은 파란 눈동자는 퍽 가련해 보였다. 로즈마리는 뛰어난 미색은 아니지만, 이따금 그녀의 짙은 금발과 선명한 벽안으로 인해 청초한 분위기가 이따금 났다. 오늘도 그랬다. 레비탄이 약간 낮아진 어조로 말했다.

"악몽을 꿨어?"

"악몽이었을까……."

처음에는 굉장히 기분이 좋았다. 꿈이니 자신의 상상일 테지만 지금의 레비탄보다 훤칠해진 성년의 모습을 보았으니까. 뭐랄까 뿌듯했다. 내 것인 남자가 누가 보아도 훌륭히 자란 듯해서. 하지만 곧 그가 자신이 아닌 누군가를 선택했다는 사실에 깊은 절망을 느꼈던 것 같다.

로즈마리 입장에서는 그가 선택한 최악의 인물이 엘리제였기에 더 충격적이었을 수도 있다. 로즈마리는 레비탄에게 크게 마음을 주지 않았다고 생각했다. 첫 만남도 최악이었고. 그러나 최근, 그러니까 그 숲에서 정신을 잃고 일어난 직후부터는 꽤나 많은 게 달라진 것 같았다. 패밀리어를 맺었기 때문이라고 생각했다.

하지만 그렇다고 이렇게까지 많은 부분의 감정까지 그에게 주고 있다는 것은 실로 놀라울 정도로 충격적이었다.

레비탄은 로즈마리의 패밀리어이기에 그녀의 것이다. 온전히 그를 소유하고 있다고 인식한 순간, 로즈마리는 그를 독점하고 싶다는 것을 깨달았다.

레비탄은 축 처진 로즈마리를 보며 고개를 갸웃 기울였다. 밤새 땀을 흘렸지만 제미가 틈틈이 닦아주고 직전에 새 옷으로 갈아입혔는지 그다지 물기가 없어 보였지만 뺨 언저리에 달라붙은 머리카락이 보였다. 레비탄이 그녀의 뺨에 달라붙은 머리카락을 떼어주는 순간 내리깐 로즈마리의 파란 눈동자가 시선을 올렸다. 레비탄의 루비색 눈동자와 딱 맞아떨어졌다.

서로의 시선이 마주친 그때. 진부하게 느껴질 테지만 시간이 멈춘 것 같다는 착각이 일었다. 레비탄은 그렇게 생각했다. 그가 그 순간 숨 쉬는 것을 멈췄다는 것을 인식했을 때는 로즈마리가 시선을 옮긴 상태였다. 언짢은 자신의 마녀에 레비탄은 짧은 한숨을 내쉬며 그녀 주변을 천천히 빙글 돌았다.

로즈마리는 뜬금없이 자신의 주변을 빙 도는 레비탄에 뒤늦게 몸을 돌렸다. 그사이, 레비탄은 인간이 아닌 그녀의 허리만큼 큰 개로 변해 있었다. 긴 검은색 갈기가 윤기가 났다. 유려한 라인의 검은 개는 일반적인 대형견보다 1.5배 정도 더 컸다. 자칫 늑대로 보일 정도로 말이다. 검은 개의 붉은 눈이 선명히 빛났다. 검은 개가 콧등으로 로즈마리의 등을 툭툭 밀었다. 로즈마리가 앞으로 밀려갔다. 머릿속으로 익숙한 음색의 목소리가 울렸다.

[로즈마리, 내 등에 타.]

"레비탄?"

[기분 전환하자.]

"갑자기? 뜬금없이?"

로즈마리가 꼬투리를 잡듯 묻는데도 레비탄은 계속해서 콧등으로 그녀를 앞으로 밀었다. 어찌나 센지 로즈마리가 절로 앞으로 밀려났다. 결국 로즈마리가 항복 선언을 하고 나서야 레비탄을 멈출 수 있었다. 그는 로즈마리가 타기 좋게 무릎을 구부리고 바닥에 앉았다. 분명 로즈마리를 태우고도 남을 정도로 큰 개의 모습이지만 로즈마리는 썩 내키지 않았다.

"혹시라도 나중에 딴소리하지 말기야. 나 무겁다고……."

[절대 안 할게. 나의 마녀를 걸고 맹세해.]

"네 마녀를 태우면서 네 마녀에게 맹세한다니 무슨 말장난이야."

[자자, 어서 타.]

레비탄은 로즈마리의 꼬투리를 뒤로 넘기며 재촉했다. 로즈마리는 한숨을 폭 내쉬며 그 넓고 긴 허리에 조심스럽게 올라탔다. 로즈마리가 자리를 잡고 앉자마자 레비탄은 지체 없이 벌떡 일어났다. 로즈마리가 갑자기 시야가 높아지는 바람에 휘청거리며 레비탄의 갈기를 움켜쥐었다.

[로즈마리, 아프니까 그냥 목을 껴안아줄래?]

"미안."

너무 세게 움켜쥔 모양인지 레비탄이 엄살을 부렸다. 로즈마리가 얼떨떨한 어조로 사과를 건넸다. 머릿속으로 레비탄 특유의 유쾌한 웃음소리가 울렸다. 그는 로즈마리를 태우고 복도를 천천히 걸었다.

"근데 지금 저택에 이런 모습으로 있으면 우리 고용인들이 놀랄 텐데."

[내가 언제 저택 안을 휘젓는다고 했어? 밖으로 나갈 거야.]

"어라?"

레비탄은 얼떨떨한 로즈마리의 되물음을 무시하고 천천히 걷던 걸음에 속도를 붙였다. 마치 전광석화처럼 쏘아 가는 통에 로즈마리는 한껏 레비탄의 목을 껴안고 짧은 비명을 질렀다. 레비탄은 즐거운 마음이 되어 쏘아나갔다. 어찌나 빠르던지, 원래 있던 곳에서 복도 끝까지 도달하는 데 눈 깜박할 새였다.

로즈마리는 복도 끝에 도달하자 부딪힐까 눈을 질끈 감았다. 그러나 레비탄의 붉은 눈이 일순간 반짝거리더니 도달하는 벽에 까만 구멍이 소용돌이치며 나타났다. 레비탄은 로즈마리를 태우고 그 안으로 거침없이 들어갔다. 로즈마리는 실눈으로 통과 중인 까만 터널을 보았다. 온통 암흑이었지만 그것은 찰나였다. 까맣다고 생각한 순간 레비탄이 달려가는 저편의 빛이 쏟아지는 통에 눈을 다시 감아야 했다. 눈을 감은 로즈마리의 머릿속에 레비탄의 목소리가 들렸다.

[로즈마리, 눈을 떠봐.]

로즈마리는 실눈을 뜨다가 펼쳐진 전경에 저도 모르게 번쩍 떴다. 휘둥그레질 만한 전경이었다. 까만 이동의 소용돌이를 통과하자마자 보이는 것은 저택 뒤편에 있는 산봉우리 언저리였다. 놀랍게도 레비탄이 무슨 마법을 부렸는지 둘은 봉우리 위 허공에 떠 있었다. 한차례 바람이 둘 사이를 훑고 지나갔다.

아직 해는 뜨지 않았다. 하지만 어둠은 물러가고, 저만치 해가 뜨는 방향에서 빛의 끄트머리가 보였다. 울창한 숲의 꼭대기에 서서 내려다보는 저택의 풍경은 그야말로 절경이었다. 여타 귀족가의 영지보다 훨씬 시원치 않을 정도로 작고 오지였지만 저택을 중심으로 터를 잡은 영지는 꽤나 좋아 보였다. 작은 미니어처를 보는 기분이었다.

그사이 해가 뜨기 시작했는지 하늘이 밝아지고 햇살이 쏟아졌다. 영지를 가렸던 까만 어둠이 물러가고 빛이 내려앉는 순간순간이 그림처럼 아름다웠다. 음영의 조화가 홀

룽하리만치 예술적인 비율로 그려졌다. 로즈마리는 그 아름다움에 매료되어 입을 벌리고 감상할 수밖에 없었다.

[어때, 아름답지?]

"너무나!"

내가 사는 이곳이 이토록 아름다운 풍경을 가지고 있을 줄 몰랐어. 로즈마리가 신이 난 어조로 소리쳤다. 로즈마리의 솔직한 감상에 레비탄이 키득거렸다.

"레비탄, 치사해. 너 맨날 나 몰래 이런 절경을 혼자 봤던 거야?"

[나도 알게 된 지 얼마 안 됐어.]

"고마워."

로즈마리가 여전히 감명 깊은 어조로 속삭였다. 레비탄은 그저 별말씀을 하고 응답할 뿐이었다. 잠시 동안 영지와 주변의 풍경을 감상한 로즈마리가 어쩐지 조금은 아쉽다는 어조로 말했다.

"이 절경도 이제 쉽게 볼 수 없겠지."

[왜? 원한다면 매일 보여줄게.]

"매일? 너 언제나 내 곁에 있을 생각은 아니지?"

[무슨 소리야. 난 네 패밀리어인데.]

"그 전에 넌 한 나라의 후계자잖아."

[그렇다고 너와 헤어질 순 없잖아.]

내가 없으면 마력도 제대로 운용하지 못하면서. 레비탄

이 일부러 날 선 어조로 말했다.

"그래도 내 욕심 때문에 널 내 곁에 둘 수만은 없지."

[그래도 돼. 넌 내 마녀잖아.]

레비탄이 확고한 어조로 받아쳤다. 로즈마리는 고개를 저었다.

"그럼 네 나라는? 네 아버지는? 영영 헤어지고 영영 안 보고 버릴 거야?"

로즈마리의 말에 레비탄은 다시 말문이 막혔다.

"아니잖아, 왕자님."

로즈마리가 어쩐지 조금은 슬픈 어조로 말했다. 공주님이 아닌 왕자님이라고 그를 부르자 레비탄은 심장이 차게 식는 기분이 들었다. 그녀가 자신에게 선을 그으려는 것이 느껴졌다. 점차 닫히려 하는 로즈마리의 마음의 문을 붙잡고 싶었다.

레비탄이 돌연 개의 모습에서 인간으로 돌아왔다. 그의 등에 타고 있던 로즈마리는 잠시 둥실 떴다가 사람의 모습으로 돌아온 레비탄의 두 팔 위에 안착했다. 그에게 안겨 그를 올려다보았다.

"네가 원하면, 네가 원하면 버릴 거야."

"아니, 난 네가 공국의 왕이 되길 바라."

나의 패밀리어는 대단한 인물이니까. 왕으로 추앙받아 마땅해. 로즈마리가 올라가지 않은 입꼬리를 억지로 끌어 올리며 말했다. 로즈마리의 파란 눈동자에 약간의 물기가 차올랐지만, 그녀는 눈을 빠르게 깜박이며 그것을 감췄다. 레비탄은 그녀를 보며 어딘가 어긋난 미묘한 표정을 지었다.

"내가 왕이 되길 바라?"

"그래, 아주 훌륭한 왕이 되면 좋겠어."

그래서 여기에 다시 돌아오지 않았으면 좋겠어. 엘리제가 살고 있는 이 제국의 땅에. 오지라고 해도 그녀가 있는 제국의 땅이다. 하물며 그녀가 노리고 있는 무한의 서고가 있는 땅. 베히모스가에는 늦든 빠르든 엘리제는 찾아온다.

로즈마리는 은신 중에 레비탄이 혹여 엘리제와 마주치지 않길 바랐다. 그는 자라면 자랄수록 여심을 홀릴 정도로 대단한 미남이 될 것이다. 오늘 그 꿈처럼, 그리고 그 꿈처럼 엘리제에게 가버릴까 봐 두렵다. 로즈마리의 찰나의 생각이 레비탄에게 잡혔다. 레비탄은 한숨을 푸욱 내쉬었다. 그는 로즈마리의 이마에 자신의 이마를 톡 부딪치며 말했다.

"어째서 그런 생각을 하는지 모르겠지만, 내가 그 마녀에게 갈 일은 절대 없어. 너도 알면서, 내가 그녀에게 어떤 수모를 당하며 살아왔는지."

레비탄의 말에 로즈마리는 느리게 눈을 깜박거렸다.

그래, 그녀 아래에서 가장 어두운 시기를 보냈다. 하지만 그렇다고 사람 일은 모르는 건데…….

"절대 없어. 너를 두고 누구에게도 갈 마음 없어, 맹세해."

"네 마녀를 걸고?"

"그것 걸고, 내 심장도 걸지."

레비탄이 반짝 웃었다. 레비탄이 조금 낮아진 어조로 다시 입을 열었다.

"나 레비탄 후는 무슨 일이 있어도 나의 마녀 로즈마리 외에 누구에게도 가지 않겠다. 후일 만약 그런 상황이 생긴다면 이 심장이 부서지고 영혼도 산산이 바스러질 것이다!"

낮은 음색이 약간의 울림을 가지고 잔잔히 퍼졌다. 그리 크지도 작지도 않지만 로즈마리의 귓가에는 너무나도 크고 웅장하게 들렸다. 레비탄의 목 언저리가 그의 서약에 반응해 선명한 청록 빛을 발했다.

"어차피 마녀를 배신하면 패밀리어는 죽어."

로즈마리가 조금은 훌쩍거리며 말했다. 레비탄은 그저 웃을 뿐이었다. 그는 스스로에게 저주를 건 것이다. 누가 마녀의 패밀리어가 아니랄까 봐.

"그래도 너는 공국에 가야 해."

"정말 바라는 거야?"

"가족과 떨어져 지내선 안 돼, 레비탄. 가족이 얼마나 소중한데. 게다가 너는 아직 미성년자라고. 보호자 밑에서 자라야지."

로즈마리는 가족이 제일 중요하고 소중했다. 샤롯이 그녀에게는 늘 1순위였다.

"나는 내 언니 샤롯을 너무나 사랑해. 만약에 내가 너처럼 누군가에 납치되어 6년을 그녀와 헤어졌다면 너무너무 그리웠을 거야. 다시 만나면 다시는 헤어지고 싶지 않을 거야. 너는 고향이 그립지 않아? 너를 기다리고 있을 가문의 사람들은? 너를 소중히 대해줬던 사람들이 그립지 않았어?"

나는 그리웠을 거야, 로즈마리가 덧붙였다. 그녀는 레비탄을 곧은 눈으로 마주 보며 말했다.

"그러니 너는 돌아가야 한다고 생각해."

"네가 나 없이 잘 살아갈 수 있을 거라 생각해?"

"노력할 거야. 나는 마녀이니까."

마력이 들끓어 매일 고통에 시달릴 테지만 당장은 죽지 않을 반은 불사의 몸이니까. 인간이 더는 아니니까 괜찮아, 로즈마리가 속으로 중얼거렸다.

"그리고 영영 헤어지는 거 아냐. 네가 성인이 되면 돌아와야지."

"왕이 되라고 해놓고 돌아오라고? 나라는 어쩌고?"

"그니까 왕래하면 되잖아."

여차하면 내가 가면 되고. 당장은 언니랑 헤어지기 싫지만 성인이 되면 또 모르잖아. 로즈마리가 횡설수설했다. 이 맹랑한 아가씨는 대체 자신을 왜 자꾸 떠나보내려 하는지.

"내키지 않지만 네가 원한다면 그럴 수밖에."

씁쓸한 어조였다. 상처받았다고 생각했다. 레비탄이 믿는 주인에게 버림받은 개처럼 축 처졌다. 로즈마리는 그게 너무나 잘 보이고 잘 느껴졌지만 말을 덧붙이지 않았다. 그녀는 그에게 안겨 있는 상태에서 손가락을 꼬물거리다가 다시 입을 열었다.

"그렇다고 당장 떠나면 안 돼. 내가 적응하게 도와주고 가."

로즈마리의 말에 레비탄이 눈을 동그랗게 뜨더니 이내 가자미눈을 하며 여상하게 웃었다.

"내키면 도와줄게."

"심술부리지 마. 자꾸 주인 머리 위로 오르려 하는데."

"알아, 안다고요. 주인님."

레비탄과의 잠깐의 외출 후 로즈마리는 조금 기분이 나아졌다. 꿈은 꿈일 뿐이지만 어쩌면 무의식적으로 그를 보내야만 한다는 사실이 못내 불안했던 게 아닐까 싶다. 로즈마리는 어제 엘리제의 전령에게 답서를 보낸 것을 떠올렸다. 그녀에게 그간 사정이 있어 연락하지 못했다는 구구

절절한 변명들과 엘리제가 듣길 원하는 시시콜콜한 이야기들을 적었다. 그녀가 의심 없길 바란다. 타이밍 좋게도 대공이 방문하고 얼마 지나지 않아 등장한 전령에 어찌나 놀랐던지. 겉으로 티를 안 내려 노력했기에 망정이었다. 뭐 완벽히는 가릴 순 없겠지만.

* * *

샤롯은 엘리제를 그다지 좋게 생각하지 않았다. 그녀는 로즈마리에게 불편한 인상을 주거나 피해를 주는 사람을 대다수 좋게 생각하지 않았기에 당연했다. 수도에 있을 때 연약한 로즈마리가 그녀에게 시달려 매일같이 피곤한 모습을 두 눈으로 봤다. 자신과 함께할 시간도 모자를 판에 생판 남인 여자가 로즈마리의 언니인 양 행동하며 척하니 달라붙어 있는 꼴이 여간 눈꼴신 게 아니었다.

그런 불편한 사람에게 로즈마리가 부러 편지의 답장을 보내는 것이 못내 불만이었다. 사실 최근 모든 그녀의 행동들이 불만이긴 했다. 그래도 그녀를 믿기에 샤롯은 어떤 말도 하지 않았다. 수도를 떠나는 당일에 로즈마리와의 약속을 떠올리며 샤롯은 그녀의 모든 행동에 이유가 있을 거라 여기며 아무 질문도 하지 않았다.

하지만 그녀 역시 인간이기에 이따금 궁금해지긴 했

다. 로즈마리가 만신창이로 돌아왔을 때는 정말로 소리치고 싶었다. 대체 왜 그런 무모한 행동을 한 거니? 왜! 그래도 그녀는 묻지 않았다. 로즈마리가 한 달의 시간 동안 잠들었다가 깨는 순간, 그저 그녀가 살아 있다는 것이 기쁠 뿐이었다. 그녀는 계속 기다릴 것이다. 로즈마리가 이 모든 행동과 그녀가 알지 못하는 상황에 대한 이유와 설명을 해줄 때까지. 부디 늦지 않길 바라며.

"언니."

전날 밤 열병에 앓아누웠던 모습은 온데간데없고 멀쩡한 모습으로 도도도 달려오는 모습이 여간 사랑스러운 게 아니다. 자신에게 달려오는 로즈마리를 보며 샤롯은 양팔을 활짝 펼쳤다. 그녀는 저보다 작은 로즈마리를 단숨에 껴안으며 그 뺨에 얼굴을 비볐다.

"잘 잤니, 로즈마리."

"응, 언니도 잘 잤어?"

깨어나고 한동안 침대 생활을 했던 로즈마리가 점차 회복 속도에 가속도가 붙더니 이제는 생기가 돌기 시작했다.

"오늘은 기분이 좋아 보여."

샤롯이 꿀에 바른 목소리로 속삭이듯 말했다. 로즈마리는 그저 헤헤 하고 웃을 뿐이었다. 오늘도 사이좋은 자매는 서로 붙어 애정을 표현했다. 그 뒤에 서 있는 레비탄이 한순간에 투명인간 꼴이 났다. 그러나 이미 몇 번 겪은 경험인지라 그저 어깨만 으쓱할 뿐이었다.

"사이좋은 자매로구나."

어느새 다이닝룸에 왔는지 대공이 넌지시 말을 걸었다. 레비탄은 그저 고개를 끄덕였다. 대공이 그의 정수리를 슬그머니 내려다봤다. 레비탄은 아버지의 시선이 느껴져 고개를 들어 그를 올려다봤다.

"당장은 좀 어렵고, 괜찮으시면 한 달 뒤에 출발해도 될까요?"

"레비."

"작별 준비를 하고 싶어서요."

"그래, 그러렴. 걱정 말거라. 레비, 영영 헤어지는 것은 아니야. 헤어져 있는 동안 서신을 나눌 수도 있고. 이따금 가문의 기사를 동행해 놀러오면 되지 않겠니."

횡설수설 덧붙여 말하는 대공에 레비탄은 그저 고개를 주억거리며 웃을 뿐이었다. 시간이 빨리 흘렀으면 좋겠다고 생각했다. 하루빨리 성인이 되어 지금보다 더 자유롭게 움직일 수 있으면 좋겠다. 그때는 좀 더 자라고 듬직해져서 로즈마리가 자신을 더 신뢰할 수 있었으면 좋겠다, 레비탄은 속으로 중얼거렸다.

그가 그 생각을 마친 순간, 샤롯과 앞장서 걷던 로즈마리가 불현듯 고개를 돌려 뒤를 돌아봤다. 레비탄과 눈이 마주치자마자 로즈마리는 눈꼬리를 가늘게 접고 그저 말없이 말갛게 웃었다. 가늘어진 눈꺼풀 사이로 파란 눈동자가 청염하게 반짝거렸다. 마치 그 모양새가 지금도 충분히 듬직하다고 답해주는 것 같았다.

레비탄은 가벼운 웃음을 터트리지 않을 수 없었다. 레비탄이 뜬금없이 웃음을 터트리자 대공은 눈을 동그랗게 뜨고 깜박거렸다. 그의 재빠른 눈치로 보아 잠깐 사이 로즈마리와 레비탄 사이 무언가의 신호가 오간 모양이다.

정말 레비탄의 연인이란 말인가. 대공은 일순간 다시 심란해졌다. 자신의 욕심으로 연인 사이를 갈라놓은 게 아닐까 싶은 죄책감도 살짝 들었다. 그의 표정이 순식간에 어두워졌다. 레비탄은 그런 대공을 알아차리지 못했는지 로즈마리와 닿았던 시선을 거두고 그를 올려다봤다.

"아버지, 괜찮으십니까? 얼굴색이……."

레비탄의 물음에 대공이 갑자기 아들의 오른손을 자신의 두 손으로 감싸듯 마주 잡으며 말했다.

"레비, 나는 네 연인이 누구든 언제나 응원한다! 비록 지금은 둘이 헤어지게 되어 가슴 아프겠지만 이 못난 아비를 이해해다오."

연인? 혹시 오해하시는 건 아닌가 싶다. 음, 그래 오해하고 계시군. 딱 봐도 단단히 오해하고 있어. 레비탄은 직감했다. 하지만 부러 그의 오해를 풀진 않았다. 로즈마리와 딱히 그런 관계는 아니지만, 그보다 더 깊은 관계이고 남녀 사이는 시간에 따라 어떻게 변할지도 모르기 때문이다. 어쩌면 대공의 오해가 진실이 될 수도 있지 않을까?

레비탄은 어쩌면 자신이야말로 그걸 가장 바라고 있지 않을까 하는 생각도 살포시 들었다.

"아버지, 저는 앞으로도 많이 크겠죠?"

"나를 보렴. 아들아, 너는 나만큼, 아니 더 자랄 수 있단다."

"네, 부디 그랬으면 좋겠어요."

대공은 재회하고 처음으로 환히 웃는 아들의 미소에 가슴이 먹먹해졌다. 그래, 이렇게도 웃는 아이였구나. 그 감정 없는 작은 아이가 이만큼 자랐어. 그는 짙은 감동을 느꼈다. 그날 아침, 두 가족은 평소보다 화목하고 따뜻했다.

식사 이후, 레비탄은 모두가 모인 다이닝룸에서 한 달 뒤 자국으로 돌아가겠다고 전했다. 로즈마리는 그 전에 이미 들었기 때문에 쉽게 수긍했고, 샤롯은 말할 것도 없이 기뻤다. 물론 대공 역시 기뻐했다. 레비탄은 샤롯이 눈에 띄게 기뻐하는 모습에 참으로 자신을 내쫓고 싶은 마음이 간절했구나 싶었다. 그 후 시간은 예상보다 빠르게 흘러갔다.

* * *

한 달은 그리 긴 시간이 아니었다. 그리 짧은 시간도 아니었지만. 로즈마리는 수시로 언니 샤롯과 제미, 그리고 고용인들의 눈을 피해 외진 곳에서 마력을 운용하고 제어하는 방법을 터득했다. 그 외진 곳은 대체로 서고였다. 방대한 마력을 내뿜어도 누구에게도 쉽사리 들키지 않는 곳은 무한의 서고가 가장 적격이었다.

그녀 곁에 늘 레비탄이 붙어서 그녀가 혹여 폭주하거나 쓰러지지 않게 지켜봐주었다. 로즈마리는 꽤나 습득력이 빨랐다. 응용력도 또래보다 뛰어난 편이라 처음만 어려웠지 점차 익숙해져 갔다. 거대한 마력 역시 작은 로즈마리의 몸에 차츰 익숙해져 갔다. 빠른 순환이나 역순환은 많이 줄어들었다.

마력이 들끓는 것이 점차 횟수를 줄여갈 무렵 약속한 한 달이 다 되었다. 시간은 야속하게도 빠르게 흘렀고, 기어코 이별의 날이 다가왔다. 전날 밤, 로즈마리는 어쩐지 쉽사리 잠을 청할 수 없었다. 이 밤이 지나면 결국 레비탄과 헤어지는 것이다.

오래된 고서에 보면 마녀와 패밀리어가 멀리 떨어져 있는 경우도 아주 희박하게나마 있다는 글귀를 보았다고 말했다. 고서에 의하면 둘의 연대는 아주 희박하게 얇아지지만 끊어지진 않을 것이며 10년을 넘지 말라고 했다. 10년이면 강산도 변할 시기이기에 패밀리어의 마음이 변할 수도 있기 때문이다. 레비탄은 그렇게 오래는 떨어져 있을 생각 없으니 걱정 말라고 말했다. 걱정은 나보다 네가 해야지, 변심하면 죽는 건 패밀리어라고 받아치고 싶었지만 그저 고개를 끄덕였다.

로즈마리는 감기지 않는 눈을 억지로 감으며 잠을 청했다. 양 한 마리, 양 두 마리, 세 마리…… 양을 444마리까지 세고 나서야 잠이 슬슬 오기 시작했다. 몽롱해지는 정신에 흐릿하게 변하는 시야 사이로 눈꺼풀이 닫혔다 열렸다 반복하더니 기어코 닫혔다. 곧 도롱도롱 작은 숨소리가 규칙적으로 방 안에 조그맣게 들려왔다.

평온한 꿈의 자락을 잡은 로즈마리의 방에 누군가 들어온 것은 그 후로 30분쯤 지나서였다. 그녀의 방에 무단 침입한 인물은 다름 아닌 레비탄이었다. 레비탄은 누가 업어가도 모를 정도로 잠들어 있는 로즈마리를 보며 허탈한 어조로 중얼거렸다.

"나만 헤어지는 게 서운한가."

그는 로즈마리가 잠든 침대 가까이로 걸어가 무릎을 꿇었다. 그리고 상체를 기울여 침대에 기댔다. 로즈마리의 잠든 옆얼굴을 빤히 보던 그가 손가락으로 톡 하고 건드렸다. 그의 손길에 로즈마리가 잠깐 뒤척이더니 다시 잠이 들었다. 아무래도 깨우기 미안할 정도로 자고 있다.

레비탄은 작은 탄식을 내뱉으며 아쉬운 그녀의 옆얼굴

을 잠시 동안 감상했다. 그리고 그 뺨에 살짝 입을 맞췄다. 잘 자, 로즈마리. 속삭이는 목소리에 아쉬움이 묻어났다. 잠든 그녀가 일순간 기분 좋은지 흐리게 웃는다. 레비탄이 따라 웃으며 방의 어둠 속으로 스윽 사라졌다.

다음 날, 둘은 서로의 얼굴을 마주 보고 웃으며 이별을 고했다. 로즈마리는 대공과 함께 저택을 나서는 레비탄의 뒷모습에 시선을 고정했다. 부자가 마차에 올라타자마자 말과 바퀴가 움직였다. 덜컹거리는 소리와 굽 소리가 났다. 마차가 움직이면서 점차 멀어졌다. 로즈마리는 멀어지는 마차에 다급히 몇 걸음 따라 뛰었다.

마차는 멈추지 않았다. 점차 멀어지는 마차가 점이 되고 나서야 로즈마리는 저택 안으로 들어갈 수 있었다. 막상 그가 마차를 타고 떠나 사라지자 마음 한구석이 허했다. 허전하고 아쉽고 슬펐다. 영혼의 반이 날아간 것만 같은 허무감이 느껴졌다. 전날 말했던 벨의 말이 떠올랐다. 둘은 하나면서 둘이기에 하나가 멀어지면 당장은 턱없이 밀려오는 허무와 소실을 느낄 것이라고. 그녀의 말 그대로였다.

로즈마리는 자꾸만 눈시울이 붉어지고 뜨거워지는 것 같아 고개를 치켜들었다. 그가 멀어짐에 따라 느껴졌던 레비탄의 감정도 멀게 느껴졌다. 이보다 더 멀리 가버리니 서로 동화될 정도로 가까운 감정 공유도 당분간은 안녕일 것이다. 아쉽고 슬퍼졌다.
"슬플 땐 단 게 최고지."
이럴 땐 다른 걸로 충족시키는 게 답이다.

08
★
5년 후

그렇게 5년이 흘렀다. 로즈마리는 올해로 딱 스무 살이 되었다.

친애하는 로즈마리 양에게.
그간 평안하셨나요? 저는 평안하답니다. 수도에는 이미 꽃이 만발한 포근한 봄이 왔답니다. 베히모스 영지에는 어떤가요? 그쪽은 봄이 가장 늦게 찾아오는 지역이라 들었는데……. 아직 봄의 손길이 닿지 않았나, 궁금하군요. 베히모스에는 특정 꽃이 아주 예쁘게 핀다던데, 기회가 된다면 보고 싶네요. 로즈마리, 그대가 초청해준다면 기쁘게 찾아갈 마음이 있답니다.
우리가 얼굴을 못 본 지 벌써 5년은 되어가니 봄을 핑계 삼아 만나고 싶은 사심이 조금은 들어 있답니다. 속상하게도 그대는 몸이 약해 5년 전 신년회 이후로 수도에 상경하지 않아 매우 아쉽답니다.

부디 좋은 답변을 주셨으면 좋겠군요. 당신의 답변을 기다릴게요.

당신이 몹시 보고 싶은 엘리제로부터.

창가 너머로 햇살이 쏟아졌다.

유려한 필체로 적힌 편지를 읽는 하얀 손이 보였다. 편지를 읽는 내리깐 눈꺼풀 사이로 파란 눈동자가 보였다. 하얀 피부에 오밀조밀 귀여운 이목구비는 어린 시절의 흔적을 그대로 따라갔다. 굽이치는 짙은 금색 머리카락이 엉덩이까지 흘러내렸다. 성인치고는 자그마한 체구이지만, 5년 전보다 훌쩍 자란 로즈마리가 자신에게 온 편지를 책상에 툭 내려놨다.

엘리제는 근 5년간 끈질기게도 이런 편지들을 보내왔다. 그녀로부터 전해 받은 이야기는 대체로 시시콜콜한 이야기였다.

사실 최근에 더 심해지긴 했지만, 수시로 주고받은 편지에는 수도로 놀러 오라는 제의나 때로는 초대해줬으면 하는 제의가 제법 많았다. 그때마다 로즈마리는 자신의 몸이 많이 쇠약해 멀리 가기 어려운 몸이라고 둘러대곤 했다. 영지로의 초대는 우연찮게 잔병치레가 많아 앓아누웠다며 손님을 맞이하기 어렵다는 핑계를 둘러댔다.

하지만 그것도 한두 번이지. 로즈마리는 책상 위에 빈 편지지를 보며 한숨을 푹 내쉬었다. 자그마치 5년이다. 로즈마리는 기어코 그녀를 이 영지에 발을 들이게 해야 할 것인가를 놓고 고민에 쌓였다.

그러던 중 그녀의 창문을 두드리는 소리가 났다. 작은 부리로 톡톡 두드리는 소리에 로즈마리는 벌떡 일어났다. 그녀는 큰 창가로 걸어갔다. 톡톡 두드리는 소리가 명백한데도 바깥은 익숙한 풍경뿐 아무것도 없었다.

하지만 로즈마리는 망설임 없이 창가를 열었다. 문을 열자마자 한 줄기 바람이 휙 하고 안으로 들어왔다. 로즈마리는 바람이 불어오는 호선을 따라갔다. 아무것도 보이지 않을 테지만 그녀 눈에는 희미한 꼬리가 보였다. 작은 종달새의 날갯짓이 잔상을 그렸다.

로즈마리가 허공에 검지를 들어 올리자 그 위에 살포시 무언가 내려앉은 게 보였다. 그 위에 로즈마리가 후 하고 바람을 불자 아무것도 없던 검지 위에 작은 청록색 종달새가 다소곳이 앉아 있다. 종달새는 눈을 빠르게 깜박이며 로즈마리를 올려다보았다. 고개를 갸웃거리다 부리를 뻐끔거렸다.

[안녕, 로즈마리.]

종달새의 부리를 타고 넘어온 목소리가 뇌에 울렸다. 전령의 새가 보낸 이의 말을 읊었다. 그전까지 시큰둥한 로즈마리의 표정에 희미하게 미소가 번졌다.

"안녕, 레비."

로즈마리가 속삭이듯 답했다. 전령은 보낸 이의 말을 읊을 뿐이지만 부러 인사 끝의 여운을 남긴 듯했다. 마치 받는 이가 응답하길 기다리듯 말이다. 로즈마리의 응답이 끝나기 무섭게 종달새가 지저귀었다.

[베히모스는 아직 겨울의 끝을 붙잡고 있겠지? 감기에는 걸리지 않았는지 걱정이다. 너는 잔병이 많으니까.]

레비탄이 말끝을 흐렸다. 로즈마리는 키득거렸다. 그게 언제 적인데. 이제는 그 정도 잔병은 달고 있지 않을 정도로 건강한데 말이야, 로즈마리는 속으로 중얼거렸다.

[공국은 이미 완연한 봄이야. 봄이 오니 네가 생각나서 전령을 보내. 사실 이렇게 말해놓고 거의 일주일에 한 번은 보내지만. 그래도 이런 핑계 삼아 보낼 수 있다면 몇 번이고 보내겠어.]

첫 서문은 엘리제와 같은 내용이었지만 받아들이는 마음이 달랐다. 로즈마리가 종달새를 보는 시선이 부드럽다.

[이제 곧 스무 살인가? 곧 네 생일일 텐데 고민이 많아. 뭘 선물해야 할지 말이야. 이번 생일에는 반드시 널 만나러 가고 싶어. 작년엔 막 지위를 계승하느라 바빴잖아.]

사실 레비탄은 작년 이맘때 작위를 계승받았다. 그의 나이 스무 살이었다. 그는 이제 공자 레비탄이 아닌 대공 레비탄이다. 정말로 공국의 왕이 된 것이다. 5년 전 로즈마리가 바랐던 것처럼. 그가 왕이 되고 나서 한시라도 빨리 로즈마리를 찾아오려 했지만 무슨 업무가 그렇게 많은지 쉽사리 공국은 그를 놔주지 않았다.

결국 로즈마리의 열아홉 살 탄생일에 그는 베히모스가에 오지 못했다. 로즈마리는 내심 기대했던지라 서운했다. 하지만 어쩌겠는가. 공국에는 아직 레비탄이 필요했다. 나라가 왕의 부재를 바라지 않으니 로즈마리라고 한들 떼를 쓸 수 없었다.

레비탄은 로즈마리와 떨어져 지내는 동안 생일마다 늘 기대 이상의 선물을 보내왔다. 최고급 곰인형을 시작으로 사치스러운 보석 상자와 고급 원단, 아름다운 드레스, 고급스럽게 세공된 구두까지. 여인이라면 좋아할 법한 선물을 가득 보냈다.

하지만 로즈마리는 그가 보낸 선물 가운데 단 하나만이 가장 마음에 들었다. 공국에만 피어난다는 유채꽃 한 묶음이었다. 샛노란 작은 꽃이 몹시 귀엽고 사랑스러웠다. 향기도 좋았다. 꽃이 상하지 못하게 마법을 걸어 신선도를 유지하게 한 정성도 마음에 들었다.

지금 그 꽃의 일부는 잘 말려서 책갈피로 쓰고 있다. 나머지는 아직도 그녀의 책상 위 작은 꽃병에 꽂혀 있다. 여전히 그 사랑스러움을 유지한 채.

[이번엔 꼭 약속할게. 네 생일날 찾아가겠다. 선물은 나라고 생각하는 건 어때?]

레비탄은 성인이 되면서 더 능글맞아진 것 같았다. 낯부끄러운 소리를 눈 하나 깜짝하지 않고 말하다니. 듣는 이가 오히려 부끄러울 지경이었다. 로즈마리의 양 뺨이 벌게졌다.

[분명 너는 이 말을 듣고 몸서리칠 수도 있겠다.]

그의 말을 끝으로 유쾌한 웃음소리가 터져 나왔다. 듣기 좋아진 저음의 웃음소리에 로즈마리는 피식 웃었다. 마치 앞에 있는 것처럼 선했다.

[조만간 또 전령을 보낼게. 그때까지 부디 별 탈 없길 바라, 나의 마녀님.]

레비탄의 마지막 말을 끝으로 전령이 파드득 날갯짓하며 허공 속으로 사라졌다. 로즈마리는 그것을 따라 시선을 옮기다 눈을 감았다가 떴다. 답장을 보내야겠다. 그녀는 책상에 내쳐진 엘리제의 편지를 접어 서랍에 넣었다.

이건 내일 쓰자. 엘리제에게 답장을 보내는 것은 골머리가 쓰이니 뒤로 미루기로 했다. 마치 하기 싫은 숙제를 미루는 모양새였다. 로즈마리는 모른 척 외면했다.

"발 없는 말이 천 리 간다. 날아올라 날갯짓하렴, 사랑스러운 나의 전령아."

그녀의 말과 동시에 작은 청록색 마력이 휘몰아치듯 그

녀의 손바닥 위로 날아올랐다. 청록색 작은 바람의 소용돌이 속에서 날갯짓하는 새가 태어났다. 붉은 깃이 선명한 새였다. 새가 피이, 하고 청명한 소리를 내뱉으며 로즈마리 위로 날아올라 빙글빙글 돌았다.

로즈마리가 손을 들어 검지를 내밀자 그 위에 사뿐히 안착했다. 로즈마리의 시선이 부드럽다. 그녀는 새의 작은 머리를 살살 긁으며 말했다.

"말을 전해주렴, 나의 패밀리어에게."

새가 응답하듯 피이, 하고 울었다. 로즈마리의 표정에 잔잔한 그리움이 묻어났다. 그녀가 입을 벌려 속삭였다. 레비탄에게 답신을 보내는 것만큼 요즘 들어 로즈마리의 일상 중 즐거운 일은 없다. 방 안에 따뜻한 빛이 내려앉은 것으로 미루어 가장 마지막까지 겨울의 끝을 잡고 있던 베히모스 영지에도 서서히 봄의 기운이 감돌았다.

* * *

최근 엘리제는 점차 거슬리는 무언가가 커지고 있음을 깨달았다. 그녀는 기어코 황제의 총애를 손에 얻었다. 수도에서 가장 핫한 여인이 바로 엘리제다. 대륙 모두가 그녀를 보며 열광하고 환호하며 부러워한다. 여인들은 아름다운 그녀를 우러러보며 존경하고, 남자들은 한 번이라도 그녀에 닿고 싶은 욕정과 그녀를 손아귀에 쥐고 싶은 독점욕을 드러냈다.

그녀가 황제를 손에 넣은 순간, 대륙 전체는 그녀의 손아귀에 들어왔다. 누구도 그녀를 함부로 대할 수 없고 무시할 수 없다. 엘리제가 바라던 미래가 도래한 것이다. 그럼에도 그녀는 즐거워 보이지도 행복해 보이지도 않았다.

"나의 책……."

엘리제는 야외 테라스에 늘어지듯 누워 중얼거렸다. 그녀의 짙은 붉은색 눈동자는 생기 없이 죽어 있었다. 그토록 염원한 미래가 왔지만 완벽하지 않다. 엘리제는 책을 찾고 싶었다. 자신의 이야기가, 행복한 미래가 적혀 있을 책을 찾고 싶었다. 그것은 나의 것이다.

그녀의 늘어진 손끝 아래 차가운 대리석 바닥 밑에 유려한 외모를 지닌 남자가 볼품없이 엎어져 있다. 제국에서 손에 꼽을 정도로 아름다운 남자다. 4대 공작가 중 하나인 베르센 가문의 가주가 그의 정체다. 그는 넋이 나간 표정으로 엘리제의 손끝 아래 바닥을 기고 있다.

창백한 인상에 초점 잃은 눈. 거미줄에 걸린 나방처럼 생기 없는 먹잇감이었다.

그녀는 감흥 없는 시선으로 그를 내려다보다 엎어져 있는 그의 등 위에 요염한 두 다리를 내려놨다. 남자는 인간으로도 취급받지 못한 발판이 되었음에도 오히려 황송한 듯했다.

"엘리제."

테라스에서 나른하게 늘어져 있는 엘리제 곁으로 눈부신 금발의 남자가 다가왔다. 그는 스스럼없이 그녀에게 다가가 뺨을 쓸었다. 그가 앉아 있는 엘리제에 맞춰 상체를 살짝 숙여 탐스러운 뺨에 입을 맞췄다.

"폐하."

엘리제는 나른한 어조로 중얼거렸다. 금발의 남자, 제국의 태양인 황제가 눈을 가늘게 접고 웃었다. 그는 감히 저 앞에서 흐트러져 제대로 된 인사조차 하지 않는 엘리제에게 분노하지 않았다. 오히려 사랑이 가득한 눈빛으로 그녀를 내려다볼 뿐이었다.

제국의 태양이자 누구 앞에서도 무릎을 꿇어서는 안 되는 제왕이 기어코 엘리제 앞에 무릎을 구부렸다. 그는 대리석 바닥에 무릎을 꿇고 그녀의 목과 어깨의 가운데쯤에 얼굴을 묻었다. 그녀 아래 제국이 무릎을 꿇었다. 짜릿한 쾌감이 느껴져야 당연한데, 엘리제는 그저 나날이 무기력해져 갔다. 황제의 애틋한 손길에도 엘리제는 감흥 없는 듯 고개를 모로 기울이며 청명한 하늘을 올려다보았다.

달고 있던 패밀리어를 잃은 5년 전. 그때부터 엘리제의 신경은 나날이 날카롭고 곤두세워졌다. 그때부터 그녀는 미친 듯이 사람을 홀리고, 입맛이 가는 고위직 사내들을 닥치는 대로 패밀리어로 삼았다. 마력이 부족하면 어린 소녀들을 무자비하게 살해해 공포와 두려움을 먹었다. 신선한 피는 아까워 욕조에 담아 목욕할 때 썼다. 그 외에는 쓸모 없어 땅에 묻거나 산짐승이 많은 산에 내던졌다.

  5년 동안 이어진 잔혹하고 난폭한 그녀의 행보를 누구도 막지 않았다. 아니 못했다가 정답일 것이다. 그녀는 제국에 도래한 사상 최악의 재앙임에도 누구도 그녀를 물리치지 않았다. 제국 전체가 그녀에게 홀린 것이다.

  그러던 중 엘리제는 기이한 소문을 들었다. 후 공국의 하나뿐인 후계자가 돌아왔다는 소문이었다. 소리 소문 없이 사라졌던 공국의 유일무이한 혈육이 난데없이 공국에 돌아와 그 나라에 잔치가 열렸다지? 사람들은 대공이 미쳤다든가, 아니면 어느 사기꾼이 공자 노릇을 한다며 비웃었다. 하지만 그 소문에 엘리제는 인상을 썼다. 소문이 아니라 진실이라는 것을 알기 때문이다.

  자신의 사랑스러운 토끼가 우리를 빠져나갔으니 원래 제 고향으로 돌아갔을 것이다. 엘리제가 그 소식을 듣고 가만히 있을 리 없다. 그녀는 단숨에 공국으로 숨어 들어가려고 했다. 하지만 웬걸. 엘리제는 공국 안으로 들어가지 못했다. 알 수 없는 무언가에 막혔다. 공국 전체가 무언가 단단한 것에 쌓여 그녀의 접근 자체를 허락하지 않았다. 거대한 결계였다. 광범위한 결계가 빈틈없이 나라를 감싸고 있었다. 그 사실을 안 순간, 엘리제가 얼마나 이를 갈았던가!

그녀는 분노로 치밀어 올라 주변 숲의 들짐승을 난도질하고 살해했다. 덕분에 한동안 공국으로 가는 산중에 괴물이 서식한다는 흉흉한 소문이 나돌았다. 피로 잔뜩 물든 엘리제는 흡사 '피의 마녀' 같았다. 그녀는 이를 갈며 몇 번이고 자신의 마력과 능력을 이용해 그 안을 파고 들어가려고 했지만 번번이 실패했다.

그럴 리가 없어! 이 세상에 누가 나보다 강하단 말이야?

엘리제는 부정하려 했지만 결국 항복해야 했다. 공국으로 잠입하는 것은 실패했으니 제 나라로 돌아간 레비탄의 얼굴은커녕 머리카락 하나 보지 못했다. 공국은 얼마 지나지 않아 모든 왕래를 막고 봉쇄했다. 모든 외부인의 출입을 금했다. 덕분에 사람을 시켜 공국의 상황을 알아보려고 했던 엘리제의 계획도 물거품이 되었다. 엘리제는 불안해졌다. 무언가 자신보다 한발 앞서는 것이 있다.

그 계집아이, 그것이다.

레비탄을 데리고 달아난 마녀 계집이 분명했다. 자신의 행보에 브레이크를 거는 존재는.

엘리제는 화가 났다. 같은 동족임에도 자신의 앞길을 막는 어린 마녀가 마음에 들지 않았다. 마녀 주제에 맑은 냄새가 나는 것도 싫었다. 마녀 주제에 청염한 청록색이라니, 마녀에게 어울리지 않았다. 마녀는 악의 축이자, 재앙이자, 세상의 부정한 찌꺼기인데 어째서 그렇게 아름다운 색을 갖고 있는 거지? 인간들의 가장 사악한 것에서 태어나는 것이 본래 우리이거늘!

애초에 한 시대에 마녀가 자신 말고 또 하나가 있다는 것도 마음에 들지 않았다. 거기다 악을 부정하는 마녀라니, 있을 수 없는 일이다. 그녀의 행보에 얼룩이 하나둘 생기기 시작했다. 완벽해야 할 내 세상인데.

그래서 더 조바심이 났다. 서고, 무한의 서고를 손에 넣어야만 해. 엘리제의 신경은 어느 순간 그곳으로 쏠렸다. 서고를 손에 넣기 위해선 그 조그마한 소녀를 구워삶아야 했다. 조그맣고 동글동글한 것이 먹음직스러운 금색 토끼였다.

엘리제는 자신의 목 언저리에 입을 맞추는 황제의 결 좋은 머리카락을 쓰다듬으며 붉은 혀로 입술을 핥았다. 걸림돌이 몇 가지, 얼룩이 몇 가지 있지만 그렇다고 물러설 엘리제가 아니었다. 몇 가지가 걸리더라도 제국은 그녀의 손아귀에, 나라의 대다수 인간들이 그녀에게 홀렸으니 반절 이상은 성공한 셈이다.

가장 큰 거물, 황제가 자신의 패밀리어가 되었으니 이보다 듬직한 것은 없다. 여차하면 황권을 이용해 쓸어버리

자. 고작 남작가이니 어려울 것 없다. 하지만 기회는 줘야지. 엘리제는 곧 돌아올 자신의 귀여운 토끼의 답장을 즐거운 마음으로 기다리기로 했다.

자, 사랑스러운 로즈마리. 현명하게 선택하길 바란다. 엘리제의 붉은 눈동자가 요사스럽게 빛났다. 세상의 가장 아름답고 가장 잔혹한 재앙이 조만간 베히모스가에 떨어질 시기가 도래했다.

* * *

그 시각 로즈마리는 타이밍 좋게도 엘리제에게 보낼 답장을 쓰고 있었다. 처음 서문은 평소처럼 안부를 묻는 것으로 시작했지만, 그녀의 요청에 어찌 답해야 할지 고민하고 있었다. 몇 분을 망설이다가 결국 펜을 책상에 내려놨다. 그녀를 초대하기엔 위험 부담이 컸다.

이미 엘리제의 책과는 다르게 상황이 진행되고 있었지만, 그럼에도 그 내용이 자꾸만 오버랩된다. 책 속의 엘리제가 베히모스 영지에 당도했을 때 샤롯은 이미 이 세상 사람이 아니라는 게 다른 점일 테지만. 그래도 긴장되고 조심스러운 건 어쩔 수 없다. 사실 마음의 준비도 되지 않았고.

로즈마리는 책상 앞에 팔짱을 끼고 생각에 잠겼다. 어떻게 할까, 고민이 꼬리에 꼬리를 물었다. 마지막에는 초대도 초대이지만, 일단 이 땅의 주인 샤롯에게 얘기는 해야 할 것 같다는 결론을 내렸다.

로즈마리는 요즘 이른 사냥 준비로 바쁜 샤롯을 떠올렸다. 베히모스 영지는 다른 영지보다 확연히 작고, 자원도 충분하지 않다. 땅도 제법 척박한 편이라 농작물도 시원치 않아서 영지를 꾸리는 데 손이 많이 간다.

척박한 땅이라는 것을 알기에 영지민들의 세금은 다른 영지보다 저렴한 편이다. 좋은 작물이 나오는 경우가 대체로 없어서 겨울이면 식재료가 동나기 마련이라 남작가는 혹독한 겨울이 오기 전에 세금을 더욱 내리고, 나아가 여분의 작물을 내려주기도 했다. 그렇기에 대부분의 영지민들이 베히모스가에 감사하며 살고 있다.

저택의 대다수 고용인들도 영지민들이라 모두 한 가족이라는 느낌이 강했다. 영지민까지 포함하는 바람에 딸린 식구가 많은 베히모스가는 작물로만 생활하기 어려웠다. 그렇다고 베히모스가 소속된 제국에서 그들에게 따로 하사품을 내려주지도 않았다. 세상에서 가장 위험한 서고를 관리하고 있지만, 그들에게 베히모스는 애물단지였다.

따라서 베히모스는 홀로 의식주를 해결할 방법을 찾아야 했다. 다행히 베히모스 영지는 식용작물이 자라나기에는 혹독한 땅이지만, 일부 독특한 식물을 키우기에는 최적화된 땅이었다. 영지를 이루는 숲 주변에는 고위 귀족들이 좋아할 만한 모피의 주재료인 동물들이 대거 서식하고 있었다. 다만 워낙 큰 녀석들이 많은지라 사냥을 하려면 남작가의 군사력을 이용해야 했다. 그 외에도 이따금 귀한 식물을 발견하기도 했다. 워낙 오지여서 사람의 손을 타기 어려워 찾을 수 있는 몇 가지 이득 중 하나였다.

봄이 오면서 사냥 시즌이 찾아오자 샤롯은 바빠졌다. 사냥 분담 팀을 꾸리고, 몇 교대로 몇 차례 나갈지 꼼꼼히 따지고 계획해야 부상 없이 말끔하게 목표한 바를 이룰 수 있다. 이제까지 한 번도 부상자 없이 끝났지만, 그렇다고 헐렁하게 했다가는 큰코다치는 법이다.

로즈마리도 의심이나 조심성이 많은 편이지만 샤롯만큼은 아니었다. 샤롯은 극소수의 몇 명 외에는 아무도 믿지 않았다. 그녀는 인간 불신이라고 느껴질 정도로 타인에게 냉정했다. 자신의 울타리 밖의 인간은 모두 적이었다. 때때로 로즈마리는 그 점이 너무 외로웠다.

샤롯은 말로는 전혀 그렇지 않다고 하지만, 글쎄……세상천지에 자신이 믿을 사람이 손에 꼽을 정도라면 그들마저 없어지거나 변심해버리면 너무 외롭고 고독하지 않을까. 로즈마리는 의자에서 벌떡 일어났다. 이래저래 고민이 길어지면서 생각도 많아졌다. 어찌 되었든 사람을 초대하려면 가주인 샤롯에게 의견을 나누어야 했다. 그럼 언니를 만나러 가보자.

로즈마리는 방을 나서 그녀를 찾아 거침없이 복도를 걸었다. 그녀의 집무실에 당도하니 익숙한 인영이 보였다. 로즈마리는 손을 들어 가볍게 흔들었다.

"아가씨!"

"요새 안 보인다 했더니, 엘릭서 여기 있었어?"

엘릭서였다. 그는 피곤했는지 얼굴이 제법 초췌했다. 엘릭서는 5년이 지나도 뛰어난 외모가 수그러지지 않고 여전히 반짝거렸다. 수려한 외모는 날이 갈수록 세월이 쌓여 제법 젠틀해 보였다. 초췌한 인상이 차분함을 안겨줘서 일까.

"죽겠습니다, 요즘 사냥철인 건 아시죠?"

"응, 알지."

"단장님도 부단장님도 자리를 비우셔서 제가 대리로 있는 바람에 여기저기 바빠요."

엘릭서가 앓는 소리를 내뱉었다. 로즈마리는 대충 끄덕여주며 호응해줬다.

"아니, 단장 양반은 어디로 꺼졌는지 코빼기도 보이지 않고, 부단장은 이직하셔서 거기에 빠져 돌아올 생각을 안 합니다. 아주 그냥 제가 철야로 쓰러지기 일보 직전이에요! 게다가 이번 철에는 무슨 난리인지, 평소보다 그놈들 수가 많이 늘어나서 이래저래 신경 쓸 게 많아요. 녀석들이 몸집은 큰데 때로 몰려다니는 빌어먹을 습성이 있잖습니까!"

 남작가의 돈줄이 되는 몸집이 커다란 동물의 이름은 우루루. 어감은 귀엽지만 실상은 성난 코뿔소를 닮은 동물이다. 코는 뿔처럼 길게 나 있고, 귀는 코끼리의 그것처럼 넓다. 다리는 세 개로 꼬리는 호랑이의 그것과 닮아 실제로 우루루를 보았을 때 로즈마리는 조금 놀랐었다.

 매년 우루루를 사냥할 수 있는 수는 정해져 있지만, 올해는 무슨 영문인지 놈들의 개체 수가 두 배 이상 늘어난 바람에 평소보다 사냥 기간이 길어질 예정이다. 작년보다 이른 시기에 사냥을 시작한 이유도 이 때문이다.

 "우루루 놈들. 진짜 우르르 몰려다녀서 너무 힘들어요, 아가씨."

 "그러게, 너무 힘들겠다. 혹시 엘릭서가 과로로 쓰러지면 내가 제미한테 말은 한번 꺼내볼게."

 "정말요? 저 지금이라도 쓰러질 마음 만 퍼센트인데! 지금 당장 이렇게 가련한 자태로 쓰러질까요?"

 로즈마리는 너무 호응해줬나 후회가 밀려왔다. 하지만 타이밍 좋게도 집무실 너머 샤롯의 서늘한 목소리가 들려왔다.

 "로우 경, 사담은 그만하고 로즈마리를 들여보내주지 그런가?"

 어영부영하던 엘릭서가 벌떡 등을 세우며 응답했다.

그는 지체 없이 로즈마리에게 집무실 문을 열어줬다. 로즈마리는 쯧쯧 혀를 차며 들어갔다. 내 저러다 혼날 줄 알았다, 싶은 눈빛이었다. 엘릭서는 그녀의 시선을 보고 힝 하고 울상을 지었다.

베히모스 남작님과 아가씨는 나만 미워해. 엘릭서는 쭈구리처럼 울상을 지으며 그녀가 들어간 집무실 문을 닫았다. 로즈마리는 집무실로 들어가자마자 평소보다 더 초췌하고 피곤한 인상의 샤롯을 발견했다.

"세상에! 언니!"

"로즈마리, 어서 오렴."

"얼굴이 이게 뭐야, 속상하게. 너무 무리하는 거 아냐?"

"아냐, 괜찮아. 우리 예쁜 로즈마리 보니까 기운이 나는걸."

로즈마리가 후다닥 달려가 샤롯의 뺨을 매만지며 속상한 어조로 말하자 그녀가 살포시 웃었다. 어쩜, 우리 언니는 말도 참 예쁘게 할까. 로즈마리는 그녀의 말에 기쁨과 동시에 안쓰러움이 느껴졌다.

"혹시 내가 도울 일이 있으면 언제든지 말해줘."

"네가 이처럼 종종 찾아온다면 그것만으로도 기쁘단다."

샤롯은 감격한 눈빛으로 그녀를 쳐다봤다. 요즘 이래저래 게으르게 뒹굴거렸다. 샤롯이 바쁠 테니까 찾아가지 않는 게 좋겠다, 생각했는데 사실은 아니었다. 오히려 자주 찾아가서 쉬는 타임을 만들어주는 게 나았던 모양이다. 로즈마리는 바깥에 있을 엘릭서를 향해 소리쳤다.

"엘릭서, 차를 준비해달라고 전해주겠어?"

"넵, 아가씨."

로즈마리의 요청에 엘릭서가 똑 부러지게 대답하고 문을 나서는 소리가 났다. 로즈마리는 집무실 책상 의자에 앉은 샤롯의 팔을 잡아당겼다. 샤롯은 로즈마리에게 순순히 끌려갔다. 집무실의 가장 포근한 소파로 그녀를 인도해 앉혔다. 로즈마리도 옆에 앉아 그녀의 손을 두 손으로 감쌌다.

"아침이랑 저녁은 나랑 먹으니까 제대로 먹는 건 아는데 점심은 거르지 않고 잘 먹고 있지? 설마하니 집무실에서 대충 때우는 건 아니지?"

가자미눈으로 그녀를 흘겨보자 샤롯은 그저 말없이 웃을 뿐이었다. 난처한 듯 웃는 게 로즈마리의 직감이 맞는 것 같다. 로즈마리는 속상한 표정을 지었다.

"앞으로는 제대로 챙겨 먹을게."

로즈마리의 표정을 읽은 샤롯이 냉큼 그녀가 바라는 말을 내뱉었다. 로즈마리가 그제야 표정을 풀었다. 생긋 웃는 로즈마리는 어릴 적 사랑스러움이 배가 되었다. 샤롯에 비할 바는 아니지만 그녀만의 다른 매력이 있어서 저택에서도 로즈마리는 귀여운 아가씨로 쐐기가 박혔다.

"그런데 무슨 일이니?"

"그게 말이야. 사실 영지에 초대할 사람이 있어서 그런데……."

로즈마리는 평소보다 말끝을 흐렸다. 모양새로 보아하니 정말 초대하기 싫은 상대인 모양이다. 샤롯이 살포시 웃으며 입을 열었다.

"아무래도 당분간은 사냥 시즌이라 손님을 초대할 상황이 아닌 것 같구나."

"역시! 그렇지? 응?"

"손님을 접대하기엔 이 시즌에는 어수선하니까."

"맞아, 언니 말이 백번 천번 맞아!"

로즈마리가 해처럼 밝게 웃으며 고개를 크게 끄덕였다. 그녀가 가장 바라는 말을 해준 모양이다. 한결 가벼워진 로즈마리에 샤롯은 빙긋 웃으며 그녀의 머리를 쓰다듬었다.

집무실로 제미가 이동식 트레이를 끌고 왔다.

"아가씨, 어디 가셨나 했더니 집무실에 계실 줄 몰랐어요."

"응, 갑자기 언니가 너무너무 보고 싶었거든."

로즈마리는 방긋 웃으며 샤롯의 팔짱을 꼈다. 샤롯은 감격한 표정을 지었다. 애잔하게 로즈마리, 하고 부르는 모양새가 절절한 사랑에 빠진 연인과 같았다. 제미는 살포시 웃으며 이동식 트레이에서 깔끔한 찻잔을 탁자 위에 내려놨다. 간단한 디저트 접시를 내려놓고 마지막으로 티포트를 들었다. 로즈마리는 내려놓은 디저트에 눈을 반짝거렸다.

오늘도 좋은 하루다. 로즈마리는 평화로운 오늘에 기쁜 마음으로 포크를 들었다. 샤롯이 로즈마리 많이 먹으렴, 하고 속삭였다. 로즈마리는 이미 행복에 겨운 표정이다.

* * *

로즈마리가 엘리제에게 편지를 보내고 2주 정도 지났을 무렵이다. 한창 '사냥제'로 영지 전체가 어수선하고 바빴다. 이틀에 한 번은 큰 수놈 우루루를 두세 마리씩 잡아오는 통에 영지 한쪽은 도축하는 작업장이 되고, 한쪽은 가죽을 말리는 진열대로 빼곡했다. 수확 철과는 다른 진풍경이었다.

베히모스 영지에는 매년 있는 일상 중 하나다. 이 시기는 날도 적당히 따뜻하고, 불어오는 바람도 선선해서 바깥으로 삼삼오오 뛰어노는 어린아이들도 곧잘 보였다. 집안일을 하느라 바쁜 부인들도 모여서 부산스럽게 도축한 가죽을 말리고 무두질을 했다.

이 시기에는 여자 남자 따질 것 없이 손이 바빠서 도축은 여자들이 전담했다. 남자보다 오히려 야무진 손으로 가죽과 살, 살과 뼈를 말끔히 분리했다. 점차 도축은 여인의 몫이 되었다. 남자들은 뭐 하냐고? 사냥에 따라나서는 사냥꾼 파와 마을에 남아 짐꾼을 도맡아 하는 파로 나뉜다. 도축꾼들의 지휘 아래 분리한 것들을 꼼꼼히 따져보며 등급을 매기기도 했다.
 흡사 도축장 같은 모습이지만 어찌 보면 작은 축제를 방불케 했다. 아이들은 뛰어놀고 남자 여자 할 것 없이 우루루를 도축해 식자재가 넘쳐났다. 고기가 넘쳐나니 겨우내 아껴 먹느라 고생이 많았던 입에 기름칠을 할 수 있으니 어찌 좋지 않을까.
 어수선하지만 활기차고, 동물의 피로 바닥이 흥건하지만 사람들의 손은 기쁜 듯 바빴다. 다른 귀족들이 봤다면 비위 상할 법한 풍경이지만, 글쎄…… 베히모스는 그렇게 오지에서 터를 잡고 이 긴 세월을 살아온 것이다.
 일손이 부족한 관계로 저택의 고용인들도 발 벗고 나섰다. 로즈마리도 돕고 싶었지만 아무리 야만적인 행사를 치르고 있는 가문의 아가씨라도 모르는 게 있는 법이다. 귀족 아가씨이긴 하니까.
 로즈마리는 저택에도 건조대가 부지런히 배치되는 것을 창가에 기대서 마냥 바라봤다. 쿵쿵 코끝에 비린내가 났지만 썩 참을 만했다. 이 피비린내는 살기 위한 발버둥이니 찡그리거나 인상 써서는 안 된다. 어차피 인간은 살생하지 않고는 살아갈 수 없는 법.

로즈마리는 마을 사람들의 밝은 얼굴색을 보며 피식 웃었다. 지난겨울도 험난했다. 곡식 창고가 동이 나기 일보 직전이었는데, 이렇게 보란 듯이 늦지 않고 봄이 와줘서 살았다. 그리고 작년보다 많은 수의 우루루 덕택에 올해는 풍년 저리 가라다.

생기를 잃은 우루루가 들것에 실려 이동한다. 주변의 흐릿하게 남은 사기(死氣)가 바람을 타고 로즈마리를 훑고 지나갔다. 로즈마리는 지그시 눈을 감았다 떴다. 선명한 파란 눈동자에 희미한 금빛이 반짝 지나갔다. 훑고 지나간 사기는 저 너머로 날아가지 못하고 로즈마리의 그림자 아래로 빨려 들어갔다. 짙은 사기는 마녀의 힘을 보탠다.

로즈마리 역시 마녀이기에 아무리 많은 마력을 보유하고 있다 하더라도 일정한 사기를 흡수하지 않으면 중심을 잃는다. 마녀라는 존재가 흔들리는 것이다. 그렇다고 인간의 부정한 것, 그들이 내뿜는 사악한 것을 부러 흡입하고 싶진 않았다. 다행히도 베히모스에는 매년 사냥철이 있으니 이맘때는 숲 일부분이 인간에 의해 희생당한 동물들의 사기가 짙었다.

로즈마리는 그것을 흡수했다. 인간에게 잔혹하게 희생

당한 동물들에게는 미안한 마음이 들지만 로즈마리는 인간이기에 이기적인 면이 더 강했다. 어차피 그녀가 먹는 고기 역시 과거에는 생명이 있고 살아 있는 것들이었다. 그것을 먹음으로써 인간은 침략자이고 야만인임이 변하지 않는다. 그러니 그들에게 원망 받아도 할 말은 없다. 그 원망을 로즈마리 그녀가 먹는다면 오히려 일석이조 아닐까.

창가에 흐르듯 늘어져 기대고 있던 로즈마리의 방에 누군가 노크를 했다. 저택에 있는 모든 고용인이 바쁠 텐데 무슨 일일까? 아직 식사 시간도 아닌데 말이다. 로즈마리는 의아한 기색을 담아 문을 쳐다봤다.

"들어와."

그녀의 말이 끝나기 무섭게 문이 열렸다. 문 너머에 하녀 제미가 걸어왔다. 로즈마리는 제미임을 확인하고 창가에서 떨어져 도도도 뛰어가 그녀를 폭 안았다.

"제미! 바쁜 거 아니었어? 일 다 끝난 거야?"

명랑한 어조로 묻는데 제미가 애매한 미소를 지었다. 음, 일은 아직 한창이라는 뜻이다. 로즈마리가 고개를 갸웃 기울였다.

"아직 일도 안 끝났는데 무슨 일이야?"

샤롯과 티타임도 아직 멀었다. 그러니 제미가 로즈마리를 찾아올 일은 딱히 없다. 워낙 바쁘기 때문에 그녀에게도 바깥일을 도와주라고 내보냈기 때문이다. 제미가 난

처한 미소를 지으며 입을 열었다.

"아가씨, 손님이 오셨답니다."

"손님? 이 시기에?"

혹시! 로즈마리의 파란 눈동자가 커지더니 이내 크게 흔들렸다. 이맘때쯤 오지 않을까 내심 기대했다.

"기대를 저버리게 되어 죄송합니다만, 수도에서 오신 손님이세요."

"수도?"

"예, 스컬리 공작가의 엘리제 아가씨께서 오셨답니다."

뒤로 한 걸음 물러났다.

"내가 잠이 덜 깼나. 못 들었어, 뭐라고?"

"현실 도피하고 싶은 마음은 백번 이해합니다만, 진실이에요. 엘리제 아가씨께서 방금 도착하셔서 응접실에 계십니다."

로즈마리는 이게 꿈은 아니겠지, 마지막으로 중얼거리며 있는 힘껏 제 뺨을 꼬집어 늘렸다. 강렬한 아픔이 느껴지는 것으로 미루어 꿈이 아니다. 현실이었다.

세상에……. 엘리제가 워낙 직진만 아는 폭주 열차라는 건 알았지만, 이렇게 앞뒤 없이 당장 찾아올 줄 몰랐다. 진짜 미친 여자다 싶다.

"가주님께도 손님이 오셨다고 전달 드렸어요."

"언니한테도? 언니 엄청 바쁜데……."

로즈마리는 화들짝 놀라 발을 동동 굴렀다. 사냥에 본격적으로 접어들자 처리할 업무가 배로 늘어난 샤롯은 늘 늦게까지 집무실에서 나오지 않았다. 그럼에도 그녀는 로즈마리와의 아침과 저녁식사만은 함께하고자 노력했다. 그때마다 수척한 모습에 절로 안타까움이 일었다. 로즈마리는 마음이 급해져 당장 방문을 나서야 했다.

괜히 번거롭게 샤롯에게 초대받지 않은 손님을 응대하게 할 순 없다. 엄연히 엘리제는 자신의 손님이기에 얼른 내려가서 그녀가 응대하는 게 나을 거라고 생각했다. 로즈마리가 황급히 방을 나서자 제미가 뒤따랐다.

하여튼 그놈의 엘리제! 망할 엘리제!

로즈마리는 속으로 몇 번이고 곱씹으며 욕했다. 그녀는 제 일생에, 그리고 샤롯의 일생에 단 한 번도 도움이 되지 않는 재앙 덩어리다. 숨소리가 조금 거칠어질 정도로 빠르게 뛰듯 걸은 덕분에 순식간에 응접실에 도착할 수 있었다. 로즈마리는 거칠어진 숨소리를 진정시키고 마른침을 삼켰다.

어느 정도 진정되자 그녀는 내키지 않은 손길로 응접실 문을 열었다. 그러자 근 5년 만에 봐도 거짓말 같은 아름다움을 쓸어 담은 엘리제가 보였다. 엘리제는 반가운 기색을 만면에 내비치며 앉아 있던 몸을 벌떡 일으켰다.

"로즈마리!"

딱 봐도 이 영지에 보기 힘든 고급 원단의 보닛과 드레스를 입은 엘리제가 화사한 미소를 달고 로즈마리에게 다가왔다. 드레스 자락을 살짝 들어 올리며 사뿐사뿐 걸어오는 모양새가 퍽이나 우아하다. 그녀는 그리 빠르지도 느리지도 않은 걸음으로 그녀를 향했다.

그녀가 로즈마리와 포옹할 것처럼 양팔을 벌리는 순간, 로즈마리는 황급히 드레스 자락을 살짝 올리며 무릎을 구부렸다. 로즈마리는 그녀와의 신체적 접촉을 굳이 하고 싶지 않았다. 로즈마리가 마녀인 것을 들킬 수 있다는 생각이었지만 사실 그녀의 추악한 면을 어느 정도 알기에 가까이 닿고 싶지 않다는 게 더 컸다.

"어서 오세요, 공녀님."

"서운해요, 로즈마리. 너무 딱딱하게 저를 부르지 말아 줘요."

로즈마리가 형식의 정석대로 인사하자 엘리제는 서운하다며 칭얼거렸다. 아름다운 얼굴에 서운함이 피어나자 그렇게 가련해 보일 수 없다. 물론 그녀를 처음 보는 사람에게나 느낄 수 있는 감정이고.

이곳은 베히모스. 샤롯과 로즈마리의 신뢰하는 인물들만 고용한 그들의 영역이다. 그녀가 한껏 가련하게 제 주인들에게 기울였던 마음만큼 엘리제에게 호감을 비치는 이들은 없었다. 로즈마리는 애매한 미소를 지으며 그녀를 인도하며 응접실 소파로 걸어갔다. 소파로 걸어가자 낯선 인물이 이미 앉아 있었다.

밤하늘 같은 남색 머리카락에 파란 눈동자를 가진 남자는 눈에 띄게 화사함이 돋보이는 아름다운 미남이었다. 비교하자면 베히모스 영지 최고의 미남인 엘릭서와 견줄 만큼 아름답다고 할까. 대놓고 얘기하자면 엘릭서와 레비탄의 외모를 몸소 체험한 로즈마리 눈에 차지 않을 정도의 미남이라고 할 수 있다.

로즈마리는 의아한 눈빛으로 그를 보다가 부랴부랴 드레스 자락을 잡고 또 인사했다. 어쨌든 엘리제와 함께 왔으니 손님이고, 외모로 보나 뿜어 나오는 오라로 보나 고위 귀족으로 보였으니 인사는 해야 했다.

"어서 오세요, 베히모스가에."

로즈마리가 말끝을 흐리며 인사하고 그를 힐끗 쳐다보자 엘리제가 명랑한 어조로 그의 팔짱을 잡고 말했다.

"로즈마리, 이쪽은 베르센 공작님이세요."

"베르센 공작님! 황송합니다. 누추한 곳에 어떤 일이신가요?"

듣고 보니 알겠다. 제국을 떠받는 공작가 중 하나다. 그래, 책에서도 읽은 적 있다. 엘리제의 수많은 남자 중 하나였지. 책에 적힌 미래는 어긋나기도 하고 아직 일어나지 않기도 하고 아예 없이 지나가기도 하지만 이따금 이런 점이 맞아떨어진다. 로즈마리는 께름칙함을 느끼며 조금은 굳은 표정으로 웃었다.

베히모스가는 제국의 골칫덩어리이지만, 암묵적으로 고위 귀족이 함부로 출입할 수 없는 금기의 구역이다. 이것은 대륙의 모든 귀족에게 통하는 무언의 규칙이었는데, 오늘 엘리제로 인해 무너졌다.

갑자기 머리가 아프다. 베히모스가에 공작이 방문했다는 소식이 제국의 귀족들은 물론 다른 대륙에도 퍼진다면 너나 나나 할 것 없이 찾아올 것이다. 안 그래도 샤롯이 바쁜데…….

"로즈마리, 이분은 제국의 뛰어난 마법사님이시랍니다. 제가 로즈마리를 만나러 간다고 하니까 황제 폐하께서 걱정된다며 호위로 붙여주셨어요."

엘리제가 사랑스럽게 웃는다. 그 미소에 로즈마리가 이해했다는 듯 조금 풀어진 미소를 지었다. 그렇군요, 정말 엘리제가 황제 폐하의 피앙세가 되었군요. 참 거지 같네요, 속으로 중얼거렸다. 하지만 황제의 명이라 할지라도 공작이 베히모스가에 머무는 것은 자신의 선에서 처리할 일이 아니었다. 가주의 허락이 있어야 했기에 로즈마리는 애매한 미소를 지으며 입을 열려 했다.

"외람되오나 공녀, 기별도 없이 찾아온 것도 무례한데 이곳이 어떤 곳이라고 공작 각하를 모시고 오셨나요."

로즈마리 뒤로 서슬 퍼런 서늘한 목소리가 들려왔다. 로즈마리가 고개를 돌리니 아니라 다를까 샤롯이 냉기가 풀풀 흐르는 자태로 등장했다. 가여운 샤롯, 눈 밑이 거뭇거뭇하다. 며칠째 철야를 한데다가 쪽잠을 자서 꽤나 까칠해 보였다.

"남작, 무례하군."

날이 선 샤롯의 말에 공작이 눈가를 찌푸리며 말했다. 그러나 샤롯은 기죽지 않고 한껏 턱을 치켜들며 도도하게 말했다.

"공작 각하께서도 생각이 없으시군요. 지혜를 탐구하는 마법사이시면서……. 이곳이 어떤 곳인지 뻔히 아시는 분께서 어찌 함부로 베히모스에 발을 들이십니까?"

"황제 폐하의 명이네."

"저희를 애물단지로 여겨 자신의 울타리에 넣지도 않고, 어떠한 은혜도 내려주지 않고 그저 내치기만 하시던 분께서 이럴 때만 주인 운운하는 건가요?"

샤롯은 당당한 걸음걸이로 걸어와 로즈마리 옆에 앉았다. 다리를 꼬고 고고한 자태로 또박또박 말을 잇자 공작의 얼굴이 일그러졌다.

"감히, 황제 폐하를 우롱하는가! 어리석구나, 남작! 그대가 간이 부어 눈에 뵈는 게 없나 보지."

응접실 내부가 순식간에 얼어붙었다. 공작의 주변에

마력이 요동치는 것 같았다. 그의 머리카락이 작게 춤추듯 술렁거렸다. 확실히 제국의 가장 강한 마법사다워서 폭발할 듯 넘실거리는 마력이 굉장했다. 그래봤자 로즈마리의 발끝이지만.

샤롯이 서늘한 분노를 내비치자 로즈마리 역시 애매한 미소를 싹 지웠다. 자매가 서늘한 표정을 짓자 등골이 서늘할 정도로 응접실의 분위기가 뚝 떨어졌다. 그녀들 뒤로 제미와 엘릭서가 서 있는데, 그들은 자신의 주인에게 무례하게 구는 무뢰한을 말없이 노려보았다.

"이곳은 베히모스입니다, 공작 각하. 어차피 겉으로 제국에 속해 있을 뿐 어떠한 대우도 받지 못했으니 이 김에 다른 대륙의 나라에 귀화하죠! 제국보다는 대우가 좋을지 누가 알겠습니까?"

"무례하구나! 남작! 감히 그따위 불경한 말을 하고도 살아남을 줄 아느냐?"

"네, 그럼요. 저는 이 베히모스의 주인이자 문지기! 누구도 제게 검을 들이댈 수는 없습니다. 스컬리 공녀, 말이 없으시군요. 그렇다면 그대도 알고 계신 모양이죠. 이 베히모스가의 진실을!"

"남작님."

엘리제는 당황하며 안절부절못했다. 그녀가 말끝을 흐리는 것이 그렇다, 답하는 것 같았다. 로즈마리는 이때다 싶어 입을 열었다.

"공녀님, 외람되오나 설마 이렇게 갑자기 영지에 방문한 목적이 혹시 그것 때문이라면······."

한껏 상처받은 표정을 지어야겠다. 그간 그녀가 자신에게 친근하게 대하며 살살 구슬린 것을 한꺼번에 날려버려야겠다. 이 순간이 기회다! 로즈마리는 이제까지 자신에게 친근하게 다가오고 편지를 쓰며 친목을 유지한 것이 다 서고 때문임을 알고 충격 받은 모습을 보이기로 했다. 그래, 이 기회에 그녀를 확실히 밀어내자!

"아니요! 아니에요. 로즈마리! 그렇게 생각하지 말아주세요. 오해예요!"

엘리제는 금방이라도 눈물을 뚝뚝 떨어트릴 것처럼 처연한 표정을 지었다. 정말로 억울하다는 표정이었다. 로즈마리는 연기에 속지 않았다. 로즈마리는 이미 충격 받은 상태로 말을 잇지 못하고 고개를 저었다.

"여봐라! 손님 나가신다. 문 열어드려라."

샤롯이 서늘한 어조로 소리쳤다. 그러자 엘릭서가 냉큼 응접실 문으로 걸어갔다. 그가 문을 활짝 열며 그 앞에 섰다. 공작의 얼굴은 붉어지고 엘리제는 창백해졌다.

"공녀, 이곳은 금기의 구역입니다. 누구도 함부로 들어올 수 없는 곳이죠. 공녀는 그 이유를 알면서도 이곳에 방문하셨으니 지극히 그에 대한 사심으로 오신 것으로밖에 추정되지 않습니다."

"아니요, 아닙니다. 남작님, 저는 그저 로즈마리가 보고 싶어서……."

"안타깝지만 당신의 말을 신뢰할 수 없군요. 고위 귀족은 영지에 절대 발을 들일 수 없습니다. 그만 돌아가주시겠습니까?"

샤롯이 냉담하게 내치자 엘리제가 입술을 깨물며 기어코 눈물을 뚝뚝 흘렸다. 그 모습에 공작이 더욱더 분노했다.

"남작, 이러고도 무사할 줄 안다면……."

"공작님 그만하세요. 제가 너무 안일하게 생각했어요. 그저 친한 동생을 보고 싶은 마음에 한걸음에 달려왔습니다. 무지한 저 때문에 남작과 대립하지 말아주세요."

당장이라도 마법을 난사할 것처럼 길길이 불타기에 엘리제는 물기 가득한 얼굴로 그를 붙잡으며 호소했다. 어찌나 가련한지 분노로 불타던 공작의 마음이 한순간 약해졌다. 공작이 주춤했다. 엘리제는 그를 가라앉히고 샤롯에게 눈물 자국 완연한 얼굴로 간곡히 요청했다.

"남작님, 무례를 용서하세요. 소녀가 무지하여 폐를 끼쳤습니다."

"지금 당장 떠나시면 모른 척 눈감아 드리겠습니다."

"허나 이제 막 도착하여 여독이 쌓였답니다. 혹시 괜찮다면 하룻밤 쉬고 갈 수 있게 허락해주시겠습니까?"

"수도에서 오신 귀한 분이라 하신들 그것은 난감하군요."

"부디 허락해주길 바랍니다. 잠시 여독을 풀고 내일 이른 아침에 떠나겠습니다. 수도로 돌아가 황제 폐하께도 잘 전해드릴게요."

그녀의 말이 끝나기 무섭게 샤롯의 눈꼬리가 꿈틀거렸다. 아무것도 모르는 양 순진무구하게 말하고 있지만, 돌려 말해서 너 지금 나 내치면 황제한테 일러바칠 거야, 라는 뜻이 담겨 있었다. 샤롯은 황제가 두렵지 않았다. 어차피 그들은 베히모스를 건드리지 못한다. 여차하면 자폭할 위험 부담이 많은 곳이기에.

"할 수 없군요. 오늘은 머물고, 내일 빠른 시간 내에 돌아가시길 바랍니다. 영지가 사냥 시즌이라 매우 바쁩니다."

"감사드립니다, 남작님."

엘리제가 물기 가득한 얼굴로 방긋이 웃었다. 아침 햇살이 쏟아지는 잎에 이슬 맺힌 것처럼 청초했다. 샤롯은 그녀를 본체만체하면서 제미에게 손님방으로 모시라, 고 전하고 휙 몸을 돌렸다. 로즈마리는 곧 응접실을 떠나려는 샤롯의 뒤를 따랐다.

"로즈마리!"

뒤로 엘리제의 애틋한 목소리가 들렸지만 부러 돌아보지 않았다. 엘리제는 점차 멀어지는 로즈마리에 속으로 부글부글 끓어오름을 느꼈다. 감히 내 말을 무시해? 네까짓 게! 감히 이 엘리제를 무시한단 말이야? 고작 서고로 가는 도구일 뿐인 주제에!

엘리제의 붉은 눈이 섬뜩함을 내비쳤다. 그러나 그것은 찰나였기에 응접실에 남은 누구도 눈치채지 못했다. 제미가 공녀에게 공손히 고개를 숙이며 말했다.

"손님방으로 모시겠습니다."

공손히 숙여오는 하녀의 정수리를 내려다본 엘리제가 마음을 가다듬고 선량하게 웃었다. 그녀는 제미의 상체를 부러 일으키며 다정한 목소리로 입을 열었다.

"일어나세요. 제가 눈치가 없어 영지가 어수선할 때 찾아왔네요. 남작님께 미안할 따름입니다. 이름이 어떻게 되세요?"

천사처럼 아름다운 미소로 묻자 제미는 특유의 무표정함을 고수하며 눈을 내리깔았다. 제미 역시 제법 아름다운 미녀였지만 엘리제에 비할 바는 못 됐다. 하지만 워낙 뛰어난 외모를 자랑하는 동생과 군주를 둔 덕에 눈높이가 높아 엘리제의 외모에 어느 정도 면역이 있었다.

무엇보다 외모를 떠나서 제 군주와 아가씨를 당혹하게 만든 이 여인에게 한 톨의 상냥함도 주고 싶지 않았다. 비록 지금은 하녀의 탈을 쓰고 있지만, 제미는 뼛속부터 영혼까지 오로지 베히모스에 대한 충성심으로 가득한 기사였다.

"제미라고 합니다. 이리 오시지요."

귀족이 친히 숙인 고개를 들게 해줬는데도 제미는 찬바람 부는 사람처럼 차가웠다. 한 톨의 감동도 묻어 있지 않아 엘리제의 눈가 약간 꿈틀거렸다. 하지만 일단 엘리제는 물러서야 했다. 이 하녀에게마저 접고 들어가야 한다는 게 자존심이 상했지만 아닌 척 방긋 웃으며 그녀 뒤를 따랐다. 엘리제의 곁에 여전히 심기 불편한 공작이 뒤따랐다. 제미는 길을 안내하면서 엘리제에게 물었다.

"다른 일행은 있으신지요?"

공녀 신분이니 얼추 인원을 꾸려 왔을 거라 생각했다. 손님방이 부족하지 않을까 걱정이다. 그러나 아이러니하게도 공녀는 둘뿐이라고 대답했다.

"공작님께서 지역마다 있는 워프홀을 연결하셔서 단출하게 왔답니다."

너무 단출한데요. 공녀 신분으로는? 제미는 속으로 의문이 들었지만 부러 내뱉진 않았다. 복도를 걸으며 엘리제가 고개를 가볍게 저으며 주변을 둘러보는 게 느껴졌다. 공녀가 기거하는 저택에 비하면 턱없이 낡고 좁은 저택이다. 볼품없는 곳이 분명한데도 공녀는 눈을 반짝이며 주변을 둘러보기 바빴다. 입을 다문 채 그녀 뒤를 따르는 공작은 그저 움직이는 인형에 불과했다. 손님방으로 가는 도중에 짧은 침묵이 흘렀다. 그것도 잠시, 엘리제가 복도 창가에 언뜻 비치는 가죽 건조대를 보며 입을 열었다.

"제미, 영지의 환경이 열악한가 봐요. 저택 내에서도 가죽을 말리고 있군요."

"영지 나름의 생존법입니다. 제국은 저희 영지를 대우해주지 않잖습니까?"

건방진 대답이 돌아왔다. 너희 황제는 우리를 버렸잖아, 라는 뜻이 담겨 있었다. 먼저 말을 꺼낸 엘리제부터가 제미의 신경을 거슬리게 했으니 싸움을 걸어오면 응해줘야 한다고 배웠다.

제미의 응답에 인형처럼 가만히 서 있던 공작의 눈꼬리가 꿈틀거렸다. 그가 뭐라고 내뱉으려 하자 엘리제가 제지했다. 긁어 부스럼 만들 필요는 없다.

이로써 확실해졌다. 저택에 있는 모든 인간이 엘리제의 등장을 결코 환영하지 않는다는 것을. 그녀는 여전히 등을 돌린 채 돌아보지 않는 제미의 정수리를 노려보며 입술을 깨물었다.

* * *

그 시각, 베히모스 성벽에 말을 타고 낯선 인물 둘이 방문했다. 갈기 좋은 말이 혈통을 나타내는 듯했다. 새까만 말과 갈색 말을 탄 남자들은 후드를 뒤집어쓰고 있었다. 경비병은 오늘따라 방문객이 많다며 고개를 갸웃 기울였다.

"어떤 일로 오셨습니까?"

베히모스 영지에는 외부인이 그다지 많이 오는 편이 아니다. 오지이기 때문에. 그러나 오늘은 벌써 눈이 번쩍 뜨일 만한 아름다운 한 쌍의 커플이 방문했다. 하잘것없는 경비병 눈에도 대단한 귀족으로 보이는 커플은 흔한 마차 없이 말 한 필을 같이 타고 왔다. 마치 근처에 산책이라도 나온 모양새로. 어찌나 자연스러운지 성벽을 지나는 그 순간에도 홀리듯 열어줬던 것 같다.

그에 비해 방금 도착한 남자 둘은 딱 봐도 여행자 몰골이었다. 영지는 사냥철로 바쁘지만 작은 축제를 여는 것과 같아서 멀리 오는 손님을 부러 내쫓진 않는다. 식자재도 넘치니 베풀 여유가 있다는 뜻이다. 경비병의 질문에 사납게 보이는 검은 말을 탄 남자가 품에서 무언가를 꺼내 그에게 던졌다.

경비병이 아이쿠, 하면서 그가 던진 것을 부랴부랴 받았다. 반지였다. 그것도 베히모스가의 문장이 박힌. 그걸 보자마자 경비병이 호들갑을 떨며 허리를 90도로 접어 인사했다.

"어서 오십시오, 베히모스가의 초대받은 손님."

남자가 던진 반지는 베히모스가의 가주가 손님에게 주

는 초대장 같은 것이다. 성문을 지나갈 때 내밀면 무조건 귀빈 대접을 받을 수 있다. 한마디로 몇 없는 베히모스의 지인을 위해 만들어진 반지인 셈이다.

딱 봐도 여행자 몰골이기에 변변치 않은 나그네라 생각했더니 실상은 베히모스가의 귀한 손님이셨다. 경비병은 부랴부랴 성문을 열었다. 반지를 던진 남자에게 다가가 그것을 다시 내밀었다. 후드를 뒤집어쓴 남자가 경비병이 건넨 반지를 받아 품에 다시 집어넣었다.

후드를 뒤집어쓴 남자들은 모두 겉으로도 굉장히 훤칠하게 큰 장신이었다. 후드 아래로 언뜻 비치는 턱 언저리가 갸름하다. 그 일부분만으로도 얼굴형의 생김새가 언뜻 감이 왔다. 아주 말끔한 계란형일 것이다. 드러난 입술이 호선을 그린다. 아마도 미소를 짓고 있으리라.

남자가 입을 열자 생각지도 못한 듣기 좋은 낮은 음성이 내뱉어졌다. 적당히 굵고 힘 있는 지배자와 같은 여유가 나는 음성이었다.

"수고하시게."

느린 듯 적당한 어조로 내뱉은 남자는 열린 성문으로 말을 타고 달렸다. 그 뒤로 갈색 말을 탄 남자가 부랴부랴 뒤따랐다. 그들마저 온전히 영지에 입성하자 경비병이 잠깐 넋을 놓다가 허겁지겁 성문을 닫았다. 오늘은 방문객 풍년이다.

09 샤롯의 비밀

영지에 입성한 남자 둘은 말에서 내려 터덜터덜 걸었다. 주변이 어수선하고 곳곳에 가죽 건조대며, 간이 작업대가 놓여 있었다. 도축한 고기를 모아두고 훈제용과 생으로 쓸 것을 나누는 것도 보였다. 훈제용은 한쪽 거치대에 대롱대롱 매달려 있었다. 거리마다 가축의 피비린내가 났다. 바닥은 붉은 핏자국으로 군데군데 물들어 흡사 도축시장에 온 기분마저 들었다.

"야만족의 땅에 온 기분이군요."

갈색 말을 끌고 뒤따르는 남자가 조용히 속삭였다. 검은 말을 끌고 가는 남자가 가벼운 웃음을 터트렸다. 전령으로만 전해 들었던 베히모스가의 연례행사를 직접 보니 가히 그런 착각이 일긴 했다.

양손 가득 붉은 피를 적셔도 영지민은 어둡기는커녕 밝았다. 올해를 버틸 식자재와 벌이가 될 가죽과 뼈로 인해 무거웠던 어깨가 가벼워졌으니까. 제국이 베히모스를 내 났다는 말이 바깥으로도 널리 퍼질 정도로 대우가 안 좋긴 했다. 하지만 그들은 누구의 도움 없이 생계를 꾸리고 있다. 남자는 영지민의 밝은 인상을 물끄러미 바라보았다.

"전하, 아가씨는 알고 계십니까?"

"뭘 말이야?"

갈색 말을 끄는 남자가 넌지시 물었다. 그가 내뱉는 호칭에서 범접할 수 없는 상대의 직위가 느껴졌다. 전하라 불린 남자는 모른 척 말대꾸했다. 갈색 말을 끄는 남자, 카논이 다급히 그의 옆으로 단숨에 붙으며 말했다.

"전하의 애지중지 아가씨께서 오늘 이곳에 전하가 도착하는지 아시냐는 말입니다."

"모를걸?"

"전하 그렇게 안 봤는데 서프라이즈도 준비하십니까?"

"그냥 귀찮아서 안 했어."

그럼 그렇지. 낭만이라고는 눈곱만큼도 없는 일벌레가 그럴 리 없다. 6년간 행방불명된 공국의 유일한 후계자였던 눈앞의 남자는 돌아오자마자 그간 밀렸던 수업과 지식을 스펀지처럼 빨아들였다. 무시무시한 속도로 제왕학은 물론 왕으로서의 갖춰야 할 소임을 마스터하기까지 딱 1년 걸렸다.

그는 후계를 이을 준비가 되자마자 전 대공의 곁에서 나라를 다스리는 법을 실무로 배웠다. 나라의 충신들과 의회에 참석해 토론하고 친목을 다졌다. 그렇게 비어버린 6년을 단 2년 만에 메꾸고, 그 후 2년을 대공 옆에서 완벽하게 실무를 마스터한 후에 작년 이맘때 당당히 왕위에 올랐다.

무섭도록 빠른 성장에 모두 혀를 내두르며 고개를 저었다. 남자, 아니 레비탄은 그야말로 준비된 제왕이었다. 그는 나날이 성장해 2년 사이 머리 하나가 더 컸다. 뼈대는 굵어지고 어깨는 넓어졌다. 이목구비는 화사한 꽃처럼 아름답게 피어나 성 안 여인들의 마음을 설레게 했다.

20대 초반에 갓 왕위에 오른 왕은 만인을 설레게 하는 몹시도 아름다운 남자였기에 누구도 탐내지 않을 수 없었다. 공국 내 내로라하는 미녀들의 추파가 기다렸다는 듯 쏟아졌다. 하지만 젊은 왕은 누구에게도 눈길을 주지 않았다. 전 대공께 듣기로는 미래를 약속한 연인이 있다 하였다.

머나먼 타국에 두고 온 연인을 그리워하는 젊은 왕이라니! 공국의 꿈꾸는 아가씨들의 마음을 더욱 설레게 했다. 젊은 왕은 좀처럼 미소가 많지 않은 이여서 가만히 있으면 서늘한 인상이 강했다. 서늘하고 무뚝뚝한 남자에게 이런 로맨틱함이 있다니 실로 놀라웠다.

그의 곁을 보필하는 이들은 한 달에 적으면 네 번, 많으면 여섯 번의 전령을 날리는 현 대공 레비탄을 보며 감탄하지 않을 수 없었다. 정말로 저 공부밖에 모르고, 일밖에 모르는 남자가 사랑하는 사람이 있구나 싶었다. 마냥 감정 없는 차가운 철심 같은 남자인 줄 알았거늘.

이번만 해도 그렇다. 공국 역시 봄에는 꽤 바쁘다. 후 공국은 매년 봄이면 '꽃의 축제'를 여는데 나라의 상징인 유채꽃이 널리 퍼진 들판을 보며 봄을 만끽했다. 축제 진행과 계획은 어차피 아랫것들이 알아서 할 일이지만, 이미 나라의 상징이 된 젊은 왕의 참여 여부에 따라 판도는 많이 바뀌기 마련이다. 그런데 그 축제마저 내던지고 바람처럼 사라져버렸으니. 이게 다 애지중지 아가씨 때문 아니겠는가!

레비탄의 호위 기사인 카논은 홀로 떠나려는 그의 바지를 늘어지게 붙잡고서야 따라붙을 수 있었다. 젊은 왕은 뛰어난 두뇌에 질투 나게도 그 지식에 버금가는 무력도 가져서 홀로 다녀도 위험할 것이 없었다. 과거에 납치를 당했다는 것이 거짓말로 여겨질 정도로 카논이 모시는 젊은 왕 레비탄은 공국 내 일인자였다. 아마 제국에서도 손에 꼽을 정도로 강자로 자라났으리라.

"지체 말고 가자. 늦으면 해가 지겠어."

"알겠습니다요."

레비탄은 자신의 뒤를 터덜터덜 따라붙는 카논을 보며 피식 웃었다. 그는 영지에 입성할 때부터 미묘한 께름칙함을 느끼고 있었다. 불길하고 꺼림칙한, 그 전에도 느꼈던 감각이다. 그가 눈을 가늘게 뜨고 영지 주변을 둘러보았지만, 어딜 봐도 사악한 것은 없어 보였다. 그때 그의 귓가로 어린 소녀의 목소리가 들렸다. 제 어머니에게 재잘거리는 소리였다.

"어머니, 아까 보셨어요? 아주 눈이 부시게 아름다운 여신님이 지나가셨어요."

"어머나, 이 누추한 곳에 그리 아름다운 분이라니……. 영주님 아니었니?"

"아니어요. 영주님도 물론 아름다우시지만, 그분은 금발이 아니잖아요. 아까 지나간 여신님은 황금빛 찬란한 금발이셨어요. 로즈마리 아가씨와도 달라요. 아가씨 머리는 짙은 금색이니까요!"

"어휴 거리가 어수선해서 잘못 봤겠지."

이 오지에 금발의 아리따운 아가씨라니, 작은 영지라 서로가 알 만한 사람은 안다. 옆집은 누가 살고, 저 집은 애가 둘이더라 셋이더라, 모르는 이가 없는데 금발의 미녀라니. 그런 인상의 사람은 보지 못했던 것 같다. 중년의 부인은 딸의 말을 흘려들으며 호호 웃었다. 그러자 딸이 볼을 부풀렸다.

"정말이어요! 정말 아름다운!"

"금발? 혹시 눈은 붉은색이었니?"

레비탄이 모녀에게 다가가 물었다. 갑자기 후드를 뒤

집어쓴 남자가 소리 없이 다가와 툭 하니 끼어들자 딸이 에그머니 하고 비명 같은 소리를 내질렀다.

"아휴! 간 떨어지는 줄 알았네. 여행자세요?"

"그렇단다, 얘야. 자세히 얘기해주지 않겠니. 금발의 미녀라고? 눈 색은 봤니? 그녀 혼자였어?"

아이가 눈을 데굴데굴 굴리며 그녀를 떠올리려는 듯했다. 잠시 골똘히 생각한 그녀가 손뼉을 치며 크게 고개를 끄덕였다.

"예! 맞아요. 금발에 붉은 눈이었어요. 어찌나 선명하던지……. 혼자 왔느냐고요? 아니요, 여신님을 지켜주시는 미남도 계셨는걸요?"

"둘이라…… 언제 왔었니?"

"두 시간 정도 지난 것 같아요. 여행자님은 이 영지에 어떤 일로 오셨어요? 여기는 오지라 가장 먼 땅인데……."

탐험하는 분이신가. 영지가 있는 위치가 위치인지라 이따금 대륙의 끝을 탐구한다며 탐험가나 여행자가 찾아오기는 한다. 어린 소녀는 눈앞의 남자가 그런 사람인 것 같아 물었다. 남자는 잠시 입을 다물고 무언가 골똘히 생각하더니 뒤늦게 고개를 끄덕였다.

"그래, 나는 여행자란다. 그런데 시기를 잘못 찾았나 보구나. 영지가 어수선하네."

"지금은 사냥 시즌이라 그래요. 저희 영지에서 가장 바쁜 시기지요. 하지만 가장 여유 있는 시기라 어찌 보면 잘 맞춰서 오신 겁니다."

소녀의 어머니가 껄껄 웃으며 명랑한 어조로 대답했다.

"그렇습니까? 혹시 부인, 저희가 먼 길 오느라 여독을 풀고 싶은데 근처에 묵을 만한 여관이 있을까요?"

레비탄의 물음에 소녀의 어머니가 방긋 웃으며 손가락으로 오른쪽을 가리키며 말했다.

"저기 쭉 가시다 왼쪽으로 꺾으시면 말끔한 건물 한 채가 보일 겁니다. 거기가 이 영지의 가장 쓸 만한 여관이어요. 당분간 영지 전체가 어수선하지만 그만큼 맛있는 고기 요리도 먹을 수 있으니 맛보고 가시어요."

"친절한 답변, 감사합니다."

부인의 대답에 레비탄이 고개를 주억거리며 방긋 웃었다. 후드 아래로 호선을 그리는 입술이 매력적이다. 레비탄이 모녀와 헤어지고 그녀가 가리키는 방향으로 발걸음을 옮기자 카논이 부랴부랴 따라붙어 다급하게 물었다.

"탄님! 저희 성에는 안 들어가나요?"

"날이 늦었으니 내일 가자. 오늘은 근처에서 묵고."

"아니, 아직 해가 지려면 멀었는데 왜요!"

"타이밍이 안 좋아서 그래."

마을에 흐리게 남은 잔재가 께름칙하고 사악하다. 방금 만난 모녀의 이야기를 들으니 불길한 마음이 더 깊어졌다. 금발의 적안(赤眼)은 간혹 있지만 눈에 띄게 아름다운 미녀는 좀 다르다.

이곳은 오지이기에 아름다운 미녀가 올 만한 곳이 아니다. 이런 곳을 부러 찾는 이가 있다면 분명 목적이 있으리라. 게다가 미녀 곁에 당연한 듯 미남이라니. 조합은 환상적이라 할 수 있지만 장소가 맞지 않다. 레비탄은 길을 가다 말고 조금 멀어진 베히모스의 성을 보며 눈가를 찌푸렸다. 제발 시기상조이길 바란다.

마음 같아서는 당장 달려가서 확인하고 싶지만 조심해서 나쁠 건 없다. 자신의 등장으로 인해 상황이 더 난처해질 수 있으니 레비탄은 한 걸음 물러나 상황을 지켜보기로 마음을 돌렸다.

"로즈마리."

레비탄이 조그맣게 그녀의 이름을 불렀다. 걱정이 가득했다. 그가 기억하는 작은 소녀는 마녀로서의 자신에게 적응하느라 몸 전체가 성한 곳이 없었다. 지금도 눈을 감으면 보이는 조그마한 소녀가 떠오른다. 하얗고 작은 손으로 자신의 목줄을 끊었던 강단 있던 모습도. 휘날리는 짙은 금색의 굽이굽이 치는 머리카락과 청염한 숲을 담은 파란 눈동자.

그는 성에 시선을 고정하고 눈을 느리게 깜박거리며 속으로 중얼거렸다. 그림자 하나. 로즈마리 밑으로. 그의 속삭임이 끝나기 무섭게 그림자가 작게 일렁거렸다. 카논은 그것을 보고 눈을 깜박거리고 후다닥 옆에 붙어 속삭였다.

"그림자를 어디로 보내십니까?"

카논의 질문에 레비탄은 부러 대답하지 않고 무시하며 멈췄던 걸음을 옮겼다. 여독이 쌓인 것은 진실이기에 어디든 짐을 풀고 쉬고 싶었다. 마음 한쪽이 묵직할 정도로 걱정투성이지만 쉬면서 체력을 유지하는 것도 중요하다.

부디 아무 일 없길. 나의 마녀님, 성을 등지고 걷는 레비탄의 등에 근심이 한 가득이다.

* * *

초대받지 않은 손님이라 하더라도 일단은 저택에 머무는 이상 대우는 해야 했다. 내키지 않지만 만찬을 준비하기로 했다. 수도에서 온 귀족들이라 입맛에 맞을지는 모르겠다. 다이닝룸에 어느 정도 만찬 준비가 끝났을 무렵, 피곤에 찌든 샤롯과 로즈마리가 내려왔다. 로즈마리는 샤롯을 보며 안쓰러운 표정을 지었다.

"언니, 미안해."

"네가 미안할 게 뭐가 있니. 다 개념 없게 멋대로 쳐들어온 그치들 잘못이지. 괜찮다, 로즈마리."

샤롯이 희미하게 웃으며 이제는 자신의 어깨쯤 닿게 큰

로즈마리의 머리를 쓰다듬었다.

샤롯은 감회가 새로웠다. 이제 성년이 되고도 한 살 더 먹은 로즈마리는 전처럼 픽픽 쓰러지거나 피를 토하지 않았다. 오히려 말괄량이처럼 팔팔하고 생기가 넘쳐 묵직했던 샤롯의 가슴 언저리를 가볍게 해줬다. 로즈마리가 자기를 보고 눈꺼풀을 가늘게 접고 웃었다. 배시시 웃는 모양새가 아직 어린 티가 남았다.

"로즈마리!"

자매의 시간을 방해하는 이가 없다면 둘은 오붓한 분위기를 가지고 있었을 것이다. 눈치 없이 툭 하니 끼어든 경쾌한 어조의 엘리제를 보며 샤롯과 로즈마리는 속으로 중얼거렸다. '눈치 없는 것.'

"어서 오세요, 공녀님."

로즈마리가 사뿐히 무릎을 살짝 구부리고 인사했다. 엘리제가 방긋이 웃으며 말했다.

"그런 딱딱한 호칭은 그만두라고 했잖아요. 엘리제라고 불러줘요!"

"그럴 순 없어요."

로즈마리가 방긋 웃으며 받아쳤다.

엘리제는 낡긴 했지만 말끔하게 정리된 저택이 누추하게 보일 정도로 아름다운 드레스를 입고 있었다. 아까 봤던 드레스와는 다른 화사한 드레스를 입어 그녀의 생기를 북돋아주고 있었다. 짐은 하나도 없는데 어디서 들고 온 것일까? 시중을 들어줄 시녀 하나 없음에도 엘리제는 흐트러진 모습을 보이지 않았다. 그것이 묘한 이질감과 부자연스러움을 연상케 했다.

"불편함은 없으셨나요?"

로즈마리가 둘러 물었다. 엘리제는 그저 방긋이 웃으며 고개를 저었다. 고위 귀족인 그녀가 스스로 옷을 갈아입을 리 만무한데도 그녀는 별말 하지 않았다. 그것이 몹시 이상했다. 하지만 부러 되묻진 않았다. 그때 엘리제가 대뜸 로즈마리의 손을 양손으로 잡았다.

"로즈마리, 저의 무례함을 용서해주세요. 저는 그저 사랑하는 동생이 보고 싶은 마음에 찾아뵌 것이어요. 아시죠, 제 마음?"

로즈마리는 그녀의 호소에 대답하지 않았다. 그저 그녀 뒤로 등장한 공작을 힐끗 보더니 다이닝룸으로 안내할 따름이었다. 엘리제는 대답을 피하는 로즈마리에 울상이 되었다. 고작 남작의 여식인 주제에 공녀인 자신을 밀어내다니. 엘리제는 속으로 울화가 치밀었지만 포기하지 않았다. 서고의 열쇠가 눈앞에 있거늘 이대로 포기하기엔 아쉽지 않은가.

그녀는 만찬 내내 로즈마리에게 말을 걸려고 무던히도 애를 썼다. 하지만 로즈마리는 쉽사리 마음을 열어주지 않앉다. 마치 이제까지 열어주지 않았던 사람처럼. 편지를 주고받을 때는 그렇게 상냥하게 느껴졌던 로즈마리가 달리 보였다.

엘리제는 이상한 기분이 들었다. 아름다운 자신의 외모에도 홀리지 않고 지극히 높은 신분의 자신을 밀어내며 무시한다. 이제까지 느껴보지 못한 경험이다. 수도에서 그녀는 군림한 왕처럼, 열렬히 맹신하는 신처럼 떠받들어졌거늘 여기서는 아무것도 아니라니. 아주 오래전 잊었던 기억이 되살아나는 기분이 들었다. 핍박받고 몰매를 맞고 외면당하고 무시당했던 하찮은 작은 마녀 시절이 말이다.

웃고 있는 인상이지만 그녀는 쥐고 있는 나이프에 절로 힘이 갔다. 목구멍으로 들어가는 고기가 고무처럼 질겅거리고 질겼다. 아무 맛도 나지 않았다. 허기가 지고 신경이 날카로워졌다. 엘리제가 재잘거리는 입을 닫자 만찬은 더욱 어둡고 무거웠다. 최악의 만찬이었다.

만찬 후 샤롯은 늘 그렇듯 집무실로 향했고, 로즈마리는 엘리제와 형식상 차를 마셨다. 공작은 마치 엘리제의 그림자처럼 곁에 있었다. 로즈마리는 그가 내심 의심스러웠다. 그에게서는 이따금 생기가 느껴지지만 죽은 기운이 짙었다. 마치 엘리제에게 영혼을 빼앗긴 꼭두각시 같았다.

로즈마리의 입맛이 썼다. 엘리제와 둘이 남는 것은 긴장되고 조심스러웠다. 말 한마디조차, 숨 쉬는 것조차 조심스러웠다. 엘리제가 만찬 후반부터 입을 다물고 있어서 더 숨이 막혔다.

"로즈마리, 소식 들으셨나요?"

이제까지 입을 다물었던 엘리제가 뜬금없이 말을 걸었다. 로즈마리는 눈을 깜박였다. 언뜻 엘리제의 주변이 일그러졌다 돌아왔다.

"무슨 소식이요?"

"저희 제국 옆 후 공국의 젊은 왕 말이에요."

"그분이 즉위하신 지 벌써 1년이 되었죠."

"네, 그분이 사실 11년 전에 홀연히 모습을 감췄다가 5년 전쯤 불현듯 돌아오셨잖아요."

네가 납치해서 사라진 거지, 로즈마리는 속으로 중얼거리며 찻잔을 들었다.

"그분께서 사실 타국에 장래를 약속한 연인이 있다는 이야기가 있어요."

"연인이요?"

마녀는 있는데 연인이라니, 로즈마리는 눈을 깜박였다. 엘리제는 방긋이 웃었다. 그녀는 우아한 자태로 찻잔을 들며 말했다.

"예, 타국에 두고 온 연인이 있는데 조만간 찾으러 가신다는 소문이 있더군요. 로맨틱하지 않나요?"

"그렇군요. 하지만 저는 그것보다 대공께서 행방불명

된 6년 동안 무슨 일이 있으셨는지 그게 더 궁금하네요."

로즈마리는 살포시 웃으며 슬쩍 엘리제를 떠보았다.

엘리제는 자기 나름대로 로즈마리를 곁눈으로 흘겨보았다. 아무래도 뭔가 있는 것 같은데 감이 오지 않는다.

그 후 의미 없는 대화가 몇 번 오갔지만 시간만 잡아먹었다. 둘은 밤이 늦은 것 같으니 내일을 위해 해산하자며 헤어졌다. 로즈마리는 자기와 반대 방향에 있는 손님방으로 향한 엘리제와 뒤를 따르는 공작을 보며 확신했다. 저것은 이미 잡아먹힌 것이라고.

로즈마리는 이대로 엘리제가 얌전히 하룻밤을 보내고 영지를 떠나면 좋겠다고 생각했다. 시간이 빨리 달려 내일이 왔으면. 그녀는 방에 도달하자마자 참았던 숨을 내쉬었다. 온몸이 피로했다. 필요 이상으로 긴장한 덕이었다. 곧 제미가 들어와 로즈마리의 시중을 들었다. 로즈마리는 가벼운 잠옷 차림으로 갈아입고 침대에 털썩 앉았다.

"제미, 공녀는 어때?"

"아름다운 분이네요."

"외모야 아름다운 신의 피조물이지. 그리고 뭐 없어?"

"기이한 느낌은 있습니다. 뭐랄까 사람에게서 날 수 없는 묘한 무언가가 아주 조금 느껴질 때가 있어요."

"그렇구나, 엘릭서는?"

"엘이요?"

엘은 엘릭서를 부르는 제미만의 애칭이다. 그 호칭은 제미만 부를 수 있다. 엘릭서 입으로는 너무 여자 같은 호칭이라 싫다나.

"엘릭서는 미녀를 좋아하잖아."

"딱히 별 감흥 없어 보이던데요."

오히려 공작과 자신을 비교하며 엘릭서 본인이 더 잘났다는 듯 말하던걸요. 제미의 말에 로즈마리는 키득거렸다. 역시 이 부분은 또 책을 따라가지 않는다. 무한의 서고에 꽂힌 책은 현실을 담은 게 아니라는 걸 알면서도 로즈마리는 이따금 확인하고 비교하게 된다.

"잠자리를 정리해드릴까요?"

"응, 오늘은 피곤하니까 그만 잘래."

로즈마리가 즉각 대답하자 제미가 웃으며 이불을 적당히 들춰내 그녀를 품게 했다. 따뜻한 이불이 로즈마리를 덮었다. 폭신하고 질감이 좋다. 따뜻한 봄 냄새가 나는 것으로 미루어 볕 좋은 곳에 말렸나 보다. 로즈마리는 곧 노곤해져 잠의 자락을 잡을 수 있었다.

곤히 잠든 로즈마리의 곁을 지키며 자리를 정리한 제미마저 방을 떠나자 색색거리는 소녀의 숨소리만 작게 들렸다가 사라졌다. 밤은 깊었고 로즈마리의 꿈도 깊었다.

그 후, 두세 시간이 지났을 무렵이었다. 굳게 닫힌 문이 매끄러운 소리를 내며 열렸다. 복도는 아직 밝았는지 빛의 그림자가 길게 늘어져 로즈마리의 침대 일부를 크게 그었다. 빛 사이로 한 인영이 걸어왔다. 스륵스륵 바닥의 카펫과 천 자락이 스치는 소리가 났다.

로즈마리의 이불 위에 빛의 그림자가 길게 늘어졌고, 그 위에 검은 인영이 덮쳤다. 뭉툭한 그림자가 소름 끼치게 길어졌다. 하얀빛을 가리는 검은 그림자가 점점 가까이 다가왔다. 스륵스륵 스치는 소리도 가까워졌다. 외부인이 침입한 줄도 모르고 로즈마리는 곤히 잠들어 있었다.

어깨 언저리까지 이불을 덮었기에 목 언저리가 무방비하게 노출되어 있었다. 날카로운 다섯 손가락의 검은 그림자가 그 위를 서서히 덮었다. 찬찬히 다가오는 위험을 인지하지 못한 로즈마리는 좀처럼 눈을 뜨지 않았다. 곧 로즈마리의 목을 쥘 만큼 가까워진 검은 손이 기어코 그녀의 목을 움켜쥐었다. 콱 목을 조여 오는 압력에 놀라 꿈의 자락에 앉아 있던 로즈마리의 정신이 훅 돌아왔다.

로즈마리가 외마디 비명을 토하며 눈을 부릅뜨자 역광에 의해 까맣게 보이는 인영이 붉은 눈을 섬뜩하게 빛내고 있었다. 섬뜩한 핏빛 눈동자만 봐도 알 수 있었다. 로즈마리 그녀의 목을 조른 이가 누구인지.

"엘리제……."

"어머나, 영특해라. 귀여운 토끼가 눈치도 빠르지."

까만 인영의 입이 뻐끔거렸다. 요사스러운 뱀의 혀처

럼 날름거린다. 아름다움을 몸에 두른 엘리제와는 확연히 다른 음영 진 그녀의 모습은 동화에나 나올 법한 마녀의 몰골과 흡사했다. 마치 《헨젤과 그레텔》에 나오는 괴팍한 마녀의 몰골이라 로즈마리는 얼어붙은 채로 그녀를 올려다볼 뿐이었다.

"영악한 계집아이, 어쩐지 이상하더라니."

목소리가 걸걸했다. 분노에 치미는 듯 엘리제가 이를 갈았다. 로즈마리는 등 뒤로 식은땀이 났다. 그녀의 말로 보건대 아무래도 눈치챈 모양이다. 어쩌지? 정체를 들킨 것에 놀랐지만, 혹여 엘리제가 로즈마리 본인을 죽이고 샤롯마저 해할까 두려웠다. 엘리제가 한 손을 높이 치켜들었다. 날카로운 손톱이 매섭게 빛났다.

로즈마리는 양손으로 이불을 잔뜩 움켜쥐었다. 식은땀이 났다. 까만 시야에 익숙해지자 점차 천장의 형태가 선명해졌다. 심장은 미친 듯이 뛰고 땀이 났다. 로즈마리는 마른침을 삼키며 눈동자를 데굴데굴 굴렸다. 주변을 둘러봐도 마녀의 마도 보이지 않았다. 방에는 오로지 자기 혼자만 있었다. 로즈마리는 그제야 움켜쥔 이불을 놓고 한숨을 토해냈다.

꿈이었다.

모든 것이 꿈이었다. 아무래도 심적으로도 걱정과 긴

장으로 스트레스를 받았나 보다. 그녀가 바스락거리면서 상체를 일으켰다. 그녀는 침대 기둥에 기대어 앉았다. 눈을 감으면 방금 꾼 꿈이 선명하게 떠올랐다. 너무나도 선명한 꿈이기에 로즈마리는 바로 닥친 현실 같았다. 그녀는 아직도 미친 듯이 뛰는 심장 언저리를 움켜쥐었다. 로즈마리는 자신을 진정시키려 노력했다.

하지만 좀처럼 되지 않았다. 침대에 덩그러니 앉아 있자니 어둠이 두려워졌다. 그녀는 곧 방을 나섰다. 복도는 환한 불빛이 아닌 은은한 불빛으로 어둡지도 밝지도 않았다. 밤이 깊었는지 흔한 고용인 하나 보이지 않았다.

로즈마리는 더 이상 잠이 오지 않을 거라는 걸 알기에 저택을 설렁설렁 걸으며 마음을 진정시키기로 했다.

그녀는 생각 없이 복도를 걷다가 우연히 서재가 있는 곳까지 도달했다. 서재 가까이 도달하자 살짝 고민되었다. 어차피 잠이 오지 않는다면 책이라도 읽을까 싶었다. 하지만 저택에 아직 엘리제가 기거하고 있어 조심스러웠다. 그녀가 서재 앞에서 고민하고 있는데, 그 위로 그림자가 길게 늘어졌다. 로즈마리는 반사적으로 몸을 돌렸다.

그녀의 시야로 황금색 머리카락이 물결쳤다. 로즈마리는 두 눈을 부릅떴다. 아니나 다를까 엘리제가 언제 왔는지 그녀 뒤에 서 있었다. 그녀는 실크 잠옷 바람에 고개를 갸웃 기울이며 미소를 짓고 있었다. 꿈이 자꾸 오버랩되었다.

로즈마리가 반사적으로 제 목 언저리를 매만졌다. 엘리제는 저녁때와 달리 조금은 서늘한 어조로 그녀를 불렀다.

"야심한 시간에 우연이네요, 로즈마리."

"그러게요, 공녀님."

"잠이 오지 않나 봐요."

엘리제의 어투에 로즈마리는 마른침을 삼켰다. 복도를 등지고 있는 엘리제는 약간 역광으로 얼굴에 음영이 졌다.

"몸이 좀 불편해서 깼어요."

저도 그런데……라고 말끝을 흐린 엘리제가 로즈마리에게 다가왔다. 그녀가 다가가자 로즈마리는 반사적으로 뒤로 물러나다가 서재의 문과 부딪쳤다.

"왜 그렇게 피하세요?"

"네? 아뇨 그런 적……."

"눈까지 피하면서…… 제 발 저린 도둑처럼 저를 슬슬 피하시네요."

그건 이쪽에서 하고 싶은 말인데, 상황상 엘리제가 하는 게 어울렸다. 로즈마리가 억지로 입꼬리를 끌어올리며 웃었다.

"그럴 리가요."

"그럴 리가 없죠? 그렇죠?"

엘리제가 로즈마리 코앞에 당도했다. 그녀는 로즈마리 앞에 어둠을 그리며 웃었다. 섬뜩한 미소였다. 그녀는 손을 뻗어 로즈마리의 뺨을 쓱 매만졌다. 로즈마리는 절로 소름이 돋는 것을 느꼈다.

"참 이상하기도 하지. 어째서 로즈마리는 왜 홀리지 않을까요?"

"무슨 말이신지?"

"모두 나를 우러러보기 바쁜데 로즈마리는 그런 기색이 없네요. 참 이상하죠?"

이렇게 아름답고 우아하고 완벽한데. 엘리제의 말에 로즈마리는 그저 마른침을 삼킬 뿐이었다.

"베히모스라 그런가."

엘리제의 중얼거림이 흩어지듯 흘러나왔다. 로즈마리의 두 눈이 잘게 흔들렸다. 로즈마리는 쉽사리 입을 뗄 수 없었다. 엘리제는 그런 로즈마리를 은근한 눈으로 감시하다 시선을 올려 서재의 문을 올려다봤다. 고풍스러운 나무 문이 눈에 띄었다. 로즈마리는 고개를 드는 엘리제를 따라 시선을 옮겼다. 혹시 엘리제가 자신의 비밀과 이 서재를 알아차리면 어쩌지?

로즈마리가 몇 번 입을 뻐끔거리다 힘겹게 말을 내뱉었다.

"밤이 깊었으니 방으로 돌아가시지요, 공녀님."

로즈마리의 말에 엘리제는 올렸던 고개를 숙여 그녀를 내려다보며 빙긋이 웃었다. 섬뜩함과 오묘하게 선정적인 미소였다.

"글쎄요, 다시 잠들기는 힘들 것 같군요. 그래서 책이라도 읽을까 하는데…… 어떠세요?"

로즈마리는 다시 입을 다물었다. 엘리제는 고개를 숙이며 제 발등만 보는 로즈마리의 정수리를 내려다보았다. 뭔가 석연치 않은 계집이라고 생각했다. 엘리제는 자신을 필요 이상으로 경계하는 로즈마리에게 의심을 품었다. 마치 자신이 누구인지, 그 근본이 무엇인지 아는 것처럼 경계하고 있다. 이제까지 착각이라 생각했지만, 지금 이렇게 마주하니 확신할 수 있었다. 이 계집은 자신의 정체를 알고 있다고.

그녀는 유혹으로 로즈마리를 꾀어낼 수 없다면 두려움으로 몰아붙여야 한다고 생각했다. 그녀의 붉은 눈동자가 몹시도 섬뜩했다. 그녀 주변의 그림자가 비현실적으로 까맣고 질척거렸다. 꿀렁거리는 그림자는 바닥에서 위로 솟구쳐 거대한 해일처럼 일어섰다. 로즈마리는 그것을 보며 눈을 크게 떴다.

"앙큼한 토끼 같으니라고."

검은 해일을 등진 엘리제가 께름칙한 미소를 지으며 키득거렸다. 아름다움과 께름칙함은 오묘한 조화를 이루어 말로 표현할 수 없는 괴이함을 연출했다. 로즈마리는 반사적으로 문을 더듬거리며 옆으로 비켜가려 했지만, 그마저도 두 다리가 얼어붙은 양 굳어버려 쉽지 않았다.

강해졌다고 생각했다. 엘리제와 대등하게 맞설 만큼. 마력도 뒤지지 않는다고 생각했다. 하지만 막상 닥치자 감옥의 그때처럼 주춤거리게 된다. 로즈마리는 심성 자체가 싸움을 즐기지도 그것을 유연하게 대처할 능력도 변변치 않았다. 애초에 평화로운 일상에 익숙했기 때문에.

하지만 상황은 그런 변명을 받아들이지 않는다. 로즈마리는 곧 자신을 공격할 것 같이 몰려오는 검은 그림자 해일에 자기도 모르게 양팔을 들어 얼굴을 가리고 웅크렸다. 콰쾅!! 나무문이 볼품없이 부서지는 소리가 복도 전체를 울렸다. 로즈마리가 해일의 압력에 의해 서재 안으로 쭉 밀려나 데굴데굴 굴렀다. 엘리제는 그것을 유연하게 운용하면서 부서진 문 사이로 들어오기 시작했다.

"이곳이 서재인가?"

엘리제는 꼴 같지 않은 내숭은 던져버리기로 했다.

엘리제는 자신의 그림자를 마치 여우의 아홉 꼬리처럼 흔들며 로즈마리에게 다가갔다. 로즈마리는 이를 악물며 일어났다. 마법을 써야 할까? 그녀는 로즈마리의 정체를 눈치챘을까? 아니면 계속 숨기며 시간을 끌다가 제미나 엘릭서가 올 때까지 사람처럼 버텨야 할까.

"무슨 생각을 하니? 귀여운 나의 토끼야."

"엘리제, 지금 당신이 무슨 짓을 하는지 아는 건가요?"

"그럼 알지. 교육이 필요한 토끼를 훈육 중이잖니?"

"훈육? 이건 폭행이에요!"

로즈마리가 일갈하듯 소리쳤다. 주변에 인기척이 부산하게 들렸다. 엘리제는 그깟 인간들이 모여 봐야 별거 아니라는 듯 느긋했다. 귀찮으니까 싹 쓸어버리자.

그녀의 생각이 끝나기 무섭게 가장 가까운 곳에 있던 제미와 아미가 뛰어왔다. 엘리제 눈에는 하녀 하나와 건장한 거인 여성 하나로 보였다. 저 정도는 아무것도 아니다. 엘리제가 제 그림자를 휘둘렀다. 그러나 그녀의 추측은 금방 꺾였다. 제미는 제국의 내로라하는 기사들보다도 뛰어난 무력을 가진 기사였고, 아미 역시 그녀 못지않았다. 그녀의 그림자를 막아내는 데 성공했지만, 살짝 뒤로 밀려났다. 반대쪽에서 젊은 남자가 뛰어왔다. 엘릭서였다. 그는 검마저 소지하고 있었다. 검 집에서 검을 꺼낸 엘릭서가 소리쳤다.

"무슨 소란이냐!"

엘리제가 혀를 찼다. 그녀가 오른손 엄지와 검지를 부딪쳐 딱 소리를 내자 그녀 뒤로 공간이 갈라졌다. 그 공간 너머로 남색 머리카락의 남자가 걸어 나왔다. 엘리제의 호위로 따라붙은 공작이었다. 그는 초점 없는 눈으로 엘리제 뒤에 섰다.

"방해꾼을 처리해."

엘리제가 서늘한 어조로 속삭였다. 공작이 고개를 끄덕였다. 그는 곧 양손에 활활 타오르는 불꽃을 만들어냈다. 제미와 아미, 그리고 엘릭서가 뒤로 주춤 물러났다. 그 사이 엘리제는 로즈마리에게 한 걸음 다가갔다.

"같이 가자꾸나, 나의 토끼야."

요사스럽게 웃는 엘리제에 로즈마리는 마른침을 삼켰다. 지금 마법을 써야 할까? 어차피 가문의 기사들마저 나섰다. 이제 피할 수 없는 전면전이라면 부딪쳐야 답이지 않을까! 로즈마리가 입술을 벌려 말을 내뱉었다. 아니, 내뱉으려 했다.

그 찰나의 순간에 그녀 뒤로 그림자 진 영역에서 웬 사내의 손이 불쑥 나타났다. 커다란 두 손이 곧 로즈마리의 상체를 껴안고 그림자 안으로 끌어당겼다. 그야말로 순식간이었다. 그 순간, 로즈마리는 눈에 비치는 엘리제의 낭패 담긴 얼굴과 그 너머로 소란스럽게 터지는 마법, 그리고 그 잔재들과 고함 소리를 들으며 눈을 질끈 감았다. 그녀는 곧 아귀의 까만 입 속에 삼켜진 것처럼 어둠에 먹혔다.

눈을 감았다 떴을 때는 아귀의 안이 아니었다. 로즈마리는 살짝 허공에 뜬다 싶다가 곧장 아래로 추락했다. 소리 없는 비명을 내지르며 한껏 양손을 움켜쥐며 몸을 구부렸다. 이 붕 떴다 추락하는 기분은 정말로 질색이다! 전생에서도 놀이기구를 별로 좋아하지 않았던 로즈마리는 오소소 소름을 느꼈다. 아래로 추락하는 것은 오래가지 않았다. 누군가 딱 타이밍 좋게 로즈마리의 몸을 받았다. 단단한 팔이 무릎 아래와 등에 느껴졌다.

"히끅!"

반사적으로 괴상한 딸꾹질이 났다. 로즈마리의 눈은 질끈 감긴 채였다. 그녀 위에 들리는 낮은 목소리가 들렸다.

"괜찮아?"

낮은 목소리가 귓가를 간지럽혔다. 어조가 익숙했다. 어디서 들어본 어조였다. 로즈마리는 알 수 있었다. 5년간 느슨했던 패밀리어와의 연대가 갑자기 폭발할 듯 선명해졌기 때문이다.

로즈마리는 질끈 감았던 눈을 서서히 들어 올렸다. 들춰지는 눈꺼풀 너머로, 팔랑거리는 속눈썹 너머로 시야가 보였다. 그녀는 자신이 낯선 장소에 있음을 깨달았다. 투박한 가구가 놓인 여관방이었다. 그녀는 의아한 풍경에 어리둥절하다가 자신을 안고 있는 이를 무심코 올려다보았다.

그녀의 파란 눈동자에 비친 인영은 몹시 낯선 인상의 남자였다. 새까만 어둠의 머리카락과 상대적으로 밝은 피부색, 갸름한 얼굴선이 날카로운 분위기를 자아냈지만, 루비색 눈동자가 몹시도 다정하게 내리깔려 부드러운 인상을 주었다. 어디선가 본 인상이었다. 아름다운 이목구비를 자랑하는 검은 머리카락의 미남은 로즈마리를 향해 눈을 가늘게 접고 웃었다.

　5년 전 누군가와 겹쳐 보였다. 그날, 하고 싶은 말은 많았지만 차마 내뱉지는 못하고 아쉬움이 남은 시선을 내리깔았던 그 소년, 나의 패밀리어 레비탄이었다.

　"레비?"

　"응, 나의 마녀님. 그간 평안하셨습니까?"

　고상한 어조로 덧붙여 안부를 묻는다. 전령을 통해 듣던 목소리가 아닌 그의 진짜 목소리가 귓가를 간지럽혔다. 로즈마리는 너무 놀라 휘둥그레진 얼굴로 멍하니 그를 올려다보았다. 로즈마리의 파란 눈동자가 잘게 떨렸다. 그녀의 두 눈에 열기가 차는 것은 삽시간이었다.

　놀란 눈동자는 금세 물기를 가득 머금었다. 그렁그렁 눈물이 맺혔다. 로즈마리는 인상을 찡그리다가 기어코 눈물을 쏟아내며 으흑, 하고 외마디 울음을 토해냈다. 그녀의 얼굴 가득 눈물이 주륵주륵 굵은 빗줄기처럼 흘러내렸다. 레비탄은 그녀의 뺨에 제 뺨을 비비며 속삭였다.

　"너무 늦었지?"

　"너무 늦었어!"

　레비탄의 말의 끝나기 무섭게 떼쓰는 아이처럼 울음을 터트린 로즈마리가 버럭 소리쳤다. 잔뜩 성난 로즈마리의 목소리에 레비탄이 키득거렸다. 어린 시절이 절로 떠오르게 개구지게 웃는 그를 보자니 눈물이 주체할 수 없이 쏟아지기만 했다. 로즈마리는 정신없이 손등으로 눈가를 닦아냈지만 역부족이었다.

레비탄은 공주님을 안듯 안은 로즈마리를 고쳐 안았다. 그녀의 상체를 들어 자신의 어깨 언저리에 얼굴을 얹히며 안았다. 엉덩이를 받쳐 안은 그는 몹시도 자연스럽고 안락하게 그녀를 품에 고쳐 안고 등을 토닥였다. 로즈마리는 안는 품새가 바뀌자마자 자연스럽게 그의 목을 껴안고 훌쩍거리며 눈물을 흘렸다. 그리고 그의 어깨에 이따금 뺨을 비벼 눈물을 닦아냈다.

"못 본 새 울보가 다 되었네."

"반가워서 그렇지! 평소엔 이 정도는 아니거든!"

자그마치 5년이다. 로즈마리는 솔직한 심정을 토해냈다. 패밀리어와는 서로의 감정을 속일 수 없다. 굳이 들킬 거라면 솔직하게 말하는 게 좋다. 로즈마리의 말에 레비탄은 키득거렸다.

"그리고 너무 극적이라 어쩔 수 없었다고."

위기일발의 상황에서 극적으로 빠져나온 격이라 로즈마리는 놀란 가슴에 반가움과 그리움, 그리고 안도가 폭발한 것이다. 로즈마리의 심경을 누구보다도 먼저 느낄 수 있는 레비탄이 고개를 끄덕이며 그녀의 작은 등을 토닥거렸다.

"알아, 역시나 엘리제가 왔나보구나."

"알았어?"

"그녀의 기운은 께름칙하니까. 이 영지에 마녀는 오로지 너뿐이라 이질적인 기운이 나려면 네 것뿐인데, 다르잖아."

"그렇지."

"그리고 그녀는 너무 눈에 띄거든."

"그것도 그렇지."

레비탄의 말에 로즈마리는 조금 누그러진 어조로 응답하다가 응? 하고 이상한 기분이 들었다. 그러다가 버럭 소리쳤다.

"알면서 이제 와서 구해준 거야?!"

속의 말이 그대로 바깥으로 토해졌다. 로즈마리의 성난 목소리에 레비탄이 어깨를 으쓱했다. 로즈마리 뺨이 으쓱한 어깨에 부딪혔다.

"상황이 어떻게 될지 모르니까. 함부로 끼어들기 뭐했어. 내가 갑자기 끼어들면 네 정체가 탄로 나잖아."

"그야 그렇지만…… 이미 반쯤은 들킨 것 같아."

로즈마리는 그의 어깨에 손을 얹고 상체를 뒤로 쭉 밀며 말했다. 그와 눈이 마주쳤다. 눈가가 벌게져 마치 토끼 같은 로즈마리의 눈가를 보며 레비탄이 빙긋 웃었다. 로즈마리는 볼을 부풀리며 버둥거렸다. 그녀의 버둥거림에 레비탄은 로즈마리를 바닥에 내려주었다. 로즈마리의 하얀 발이 바닥에 내려지자 서늘해져 오스스 떨었다.

레비탄은 그녀 앞에 무릎을 꿇고 그 하얀 발에 자신의 여분의 부츠를 신겨주었다. 레비탄의 커다란 손에 감싸질 정도로 작은 발바닥은 따뜻하고 말랑했다. 그는 묘한 기분을 느끼며 자신의 커다란 신발을 한 짝씩 신겨주었다. 로즈마리가 그 감정을 포착했는지 눈을 가늘게 뜨고 내려보며 속삭였다.

"변태."

"그냥 촉감이 좋아서 그래."

"그래도 변태야. 발바닥 만지는 게 뭐가 기분이 좋은 거야?"

로즈마리의 말에 레비탄은 부러 응답하지 않고 쓰게 웃었다. 그가 무릎을 꿇고 그녀에게 신발을 신겨주느라 로즈마리 눈높이보다 낮아졌다. 그의 까만 정수리를 보자니 기분이 묘하기는 했다. 뭐랄까, 말로 표현할 수 없는 애틋함 같은 게 밀려왔다.

그는 로즈마리의 두 발에 신발을 신겨주고 그녀의 어깨에 도톰한 담요를 덮어주었다. 로즈마리는 거절하지 않았다. 봄이지만 밤에는 조금 쌀쌀하다. 하물며 저택이 아닌 낡은 여관은 상대적으로 좀 더 서늘한 편이라 추울 수밖에 없었다.

"앞으로 어떡하지? 저택으로 돌아가야 할까?"

"지금은 위험하지 않아?"

"하지만 샤롯이 걱정할 거야."

"그럼 전령을 보내도록 하지."

"엘리제가 있는데 보낼 수 있어?"

"나를 너무 무능하게 생각하지 말아줘. 5년 전의 내가 아니거든."

로즈마리는 김빠진 표정을 지으며 가자미눈으로 그를 흘겨봤다. 비꼬는 그녀의 어조에도 레비탄은 그저 어깨를 으쓱할 뿐이었다. 로즈마리는 그에게 다가가 그의 상의 옷깃을 잡아당기며 물었다.

"언제 왔어? 왜 말도 없이 왔어? 왔으면 전령이라도 보냈어야지!"

바보같이 로즈마리는 마녀이면서 이렇게 가까이 패밀리어가 있었는데도 눈치채지 못했다. 레비탄은 쏟아지는 로즈마리의 말에 양손을 들며 말했다.

"진정해, 로즈마리. 설명해줄게. 전령을 보내고 싶었는데 네가 너무 긴장하고 있어서 놀라게 하고 싶지 않았어."

그는 성에서 느껴지는 로즈마리의 긴장도가 높아지면 높아질수록 자신의 신경도 날카로워짐을 느꼈다. 로즈마리에게 그림자를 붙여놨기 때문에 여차하면 빼낼 생각이었지만 조심스러웠다. 그는 몰아붙이듯 제게 달라붙은 로즈마리에 난감한 미소를 지었다. 로즈마리가 다시 입을 열었다.

"지금 놀라나 전에 놀라나 나중에 놀라나 놀라는 건 똑같았을 거야!"

"그렇게 놀랐어?"

"놀랐지! 아, 정말 바보 같아! 왜 눈치채지 못했지."

"엘리제에게 신경이 쏠려 있었잖아. 모를 수 있지."

로즈마리는 자신을 달래는 어투로 말하는 레비탄에 살짝 누그러졌는지 뒤로 물러났다. 그녀는 여관방에 배치된 침대에 털썩 주저앉다가 짧은 외마디를 내뱉었다.

여관 침대는 저택의 침대와 확연히 달랐다. 짚으로 만들어져 질감도 폭신함도 희박했다. 딱딱한 축에 속하고 닿는 감촉도 거칠었다. 로즈마리는 인상을 찡그리며 침대 언저리를 팡팡 쳤다. 먼지가 피어오르다가 무겁게 내려앉았다.

"불편해도 참아주겠어? 내일까지 상황을 지켜볼까 하는데."

"뭐 어쩌겠어. 방도가 있나. 언니에게 꼭 전령을 보내 줘. 안 들키고 할 수 있지?"

"그래, 맡겨만 줘. 그 전에."

레비탄은 로즈마리의 말에 씩 웃으며 크게 고개를 끄덕였다. 그리고 성큼성큼 걸어 방문으로 다가갔다. 로즈마리가 그의 움직이는 동선을 따라 시선을 옮겼다. 그가 갑자기 문을 활짝 열었다. 문이 열리자마자 웬 남자가 앞구르기를 하며 방 안으로 들어왔다. 로즈마리는 짧은 비명을 지르며 침대 위에 두 발을 올리고 쭈그려 앉았다.

"뭐야!"

후드를 뒤집어쓴 남자가 방 한구석으로 데굴 구르며 부딪쳤다. 로즈마리는 카랑카랑한 목소리로 짧게 소리쳤다. 레비탄은 바로 문을 닫고 그에게 다가갔다. 그는 몹시 손쉽게 그의 덜미를 잡아 일으켰다. 너무나 손쉽게 자신만 한 성인을 들어 올리자 로즈마리가 눈을 동그랗게 떴다. 쟤 언제부터 저렇게 힘이 셌지?

"안녕하세요, 아가씨?"

레비탄에 의해 덜렁 들린 남자는 멋쩍은 웃음소리를 내뱉으며 머리에 쓰고 있던 후드를 들췄다. 적금발의 꽤나 준수한 미모를 가진 남자의 인상이 드러났다. 검은색 눈동자에 호기심과 기대가 반짝거렸다. 말로만 듣던 레비탄의 애지중지 귀한 아가씨를 두 눈으로 보게 되다니 감회가 새로웠다.

레비탄은 그를 보며 고개를 저었다. 감히 왕이 머무는 방문에 쥐새끼처럼 귀를 대고 있다니- 아무리 호위 기사라 할지라도 도가 지나친 면이 있었다.

"카논, 왜 자네 방에 있지 않고 문밖에 서 있었지? 나는 보초를 서라고 명한 적 없는데."

"전하! 아무리 그래도 일국의 왕이신데 어찌 보초 없이 홀로 계십니까? 저는 전하의 호위 기사로서 절대 용납할 수 없습니다!"

"평소에는 농땡이 피우느라 바쁜 놈이…… 무슨 개소리야."

"아무리 그래도 그렇지, 레이디 앞에서 그런 거친 언행은 좀……."

"로즈마리는 이런 거 좋아해."

레비탄이 그녀를 힐끗 보며 말했다. 로즈마리가 발끈하고 일어섰다.

"야! 내가 언제 그런 거 좋아했어!"

"로즈마리 입이 험하잖아. 그래서 좋아하는 줄 알았는데."

레비탄이 카논을 바닥에 떨구고 그녀에게 다가갔다. 침대 위에 일어선 로즈마리는 겨우 레비탄과 시야가 맞을 정도였다. 그만큼 레비탄은 장신의 청년으로 자랐다. 로즈마리는 바로 앞에 선 레비탄에 주춤하며 뒤로 물러났다. 쓸데없이 키만 커서는!

"네가 자꾸 성질을 긁으니까 말이 험하게 나온 거지."

"나름의 애정 표현을 그렇게 생각하다니, 슬프네."

그가 약간 의기소침한 어조를 내뱉으며 어깨를 누그러트렸다. 살짝 고개를 숙이고 내리깐 눈이 우수에 차 어찌나 가련해 보이는지 주춤한 로즈마리가 당황하며 안절부절못하며 양손을 흔들었다.

"아니 아니, 그러니까 그게 애정 표현이면 이해하겠다만."

로즈마리는 말끝을 흐렸다. 레비탄이 그녀를 힐끗 보자니 뺨이 벌게지고 귀 끝에 열꽃이 피었다. 레비탄은 로즈마리가 자신의 달라진 외모에 적응하지 못하는 것을 느꼈다. 그는 싱긋 웃었다. 그렇다면 그녀가 이 잘난 외모에 익숙해지기 전에 제대로 활용해야지.

"전하, 정말 인간이긴 했네요."

둘 사이에 약간의 핑크빛 오라가 감돌까 말까 할 때 카논이 눈치 없이 끼어들었다. 레비탄은 서늘한 눈빛으로 그를 내려다봤다. 감히 끼어들어도 이럴 때 끼어들어, 이런 눈초리라 그의 어깨가 크게 움찔거렸다.

"무슨 소리예요? 레비는 늘 이런데."

"아가씨, 전하의 평소 모습을 모르시나 보네요! 전혀 이런 분이 아니라고요. 잘 웃지도 않고 늘 무표정하거나 인상을 쓰거나 사람을 벌레 보듯 내려 보거나 경멸하는 눈초리거나 무신경하거나 그런단 말이에요!"

장문의 말을 읊기도 전에 레비탄의 눈초리가 사나워져 입을 다물었다. 로즈마리가 침대에서 내려와 도도도 그에게 다가갔다. 레비탄의 큰 부츠가 껄떡거렸다. 마치 아빠의 신발을 훔쳐 신은 소녀 같았다. 뒤뚱거리면서 걸어가는 그녀의 뒷모습에 레비탄은 미소를 자아내지 않을 수 없었다. 카논에게 가던 중 로즈마리가 그를 향해 돌연 몸을 돌렸다. 그녀는 명백히 레비탄을 향해 삿대질하며 소리쳤다.

"히죽히죽 웃지 마!"

"노력해볼게. 그렇지만 너무 아장아장 아기 같아서 말이야."

"너, 진짜!"

로즈마리가 분개한 목소리로 이를 갈았다. 그녀는 자신을 마냥 귀엽게 보는 레비탄의 눈초리에 정말 어린애가 된 기분이 들어 자존심이 상했다. 그녀가 허리에 손을 얹고 말했다.

"이래 보여도 그때보다 10센티미터 이상은 자랐어! 160은 넘었단 말이야! 봐봐! 그때보다 볼살도 빠졌고, 팔다리도 길어졌어! 난 옛날의 내가 아니란 말이야!"

"그러게. 어른이네, 어른."

"와, 어른이시다!"

레비탄과 카논이 형식적인 미소를 지으며 무감각하게 호응했다. 카논의 무의미한 박수 소리가 로즈마리를 부끄럽게 만들었다. 로즈마리의 얼굴이 사과처럼 빨개졌다. 그녀가 졌다는 듯 침울하게 중얼거렸다.

"나, 네들이 정말 싫어."

"아냐, 로즈마리. 훌륭한 어른이 되었어. 나, 너무 감동했다."

레비탄이 부러 로즈마리에게 다가가 가녀린 어깨를 두어 번 토닥이며 건조한 어조로 위로했다. 로즈마리는 더욱 참을 수 없이 창피해졌다. 로즈마리는 줄행랑치는 패배자처럼 빠른 걸음으로 침대로 뛰어가 이불 속으로 숨어 버렸다.

"우리 전하의 아가씨 참 귀여우시네요."

"시끄러워요! 나가요! 나가!"

로즈마리는 혼자 있고 싶으니까 모두 로그아웃해주세요! 라는 마음으로 소리쳤다. 로즈마리의 성난 목소리에 둘은 키득거리더니 이내 그녀의 바람대로 방을 나갔다. 로즈마리는 얼굴로 몰린 열기에 활활 타올랐다.

* * *

그녀를 방에 두고 두 남자가 복도로 나왔다. 카논이 싱글벙글 웃었다. 레비탄은 뭐가 그리 기분이 좋은지 만면에 미소가 가득한 카논을 보며 입을 열었다.

"뭐가 그렇게 좋아서 싱글벙글이야."

로즈마리를 보고 웃을 수 있는 건 온전히 자신 만이어야 한다. 샤롯은 예외다. 그녀의 가족이니까. 어쨌든 로즈마리를 보고 난 후에 싱글벙글 웃는 카논이 못마땅해졌다.

"아니, 미래의 대공비께서 몹시 활발하신 것 같아서 기쁘잖아요."

"미래의 뭐?"

"대공비요. 전하의 부인, 전하의 짝, 반려 말입니다!"

카논이 눈을 반짝거리며 명랑하게 말했다. 레비탄의 얼굴에 애매한 표정이 흘러나왔다. 그는 단 한 번도 로즈마리와 혼인 같은 걸 생각한 적이 없다. 그녀는 자신의 주인이며, 자신의 마녀라고만 막연히 생각했을 뿐.

"역시 선왕 전하의 말씀이 맞았네요. 역시 장래를 약속한 아가씨군요. 우리 전하가 이렇게 싱글벙글 웃는 얼굴도 하고 말입니다. 아주 꿀이 떨어집니다."

카논의 말에 레비탄이 한 손을 들어 얼굴을 매만졌다.

"그렇게 많이 안 웃었는데?"

"무슨 말이세요? 지금도 웃고 계시잖아요! 게다가 얼마나 보고 싶으셨으면 이 야밤에 아가씨를 보쌈해오셨습니까?"

"아니, 그건 사연이……."

"어휴, 제가 눈치가 없었습니다. 전하의 마력이 증폭된다 싶어서 호기심에 가봤더니, 두 분 5년 치 밀린 회포를 푸는 걸 방해하다니…… 이 중죄! 벌을 주시면 달게 받겠습니다."

"그래 너, 네 방에 가서 내일까지 머리 박고 있어. 공국으로 돌아가면 한 달 내내 철야해. 내 서류 네가 다 처리해."

"전하, 농담도 참……."

"왜 농담이라고 생각해?"

쫌생이 왕 같으니라고, 카논이 옹졸하게 중얼거렸다. 하지만 그조차도 레비탄에게 들렸는지 그의 눈이 더욱 사나워졌다.

"다 들린다."

"진짜! 전하 정말!!"

"정말 뭐."

"감사합니다, 고작 그 정도 벌이라니. 아유, 황송해라."

카논이 야비하게 웃으며 슬금슬금 뒤로 물러났다. 그 모습에 레비탄은 혀를 찼다. 그가 고개를 살짝 저으며 손을 휙휙 저었다. 축객령에 카논이 신나서 뒤로 물러나 제 방으로 쏙 들어갔다. 레비탄은 그가 방으로 들어가자마자 복도 창가로 걸어갔다. 그리고 부츠의 코로 바닥을 톡톡 세 번 쳤다. 그러자 그림자 속에 작은 해일이 치더니 벽을 타고 올라가 검은 새로 변해 푸드덕거리며 날아올라 주변을 배회했다. 그는 눈짓으로 그림자 나비에게 방향을 가리켰다. 그의 시선은 베히모스 저택이었다.

"그림자를 타고 가서 영주에게 전하거라. 로즈마리는 공주님과 함께 있다고."

검은 새가 그의 말이 끝나자마자 힘차게 날갯짓해 허

공으로 날아갔다. 새는 정확히 저택을 향해 날아가고 있었다. 그리고 베히모스 저택 언저리에 도달할 때쯤에 슉~ 제 모습을 저택에 그려진 그림자 속으로 숨겼다. 레비탄은 새가 안전히 저택 안으로 잠입한 것을 느낄 수 있었다.

아무리 엘리제라도, 이쪽도 마냥 제자리걸음 한 것은 아니다. 엘리제는 그림자를 활용한 마법을 부리는 마녀다. 그림자는 그녀의 악의처럼 아주 짙고 어두웠다. 그녀의 그림자는 마치 그녀의 손발처럼 자유롭게 움직였다. 레비탄은 그녀에게 갇혀 있을 때 수도 없이 봤다. 그래서 그는 공국으로 돌아가는 즉시 엘리제의 마법을 해석하고 터득했다. 그는 환경이 불안정했을 뿐이지 하늘이 내린 천재였다. 그래서인지 곧잘 엘리제의 마법을 따라 구현했고, 나아가 응용하는 경지에 올랐다.

엘리제는 자신이 사용하는 방식밖에 쓰지 못하지만, 더 윗길로 응용하는 방법을 아는 레비탄은 그녀의 시야 밖에서 충분히 샤롯에게 전령을 보낼 수 있다. 그는 마녀의 명을 이행하고 가벼운 한숨을 내쉬었다. 밤바람이 머리카락을 간지럽히듯 스쳐갔다. 서늘한 겨울의 자락이 남은 봄의 밤바람이었다. 레비탄은 바람결에 눈을 지그시 감았다. 검게 변한 시야 너머로 방금 본 자신의 마녀 로즈마리를 떠올렸다.

5년 전보다 컸지만 여전히 저의 가슴팍에 올까 말까한

작은 체구와 동그란 얼굴은 그 시절의 흔적이 여실히 남아 있었다. 하지만 로즈마리의 말대로 그녀는 여타 여인에게서나 날 법한 성인의 분위기도 풍겼다. 물결치는 금발과 닿았던 뺨에 기분 좋은 향이 났다. 가슴 언저리를 간지럽히는 로즈마리의 내음은 그리움과 묘한 기쁨을 일게 했다. 들어 올린 그녀의 몸은 부드럽고 가벼웠다. 그때는 적당한 무게감이 느껴졌는데, 자신도 자라고 힘이 세져서인지 또래 영애들보다는 살집이 있는 로즈마리도 가볍게 느껴졌다.

레비탄은 감았던 눈을 뜨고, 그녀의 보드라운 맨발을 만졌던 손을 들어 주먹을 쥐었다 폈다. 보드랍고 따뜻한 하얀 발은 그의 커다란 손에 착 감길 정도로 작았다. 그녀의 발을 제가 신던 부츠에 넣을 때 묘한 쾌감이 일었는데 왜였는지 모르겠다. 그냥 좋았던 것 같다.

레비탄은 그 손으로 턱 언저리를 매만졌다. 머릿속에 카논이 언급했던 대공비가 절로 떠올랐다. 로즈마리를 그런 식으로 생각해본 적은 없었다. 그녀가 그의 구원자이자 주인이자 마녀라고만 막연히 생각했는데, 막상 훌쩍 자란 로즈마리를 보자니…… 그녀가 아내가 되는 것도…….

"썩 나쁘지 않잖아."

아니, 오히려 바라던 바랄까. 레비탄은 난감한 미소를 지었다. 그는 창가에 기대어 비슷한 생각만 되풀이하다가 스스로도 어이없는지 헛웃음을 터트렸다. 그리고 고개를 절레절레 흔들며 생각을 정리하고 방문 손잡이를 잡았다.

그가 문을 열고 들어가자 로즈마리는 혼절한 것처럼 침대에 널브러져 자고 있었다. 도톰한 이불을 한가득 껴안고 자는 얼굴에는 평온이 가득했다. 레비탄은 그녀의 얼굴에 상체를 숙이고 마냥 쳐다봤다.

그때도, 로즈마리가 긴 잠에 빠졌던 그때도, 이렇게 마냥 쳐다봤다. 언제 눈이 뜰까, 노심초사하며 기다리고 기다렸다. 레비탄은 굳게 잠든 로즈마리의 눈꺼풀을 오른손 검지로 톡 건드렸다. 로즈마리가 별안간 눈가를 찌푸렸다. 레비탄은 키득거리다가 오른손 약지에 위치한 넝쿨 모양의 문신을 보았다. 그는 이불을 폭 껴안고 있는 로즈마리의 오른손을 찾았다. 이불을 살짝 들춰보니 로즈마리의 오른손 약지에 그와 같은 넝쿨 문신이 아름답게 호선을 그리며 손가락을 감싸고 있었다.

마치 반지 같다고 생각했는데, 정말 결혼반지 같잖아.

레비탄이 키득거렸다. 그는 슬그머니 로즈마리 옆에 누웠다. 로즈마리는 제 옆자리가 폭 꺼지자 바스락거리더니 자연스럽게 그쪽으로 몸을 돌렸다. 데굴 굴러 그의 가슴팍 언저리에 얼굴을 묻었다. 그리고 자연스럽게 뺨을 비비며 음냐음냐 우물거렸다. 꿈속에서 맛있는 거라도 먹는 걸까.

레비탄은 알아서 자기 쪽으로 굴러들어온 로즈마리를

부러 밀어내지 않고 품에 안았다. 여인의 몸 냄새와 로즈마리 특유의 향이 어지럽게 뒤섞였다. 레비탄은 그녀의 정수리에 코를 박고 눈을 감았다.

* * *

이 감각, 언젠가 경험해본 적이 있다. 그래, 5년 전 숲에서 혼절했던 그 시절, 한 달 동안 긴 잠에 빠졌던 그때다. 로즈마리는 자신의 시야에 보이는 하얀 손이 자신의 손이 아님을 알았다. 붉은 피로 물든 가련한 여인의 손에 로즈마리는 느리게 눈을 깜박거렸다.

로즈마리는 망연한 심정으로 낯선 손을 바라보았다. 그 손 너머에 붉은 피바다가 있고, 그 가운데 차디찬 바닥에 누운 인영이 있다. 붉은 바닥에 누운 것은 막 성인이 된 소녀였다. 살집이 보기 좋게 오른 동그란 뺨의 소녀. 로즈마리는 그것이 '자신'이라는 것을 깨달았다.

짙은 금발이 바닥에 아무렇게 흩어졌다. 따스한 색감을 자랑하던 머리카락이 피에 물들어 붉었다. 창백한 인상과 빛을 잃은 파란 눈동자는 죽은 사람의 그것과 같았다. 로즈마리는 그것을 보며 어쩐지 눈가가 뜨거워짐을 느꼈다. 목구멍이 식도가 콱 막힌 것처럼 숨을 쉴 수 없었다.

나는 저 소녀를 알고 있다. 너무나도 익히 알고 있던 소녀였다. 너무나 소중해서, 제 울타리에 소중히 감싸고 보호했던 자신의 유일한 혈육, 나의 동생.

'로즈마리.'

로즈마리의 의사와 상관없이 그녀의 입술이 벌어져 저기에 죽은 채 누워 있는 로즈마리를 불렀다. 로즈마리는 마침내 깨달았다. 지금 자신은 샤롯의 눈으로 로즈마리를 보고 있다.

가슴속에서 뜨겁게 끌어 올라오는 묵직한 허탈감과 상실감에 샤롯은 몸을 제대로 가눌 수 없었다. 온몸을 떠는지 시야가 정신없이 흔들렸다. 샤롯이 된 로즈마리는 무수히 많은 절망과 증오, 슬픔, 괴로움의 소용돌이에 휩쓸렸다. 곧 시야는 어두워지고 그 너머로 찢어질 듯 절망 어린 절규가 쏟아졌다.

다시 눈을 떴을 때는 반대의 입장이 되었다. 샤롯의 몸에 갇힌 자신은 누워 있었고, 푸른 눈동자를 한 로즈마리는 제 언니를 내려다보고 있었다. 소녀의 주변에는 튀어버린 핏자국이 선명했다. 창백해진 얼굴, 그 뺨에 핏자국이 튀었는지 붉다.

소녀는 울고 있었다. 한여름의 소나기처럼 쉴 새 없이 쏟아져 그녀의 뺨을 타고 턱 언저리에서 툭툭 떨어졌다. 소녀가 어찌나 절망 어리게 울던지 안타까운 마음에 그녀에게 손을 뻗고 싶었지만 힘이 제대로 가지 않았다. 하복부에 심한 고통이 찌르르 올라왔다.

소녀는 눈물범벅이 된 얼굴로 그녀를 보며 말했다. 미안해, 미안해, 미안해 언니. 몇 번이고 반복하며 사과하던 소녀는 자신의 손에 들린 칼을 높이 들어 그녀에게 내리꽂았다. 콜록 하고 피가 목구멍을 통해 뿜어져 나왔다. 그 피가 소녀의 머리카락에 튀고 적셨다. 생명이 바깥으로 빠져나갔다. 점점 흐려지는 인상 속에 나의 동생 로즈마리는 하염없이 울면서 사과하고 나를 찔렀다. 그녀 뒤에 잔혹하게 웃고 있는 마녀가 보였다.

아, 이번에도 틀렸구나, 꿈속 그녀는 다시 눈을 감았다. 다시 눈을 떴을 때는 누구도 다치지 않았다. 그녀의 세상은 평화롭고 사랑하는 여동생도 건강했다. 이번엔 아무것도 하지 않았다. 아무것도 하지 않았다.

하지만 그해, 영지에 전염병이 돌았다. 운이 없게도 전염병은 동생을 앗아갔다. 이번에도 틀렸다. 이번에도 동생은 스무 살을 넘기지도 못하고 세상을 떠났다. 그녀는 절망스러웠다. 또 실패했어.

다시 시작하자 꿈속의 그녀가 속삭였다. 눈을 감았다 떴다. 그녀는 백지의 책에 무언가를 적고 있었다. 그녀가 쥔 깃펜이 팔랑팔랑 움직였다. 유려한 글씨가 춤추듯 호선을 그리며 문장을 만들었다. 이번에는 다른 이야기로 시작하자.

그녀는 몇 번이고 이야기를 다시 썼다. 사랑하는 동생의 미래가 행복해질 수 있게, 그 애가 더 오래 살 수 있게, 이야기를 적어나갔지만 좀처럼 제대로 이루어지지 않았다. 그녀의 이야기 밖으로 툭 튀어나오는 변수가 길을 막은 채 예정된 미래를 도미노처럼 쓰러트렸다.

그럼에도 그녀는 몇 번이고 이야기를 다시 썼다. 다시 쓸 수 있어, 다시 되돌리자. 샤롯은 그렇게 생각했다. 세상은 몇 번이고 반복되고, 변질되고, 뒤틀리고, 다시 재정렬되었다. 샤롯과 로즈마리는 몇 번이고 다시 살아나 다시 살고, 다시 죽임당하고, 죽었다. 막연한 기대와 희망은 점점 희석되고 희미해졌다.

그저 행복하길 바랐을 뿐인데, 샤롯은 뚝뚝 눈물을 흘리며 이번에도 펜을 잡았다. 그녀의 서고에는 고독한 집필자만 남아 영원에 가까운 영생을 돌고 돌렸다. 까마득한 어둠이 그녀 주변을 덮었다. 세상이 다시 지워지고 새로 쓰이는 소리가 났다.

사각사각.

* * *

로즈마리의 귓가로 새가 지저귀는 소리가 드문드문 들

렸다. 아무래도 꿈에서 깰 시간인 것 같았다. 언뜻 뜬 시야 너머로 희미하게 빛이 보였다. 무거운 눈꺼풀을 들어 올리자 보이는 것은 누군가의 목젖이었다. 로즈마리가 눈동자를 데구루루 굴렸다. 그녀는 웬 외간 남자의 품에 안겨 있었다.

갑자기 쿵 하고 심장이 떨어지는 줄 알았다. 혹시 자는 사이에 봉변을 당한 게 아닌가 하는 두려운 마음에서였다. 하지만 곧 자기를 안고 있는 남자가 레비탄임을 깨달았다. 그리고 도미노처럼 전날 저녁을 떠올릴 수 있었다. 엘리제가 본성을 드러냈다. 서고로 들어가는 서재의 문을 부수고, 저택의 고용인들과 기사들과 대립했다. 엘리제가 로즈마리를 납치하려 했지만, 구사일생으로 레비탄의 도움을 받아 이곳에 떨어졌다. 그래, 그랬다.

로즈마리는 부스스 그의 품에서 빠져나와 상체를 일으켰다. 여관의 낡은 창가 너머로 햇살이 비치는 것으로 보아 정오에 가까운 아침이 된 것 같았다. 오래도 잤다. 로즈마리가 하품하며 기지개를 켰다. 찌뿌둥한 몸이 조금은 개운해지는 것 같았다. 그녀가 뒷머리를 긁적거리다가 옆에 깊이 잠든 레비탄을 내려다봤다. 곤히 자는 레비탄은 전날 감탄할 정도로 여전히 늠름하게 아름다웠다. 남자에게 아름답다는 감상이 어울릴 정도로 레비탄은 훌륭히 자랐다. 그의 속눈썹이 어찌나 길던지 팔랑거릴 판이다.

로즈마리가 검지로 조심스럽게 톡 하고 그의 속눈썹을 건드렸다. 동시에 레비탄의 눈꺼풀이 바르르 떨리더니 천천히 뜨기 시작했다. 곧 나른한 루비색 눈동자가 모습을 드러냈다.

"안녕."

레비탄이 살짝 잠긴 목소리로 인사를 건넸다. 로즈마리는 그 목소리에 희미하게 웃었다.

"잘 잤어?"

"생각보다 잘 잤지."

로즈마리는 애매한 어조로 말끝을 흐렸다. 꿨던 꿈이 심장 언저리를 차게 얼렸다. 심연이 가득한 로즈마리의 내리깐 파란 눈동자에 레비탄은 상체를 일으켰다. 그는 고개를 갸웃 기울였다.

"잘 잤다는 얼굴은 아닌데? 심란하군."

레비탄은 로즈마리 안에 혼란과 심란함으로 가득한 것을 느꼈다. 어째서 그런 마음을 느끼는지 모르겠지만, 더 깊게 그녀의 생각을 읽자니 전과 달리 선이 제대로 그어져 있어서 거기까지는 읽을 수 없었다. 로즈마리는 자신에게 깊게 동화하려는 레비탄에 샐쭉하게 웃었다.

"5년 전의 내가 아니거든? 음흉하게 레이디의 생각을 읽으려 하다니. 공국의 왕은 참 무례하네."

로즈마리는 익살스럽게 재잘거렸다. 레비탄은 침대 등

에 기대앉으며 나지막이 한숨을 내쉬며 고개를 저었다.

"발전했네, 발전했어."

"그럼, 내가 늘 제자리일 줄 알아?"

로즈마리는 가벼운 웃음을 토해내며 그를 따라 침대 등에 상체를 기댔다. 잠시 침묵이 오갔다.

그러나 그것도 오래가지 않았다. 꼬르륵. 뱃고동이 울렸다. 그의 배에서 나는 소리는 아니었다. 그가 반사적으로 소리가 나는 쪽으로 고개를 돌리자 로즈마리가 제 배를 감싸 쥐고 있었다. 얼굴이 홍시처럼 빨개졌다.

"배고파."

"그럼 먹을 만한 식사를 가져올게."

"내려가서 안 먹고?"

"그 옷차림으로?"

로즈마리의 옷차림은 가벼운 실크 잠옷 드레스였다. 언뜻 살이 비칠 정도로 얇기에 그 옷차림으로 사람들이 부산하게 모여 있을 여관의 식당으로 내려가는 건 현명하지 못한 선택이다. 로즈마리는 레비탄의 지적에 아, 하고 말끝을 흐렸다.

"일단 식사하고, 여관 주인에게 네가 입을 만한 가벼운 옷차림을 빌려달라고 할게."

"고마워."

"신경 쓰지 말고, 지금 혼란한 감정이나 잘 정리해봐.

정리되면 왜 그렇게 혼란스러운지 이유도 좀 알려주고."

"생각해볼게."

로즈마리는 내키지 않은 듯 중얼거렸다. 그런 꿈, 말하기가 어려웠다. 진짜인지, 환상인지, 착각인지도 사실 확신하지 못 하겠다. 그런 괴이한 꿈을 어떻게 말해야 할까. 나는 몇 번이고 살아나고 몇 번이고 죽었다고. 세상은 샤롯에 의해 몇 번이고 써지고, 고쳐지고, 바뀌었다고. 어떻게 말하겠어. 나조차도 믿기 어려운데.

레비탄은 말끝을 흐리며 눈을 내리깐 로즈마리에 한숨을 내쉬었다. 그는 방문을 나서면서 말했다.

"나 때문에 심란한 거면 괜찮은데, 다른 것 때문에 심란한 건 보기 싫어서 그래."

레비탄이 말을 끝내기 무섭게 문은 닫혔다. 그가 걸어가는 소리가 들리고 점차 멀어져갔다. 옆방 문이 열리는 소리도 들리는 것으로 보아 카논 역시 따라나서는 모양이다.

로즈마리는 인기척이 완전히 사라질 때쯤에 침대에서 나와 창가 쪽으로 걸어갔다. 삐걱거리는 나무 바닥이 오래된 소리를 내뱉는다. 창가에서 보는 영지는 언제나처럼 평화로운 일상이었다. 부지런한 사람들이 사냥한 우루루를 도축하고 가죽을 말리고 고기는 매달아 놓는다. 뼈는 멀쩡한 것과 부서진 것을 분리해 등급을 나눠서 정리했다. 매년 보던 풍경이었다.

보는 방향과 시각이 달라졌을 뿐, 저택에서 봤던 풍경이 여기서는 더 가깝게 보였다.

로즈마리는 그것을 마냥 쳐다봤다. 그녀는 끔찍했던 신년회의 괴이한 현상을 되돌아봤다. 글로 이루어진 모든 것들. 모든 형태가 글과 문장으로 이루어져 괴이하고 끔찍하고 께름칙한 그 풍경들. 세상이 정말 누군가에 의해 몇 번이고 쓰이고 있다면 그것은 찰나의 오류였을 것이다. 누군가에 의해 강제로 써진 세상이 진짜 세상과 부딪치고 충돌하다가 생겨난 틈새 같은 게 아니었을까.

그녀는 창가에 기대 눈을 감았다. 귓가에 아른거리던 벨의 목소리가 메아리처럼 들려왔다. 너만이 할 수 있어, 로즈마리. 오직 너만이 운명을 바꿀 수 있어. 그 말뜻은 이제까지 환생해 두 번째 삶을 살았기 때문이라고 생각했다. 두 번째 삶을 살고 있고 전생을 기억하기 때문에 그런 말을 한 줄 알았다.

하지만 그게 아니었다. 로즈마리는 누군가가 계속 쓰고 있는 책의 핵이었다. 이 모든 이야기는 로즈마리가 행복하게 오래오래 살길 바란다는 소망에서 시작되었다. 그러니까 이 이야기의 주인공은 처음부터 로즈마리였던 것이다.

10 진실은 무엇인가

그날 밤, 저택에서는 불과 몇 시간 전 난동이 무색할 정도로 모두가 멀쩡해 보였다. 저택 한쪽에 폭음이 들려오고 흔들렸지만 그것도 오래 지속되지 않았다. 곧 저택의 병력이 동원되었고, 그로 인해 상황은 빠르게 처리되었다. 샤롯이 서재로 도착했을 때는 상황이 마무리되어 있었다. 사고의 현장인 아수라장에는 샤롯을 뺀 누구도 없었다.

샤롯이 부서진 벽면을 매만지자 놀랍게도 멀쩡한 형태로 되돌아가기 시작했다. 날카롭게 뚫려버린 서재의 문도 멀쩡한 형태로 되돌아갔다. 정말로 '아무' 일이 없었던 것처럼.

샤롯은 사고가 나기 전으로 복구된 서재와 복도를 확인하고 집무실로 돌아갔다. 또각또각 구둣발 소리만이 아주 조그맣게, 그리고 잔잔하게 울리며 사라졌다. 그녀가 서재에서 멀어져가면서 벽에 걸린 등불에 의해 희미한 빛만 남을 뿐 잔잔한 침묵이 무겁게 내려앉았다.

 영주의 집무실에서는 사각사각 종이를 긁는 펜촉 소리가 들렸다. 일정한 소리를 내며 흔들렸던 펜대가 갑자기 멈췄다. 창가를 두드리는 침입자의 인기척 때문이었다. 펜대를 잡고 있던 하얀 손이 멈췄다. 그녀가 소리 나는 창가 쪽을 보자 검은 새가 푸드덕거리며 창가를 서성거렸.

 샤롯이 몸을 일으켜 창문을 열자 기다렸다는 듯 전령이 집무실로 들어와 크게 한 바퀴를 돌더니 그녀의 어깨 위에 안착했다. 전령이 곧 보낸 이의 말을 샤롯에게 전했다. 샤롯은 서늘한 인상을 유지한 채 침묵했다. 전령은 자신이 맡은 바 임무를 수행하고 허공으로 아스라이 사라졌다. 샤롯의 푸른 눈은 시릴 만큼 얼어 있었다.

 공주님과 함께라니, 아무래도 그가 돌아온 모양이다. 썩 내키지 않지만 샤롯은 어쩔 수 없다는 듯 눈을 내리깔고 다시 책상으로 걸어갔다. 결국 이 이야기의 주인공들이 다시 무대 위에 올라섰다. 바라던 바이고, 그녀가 썼던 이야기의 일부인데도 샤롯은 어쩐지 석연치 않았다.

 왜일까. 모든 것이 착착 진행 중인데도 불안감은 사그라지지 않고 날로 커져만 간다. 그녀는 가볍게 고개를 저으며 불안을 떨쳐내려 했다. 다시 의자에 앉아 펜을 집어 들었을 때 집무실 문을 두드리는 소리가 났다.

 "들어와."

그녀의 말이 끝나기 무섭게 중년 남성이 집무실로 들어왔다. 백발 탓에 자칫 까마득히 나이를 먹은 것 같은 착각을 일게 하지만 그의 인상은 고작해야 40대를 갓 넘은 듯했다. 짧은 백발에 짙은 구릿빛 피부색, 새까만 눈동자를 가진 이였다. 구릿빛 피부에 갑주를 입은 그는 매우 훌륭하게도 기세등등한 기사의 모습을 하고 있었다. 실제로도 그는 이 영토를 떠나 제국 내에서도 알아주는 실력자다.

"바엘 경, 무슨 일이지."

그는 다름 아닌 바엘, 베히모스가를 수호하는 기사단을 이끄는 단장이었다. 불과 몇 년 전부터 겉으로는 장기 휴가로 알려져 있지만, 실제로는 행방불명이었던 인물이었다. 바엘은 자신의 군주 앞에 각 잡힌 군례를 하며 묵직한 목소리를 내뱉었다.

"주군의 명대로 사악한 마녀는 영지의 지하 감옥에 투옥시켰습니다."

"달고 온 패밀리어는?"

"마녀가 생각보다 반항이 심하여 불가피하게 제거했습니다."

"그럼 이야기에 착오가 생길 텐데."

샤롯이 미간을 찌푸렸다. 그 불안감은 무엇을 의미하는 것일까? 약간의 어긋남이 생겨버렸다. 하지만 수많은 과거를 돌이켜보면 이 정도 어긋남은 극히 미세한 것이다.

그래도 완벽히 진행되었다고 생각한 스토리에 작은 흠집이 생기니 절로 신경이 쓰이긴 했다. 그녀의 인상에 바엘이 긴장했다. 마른침을 삼키며 그녀의 말을 기다렸다. 그녀는 한 손으로 미간을 매만지며 한숨을 내쉬었다.

"어쩔 수 없지. 언제나 내 뜻대로 된 적이 없으니. 수고했네, 바엘 경."

"아닙니다. 주군께서 명하신 바를 제대로 이루지 못해 송구할 따름입니다."

"아니, 괜찮네. 자네는 언제나 잘해줬으니까. 10년 가까이 직책에서 물러나 음지에서 활동하게 해서 미안할 따름이야."

샤롯은 진정으로 미안한 미소를 지으며 의미심장한 어조로 말을 내뱉었다. 바엘은 고개를 저었다. 주인의 바람이라면, 특히나 그녀의 명이라면 어떻게든 이루고 싶었다. 샤롯은 듬직한 그를 보다가 일순간 두통이 일었다. 찌르르 뒷골을 울리는 두통에 좌측 귀와 눈 사이를 매만졌다.

"괜찮으십니까, 주군?"

"늘 있는 일이네. 괜찮으니 물러가게."

시기가 가까워지고 있다. 늘 실패를 맛봤던 그 시기.

"로우 경에게 듣기론 요즘 부쩍 잦아졌다고 들었습니다."

"제미에게 들었나 봐? 늘 이맘때는 심해지긴 해. 하지만 익숙하니까 걱정 말게."

"그래도, 역시 주치의에게……."

바엘이 걱정 어린 눈빛으로 젊은 주군을 쳐다봤다. 그의 시선에 걱정이 가득했다. 하지만 샤롯은 고개를 저었다. 어차피 이건 병이 아니다.

"괜찮네, 그만 가서 쉬게."

이건 저주다. 실패한 과거의 자신이 현재의 자신에게 내리는 저주다. 샤롯은 더는 말하지 말라는 듯 오른손을 흔들며 바엘에게 축객령을 내렸다. 바엘이 마지못해 응답하고 집무실을 나섰다. 그가 문을 닫고 점점 멀어지는 소리가 들렸다.

그의 인기척이 느껴지지 않을 무렵 샤롯은 의자에 폭 눕듯 늘어져 기댔다. 눈을 지그시 감았다. 두통은 나날이 심해지고 그에 따른 고통도 나날이 짙어진다. 하지만 이것은 과거의 자신이 거는 저주이기도 하고 인과보응의 결과이기도 했다. 그리고 더 이상 반복하지 말라는 무언의 경고이기도 했다.

샤롯은 로즈마리가 태어났던 시기를 떠올렸다. 완연한 봄을 알리는 봄꽃이 피는 계절이었다. 바람은 살랑살랑 불고 그 결에 봄내 나는 꽃향기가 따라붙었다. 햇볕은 따뜻해 저택 가장 따뜻하고 아늑한 곳, 아가의 요람이 있는 곳이 언제나 환했다.

샤롯이 열 살이 되던 해였다. 그녀에게 늦깎이 여동생이 생겼다. 부모님의 금슬이 좋았기에 가능한 일이었다. 샤롯은 열 살 평생을 외동으로 살았지만, 불현듯 탄생한 동생을 무척이나 반겼다. 외동은 외로우니까.

아기가 태어나고 한 달 동안은 보지 못했다. 동생은 뭐가 급했는지 달수를 채 채우지도 못하고 태어났기 때문이다. 미숙아였다. 덕분에 태어나서 더 자랄 때까지는 유모와 부모님 빼고는 아무도 동생을 만날 수 없었다. 그 한 달을 샤롯은 오매불망 기다렸던 것 같다.

한 달이 지났을 무렵에는 계절이 봄의 끝자락을 잡고 있었다. 햇살은 점차 강렬해지고 해는 길어질 무렵, 샤롯은 동생을 두 눈에 비출 수 있었다. 몹시 작은 아이였다. 한 달이나 지났는데도 샤롯의 동생은 몹시 작았다. 붉은빛이 여전히 남은 피부와 작은 머리통, 작은 몸과 손과, 발. 너무 작아서 만지면 부서질 만큼 약해 보였다. 샤롯은 신기한 마음으로 요람에 잠든 동생을 하염없이 내려다봤던 것 같다.

어쩜 이리 작을까. 너무 작아서, 당연히도 샤롯은 동생을 지켜주고 싶었다. 그때 꼭 감겨 있던 동생의 눈이 서서히 떠졌다. 샤롯은 그 순간, 시간이 몹시 느리게 흐르고 있다고 생각했다. 너무 느리게 흘러가는 시간 속에 서서히 떠지는 동생의 눈동자는 선명한 푸른색이었다. 그 파란 눈동자는 어떤 보석보다도 반짝거리고 아름다웠다.

그 순간 샤롯은 동생의 두 눈에 매료되었다. 순진무구한 눈동자가 자신을 비출 때 말로 표현할 수 없는 감정이 솟았다. 동생이 그녀를 보며 눈을 가늘게 접고 까르르 웃는다. 웃음소리마저 옥구슬 구르듯 청명했다. 작은 두 손을 흔들며 저에게 손을 뻗는 동생이 참을 수 없이 사랑스러웠다.

샤롯은 그녀에게 손을 뻗었다. 아가의 말캉한 손이 닿았다. 그 순간, 샤롯은 강렬하게 느낄 수 있었다. 이 아이는 내가 평생 지켜줘야 할 소중한 존재라고. 동시에 깨달았다. 지금 이 세상은 몇 번이고 반복한 세상이라는 사실을. 바로 자신의 손으로.

짧은 회상을 마친 샤롯이 감았던 눈을 떴다. 그녀는 의자에서 일어나 집무실을 나섰다. 그 뒤로 당연한 듯 아미가 따라붙었다. 샤롯은 그녀에게 눈길도 주지 않고 말했다.

"따라올 것 없다."

"하지만······."

"서고에 간다."

그녀의 말이 끝나기 무섭게 아미가 하늘로 솟구치듯 사라졌다. 샤롯이 서고로 갈 때는 누구도 달고 가지 않는다. 오로지 혼자서 간다. 샤롯뿐만 아니라 모든 서고의 사서들, 베히모스가의 가주들이 그래왔다. 로즈마리와는 달랐다.

샤롯은 서고로 가는 서재에 도착했다. 그녀는 일말의 망설임도 없이 문을 열었다. 그리고 문 너머로 걸어갔다. 까마득한 어둠이 그녀를 반겼다. 로즈마리는 그 자리에서 아래로, 아래로 떨어졌지만 샤롯은 그저 반듯이 걸어갈 뿐이었다.

곧 까만 어둠, 그녀 앞에 하얀 점이 보이더니 점차 커졌다. 빛이 새어 나오는가 싶더니 일순간 세상이 밝아졌다. 그녀는 살짝 눈을 찡그리다가 감았다 떴다.

[어서 와, 사서!]

머릿속에 명랑한 목소리가 울렸다. 샤롯은 대답하지 않았다. 그녀의 시야는 빛 때문에 일순간 뿌예졌지만 점차 선명해졌다. 광활한 책장이 둥근 탑의 안처럼 둥글게 쌓여 있었다. 하늘 높이 쌓인 책장마다 빼곡히 책이 꽂혀 있다.

"이야기를 고쳐야겠어."

샤롯은 허공을 보며 조곤조곤 속삭였다. 그녀의 말이 무섭게 서고 한가운데 고풍스러운 책상과 의자가 나타났다. 그 위에 3/4페이지는 넘긴 빈 페이지의 책이 펼쳐져 있었다. 그 옆에는 잉크병과 펜이 가지런히 놓여 있었다. 샤롯은 그 자리에 가서 앉았다.

[결말을 어떻게 지을 셈이니?]

두근두근 설레는 마음으로 묻는 안내인에게 샤롯은 응

답하지 않았다. 하지만 안내인은 늘 있는 일이라는 듯 익숙한 채로 끈질기게 말을 걸었다.

[어때, 이번에는 책의 스토리가 마음에 들어? 이제까지와는 확률이 다른 것 같지 않아?]

샤롯은 그저 말없이 펜을 잡고 빈 페이지에 글을 쓸 뿐이었다. 사각사각 펜촉이 스치는 소리가 났다.

[이번에도 마음에 들지 않으면 다시 쓸 거야?]

안내인의 물음에 샤롯의 펜이 멈칫했다. 하지만 곧 펜은 부지런히 흔들렸다. 그녀의 내리깐 두 눈은 그저 서늘한 푸른빛만 낼 뿐이었다. 그녀 뒤로 황금빛 찬란한 미녀가 나타났다. 그녀는 샤롯의 등 뒤에서 양팔을 벌렸다. 그리고 주저 없이 샤롯을 껴안으며 말했다.

[몇 번이고 써도 좋아. 그럴수록 서고는 새 책이 늘어나니까.]

속삭이는 목소리가 마치 악마의 그것과 같았다. 샤롯은 입술을 깨물었다. 몇 번이라고, 대체 얼마나 더 써야 하지. 얼마나 더 이 짓거리를 반복해야 그녀가 바라던 미래가 올까. 이제는 모르겠다. 너무 많이 반복해서, 이게 맞는지조차도 모르겠다. 샤롯은 그저 무의식중에 같은 행위를 반복할 뿐이었다.

그녀의 서늘한 푸른 눈이 잘게 흔들렸다. 손은 끊임없이 움직이고 페이지는 채워져 나간다. 그녀를 감싸 안은 금의 여인은 샤롯의 귓가를 속삭였다.

[가여운 샤롯, 이번에는 반드시 원하는 결말로 이어지길.]

마치 저주와 같은 말이었다. 샤롯은 눈을 질끈 감았다. 그녀가 쥐고 있는 펜이 툭 떨어졌다. 펜이 페이지 위로 데굴데굴 굴러갔다. 샤롯은 책상 위에 두 손을 주먹 쥐고 고개 숙였다. 무수히 많은 책의 탑에서 그녀는 외로운 집필자가 되어 같지만 새롭고, 다르지만 비슷한 이야기를 몇 번이고 새로 쓰고, 또 새로 쓴다. 이제는 누구를 위해서 쓰는지도, 누구의 행복을 위해 쓰는지도 모르는 책을. 잔혹한 세상 속에 그녀만 외로이 묶여버렸다.

* * *

레비탄이 여관 1층 식당에서 적당한 음식을 쟁반에 담아서 방으로 돌아왔을 때는 로즈마리는 창가에 앉아 있었다. 창을 등지고 있는 로즈마리는 두 손을 감싸 쥐고 다리 사이에 내려놓고 있었다. 고개를 숙이고 눈을 감고 있는 그녀에게 봄바람이 살랑 불었다. 짙은 금발이 바람결에 흔들렸다. 빛을 등진 로즈마리에게서는 뭐라 말할 수 없는 기묘함이 느껴졌다.

레비탄이 잠시 말없이 그녀를 물끄러미 바라볼 때쯤 기

이하게도 로즈마리의 형체가 반투명하게 변했다. 그대로 두다간 아스라이 사라져버릴 환상처럼 그녀의 형체가 두 눈에서 흐려졌다. 레비탄은 깜짝 놀라 눈을 빠르게 깜박였다.

"뭘 그렇게 놀라고 있어?"

그가 눈을 깜박이는 사이 로즈마리가 창가에서 내려왔는지 그의 부츠를 신을 두 발로 터덜터덜 걸어왔다. 레비탄은 들고 있던 쟁반을 놓칠 뻔했다. 로즈마리는 고개를 갸웃 기울이며 그가 들고 있는 쟁반을 넘겨받으며 말했다.

"배고파 죽는 줄 알았네."

"로즈마리."

레비탄은 쫑알거리는 로즈마리를 내려다보며 이상한 표정을 지었다. 그의 시선에 로즈마리는 다시 고개를 갸웃 기울였다. 레비탄이 느끼는 감정에 당혹이 어렸다.

"나, 뭐."

말끝을 흐리는 레비탄에 로즈마리는 미간을 찌푸렸다. 레비탄은 그저 말없이 그녀를 내려다보았다. 하지만 눈치 없이 문을 벌컥 연 카논 때문에 어색한 상황이 와장창 깨졌다.

"전하! 아가씨! 저도 같이 먹어요! 밥은 혼자 먹는 것보다 같이 먹을 때 더 맛있는 법이거든요!"

재잘거리며 들어온 카논에 로즈마리는 눈을 동그랗게 떴다. 어쩜 인기척도 없이 홀렁 들어오나 몰라. 이상한 표정을 짓던 레비탄에 집중하느라 카논의 인기척을 알아차리지 못한 로즈마리가 중얼거렸다. 카논은 싱글벙글 웃으며 방에 있는 탁자 위에 들고 온 쟁반을 내려놓았다. 그리고 여전히 그 자리에 서 있는 레비탄을 돌아봤다.

"전하? 뭐하십니까? 식사하셔야죠."

너무나도 타이밍 없게 등장한 카논에 의해 일순간 말이 막힌 레비탄이지만, 곧 가볍게 고개를 저으며 헛웃음을 내뱉었다. 그가 탁자 의자에 앉자마자 이미 앉아서 빵을 집어 들고 있는 로즈마리가 레비탄을 힐끗 올려다봤다.

"왜 그래, 갑자기?"

여전히 당혹감이 어린 그의 감정에 로즈마리가 물었다. 레비탄은 아까 반투명해 보이던 로즈마리가 환영인지 착각인지 모르겠지만 어쩐지 불길한 느낌을 받았다. 그는 아까 그 현상을 로즈마리에게 말할까 입을 열다가 다시 닫았다.

"아니, 아무것도."

고개를 저으며 말하는 레비탄에 로즈마리는 뚱한 어조로 받아치더니 따끈한 수프에 빵을 찍어 먹었다. 카논은 막 숟가락으로 수프를 한 술 푸다가 아차! 싶은 표정을 지었다.

"혹시 제가 눈치 없이 두 분 사이에 끼어든 겁니까?"

"그걸 이제 알았냐? 거 드럽게 눈치 없네."

레비탄이 재수 없게 제 눈에 걸린 카논에게 한소리 쏘아냈다. 카논은 쿠궁! 세상이 무너지는 표정을 지었다. 로즈마리는 빵을 입에 문 채로 우물거렸다.

"아니에요, 그런 거. 신경 쓰지 말고 밥 먹어요."

"하지만……."

"레비가 경을 놀린 거예요. 경의 말대로 혼자 먹으면 맛 없잖아요. 같이 먹으니까 맛있네. 그럼 됐지, 뭐."

"아가씨……."

로즈마리의 말에 카논이 진정 감동한 표정을 지었다. 레비탄은 그런 카논을 한심하게 보며 툭하니 또 끼어들었다.

"밥 먹고 어떡할래? 저택으로 돌아갈래?"

"그럴까 하는데 어느 정도 정리는 되어 있겠지?"

"재수 없으면 사자대면이지, 뭐."

"재수 없게."

로즈마리는 얼굴을 찡그렸다. 그가 식사를 가져간 사이 저택 쪽을 봤지만 평소와 같았다. 어디 무너져 내린 곳도 없었다. 주변이 소란스럽지도 않았다. 그녀가 언어 마법을 이용해 조심스럽게 저택 주변을 탐색했지만 불길한 기운을 내뿜던 엘리제의 기척이 거짓말처럼 사라져 있었다. 어쩌면 저택의 기사들이 그녀를 내쫓았을 수도 있다.

엘리제는 대단한 마녀이지만 본색을 전부 드러낼 수 없었을 것이다. 하물며 이곳은 지뢰의 땅 베히모스. 함부로 이 땅을 초토화시킬 수 없다. 그 전에 샤롯이 그녀를 제물 삼아 이곳을 모조리 파멸시킬지도 모르지.

샤롯을 떠올리자 로즈마리는 절로 떠오르는 꿈에 마음이 무거워졌다.

레비탄이 여관 주인을 통해 여분의 옷을 구해왔다. 로즈마리는 옷을 받았다. 레비탄이 그녀가 편히 옷을 갈아입게 자리를 비켜주면서 물었다.

"혼자 입을 수 있어?"

"날 뭐로 보고. 저택에 있을 때도 잠옷은 내가 갈아입었어."

"그런 거 보면 여타 귀족이랑 좀 다르다니까."

"저택에는 늘 일손이 부족하니까 사소한 건 혼자서 해야지."

"여자들이 가장 중요하게 여기는 게 치장이잖아. 사소한 게 아닐 텐데……."

"너, 지금 나보고 좀 꾸미라고 돌려 까는 거 아니지?"

로즈마리는 가자미눈이 되어 그를 흘겨보았다. 레비탄은 실수했다는 듯 민망한 미소를 지으며 고개를 저었다. 그런 뜻은 아닌데 그렇게 들렸다면 미안해. 그의 사과에 로즈마리는 고개를 픽 돌렸다. 레비탄은 멋쩍은 듯 뒤통수를 긁적거리며 퇴장했다. 로즈마리는 그가 문을 닫는 소리를 듣고 몸을 돌렸다.

사실 시중이야 받지만 전생의 기억이 깨어나고부터는 자신의 손으로 할 수 있는 건 스스로 했다. 옷 입는 것쯤이야 어려운 일이 아니다. 신년회 때는 코르셋 때문에 도움을 받아야 하지만, 평소에는 가벼운 드레스 차림이라 착용하지 않는다. 그러니 전생에 스스로 옷을 입듯이 입을 수 있었다.

조금은 거친 옷감으로 이루어진 평민의 옷을 입은 로즈마리는 마찬가지로 레비탄이 구해준 싸구려 빗을 들었다. 평민의 옷은 발목이 살짝 보일 정도로 치맛단이 짧다. 다행히 레비탄의 부츠를 신고 있기에 하얀 발목이 가려졌지만, 걸음걸이가 여간 불편한 게 아니라서 여관을 나서자마자 신발부터 사달라고 해야 할 것 같았다.

그녀는 긴 머리카락을 빗으로 부지런히 빗었다. 자다 뒤척이는 바람에 머리카락이 엉켰지만 심하진 않아서 빗으로 말끔히 빗겨졌다. 한결 부드러워진 머리카락을 둘로 나눠서 양 갈래로 땋았다. 가끔 제미가 해줬지만 성인이 되고서는 좀처럼 하지 않는 머리 스타일이었다. 양 갈래 땋기는 아무래도 어린 소녀들이 어울릴 테니까.

하지만 로즈마리는 그나마 자신 있는 머리 손질이 땋기였다. 전생에서 자주 어린 친구들에게 해줬던 버릇이 오래도록 남았기 때문이다. 머리를 다 땋을 때쯤 노크 소리가 들려왔다. 묻지 않아도 누군지 알 수 있다.

"들어와."

"다 입었어?"

"응, 근데 여관을 나가면 신발부터 사야겠어. 너무 커서 헐떡거려."

로즈마리가 벌떡 일어나 치맛자락을 살짝 들어 올리며 아장아장 그에게 걸어갔다. 워낙 발 사이즈가 차이가 나서 그런지 조심하지 않으면 금방이라도 벗겨질 판이었다. 레비탄 앞에 도달하자 그는 그녀의 발밑을 보더니 어깨를 으쓱했다.

"아쉽지만 어쩔 수 없지."

"아쉽다고? 정말 변태구나, 너."

"내가 왜 변태인데?"

굳이 그녀의 발에 그의 신발을 신겨주면서 벗으려 하니 아쉽다는 점이 변태라고 받아치고 싶었지만 어쩐지 쉽사리 내뱉을 수 없었다. 애초에 그가 그런 감정을 가진다면 로즈마리에게 어떠한 감정을 가지고 있어야 한다는 생각이 들었기 때문이다. 로즈마리는 어떠한 감정이 소유욕 또는 집착이라고 생각했다. 부러 자신의 큰 신발을 신게 하고, 그것을 함부로 벗지 못하게 한다는 것은 레비탄이 로즈마리에게 자신의 일부를 어떻게든 안기려는 것이니까. 마치 그녀 안에 그를 인식시키려는 것이 뭐라 표현하기 어렵지만, 그래 낙인을 남기려는 것 같았다.

하지만 로즈마리는 확실치 않아서 쉽사리 입을 뗄 수 없었다. 로즈마리는 한숨을 푹 내쉬며 고개를 저었다.

"됐어, 어쨌든 나가면 신발부터 사줘."

레비탄이 빙긋 웃으며 그녀 앞에 손을 내밀었다. 못 본 사이 굳은살이 많이 박이고 커다래졌다. 로즈마리가 그의 손바닥에 손을 얹으면 폭 감싸일 정도로 큰 것 같았다. 로즈마리는 조심스럽게 굳은살이 박인 투박한 그의 손에 제 손을 얹었다.

"넘어지지 않게."

레비탄이 부러 말을 내뱉었다. 로즈마리는 아장아장 걷는 자신의 걸음걸이를 되새기며 얼굴을 붉혔다. 누구 때문에 이런 우스운 꼴인데!

여관을 나서자마자 레비탄은 근처 가까운 가게에서 로즈마리의 발에 딱 맞는 부츠를 사줬다. 로즈마리는 앞 코로 통통 바닥을 두드렸다. 우루루 가죽으로 만들어진 부츠는 저택의 것에 비해 투박하지만 튼튼하고 탄력도 제법 있어서 불편하지 않았다. 로즈마리는 만족스럽게 웃으며 고개를 끄덕였다.

"딱 좋아."

아장아장 걸음은 이제 사절이다. 레비탄은 주인 잃은 자신의 부츠를 보며 씁쓸하게 웃었다. 자기 신발을 신고 아장아장 걷는 게 귀여웠는데…….

"그럼 저택으로 가볼까?"

"어랏!"

로즈마리는 한결 가벼워진 어조로 대답하다가 말고 머릿속이 크게 울렸다. 그녀는 자신도 모르게 한 손으로 오른쪽 머리 부근을 부여잡고 고개를 숙였다. 시야가 크게 흔들리고 땅이 울리며 온몸 가득 메아리치듯 진동이 일었다. 로즈마리는 인상을 찡그리며 앞에 선 레비탄을 봤지만, 그도 별반 다를 게 없어 보였다. 그와 그녀가 눈을 마주친 순간 세상이 일순간 멈췄다.

　두 사람을 중심으로 세상은 온통 흑백으로 변해버렸다. 마치 메두사의 눈을 본 광경처럼 세상은 흑백 세상으로 변해 하늘을 나는 새는 물론 부산하게 움직이던 사람들도, 활활 타오르는 용광로의 불꽃도 그대로 멈춰버렸다.

　이게 무슨 일이지? 로즈마리가 막연히 중얼거리는 사이 머릿속에 무수히 많은 문장이 쏟아졌다. 문장은 그녀의 머릿속에 침투해 하나의 이야기를 만들었다. 로즈마리는 결국 바닥에 주저앉았다. 그리고 찢어질 듯 굉음이 울리는 머리통을 부여잡았다.

　"로즈마리!"

　레비탄이 인상을 찡그리며 주저앉은 그녀를 따라 무릎을 구부렸다. 로즈마리는 아픔을 견디지 못해 눈을 질끈 감다가 그의 목소리에 고개를 들었다. 그러자 세상이 글자와 문장에 의해 형태를 유지하는 광경을 보게 되었다. 글자들이 자글자글 형태를 이뤄 조금씩 움직였다. 로즈마리의 두 눈에 비친 레비탄 역시 글자에 감싸여 붉은 눈만 보이는 검은 인영이었다. 로즈마리는 두려움이 일었다. 거대한 두려움은 파도가 일듯 그녀의 몸을 강타했다. 바들바들 떨리는 로즈마리의 두 눈에 눈물이 맺혔다. 그때 보았던 그 모습이다. 괴이한 글자의 세계.

"로즈마리!"

레비탄이라 추정되는 글자의 인영이 그녀의 양팔을 부여잡고 흔들었다. 로즈마리는 어떤 말도 할 수 없었다. 이런 광경을 다시 보고 싶지 않았는데. 레비탄은 알 수 없었다. 갑자기 머리가 찢어질 듯 아프더니 세상이 흑백으로 물들고 시간은 멈췄다. 그리고 로즈마리가 바닥에 주저앉아 머리를 감싸 쥐고 있었다. 그녀에게 다가가자 두 눈에 말로 표현할 수 없는 공포가 어렸다.

왜? 왜 나를 보고 두려워하는 거지?

레비탄은 입술을 깨물었다. 그는 자신 안의 마력을 운용했다. 마력은 전보다 커지고 방대해졌다. 자신의 마녀 로즈마리로부터 받은 마력은 그의 마력에 융화되어 기묘한 힘을 발휘했다.

마녀의 마력은 근본적으로 자연적인 마력과는 다르다. 한번 변질된 마력. 자연으로 돌아가지 못하고 방출되면 아스라이 사라져버린다. 그 마력과 자연적 마력이 융화를 일으키자 반마력으로 변화한 것이다. 그 마력은 세상의 작은 틈새에 영향력을 안겨준다.

샤롯은 레비탄이 로즈마리의 패밀리어가 된다는 이야기를 적었다. 그렇지만 그 안의 마력이 어떤 식으로 변화할지는 적지 않았다. 그러니까 그의 마력은 이야기에 함유되지 않은, 순수한 변이였다. 레비탄은 마력을 운용해 바깥으로 방출되었다. 그의 붉은 눈을 닮은 붉은 오라가 뭉게뭉게 피어났다.

로즈마리는 자신의 양팔을 붙잡고 있는 이에게서 피어나는 붉은 오라에 눈을 동그랗게 떴다. 그 바람에 눈가에 맺은 눈물이 뺨을 타고 떨어져 내렸다. 검은 인영 주변에 자글자글 움직이던 글자가 비명을 지르는 소리가 들렸다. 까만 인영에 파열이 일어났다.

두 눈은 불의 정열을 담은 아름다운 보석처럼 빛났다. 파열은 점차 크게 일어나 날카로운 소리를 내지르며 깨져버렸다. 동시에 그 속에서 진짜 레비탄, 즉 검은 머리카락 흰 피부, 감탄이 일게 만드는 비율로 이루어진 이목구비가 보였다. 그의 목 언저리 옷깃이 붉은 오라에 넘실넘실 춤을 췄다. 그 유려한 목에 로즈마리의 것이라는, 그녀의 패밀리어라는 청록색 각인이 선명한 빛을 내며 반짝거렸다.

"레비?"

"그래, 괜찮아?"

로즈마리가 넋이 나간 표정으로 그를 부르자 다정하게

웃는다. 그는 손을 들어 눈물이 떨어져 물 자국이 남은 뺨을 매만졌다. 로즈마리와 공유된 감정에 수많은 공포가 점차 사그라졌다. 로즈마리가 그제야 안도했는지 흑 하고 짧은 울음을 내뱉으며 그를 향해 양팔을 벌렸다.

레비탄은 자기를 와락 껴안은 로즈마리의 작은 몸을 마주 안았다. 그의 커다란 손이 로즈마리의 정수리를 쓰다듬었다. 귓가를 속삭이는 낮은 저음이 계속 괜찮다고 말해주고 있었다. 로즈마리는 그렁그렁 눈물을 쏟아내며 그의 목언저리에 눈가를 비볐다.

"세상이 모두 글자로 보여."

로즈마리가 울먹이며 말했다. 땅도, 하늘도, 가구도, 사람도 모두 글자로 이루어져 자글자글 춤을 췄다. 세상에 오로지 정상적인 것은 레비탄 하나였다. 로즈마리 본인마저도 글자로 보이니 얼마나 무서웠을까. 이런 무서운 세상은 다시는 보고 싶지 않다고 생각했다. 다시 보니 더욱 두려웠다.

감은 눈에 신년회 때 보았던 선명한 붉은 글자가 비쳤다.

글을 쓰는 샤롯, 이야기를 쓰는 샤롯, 디데이를 알리는 붉은 숫자.

그리고 무한의 사서…….

로즈마리의 머릿속에서 생각은 꼬리에 꼬리를 물고 수많은 정황과 추측이 그에 맞춰 하나의 결론을 이루어냈다.

그녀가 눈물 맺힌 눈을 떴다. 그녀는 레비탄의 목 언저리에 숙였던 고개를 들어 그를 보며 말했다.

"레비, 이 세계는 이제까지 수백 번, 수천 번 다시 쓰였어. 우리가 사는 이 세계는 거짓이라는 말이야."

로즈마리의 말이 끝나기 무섭게 어디선가 부서지는 소리가 났다. 동시에 멈췄던 세상도, 글자로 이루어졌던 세상도 거짓말처럼 사라졌다. 귓가에 당황 어린 가게 주인의 목소리와 개구진 카논의 목소리가 들렸다.

"도련님, 아가씨, 사람들도 많은데 이렇게 꼭 애정 행각을."

사람들의 시선이 둘에게 꽂히자 로즈마리와 레비탄은 그들을 보다가 다시 마주 봤다. 그러고 보니 둘은 바닥에 무릎을 꿇고 서로 껴안고 있었다. 로즈마리의 얼굴이 금세 빨개졌다.

로즈마리는 자기도 모르게 레비탄의 상체를 힘껏 밀었다. 레비탄이 뒤로 넘어지진 않았지만, 그 바람에 상체가 살짝 뒤로 밀려나 안았던 팔이 풀렸다. 로즈마리는 벌떡 일어나 카논과 가게 주인에게 당황 어린 어조로 말했다.

"이건 그러니까 내가 잠깐 어지러워서."

"아유, 괜찮습니다. 신혼부부인가 본데, 그맘때는 다 그래요."

주인이 너털웃음을 내뱉자 로즈마리의 얼굴이 더 새빨

개졌다. 카논은 눈치 없이 그녀 옆에 붙어 속닥거렸다. 목소리에 선명히 느껴지는 익살스러움에 로즈마리는 차마 고개를 들 수 없었다.

"적당히 놀리지 못해?"

레비탄이 중간에 끼어들지 않았다면 로즈마리는 전력 질주로 가게를 뛰쳐나갔을 것이다. 레비탄은 로즈마리의 심정을 느껴 바로 그녀의 어깨를 잡아 막았다. 가게에서의 작은 해프닝 이후, 세 사람은 곧장 걸음을 옮겼다.

* * *

세 사람은 외진 골목으로 들어섰다. 로즈마리는 인기척이 없는지 주변을 둘러보았다. 카논이 방긋이 웃으며 말했다.

"아가씨, 주변에 딱히 사람들은 없는 듯합니다."

"카논 경, 확실한가요?"

"제 입으로 말하기 민망합니다만, 이래 뵈도 저는 공국에서 알아주는 강자입니다."

"입만 산 강자지."

레비탄이 끼어들어 가슴을 자랑스럽게 내밀며 허세를 부리는 카논을 툭 밀쳤다. 로즈마리는 카논을 볼 때마다 절로 엘릭서가 떠올랐다. 자기 자랑거리를 내뱉는 게 쌍둥

이가 아닐까 싶을 정도로 똑 닮았다. 외모는 완전 다른데 어쩜 성격이 소울 메이트 수준이란 말인가!

"전하께서 모르시나 본데 저는 촉망 받는 기대주였다고요."

"였다, 겠지. 잔말 말고 밖에서 보초 좀 서."

"여기는 바깥도 아닌 아가씨 가문의 영지인데, 굳이……."

구시렁거리는 것마저 닮았어! 로즈마리는 그를 엘릭서 대하듯 대하기로 마음먹었다. 딱히 위험이 도사리는 곳은 아니지만 훼방꾼을 내보내고자 했다.

"그래요, 좀 가서 보초 좀 서세요."

"아가씨마저! 두 분 다 저를 일을 시키고 싶고 괴롭히고 싶은 거죠!"

레비탄 못지않게 장신인 카논이 잔뜩 상처받은 인상으로 울화를 토해냈다. 그의 인상에 레비탄이 쓰읍 하고 얼굴을 일그러트리며 험악한 기세를 살짝 내비치자 슬그머니 뒤로 물러나 야비하게 웃었다.

"아유, 그럼요. 고용인은 그저 고용주 말대로 열심히 일해야죠. 좋은 시간 보내세요!"

마지막에는 의미심장한 미소를 지으며 골목 바깥으로 퇴장해버렸다. 좋은 시간? 저 사람 진짜 하는 말마다, 어쩜! 로즈마리가 황급히 그에게 한마디 하려 했으나 레비탄의 제지로 물러날 수밖에 없었다.

"레비, 쟤 나날이 오해 중인데 괜찮아?"

너랑 나랑 그렇고 그런 사이로 아주 철썩 같이 믿고 있는 것 같은데, 로즈마리가 중얼거렸다. 레비탄은 오묘한 표정을 지었다. 그리고 고개를 갸웃 기울이며 그녀를 내려다보았다. 내리깐 적색 눈동자에 무슨 생각이 오가는 게 보이는지, 아니면 감정을 읽은 건지 로즈마리는 일순간 얼굴을 붉혔다.

"레비! 호응하지 마! 사실 우린 그렇게 로맨틱한 관계가 아니잖아!"

"왜? 내가 알기론 네게 프러포즈도 했던 것 같은데……."

"초면에 했던 말도 안 되는 그 대사라면, 난 인정하지 않겠어."

초면에 만행을 저지르고 내뱉었던 너 내 색시 할래? 그 말이 절로 떠올랐다. 그때 어찌나 기가 막혔는데, 그걸 프러포즈라고? 딱히 로맨틱함을 바란 적은 없지만, 당시 레비탄의 프러포즈는 상황도 말투도 그다지 진실성이 없어 보였다.

"그럼 지금 다시 하면 받아줄 의향은 있어?"

갑작스러운 제의에 일순간 주춤해졌다. 레비탄 정도의 외모는 쉽게 볼 수 없고, 또 그 재력과 직위는 어떠한가.

모든 여인이 꿈꾸는 왕자님의 위치에 있지 않은가.

"정말, 뭐 나를 좋아한다면…… 의향이 조금은 있겠지."

로즈마리는 한발 물러서 시선을 내리깔았다. 레비탄이 탄성을 내뱉었다. 아예 마음이 없는 건 아닌 것 같다. 그때는 딱 잘라 거절하더니. 레비탄이 고개를 치켜들며 시선을 내리까느라 살짝 고개를 숙인 로즈마리를 내려다봤다. 붉은 루비색 눈동자가 불꽃이 일듯 선명하게 일렁거리다가 사라졌다.

"지금은 그게 중요한 게 아니니까."

로즈마리가 다시 입을 열고 고개를 들었을 때는 레비탄의 오묘한 시선은 사라진 지 오래였다. 그의 인상이 진지해졌다.

"아까 있었던 현상, 그리고 네가 했던 말 모두 정말이야?"

레비탄이 믿을 수 없다는 듯 물었다. 그는 스스로 겪었음에도 쉽사리 와 닿지 않았다. 로즈마리의 파란 눈동자는 진실을 말하고 있었다. 그녀가 무겁게 고개를 끄덕였다.

"전에도 경험한 적이 있어."

"언제?"

"5년 전 신년회에서. 엘리제를 처음 만난 날이었어."

레비탄이 고개를 끄덕였다. 로즈마리는 골목에 위치한 한 가정집의 벽돌에 기대서서 조곤조곤 이야기를 꺼내기 시작했다.

"네 눈에는 어떻게 비쳤을지 모르겠지만, 내 눈엔 온 세상이 글자와 문장으로 이루어진 끔찍한 세계였어. 사람은 물론 하늘을 나는 새들, 나무며 꽃도 모조리 검은 글자로 형성된 검은 형체에 불과했지."

로즈마리는 숨을 가볍게 내쉬었다. 마주 잡은 두 손이 바르르 떨렸다. 글자의 세계는 어떠한 생기조차 없었기 때문에 기이했고, 그랬기에 두려웠다. 레비탄이 그녀의 손을 잡고 진정시키려는 듯 괜찮다고 속삭였다.

"그때, 나는 본 거야. 내 언니 샤롯을 형성하고 있는 붉은 글자와 숫자를."

"그게 무엇을 의미하는지 알겠어?"

"응, 사실 처음부터 얘기하자면 나는 너를 만나기 전부터 알았어."

"나를? 어떻게?"

"너도 알다시피 우리 가문은 무한의 서고를 지키는 막중한 임무를 맡고 있어. 가주는 대대로 사서로서 서고를 관리하지. 하지만 무엇 때문인지 나는 가주가 아님에도 서고를 열람할 수 있어."

어느새 로즈마리 옆에 선 레비탄에게 고개를 돌려 그를 올려다보며 말했다.

"언니의 말로는, 그리고 어린 시절의 내 기억으로는 아주 어릴 적부터 서고를 들락거릴 수 있었던 것 같아. 그런데 뭐 어린 시절에 부모님을 불의의 사고로 잃고 좀 방황했어. 언니도 가주를 계승하느라 바빴고."

로즈마리는 말끝을 흐리며 오늘도 맑은 하늘을 올려다보며 말했다.

"우리 가문은 대륙을 떠나 세계에서 가장 막중한 임무를 맡고 있지만, 그들에게는 뭐랄까, 갖기에는 버겁고 버리자니 불안한 그런 존재거든. 그래도 이따금 세계 정복 같은 말도 안 되는 것 때문에 바깥에서 잠입한 벌레들이 종종 등장해. 나는 그 시절에 벌레에 의해 독살된 적이 있어."

그러다 문득 그녀의 하녀였던 샤프란이 절로 떠올랐다. 그녀는 당시 뚱뚱하고 바깥출입을 좀처럼 하지 않는 자신의 나쁜 소문을 퍼트렸던 적이 있다. 워낙에 악질적인 소문이 많았기에 엘릭서가 그녀를 내치라 말한 적이 있다. 그런데 그때는 그런 마음이 들지 않아서 그대로 뒀다. 샤프란은 수도 신년회까지 동행했지만, 그 후로는 행방이 묘연해졌다.

로즈마리는 신년회를 마치고 돌아가는 길에도, 그 후 저택 안에서도 그녀를 볼 수 없다는 사실에 신경 쓰지 않았다. 그녀는 벌레였다. 로즈마리가 샤롯에게 말하지 않은 비밀이 있듯이 샤롯 역시 로즈마리에게 말하지 않은 음지의 비밀이 있었다. 로즈마리는 자신에게 붙은 벌레를 샤롯이 제거했다고 믿었다.

언제부턴가 가문의 단장이 자리를 비운 시기, 그러니까 로즈마리가 독살당해 쓰러진 시기에는 거기까지만 생각했지만, 지금 연결 지어 생각하면 로즈마리는 무의식적으로 저택에 침투했던 벌레들을 암묵적으로 음지에서 제거한 사람이 그 단장이 아닐까 추측했다. 아마도 맞겠지.

잠시 침묵이 흐르고, 로즈마리는 어느 정도 생각을 정리하며 그간 있었던 이야기를 차분히 내뱉었다. 무한의 서고에서 받게 된 책《엘리제 이야기》로 미래를 알게 되었고, 거기서 레비탄의 존재를 알게 되었다고 말했다.

물론 그건 진실이 아닌 거짓된 이야기였다. 하지만 서고가 거짓된 책만 준 것은 아니었다. 언어의 마도서는 진짜였으니까. 그렇기에 로즈마리가 마녀로 번듯하게 존재하는 거겠지. 그녀는 생각했다. 서고는 잘못되지 않았다고. 그렇다면 서고와 대상자 사이의 물을 흐리게 한 것은 무엇일까.

"신년회에서 봤던 글자의 세계에서 샤롯에게 보였던 붉은 글자가 나는 죽음을 알리는 디(D)데이라고 생각했어."

"그런데?"

"아니었어."

로즈마리는 고개를 저으며 말했다. 얌전히 말을 듣던 레비탄이 로즈마리를 내려다보았다. 그리고 눈을 느리게 깜박거리며 말했다.

"혹시 내게 숨기고 있는 게 또 있어?"

"어째서 그렇게 생각해?"

"네 마음 한쪽에 아직 남은 것 같아서."

"함부로 읽지 말라니까."

"읽으려고 한 게 아니라 저절로 읽히는 거야."

레비탄은 약간의 비웃음이 담긴 미소를 지으며 어깨를 으쓱했다. 로즈마리가 볼을 부풀렸다. 가장 안쪽, 깊이 숨겨놓은 의식의 영역을 닫는 데 성공했지만 그 바깥까지는 차마 닫을 수 없었다. 말할 수도 있지만, 사실 그와 말없이 소통하는 게 꽤나 좋았다.

"사실, 나는 전생을 기억해."

"이제 놀랄 것도 없다."

"안 믿는 건 아니고?"

"이제 와서? 나는 무슨 일이 있어도 네 말은 다 믿어. 난 네 패밀리어니까."

뜻밖의 말에 로즈마리는 눈을 동그랗게 뜨더니 이내 방긋이 웃었다.

"그것 참 듬직하네."

로즈마리는 자랑스럽다는 듯 눈을 가늘게 접고 웃었다. 레비탄이 그녀를 따라 웃었다.

"그리고, 또 있어."

"말해봐. 나중에 충격적인 것보다 지금 다 알고 싶어."

"이제 원점으로 돌아가. 이 세계는 거짓이라고 말했잖아."

"응, 그랬지."

"내가 꿈을 꿨는데, 마녀가 되고 나서 꾸는 꿈은 늘 의미가 있더라고. 네 과거를 돌아보던 꿈처럼. 어쨌든 어제 저녁에 꿈을 꿨는데……."

로즈마리는 레비탄에게 꿈을 설명했다. 몇 번이고 죽는 자신의 모습과 그에 따라 절망하는 샤롯, 반대로 샤롯이 죽고 절망하는 로즈마리. 대부분은 로즈마리의 손에 의해 샤롯이 죽은 거지만…… 그리고 마지막으로 책상에 앉아 글을 쓰는 샤롯.

"의미심장하군."

레비탄이 턱 언저리를 매만지며 중얼거렸다. 로즈마리는 시선을 내려 발끝을 내려다보며 중얼거렸다.

"이건 추측일 수도 있지만 확신에 가까워. 이 세계는 어쩌면 샤롯에 의해 몇 번이고 반복된 게 아닐까 하고 말이야. 내 꿈은 꿈이 아니라 그동안 지나온 무수히 많은 과거일 거야. 나는 그렇게 생각해. 레비, 샤롯은 몇 번이고 이야기를 쓰고, 고치고, 다시 쓰고 있어. 내가 글자의 세계를 보는 것은 어딘가 고쳐졌기 때문에 잠시 주춤하는 사이, 그 틈이라고 생각해."

로즈마리는 말을 덧붙였다.

"아까 머릿속이 찢어질 듯 아팠어."

레비탄은 아직도 여파가 남은 듯 인상을 찡그리며 머리 언저리를 매만졌다.

"무언가 의식 속으로 침투하는 게 느껴지지 않았어. 가령? 어떤 문장이라든가, 아니면 어떤 행동을 하라는 말이라던가."

"그래, 그랬어."

둘은 서로를 마주 보고 동시에 입을 열었다.

"샤롯을 죽여라."

동시에 입을 연 두 사람의 눈동자는 지극히 심각해 보였다. 샤롯이 이야기의 결말을 바꾼 것이다. 엘리제를 죽이는 것으로 끝나는 게 아니라 샤롯을 죽이는 끝을 맞이하라고.

"머릿속에 사악한 마녀는 엘리제가 아닌 샤롯이라는 말이 세뇌되듯 들려왔어."

"그럼 엘리제는 뭐였지?"

"샤롯이 만든 악녀."

엘리제는 그저 이야기에 필요한 등장인물 중 하나였다. 기승전결을 위해 필요한 악당이었다. 로즈마리는 씁쓸한 어조로 중얼거렸다.

"우리는 그녀를 무의식적으로 오래된 마녀라고 불렀잖

아. 어째서일까? 그녀는 언제부터 존재했는지 사실 잘 모르잖아."

"하지만 어머니가⋯⋯."

"너희 어머니 때 있었던 마녀라면 제법 나이는 있지만 그리 오래된 마녀는 아니야. 안 그래?"

로즈마리의 말에 레비탄은 복잡한 표정을 지었다. 로즈마리는 바닥에 박힌 돌멩이를 차내며 말했다.

"오래된 마녀라고 우리가 멋대로, 아니 이 세계가 주입한 거야."

"모든 게 거짓이란 말이야?"

"그래."

"어머니가 돌아가시면서 남긴 유서도, 내가 그렇게 납치를 당한 것도, 전부 다?"

"샤롯의 이야기에 의해 이루어진 거라고 생각해."

그러니까 사실은 아니라고, 진실은 아니라고 말하고 싶었다. 하지만 쉽사리 말할 수 없었다. 왜냐하면 이 상황에서 가장 큰 피해자는 누구도 아닌 레비탄일 테니까. 샤롯은 그를 로즈마리의 짝으로 점찍고, 그를 몰아붙이고 가뒀다.

"화내도 좋아, 미안해. 이 모든 상황에 대해서."

로즈마리는 차마 그를 올려다보지 못했다. 그녀 머리 위로 묵직한 한숨이 들려왔다. 짧은 침묵이 흘렀다.

"다른 건 모르겠어. 이젠 과거이니까. 하지만 너랑 만난 게 샤롯에 의해서 만들어졌다고는 말하지 마. 그건 용납할 수 없어."

레비탄의 말에 로즈마리가 천천히 고개를 들어 그를 올려다보았다. 레비탄은 꽤나 다정한 인상으로 로즈마리를 내려다보고 있었다. 로즈마리는 그를 보고 왈칵 울음을 터트리고는 레비탄을 껴안았다.

"미안해."

"네가 왜 미안해? 너도 피해자면서."

"하지만, 샤롯은 내……."

"그래도 너 역시 원했던 것은 아니잖아."

"그렇지만!"

"그만 울어. 나는 괜찮고. 너도 괜찮을 거야. 내가 있으니까. 네 탓은 하지 마."

레비탄이 훌쩍훌쩍 울며 자신의 허리를 껴안은 로즈마리의 머리통을 쓰다듬고 정수리에 입을 맞췄다. 우리 둘 다 이 가짜 무대에 선 꼭두각시 인형이었을 뿐이야. 그가 속삭였다.

레비탄은 로즈마리를 품에 안으면서 아침에 봤던 현상이 못내 마음에 걸렸다. 방금 흑백의 세상보다도 더.

그는 로즈마리에게 묻고 싶었다. 이 세계가 거짓이라면 너와 나 둘 다 거짓은 아닐까 하고. 하지만 차마 묻지 못하고 가슴 깊은 곳에 묻었다.

* * *

로즈마리가 눈물을 그칠 때쯤 타이밍 좋게 카논이 불쑥 골목으로 들어왔다. 어느 정도 진정되었지만 눈가가 붉은 로즈마리를 힐끗 본 카논이 레비탄에게 바싹 붙어서 속삭였다.

"혹시 제가 생각하는 그런 건 아니죠?"

그런 분위기는 없어 보이지만 눈가가 붉은 레이디를 보자니, 어쩌면 자신의 왕이 파렴치하게! 카논의 시선에 일순간 경멸이 일었지만 레비탄이 사정없이 그의 발등을 찍어버리는 바람에 끅! 비명을 삼켜야 했다.

"쓸데없는 말 종알거리지 말고! 갑자기 왜 들어왔어, 명을 어긴 거냐."

"전하, 제가 아무리 그래도 일은 잘합니다."

레비탄이 지긋이 바라보자 카논이 슬그머니 시선을 내렸다. 그가 변명하듯 가끔 농땡이도 치긴 합니다만, 중얼거렸다. 그러다가 다시 입을 열었다.

"로즈마리 아가씨를 찾는다는 기사분이 있으셔서요."

그가 엄지를 들고 주먹을 쥐며 뒤를 가리켰다. 곧 골목 바깥쪽에서 정갈한 베히모스의 기사 단복을 입은 여성이 모습을 드러냈다. 제미였다. 늘 하녀복을 입던 그녀가 제복을 입은 모습은 새삼 놀라웠다. 하녀복보다 훨씬 잘 어울렸기 때문이다. 그녀는 서늘한 자신의 주인을 닮아 무표정한 인상을 유지하며 그들에게 다가왔다. 로즈마리가 눈을 동그랗게 뜨고 그녀를 불렀다.

"제미!"

"아가씨."

서늘한 제미의 인상이 살짝 누그러졌으나 잠시였다. 그녀는 모호한 표정을 지으며 로즈마리와 레비탄, 그리고 카논을 쭉 훑어보았다.

"로즈마리 베히모스 외 외지인 2명을 저택 파손죄로 체포합니다."

로즈마리는 반가운 마음에 그녀에게 달려가다 말고 멈칫했다. 레비탄이 앞을 막아서곤 그녀를 내려다보았다.

"이쪽은 저택 근처도 가지 않았는데?"

"로즈마리 베히모스를 빼돌렸으니 공범입니다. 후 대공."

"감히 날 알면서 그런 모함을 덮어씌우다니."

레비탄의 눈이 가늘어졌다. 붉은 투기가 뿜어져 나왔다. 카논 역시 그 옆에 서서 로즈마리를 보호했다. 로즈마리는 당황하며 그들 사이를 비집고 들어가 제미에게 물었다.

"제미, 무슨 말이야! 너도 어제 봤잖아!"

서재를 부순 건 내가 아니야! 그녀의 억울함에 제미는 그저 난감한 표정을 지으며 로즈마리를 애써 보지 않았다. 그녀가 시선을 회피하자 로즈마리는 입술을 깨물며 제미에게 다가갔다.

"제미!"

"저는 기억나지 않습니다, 아가씨. 하지만 아가씨가 그럴 리 없다는 것은 알아요."

아무래도 전날의 기억이 지워진 모양이다. 책이 그랬을까? 갑자기 고쳐진 상황이라 전날의 일은 없어진 것처럼 처리된 모양이다. 로즈마리는 그녀의 소매를 잡아당기며 회피하는 그녀의 시선을 일부러 따라갔다. 내리깐 시선에는 송구함과 혼란이 담겨 있었다.

"용서하세요, 아가씨. 가주의 명입니다. 여봐라, 범인들을 연행하도록."

그녀의 말이 끝나기 무섭게 골목 바깥에서 잠복했던 기사들이 우르르 들어왔다. 그들은 순식간에 좁은 골목 안에서 포위되었다.

"언니가 나를 체포하래? 내가 범인이래?"

로즈마리는 믿을 수 없다는 듯 물었다. 제미는 대답하지 않았다. 로즈마리는 얼굴을 일그러트렸다. 이것 또한 그녀가 짜놓은 일부분일까! 레비탄이 그녀에게 다가가 팔을 잡아당기고 뒤로 로즈마리를 감췄다.

"도망칠까?"

"무엇하러? 도망치면 정말 범죄를 저질렀다고 증명하는 꼴인데."

약간 낮아진 로즈마리가 서늘한 어조로 중얼거렸다. 레비탄이 그녀를 힐끗 내려다보았다.

"원하는 대로 따라줘야지."

"네가 바란다면."

로즈마리의 말에 그가 고개를 끄덕였다. 카논이 당황하며 말했다.

"전하!"

"카논, 일단 군말 없이 따라."

카논이 신경질적으로 머리를 긁적이다가 수긍했는지 한쪽에 차고 있던 검을 잡고 있던 손을 들어 올렸다. 양손을 들어 올려 항복을 선언하자 뒤에 붙은 기사들이 다가왔다. 그들이 포박줄을 묶으려 했지만 제미는 부러 그럴 필요 없다고 고개를 저었다. 제미는 로즈마리에게 다가갔다. 레비탄이 앞을 가로막고 으르렁거렸다.

"가까이 오지 마시지? 이쪽 기분 안 그래도 언짢으니까."

"훌륭한 늑대로 자라셨군요? 대공 전하."

제미가 빈정거리는 어조로 중얼거렸다. 레비탄은 응답하지 않았다. 제미는 한 손을 들어 뒤에 있는 기사를 불러 그가 들고 있는 로브를 받았다. 그리고 그것을 레비탄에게 건넸다.

"아무래도 좁은 영지라 아가씨 인상을 아는 분들이 많습니다. 범인 연행에 아가씨가 있다면 영지민들의 시선이 곱지 않을 수 있어요."

"거참, 배려 감사하시네."

레비탄과 로즈마리 뒤에 서 있던 카논이 빈정거렸다. 레비탄이 로브를 건네받아 로즈마리 어깨 위에 얹어주었다. 로즈마리는 거부하지 않고 로브를 입고 달린 후드를 뒤집어썼다. 곧 세 사람은 기사들에게 포위된 상태로 연행되었다.

11 · 서고의 마녀

돌아갈 생각이긴 했지만, 이런 식으로 저택으로 들어갈 줄은 몰랐다. 로즈마리의 파란 눈동자가 서늘하게 얼어붙었다. 마치 전장에 나서기 직전과도 같은 서슬 퍼런 기운이 감돌았다. 레비탄은 로즈마리에게 말을 걸려고 했지만 쉽사리 내뱉을 수 없어서 그만 다물어버렸다. 설마 감옥에 갇힐 줄은 몰랐다. 레비탄은 다시는 감옥의 근처도 가고 싶지 않는데 참 아이러니했다.

"설마하니 또 투옥일 줄이야."

"미안."

"됐어, 네가 원해서 그랬어? 다 모함이고 뒤집어쓴 건데, 뭐."

로즈마리는 미안한 마음에 말끝을 흐리며 사과를 건넸다. 레비탄은 어깨를 으쓱하며 감옥치고는 깨끗한 바닥에 털썩 앉았다. 로즈마리가 옆에 주저앉았다.

"전하! 아가씨! 지금 너무 쉽게 생각하시는데, 저희는 범죄자 취급을 받고 있다고요. 괜찮으세요? 참고로 저는 안 괜찮아요!"

카논이 억울함 가득한 목소리로 소리쳤다. 레비탄은 어깨를 으쓱했다.

"걱정 마. 여차하면 탈출할 테니까."

"이 무식한 왕이! 진짜! 감옥에 갇히기 전에 도망쳐야죠! 이러다 탈주범까지 얹겠어요!"

"알았어, 알았으니까 조용히 좀 해."

"거기, 누구 있나요?"

잠깐의 소란이 잦아지자 세 사람이 갇혀 있던 감옥 맞은편에서 여성의 목소리가 들렸다. 레비탄과 로즈마리가 익히 알고 있던 목소리다. 레비탄은 황급히 후드를 뒤집어썼다. 로즈마리는 이미 후드를 뒤집어쓰고 있었지만 반사적으로 레비탄 앞으로 무릎걸음으로 걸어갔다. 카논은 낯선 여성의 목소리에 반색하며 가까이 다가갔다.

"웬 아가씨 목소리죠!"

카논의 반응에 감옥 구석에 있던 검은 형체가 움직였다. 곧 감옥 바깥쪽 벽에 걸린 횃불에 의해 모습을 드러낸 이는 아름다운 여인이었다. 금발의 새빨간 핏빛 눈동자, 엘리제였다. 그녀의 옷은 형편없이 먼지를 뒤집어썼지만, 그렇다고 그녀의 외모가 감춰지는 것은 아니었다.

"맙소사! 이렇게 아름다울 수가!"

카논이 눈을 휘둥그레 뜨고 감옥 창살을 붙잡고 그녀를 자세히 보기 위해 얼굴을 내밀었다. 엘리제는 가련한 표정으로 감옥 창살을 붙잡고 우울한 목소리로 말을 내뱉었다.

"이 감옥에 어쩐 일이신가요?"

"모함을 뒤집어써서 말이죠. 그러는 아가씨는요?"

"세상에! 저도요. 저는 그저 저택에 친분 있는 지인을 만나러 왔을 뿐인데, 갑자기 기사분들이 저를 이곳에 가뒀어요."

엘리제의 두 눈에 눈물이 맺혔다. 그렁그렁 눈물을 흘리는 엘리제는 감탄할 정도로 가련하고 아름다웠다. 카논의 가슴이 저미는 것 같았다. 그가 분개하며 소리쳤다.

"제정신입니까! 정말! 여기 저택 주인의 정신이 이상한 거 아니에요?!"

그의 말이 끝나기 무섭게 로즈마리가 카논의 로브를 힘껏 잡아당기며 음산한 어조로 말했다.

"뭐가 어째? 누가 정신이 이상하다는 거야?"

"아가씨."

"야, 욕해도 내가 욕해. 함부로 우리 언니 욕하지 마."

작은 들짐승이 으르렁거리듯 위협했다. 카논은 로즈마리는 무섭지 않았지만 뒤에 서서 서슬 퍼런 안광으로 자신을 내려다보는 레비탄에게 마른침을 삼켰다. 그녀 뒤에 선

커다란 늑대와 같은 위협적인 위세에 절로 심장이 쪼그라들었다.

"이 목소리는? 로즈마리? 로즈마리예요?"

건너편의 엘리제가 반갑다는 듯 소리쳤다. 로즈마리는 한숨을 폭 내쉬었다.

"네, 그래요. 저예요, 공녀."

"세상에! 남작이 미쳤나 봐요! 어쩜 자신의 동생마저 가두다니……. 저택을 부순 건 전데 말이에요."

엘리제가 방긋이 웃었다. 핏빛 눈동자가 가늘게 접혔다. 로즈마리는 흠칫 멈췄다. 엘리제는 서늘한 미소를 유지하며 유쾌한 목소리로 낭랑하게 말했다.

"설마하니 내 귀여운 토끼를 가로챈 게 로즈마리 당신일 줄 몰랐어요. 언제부터 마녀였죠? 태어날 때부터? 아니면? 참 웃기기도 해라. 등잔 밑이 어둡다더니 딱 그 짝이야."

낭랑한 어조는 점차 격렬하게 뒤바뀌었다. 엘리제는 창틀을 거칠게 흔들었다.

"빌어먹을 남작 계집이 무슨 수를 썼는지 힘을 제대로 쓸 수가 없어! 얘, 어린 마녀야. 날 좀 도와주지 않겠니? 우린 동족이잖아. 어차피 너도 제 혈육한테 배신당한 듯한데."

"싫은데?"

"망할 계집! 네가 이러고도 무사할 줄 알아? 내 패밀리어가 누군지는 아니?!"

"아, 그 공작 말이야?"

"걔는 그냥 심심풀이지! 내 패밀리어는 제국의 황제야! 알아? 그가 이 사실을 알게 되면 베히모스는 멸문하고도 남을 거야!"

"그러기 전에 끝내야겠네."

로즈마리가 미소를 지으며 말했다. 그녀는 곧 엘리제를 내려다보며 안쓰러운 미소를 일부러 지었다.

"불쌍하게도 너 역시 피해자로구나, 엘리제."

"무슨 말을 하는 거야!"

"너나 나나 꼭두각시라고 말하는 거야."

"누가! 누구의!"

"그건 뭐, 알 것 없고."

엘리제가 난동을 부리려는 듯 철장을 흔들었다. 하지만 쌓인 먼지만 허공으로 튀어 오르다 무겁게 내려앉을 뿐 문은 열리지 않았다. 로즈마리는 정말 안타깝다는 듯 비웃음이 역력한 미소를 지으며 말했다.

"아이러니하네. 늘 레비를 감옥에 가둬서 농락하던 네가 되레 갇히다니 말이야."

"너도 마찬가지면서!"

"그렇긴 한데, 뭐 여차하면 탈주하면 되거든. 이쪽 패밀리어는 꽤 유능해서……."

분개한 엘리제가 이를 갈았다. 로즈마리는 통쾌한 웃음소리를 내뱉었다. 그녀가 높은 웃음소리를 내뱉자 카논이 엉금엉금 기어 레비탄에게 다가갔다.

"우와! 무섭네요. 로즈마리 아가씨가 저쪽 미녀와 무슨 억하심정이 있나 봅니다."

그런데 전하? 왜 그렇게 흐뭇하게 웃으세요? 카논이 의아한 기색으로 물었지만 레비탄은 대답하지 않았다. 자신을 대신해서 통쾌하게 엘리제를 우롱하는 로즈마리가 자랑스럽고 사랑스러웠기 때문이다!

그러나 그것도 잠시, 둘 사이에 있는 감옥 복도에 낯선 인기척이 느껴졌다. 엘릭서였다. 엘릭서는 침통한 표정으로 로즈마리가 있는 곳으로 걸어왔다.

"아가씨, 정말……."

엘릭서는 정말로 안타깝다는 듯 말문을 열었다. 로즈마리는 한숨을 무겁게 내쉬며 한 손을 들어 그의 다음 말을 제지했다.

"무슨 착오가 있나 본데 나 그런 사람 아니야, 알겠어?"
"하지만 아가씨!"
"시끄럽고, 뭐하러 왔어."
"정말 이럴 때도 아가씨는 냉정하시네요! 제가 걱정하는 마음도 몰라주고!"

엘릭서가 울상을 지었다. 로즈마리는 더는 듣고 싶지 않은 듯 고개를 저었다. 카논은 냉정하게 내치는 로즈마리에게서 레비탄을 보았다. 괜히 감옥 너머 잘생긴 미남에게 동질감이 일었다. 동족은 동족을 알아본다지…….

"가주께서 부르십니다."

"드디어 부르는군."

로즈마리가 시니컬한 어조로 응답했다. 엘릭서가 애원하듯 말했다.

"이게 모함이면 얘기 좀 잘해보세요. 아가씨가 범인이 아니라고!"

"아니, 범인은 저기 떡하니 연행해놓고 무슨 말이야."

로즈마리가 답답하다는 듯 말하자 엘릭서가 눈을 동그랗게 뜨고 깜박거렸다. 아무래도 이쪽도 어제의 소란을 기억하지 못하는 듯했다. 공작과 대립했으면서! 로즈마리가 손가락으로 그의 뒤를 가리키자 엘릭서가 무심코 뒤를 돌아보다가 에그머니 비명을 내질렀다.

"아이고! 이 공녀님은 왜 여기 있대!"

아무래도 엘릭서는 기억이 모두 지워진 모양이다. 엘릭서의 두 눈에 혼란이 가득했다. 로즈마리는 길게 설명할 마음이 없어 그저 어깨만 으쓱했고, 엘리제는 분에 차 몸을 부들부들 떨었다. 자신이 세상의 주인공인데 이런 취급이라니! 용납할 수 없었다. 그녀가 카랑카랑한 어조로 소리쳤다.

"당장 남작에게 전해요! 나를 이따위로 대우했다는 것을 황제 폐하께 그대로 고하겠다고!"

"그것참……. 그건 제 선에서 해결할 게 아니라서요."

주군께서 어제부터 굉장히 저기압이라…… 말 한마디도 못 꺼내고 숨도 못 쉬고 있습니다만, 이라고 말끝을 흐리는 엘릭서에게 엘리제는 부아가 치밀었다. 그녀가 신경질적으로 철창을 흔들었다. 엘리서는 머리를 긁적이며 다시 로즈마리를 돌아보았다.

"어쨌든 로즈마리 아가씨와 일행은 남작님 앞으로 연행합니다."

"그래, 알았다 알았어."

약간의 자포자기가 튀어나왔다. 어차피 샤롯에게 갈 생각이긴 했다만 이런 식일 줄은 몰랐다. 샤롯은 어떻게든 자신을 죽이게끔 발판과 상황을 만들려는 듯했다. 로즈마리는 그걸 알기에 너무 마음이 불편했다.

하지만 어쩌겠는가. 이 상황에서 온전히 행동하는 이는 아무도 없으니 이 거짓된 무대에서는 모두 맡은 역할에 따라 움직일 뿐이다. 다만 약간의 변수가 있다면 레비탄과 카논이랄까…….

로즈마리는 레비탄의 반마력에 일말의 기대를 걸었다. 자신을 글자의 세상에서 꺼내고, 진짜 모습으로 자신을 보았던 레비탄의 능력이라면 어쩌면······.

엘릭서가 달그락거리면서 감옥 문을 열었다. 정중한 연행 아래 짧은 투옥을 마치고 바깥으로 향했다. 감옥을 떠나는 뒤로 엘리제의 히스테릭한 비명이 들려왔다. 로즈마리는 부러 무시하며 앞으로 걸어갔다.

집무실 앞에 섰을 때, 로즈마리는 평소보다 많이 긴장한 상태였다. 아직 마음의 정리가 제대로 되어 있지 않았다. 만나서 무슨 말을 해야 할지, 뭐부터 물어봐야 할지, 왜 그랬는지······ 하고 싶은 말, 묻고 싶은 말은 많지만 무엇부터 꺼내야 할지 몰랐다.

엘릭서가 집무실 문을 두드리자 그 너머로 언제나 들었던 서늘한 목소리가 들렸다.

"들어와."

로즈마리는 마른침을 삼켰다. 레비탄이 그녀의 어깨를 가볍게 토닥였다. 긴장 풀라는 의미였다. 로즈마리는 미미하게 고개를 끄덕였다. 레비탄이 문을 열자 로즈마리와 레비탄, 그리고 카논이 들어갔다.

"로즈마리, 실망이구나."

들어가자마자 서늘한 노기가 어린 샤롯에 로즈마리는 그저 눈만 깜박였다. 샤롯은 집무실 책상 옆에 서 있었다. 서늘한 인상이 오늘따라 창백하기 그지없다. 샤롯은 몹시 괴로운 듯 얼굴을 찡그렸다.

"서고가 그리도 탐났니? 말했다면 나는 네게 이 자리를 내줬을 것을……."

"무슨 말인지 하나도 이해되지 않아, 언니."

"발뺌하는 거니? 외지의 조력자를 끌어들여서 저택에 소란을 일으켰는데?"

로즈마리는 고개를 살짝 기울이며 미간을 찌푸렸다. 샤롯은 로즈마리와 시선을 마주치지 않고 내리깐 채 말만 늘어놓고 있었다. 마치 준비된 각본의 대사를 읊는 것 같았다.

"내가? 언니, 나를 보고 얘기해. 내가 그런 애로 보여?"

샤롯, 너에게 해를 끼칠 사람으로 보이냐는 말이야, 로즈마리가 낮아진 어조로 덧붙였다. 샤롯은 책상에 기댄 손을 떼어 주먹을 쥐었다. 그리고 입술을 깨물며 다시 입을 열었다.

"무한의 서고는 누구라도 욕심을 일게 하지. 너라고 늘 한결같을 수는 없어."

"정말 그렇게 생각해?"

로즈마리가 한풀 꺾인 어조로 물었다. 샤롯은 응답하지 않았다. 잠깐의 침묵이 흐르자 그녀가 매몰차게 등을 돌리며 말했다.

"널 추방하겠어, 로즈마리. 베히모스의 가문은 널 내쫓고, 너는 그 성도 쓰지 못한다. 마지막 선처이니 내가 눈감아줄 때 영지를 떠나거라."

 샤롯의 말에 문 앞에 섰던 엘릭서가 숨을 멈추고 부릅 떴다. 샤롯이 결국 로즈마리를 내쫓을 줄이야! 레비탄은 말없이 앞에 선 로즈마리의 등을 내려다보았다. 제 눈이 잘못된 게 아니라면 그녀 주변에 넘실거리는 청록색 오라는 로즈마리의 마력일 것이다. 로즈마리는 지금 화가 나 있는 것이다.

 "내가 내 고향을 떠나서, 그래서 억울한 마음이 생겨서, 언니를 증오하길 바라?"

 잠시의 침묵 끝에 로즈마리가 작은 들짐승이 으르렁거릴 법한 날 선 어조로 물었다. 샤롯의 몸이 움찔 떨렸다. 그러나 그녀는 뒤돌아보지 않았다.

 "내가 증오심을 품다 품고 품어서 결국에는 참지 못해 언니를 죽이길 바라? 지금 내게 언니를 죽일 정당한 이유를 만들어주려는 거야?"

 로즈마리가 이를 갈듯 말했다. 하지도 않은 죄를 덮어씌우고, 그녀가 나고 자란 땅에서 추방시키고, 성마저 쓰지 못하게 했다. 순식간에 평민으로 굴러 떨어트려서? 아니, 로즈마리에게는 그게 중요하지 않았다. 이 미련한 언니는 그렇게 해서라도 자신이 그녀에게 악의를 품게끔 정당한 이유를 만들어주려는 것이다. 화가 나고 짜증나고 어이가 없다.

로즈마리는 서늘해진 겨울의 숲처럼 차가운 눈빛으로 그녀의 등을 노려보았다. 샤롯은 여전히 침묵을 지키고 있었다. 로즈마리는 그녀에게 다가갔다. 그녀의 발걸음 소리에 샤롯이 다급하게 소리쳤다.

"엘릭서! 뭐하고 있나! 어서 빨리 저 무뢰한들을 내쫓지 않고!"

"아, 네!"

"아니! 거기 있어, 엘릭서! 나 아직 말 안 끝났고, 지금 우리 상황 정리 안 되었어!"

로즈마리가 단칼에 날카로운 어조로 엘릭서를 향해 소리쳤다. 엘릭서가 당황하며 앞으로 나가려는 걸음을 멈췄다. 어쩔 줄 몰라 안절부절못하며 눈동자만 데굴데굴 굴렸다.

"나는 더 이상 할 말 없다."

"아니! 나는 있어. 얼굴 보고 얘기해."

로즈마리가 그녀 바로 뒤에 도달했다. 샤롯은 고개를 숙이고 몸을 바르르 떨었다.

더 이상 이야기하지 말자, 그냥 이대로 떠나고, 이대로 나를 미워해, 로즈마리. 그리고 나를 죽이러 와라. 그래야 이 이야기는 끝나.

샤롯은 속으로 중얼거렸다. 이 지긋지긋한 굴레에서 언제쯤 벗어날 수 있을까. 이제는 뭐가 옳고, 뭐가 바른길이고, 뭐가 네가 행복한 길인지 모르겠어.

로즈마리는 샤롯의 팔을 잡아당겼다. 샤롯은 힘을 주며 돌아보지 않으려 했다. 하지만 로즈마리도 지지 않았다. 그녀는 샤롯의 절박한 마음도 알아주지 않고 물러나지도 않았다.

"로즈마리! 가! 제발! 나를 떠나! 그리고 나를 미워하란 말이야!"

샤롯이 발악하듯 소리쳤다. 집무실에 쩌렁쩌렁 그녀의 비명 같은 목소리가 울렸다. 그럼에도 로즈마리는 눈 하나 깜짝하지 않았다.

"평생 사랑했던 가족을 갑자기 어떻게 미워해."

"미워해야 해."

"그러고 싶은 마음이 하나도 들지 않아."

"하지만 화났잖니."

"화났지! 이렇게 갑자기 밀어내버리니까! 하지만 그렇다고 언니가 미운 마음은 하나도 들지 않아. 그냥 우리 미련한 언니가 너무 불쌍해서 너무 슬플 뿐이야."

로즈마리는 한풀 꺾인 어조로 말했다. 샤롯은 고개 숙인 채 뒤에 선 로즈마리를 곁눈으로 바라봤다. 로즈마리의 얼굴에 슬픔이 가득했다. 로즈마리는 서글픈 미소를 지었다.

"이게 샤롯이, 언니가 바라는 결말이야?"

"……."

"이러면 내가 행복해질 것 같아? 언니, 모르겠어? 나는 하나도 기쁘지 않을 거야. 오히려 더 불행할 거야. 수많은 반복을 했으면서 아직도 모르겠어?"

"로즈마리."

"언니를 죽인 내가 어떤 표정을 지었는지? 그런데도 이렇게 끝을 맞이하고 싶은 거야?"

로즈마리의 말에 샤롯의 푸른 눈이 커졌다. 그녀가 서서히 몸을 돌려 로즈마리를 보았다. 그녀의 눈에 혼란이 가득했다.

어떻게 알았어? 내가 이 세계를 반복하고 있다는 것을? 샤롯의 놀란 표정에 로즈마리가 다시 입을 열었다.

"다시 이야기를 고쳤지? 왜 그랬어? 꼭 그렇게 해야 했어?"

"너는 이제 혼자가 아니니까, 내가 없어도 전처럼 힘들지 않을 거라 생각했어."

"그렇다고 이런 극단적인 결말을 지을 필요는 없잖아."

"있어, 있어, 로즈마리. 우리의 미래, 예정된 미래에서는 꼭 누군가 한 명은 죽어야만 해."

샤롯의 말에 로즈마리는 약간의 의문이 풀렸다. 어쩐지 꿈에서 반복되던 과거에서는 샤롯, 아니면 로즈마리 둘 중 하나는 꼭 죽음을 맞이했다. 그렇지 않으면 이야기는 끝나지 않았고, 혹여 둘 다 살더라도 로즈마리가 스무 살을 넘기지 못하고 불치병에 걸리거나 전염병에 걸려 병사했다.

"언니, 사실 나 알고 있어."

"그런 것 같아."

샤롯이 로즈마리를 힐끗 보더니 눈을 내리깔았다. 로즈마리에게 붙잡힌 손목에 따뜻한 온기가 느껴졌다. 로즈마리는 아직까지 살아 있다.

"언니가 이 세상을 몇 번이고 썼다는 것, 이 세상은 언니로 인해 몇 번이고 창조되고 고쳐지고 끝을 맞이했어."

"맞아, 로즈마리."

"날 위해서지."

샤롯이 입술을 깨물었다. 로즈마리는 다시 입을 열었다.

"최초의 나는 아마 병사했을 거야."

로즈마리가 뜻밖의 말을 내뱉었다. 그녀의 말이 끝나자마자 집무실에 샤롯을 뺀 이들이 놀란 표정을 지었다. 사실은 그 전부터 그들은 이 대화에 끼지도 못하고 따라가지도 못했다. 레비탄만이 어느 정도 알았기에 입을 다물었다. 카논은 속사정을 모르는 완전한 외지인이기에 눈만 데굴데굴 굴릴 뿐이었다.

결과적으로 가장 놀라고 상황 판단을 못하는 것은 엘릭서 하나뿐이었다. 하지만 끼어들자니 심각하고, 이대로 있자니 있을 곳이 아닌 것 같았다. 그렇다고 주인의 명 없이 멋대로 나가자니 그것도 어려웠다. 샤롯이 절망 어린 표정으로 로즈마리를 보았다. 로즈마리는 방긋이 웃었다.

"내 죽음을 피하기 위해서지. 내가 더 살길 바라서 여기까지 온 거야, 그렇지?"

로즈마리가 확신에 겨운 목소리로 말하자 샤롯의 푸른 눈에 물기가 맺혔다. 그녀는 그저 자글자글 입술만 깨물 뿐이었다.

"내 예정된 수명을 바꾸기 위해 시간을 과거로 돌리고, 예정되었던 미래를 덮어씌울 거짓된 미래를 만들었던 거야."

"네가 죽지 않길 바랐어."

샤롯이 마지못해 고개를 끄덕이며 물기 가득한 목소리로 말했다. 로즈마리가 눈을 가늘게 접고 웃었다.

"고마워, 언니."

로즈마리는 진심을 담아 감사를 내뱉었다. 샤롯은 고개를 거칠게 저었다. 그녀는 자신의 손목을 잡은 로즈마리의 손을 두 손으로 감싸 쥐며 고백하듯 말했다.

"하지만 뜻대로 되지 않았어."

"그래, 그래도 노력해줬어."

"하지만 결국, 결국은 로즈마리. 너는 늘 죽음을 맞이해서…… 나는 너무…….."

"알아. 알고 있어, 언니. 언니가 몇 번이고 내 죽음을 목격했다는 것을."

로즈마리는 자신의 손을 잡고 있는 샤롯의 손을 같이 감싸 쥐며 말했다. 샤롯은 원래 예정되었던 로즈마리의 미래를 바꾸기 위해서 무던히도 애를 썼다. 샤롯이 로즈마리의 손을 제 이마 위로 올려 얹으며 말했다.

"넌 어릴 적부터 낭만적인 소설을 좋아했어. 운명의 상대를 늘 꿈꿨지."

"그랬구나."

"태어날 때부터 몸이 약했어. 기억나니? 기억나지 않을 수도 있어. 너무 많이 반복해서 내가 기억하는 로즈마리랑 너무 달라졌거든."

샤롯이 조금은 진정된 목소리로 속삭였다. 로즈마리는 그녀의 이야기를 얌전히 경청했다.

"그래도 너는 내가 사랑하는 동생 로즈마리야."

두 자매의 대화에 레비탄은 일순간 숨이 막힐 뻔했다. 샤롯의 말에 의하면 이 세계를 다시 재구축할 때마다 로즈마리도 어느 정도 변형되었다고 볼 수 있다. 로즈마리에 대한 사소한 정보나 설정이 샤롯에 의해 몇 번이고 없히고 지워졌다. 그렇다면 사실 로즈마리는 진짜로 존재하지 않은 건 아닐까. 로즈마리 자체도 샤롯에 의해, 수많은 허구를 만들어내면서 벌어진 혼란 속에서 생겨난 가짜는 아닐까.

레비탄의 붉은 눈에 혼란이 담겼다. 그녀의 눈에 샤롯과 로즈마리가 비쳤지만 어쩐지 로즈마리의 형체가 흐리게만 보였다. 마치 그의 불안한 마음에 동조하듯이.

"너는 늘 침대에 누워 있었어, 로즈마리. 몸이 많이 아팠거든."

샤롯의 독백과도 같은 이야기는 계속되었다. 로즈마리는 자신이 알지 못한 자신을 그녀를 통해 알게 되었다. 지금은 이렇게나 건강하지만, 처음의 자신은 몸이 약했던 모양이다. 하긴 어릴 적 잔병치레가 많긴 했다.

"너의 유일한 낙은 수도에서 유행하던 로맨스 소설책을 읽는 거였단다. 나는 수도 아카데미에서 신간이 나올 때마다 네게 부쳐줬지."

"그랬어?"

"응, 그랬어. 그랬었어 로즈마리. 너는 몹시도 약하고 몹시도 아팠기 때문에 네 세상은 네 방이 전부였어."

샤롯이 고개를 들어 그녀를 볼 때쯤 눈에서 눈물이 뚝 떨어졌다. 로즈마리의 손등에 툭 떨어져 흘러내렸다. 로즈마리는 그녀를 보며 살포시 웃었다. 알고는 있었다. 이 세상이 몇 번이고 반복되었다면 자신 역시 몇 번이고 샤롯에 의해 바뀌지 않았을까.

마음 한구석에서 불안의 싹이 돋았다. 그리고 자신의 패밀리어의 불안한 감정도 느껴졌다. 세상이 거짓인데 정작 이 이야기의 주인공인 로즈마리 역시 거짓은 아닐까. 레비탄의 혼란스러움과 두려움이 느껴졌다. 로즈마리는 눈을 내리깔며 말했다.

"언니, 나는 이대로 행복하지 않아. 행복해질 수도 없고."

"어떡하면, 어떡하면 네가 행복해질까? 응? 로즈마리."

"다시 세상을 원상 복귀해줘, 나를……."

"그럼 넌 죽어!"

샤롯이 발작하듯 소리쳤다. 그녀는 로즈마리를 잡고 있던 손을 뿌리치려 했지만 그러지 못했다. 로즈마리가 손아귀에 힘을 주며 말했다.

"그래도 더 이상 이 허구 속에서 방황할 순 없잖아. 더는 반복하지 말아줘, 언니!"

나는 물론 너 역시 행복하지 않잖아. 로즈마리는 울상을 지으며 그녀의 손을 잡아당겼다.

"언니, 세상에 완벽한 결말은 없어. 너는 몇 번이고 반복하고 실패를 겪었어. 그러면서 네가 어떻게 변했는지 되돌아봐!"

너는 행복하니? 만족해? 로즈마리의 말이 비수처럼 샤롯에게 꽂혔다. 샤롯이 입술을 깨물었다. 그저 로즈마리가 행복한 삶을 살길 바랐다. 하지만 쉽진 않았다. 계속해서 반복하다 보니 결국은 좋은 것도 나쁜 것도 모르겠다. 샤롯은 나날이 절망하고 좌절하고 끝내는 무미건조해졌다.

마음이 이제 그만하라고 말렸다. 이제 틀렸다고 말하고 있지만, 악마의 속삭임도 멈추지 않았다. 한 번만 더, 한 번만 더!

"나는 있지, 언니! 이런 허구에서 사는 것보다는 진짜 현실에서 삶을 보내고 싶어. 스스로 내 삶을 개척하고 싶어. 병에 걸려 죽는다고 해도 좋아! 그게 내 운명이니까! 분명 나는 절망적이고 슬프고 아프고 괴로울 테지만!"

로즈마리가 진심을 다해 말했다.

"만약 원래대로 되돌렸는데, 네가 죽은 상태면……."

샤롯의 얼굴은 이미 눈물범벅이다.

"만약 그렇다면 나는 윤회의 길을 떠나 언젠가 언니 곁으로 돌아갈게."

로즈마리의 눈가에 눈물이 맺혔다. 샤롯은 몇 번 입술을 달싹거렸지만 더 이상 말을 내뱉지 못했다. 그 순간 로즈마리의 팔 한쪽을 거칠게 잡아당긴 이가 있었다.

"난 용납 못해."

레비탄이었다. 세상이 돌아와 진짜 현실이 된다 한들 로즈마리가 없다면 그것이 무슨 소용일까. 레비탄이 으르렁거리듯 위협했다.

"난 절대 용납 못해, 로즈마리. 너 없는 세상 따위. 그럴 바엔 허구 속에 살 거야."

로즈마리는 그를 빤히 쳐다봤다. 어떤 말도 하지 않았지만 알 수 있었다. 우리는 서로 이어져 있으니까. 로즈마리가 서서히 고개를 저었다. 명백한 거절이었다. 레비탄은 입술을 깨물었다.

"레비, 너무 극단적으로 생각하지 마. 어쩌면 우리 다시 만날 수 있어."

"어쩌면이잖아."

"눈치 빠르긴."

"만약 나 역시 허구라면 어쩌려고? 나라는 존재도 없다면 어쩌려고 그러는 거야?"

레비탄이 묻자 로즈마리는 눈을 동그랗게 뜨더니 빠르게 깜박거렸다.

"그럴 수 있다는 걸 생각하지 못했어."

"그러니까 싫어."

레비탄 없는 로즈마리라니, 생각하고 싶지도 않았다. 만약 로즈마리가 살아 있다 하더라도 그녀 곁에 자신이 없다면 그건 너무 절망적이지 않은가. 이제야 겨우 마음을 인정했는데.

"그건 아닐 거야."

샤롯이 둘 사이에 끼어들었다. 그녀는 제법 진정된 어조로 말했다.

"글을 쓰기 전에 신문에서 읽은 적이 있어. 후 공국은 존재해. 신문에 뭐라고 적혀 있었더라."

샤롯은 생각을 되짚어보려 했지만 좀처럼 생각나지 않았다. 그녀가 미간을 찡그렸다. 하지만 결국 기억나지 않았다. 그것만으로도 로즈마리는 만족했는지 레비탄을 보며 말했다.

"너도 실존 인물이네, 그렇지?"

"그래도!"

"괜찮아, 같은 대륙에 살고 있다면 만날 거야. 우리가 운명이라면."

로즈마리가 방긋이 웃었다. 레비탄은 그저 찡그린 얼굴로 그녀를 볼 뿐이었다. 하지만 그것도 잠시 그가 졌다는 듯 한숨을 깊게 내쉬었다.

"모든 게 정리되면 반드시 널 데려갈 거야."

"어머, 무서워라!"

로즈마리가 까르르 웃음을 터트렸다. 어찌나 청아한지 복잡하고 진지한 상황에 일순간 숨통이 트인 느낌이었다.

"그럼 이 세상을 다시 원상 복귀하러 가볼까!"

"어딜?"

샤롯이 눈을 동그랗게 뜨고 물었다. 로즈마리가 미소가 가득한 표정으로 한쪽 눈을 찡긋 접으며 말했다.

"이 사태의 시발점인 서고겠지!"

[딩동댕!]

그녀의 말이 끝나기 무섭게 집무실 아래는 까마득한 홀이 되어버렸다. 검은 소용돌이 위에 살짝 뜬 세 사람은 모두 놀란 표정을 지었다. 하지만 신기하게도 어느 순간부터 굳어버린 엘릭서와 카논은 바닥에 붙은 것처럼 서 있었다. 생기를 잃은 것처럼 어두운 회색으로 변한 두 사람의 시간은 정지되어 있었다. 마치 그 가게에서 있었던 현상처럼! 로즈마리가 역시나 싶은 표정으로 바닥을 내려다보았다.

"역시 흑막은 벨이었구나."

"벨?"

"그 안내자 벨을 말하는 거야?"

로즈마리가 지어준 안내자의 이름을 모르는 샤롯과 구면인 레비탄이 동시에 물었다. 로즈마리는 고개를 끄덕였다. 꿈에 나온 세상의 거짓된 이야기를 적는 샤롯은 어두운 서고에 있었다. 사각거리는 깃펜과 백지의 책. 그리고 어두운 책상과 의자. 자세히 뒤돌아보면 주변은 무수히 많은 책이 쌓인 서재였다. 탑처럼 쌓인 책들이 하늘 높이 올랐다.

책의 탑. 본 적이 있다. 로즈마리는 생각했다. 그 서고에서 이 이야기들이 태어난 것이라면 아마도 벨이 최종적인 흑막이 아닐까 하고.

그녀의 생각이 끝나기 무섭게 원홀 안으로 세 사람이 빨려 들어갔다. 밑으로, 밑으로! 끊임없이 추락하다 일순간 폭신한 무언가에 폴싹 파묻혔다. 로즈마리가 서고에 들면 늘 반겨주던 폭신한 구름 재질의 소파였다. 넓은 소파는 세 사람을 포옹하고도 남을 정도였다. 덕분에 세 사람은 어디 하나 다치지 않고 안전하게 착지했다.

[어서 오렴! 로즈마리, 샤롯! 그리고 패밀리어!]

갑작스럽게 일어난 추락에 정신없는 와중에 그들 위로 경쾌한 목소리가 툭 떨어졌다. 로즈마리는 허탈한 웃음을 내뱉었다.

"처음부터 의심했다면 계속 의심해야 했는데, 안일했어."

[후후, 넌 참 재밌는 아이야, 로즈마리.]

반딧불이 벨이 유려한 호선을 그리며 허공을 날았다. 그것도 잠시, 곧 반딧불이는 팟하고 터지며 빛 가루를 내뿜었다. 황금빛 빛 가루 아래 금의 여인이 모습을 드러냈다. 인간의 모습을 한 벨이었다. 그녀는 몹시도 기쁘다는 듯 만면의 미소를 짓고 있었다.

[슬슬 결말이 날 거라 생각했어!]

"즐거운 모양이야."

로즈마리가 폭신한 구름에서 빠져나왔다. 그녀가 거칠게 흘러내리는 앞 머리카락을 쓸어 올렸다. 로즈마리의 파란 눈동자에 투기가 어렸다.

[즐겁다마다! 드디어 이야기의 종지부를 찍을 수 있게

됐잖니!]

 이제 슬슬 지겨웠던 참인데! 잘 되었지 뭐야. 벨이 방긋이 웃으며 고개를 살짝 기울였다. 샤롯이 그 소리에 벌떡 일어나 그녀에게 말했다.

 "지겹다고! 이쪽은 필사적이었는데, 너는 거기서 고작 즐거움을 찾아?"

 내가 어떤 마음으로 집필했는지 알면서! 샤롯의 분개한 목소리에 벨이 까르르 웃었다. 그녀는 흡사 마녀와도 같이 미소를 유지한 채 입을 열었다.

 [새로운 이야기를 쓰라고 몇 번이고 말했지만, 넌 늘 거기서 거기였어. 안타까운 샤롯! 내가 얼마나 지루한지 아니? 이 서고들을 보면! 여기 꽂힌 책들이 전부 네가 쓴 책이야.]

 하나같이 로즈마리, 로즈마리, 로즈마리! 그녀 이야기만 담았지! 벨이 진저리치듯 고개를 거칠게 저었다.

 "벨…… 너……."

 [그래도 괜찮았어. 나 역시 로즈마리를 무척이나 좋아하니까. 내게 이름을 지어준 건 네가 처음이거든.]

 이제까지 수많은 로즈마리는 그러지 않았는데, 이번 이야기의 설정은 조금 달랐을까. 벨이 약간의 의문을 담아 중얼거렸다. 로즈마리는 어쩐지 평소보다 정상이 아니고, 오히려 더 기이한 행동을 하는 벨을 보며 인상을 썼다.

"괜히 너랑 긴 말하기 싫어. 이야기를 끝내겠어."

[좋아! 바라던 바야.]

"어떻게 끝낼지 알고 있어?"

[글쎄…….]

벨이 곰곰이 생각하는 제스처를 취했지만 대답은 시원치 않았다. 평소보다 이상한 벨에 로즈마리는 약간의 불안감을 느꼈다.

그러다 문득 벨의 어딘가가 어둡게 변한 게 보였다. 너무나 오래된 물건처럼 툭 건드리면 바스러질 것처럼 형체가 자글거렸다. 로즈마리가 혀를 찼다. 아차, 싶었다. 그녀가 혀를 차며 일순간 심각한 표정을 짓자 레비탄이 곁으로 다가와 물었다.

"왜 그래?"

"생각보다 위험한 상태인 것 같아."

"무슨 의미야?"

"샤롯이 세상을 이렇게 수도 없이 되돌려 썼잖아."

로즈마리는 눈길로 하늘 높이 쌓인 책들을 올려다보고 그를 보았다. 레비탄도 그녀를 따라 시선을 옮기다 무언가 눈치챘는지 헛바람을 삼켰다.

"아무래도 이 허구의 세상에 한계가 온 것 같아."

"과부하라 이거야?"

"너무 오래되고 낡았어."

"맙소사!"

몇 번이고 고쳐 쓰고, 다시 쓴 세상은 이미 낡아버렸다. 낡은 세상은 이미 형태를 유지할 힘을 잃었다. 벨이 평소보다 이상한 것은 아마도 그 영향을 받아서일 것이다. 서고는 허구를 유지하기 위한 근원에 가까웠고, 그것을 관리하는 것은 다름 아닌 벨이기에.

"세상이…… 무너지려 해!"

로즈마리의 당혹스러운 목소리가 서고에 작게 울렸다가 사라졌다. 동시에 하늘이 힐끗 보이는 탑 위를 검은 무언가가 가렸다. 그나마 쏟아지던 빛이 검은 것에 막혀 내부는 순식간에 어두워졌다.

"뭐야?"

로즈마리가 당황하며 입을 열었다. 그녀의 손을 레비탄이 반사적으로 잡고 그녀를 제 쪽으로 끌어당겼다.

"내 곁에서 떨어지지 마."

"어차피 어두워서 어디 가지도…….'"

로즈마리가 채 말을 꺼내기도 전에 서늘한 음색이 그녀 뒤로 꽂혔다.

"찾았다, 귀여운 내 토끼!"

익히 알고 있던 요사스러운 목소리다. 로즈마리는 반사적으로 고개를 돌려 뒤를 돌아보았다. 동시에 복부를 찌르는 커다란 고통이 거대한 해일처럼 밀려왔다. 로즈마리가 저도 모르게 짧은 비명을 토해냈다.

"컥!"

어둠 속에서 짙은 피 냄새가 났다. 마녀와 패밀리어는 일심동체라 그녀가 당한 상처는 그의 것이었다. 레비탄 역시 복부에 느껴지는 고통에 입술을 깨물었다. 그는 반사적으로 로즈마리의 허리춤을 한 손으로 감싸 안았다. 로즈마리의 몸이 힘없이 그에게 끌려갔다. 로즈마리를 안은 팔에 질척한 액체가 묻어났다.

"로즈마리, 괜찮아? 대답해줘."

레비탄은 그녀를 품에 안은 채 반사적으로 뒤로 물러났다. 등 뒤에 무언가 부딪쳤다. 책장의 일부인 벽 같았다. 로즈마리는 레비탄의 부름에 일시적으로 잃을 뻔한 정신을 붙잡을 수 있었다.

"아, 나 너무 아파."

"나도 아파."

레비탄이 약간의 안도를 담은 말을 내뱉었다. 로즈마리는 인상을 찡그리며 밀려오는 아픔에 흔들리는 정신을 붙잡았다.

"복부의 통증을 일시적으로 마비시키고 흐르는 피를 지혈한다."

로즈마리의 언어 마법이 발동했다. 그녀는 곧 아픔이 물러가는 것을 느꼈다. 레비탄 역시 똑같이 느꼈다.

"차라리 낫게 하는 건 어때?"

"그러고 싶지만 상황이 어떻게 될지 모르니까 함부로 마력을 낭비할 수 없어."

"어차피 넘치는 게 마력이잖아."

"혹시 모르잖아."

레비탄은 아끼다 똥 된다는 말을 하고 싶었지만 부러 덧붙이지 않았다. 로즈마리는 그의 마음을 충분히 읽었지만 역시 제 상처를 치료하지 않았다.

"후후, 앙큼한 나의 토끼, 어디 보자, 여기 있구나."

어둠 속에서 오싹한 마녀의 목소리가 소름 끼치게 울렸다. 동시에 무서운 파공성과 함께 무언가가 로즈마리와 레비탄 쪽으로 쏘아졌다. 레비탄은 본능적으로 로즈마리를 안고 빙글 돌아 어둠 속 공격을 회피했다. 곧 책장이 무너지는 무거운 소리가 났다.

"아아, 날다람쥐 같기는……."

아쉽다는 마녀의 목소리에 로즈마리는 식은땀을 흘렸다. 어느새 그녀는 레비탄에게 허리가 들린 채 대롱대롱 매달려 있었다.

몇 번의 공격이 로즈마리와 레비탄을 노렸다. 까만 어둠 속이었지만 곧 시야는 익숙해져 어느 정도 윤곽이 보였다. 레비탄은 수월하게 마녀의 공격을 피했고, 그때마다 빗나간 공격은 죄 없는 책장으로 향했다. 책장이 부서지자 책이 우르르 무너져 내렸다.

[아아! 안 돼! 안 돼! 내 소중한 책들!]

벨이 비명을 내질렀다. 샤롯은 우연히 벨 근처에 있었는지 주변에서 목소리가 났다. 로즈마리, 부르는 목소리에 로즈마리는 안도했다. 다친 건 일단 자기 자신뿐인 것 같다. 아무래도 마녀는 로즈마리만 노리는 듯했다. 잘됐다, 고 생각하자마자 레비탄이 꾸짖었다.

"잘됐다고 생각하지 마! 마녀의 공격도 제대로 막지 못했으면서!"

"갑자기 당해서 그래. 이제 잘 피할 수 있어."

레비탄의 말에 로즈마리가 찔리는 듯 모기만 한 목소리로 중얼거렸다. 레비탄은 잘도 그러겠다 빈정거리면서 자신들을 향해 날아오는 검은 그림자의 채찍을 요리조리 피해 갔다. 마녀는 좀처럼 맞지 않는 둘에게 화가 났는지 손톱을 물어뜯으며 발을 동동거렸다. 그녀가 답답하다는 듯 소리쳤다.

"제발 좀 맞아!"

"너라면 맞겠냐!"

레비탄이 지지 않고 소리쳤다. 마녀가 으르렁거렸다. 그녀가 양손을 뻗자 그림자 채찍의 수가 늘어났다. 좀 더 촘촘하게 둘을 좁혀갔다.

이대로는 당하겠다 싶어서 레비탄은 마력을 운용했다.

하지만 그 전에 어두웠던 시야가 갑자기 팟하고 밝아졌다. 탑을 가리던 검은 것이 사라지고 세상이 다시 빛으로 가득했다.

모두가 반사적으로 눈을 질끈 감고 찡그렸다. 마녀 역시 별반 다를 게 없었다. 그녀는 찢어지는 비명을 내지르며 바닥을 굴렀다.

[어떻게 네가 내 서고를 이렇게 엉망으로 만들 수 있어!]

고작! 만들어진 인물 중 하나이면서! 벨은 분노 어린 어조로 쩌렁쩌렁 큰 소리로 고함쳤다. 장담컨대 벨이 이토록 분노하는 모습은 단 한 번도 본 적이 없다. 벨은 바닥을 기는 마녀, 아니 엘리제의 등 위로 거칠게 발을 굴렀다. 엘리제가 안쓰러운 단말마를 내질렀다. 그녀가 양 손톱으로 바닥을 긁었다. 벨은 아직도 성에 차지 않는지 몇 번이고 엘리제를 밟았다.

[고작 만들어진 것에 불과한 주제에!]

광기 어린 벨의 폭력에 시야를 회복한 로즈마리와 레비탄은 말을 내뱉을 수 없었다. 이 난잡한 상황에 거침없는 속내를 보이는 벨이 훨씬 악마 같고 마녀 같고 악당 같았다. 그녀의 하얀 다리에 곧 피가 튀었다. 엘리제는 허리가 부러진 듯 긁는 소리를 내며 앓았다.

"로즈마리!"

그사이, 샤롯이 황급히 로즈마리에게 뛰어갔다. 로즈마리의 복부는 역시 엘리제에게 공격당했는지 피로 붉게 물들어 있었다. 샤롯은 그것을 발견하자마자 창백해진 인상으로 바들바들 떨었다. 로즈마리는 그녀를 보며 어색하게 웃었다.

"괜찮아, 있다가 마법으로 치료할게."

"지금 해!"

"지금은 할 일이 있어서……."

그리고 임시방편으로 막아놔서 당분간은 괜찮아. 로즈마리가 덧붙이자 샤롯은 더 몰아붙이고 싶었지만 차마 내뱉진 못했다.

"벨, 그만해. 네가 더 마녀 같아."

[말리지 마! 나 지금 화났다고!]

"당연히 화났겠지. 너의 서고를 이렇게 난장판으로 만들었으니까. 그렇지, 마녀."

로즈마리의 말에 벨이 일순간 멈췄다. 벨이 등을 돌린 채 침묵하자 로즈마리가 천천히 그녀에게 다가갔다.

"수많은 반복으로 모았던 소중한 서고인데, 감히 네 손에서 태어난 일개 악녀의 손에 더럽혀져서는 안 되잖니?"

[무슨 말인지 모르겠구나.]

로즈마리는 발뺌하는 벨을 보며 방긋이 웃었다. 그리고 그녀에게 더 가까이 다가갔다. 벨이 바들바들 떨고 있었다.

로즈마리는 서고에 들어가기 전에 그간 그녀가 자신에게 행했던 행동을 되돌아보며 하나의 결론에 도달했다. 결론에 도달했지만 확신은 없었다. 하지만 벨을 마주하고 그녀의 이상 행동과 이제까지의 의문을 모조리 대입해보니 확신이 섰다.

저건 마녀라고.

이해가 안 될 것이다. 레비탄은 물론 샤롯 역시 눈을 동그랗게 뜨고 그녀들을 바라봤다. 로즈마리는 그들에게 낭송을 들려주듯 경쾌한 어조로 재잘거렸다.

"벨, 나는 약간의 의문이 들었어. 일개 인간인 샤롯이 어떻게 이 세상을 되돌리고 허구로 덮을 수 있었을까? 그녀에게 그만한 능력이 있었을까?"

샤롯은 우수한 여인이지만 마법적 지식은 그다지 수준이 높지 않았다. 서고의 주인으로 점찍혀 있었지만, 그렇다고 마법적 재능이 있어야 한다는 것은 아니라는 뜻이다. 그런 샤롯이 어떻게 세상을 몇십, 몇백 번 바꿀 수 있었을까?

그녀의 의문은 곧 풀렸다. 상상 이상으로 서고에 대한 집착과 책에 대한 집착을 가진 안내인, 벨. 모든 것은 그녀가 만든 것이다. 샤롯의 시작은 벨로부터 비롯했고 끝 또한 벨로부터 맞이했을 것이다. 결말에 도달할 때쯤에는 교활한 악마처럼 샤롯의 귓가를 속삭였다.

다음 이야기를 쓰자. 이보다 더 나은 결말을 위해. 샤롯은 그 속삭임에 껌뻑 넘어갔을 것이다. 그렇게 책은 탄생하고 또 탄생했다. 마녀와 샤롯의 손에서.

하지만 마녀는 생각지 못했겠지. 새로운 이야기는 늘 똑같은 점에서 시작하고 샤롯의 목표는 단 하나였기에 다시 써도 새로운 느낌이 점차 사라졌다. 겉만 새롭지, 사실은 같은 결말의 이야기인 것이다. 마녀는 지루해졌고 식상해졌고 지쳤을 것이다. 로즈마리는 그녀를 보았다.

"이 세상을 허구로 만들기 위해서는 말로 표현할 수 없는 방대한 마력이 필요해. 그런 마력을 샤롯이 갖고 있을 리 없지. 그녀는 인간이니까."

하지만 너는 달라. 로즈마리가 속삭이듯 말했다.

"마녀인 너는 샤롯을 꼬드겨서 세상을 바꾸는 재미에 푹 빠졌을 거야. 하지만 같은 이야기가 계속 반복되었지. 반복되고 반복되다 너는 지쳐버린 거야."

그래서 이제 그만두기로 한 거지. 로즈마리의 파란 눈동자가 서늘하게 빛났다.

"하지만 쉽게 그만둘 수 없었어. 그래서 생각했지. 마녀를 막을 수 있는 건 마녀뿐이라고. 너는 평범한 악녀를 무시무시한 마녀로 탈바꿈시키고, 그것도 모자라 나를 마녀로 만들 상황을 만들어낸 거야."

마력석을 삼켰을 때 들끓던 마력을 잠재워줬던 금의 여

인이 흐릿하게 잔상처럼 남았었다. 꿈일까 생각했지만, 다시 되돌아 생각하면 그건 벨이었다. 서고에서 나올 수 없다는 그녀는 무척이나 쉽게 바깥으로 나왔다. 이 또한 거짓을 속삭인 것이다.

벨은 서서히 고개를 돌려 로즈마리를 내려다보았다. 로즈마리보다 한 뼘은 큰 그녀가 서늘한 금색 눈으로 그녀를 노려보고 있었다.

[똑똑한 아이는 참 좋아. 눈치 빠른 아이도 좋고……. 하지만 나에게 건방지게 굴지 않을 때만 좋지.]

벨의 목소리가 칼날 같다. 로즈마리는 어깨를 으쓱했다.

"너는 나를 무척 좋아한다고 했어. 그건 아마도 이 반복되는 뫼비우스의 띠를 끊을 수 있는 게 오로지 나뿐이라고 생각했기 때문이겠지?"

반은 맞고 반은 틀렸다. 벨은 로즈마리를 샤롯보다도, 아니 누구보다도 순수하게 좋아했다. 오랫동안 잊고 있던 이름을 지어준 이를 어찌 좋아하지 않을 수 있을까. 하지만 자신이 목표한 바를 위해서는 무엇이든 이용해야 했다. 그녀는 그런 이기적인 마녀이니까.

"네가 바라는 대로 세상을 되돌려주지. 하지만 이건 너를 위해서가 아니라 나를 위해서, 샤롯을 위해서, 그리고 레비탄을 위해서야."

단 한 걸음도 너를 위해서 움직이지 않겠어. 로즈마리

의 냉정한 말에 벨의 눈동자가 흔들렸다. 하지만 그녀는 그저 입술만 깨물 뿐이었다.

"누구 마음대로!"

갑자기 벨 아래에서 잔혹하게 부서진 인형처럼 바닥을 기던 엘리제가 발작하듯 고함을 질렀다. 그녀는 괴이하게 몸을 구부리며 삐걱거렸다. 금색의 찬란한 머리카락은 붉은 피로 물들어 섬뜩하고 괴이했다. 벨은 저도 모르게 뒤로 물러났다.

"좋다고 날 만들어놓고선, 나를 이 지경까지 끌고 놓고 멋대로 끝내? 모든 걸 다 되돌려?"

붉은 피를 머금은 금발 사이로 섬뜩한 적색의 눈동자가 사나운 빛을 발했다. 그녀는 관절을 꺾으며 서서히 일어섰다.

"세상 누구보다도 아름답게 만들어준다고 해놓고. 배고프지 않게, 춥지 않게, 아프지 않게 해준다고 해놓고선! 내가 고작 저 계집을 위해 준비된 악녀라고 내치고 몰아붙여?"

섬뜩한 증오가 담긴 엘리제의 목소리에 깊은 한이 느껴졌다. 엘리제는 악녀이지만, 만들어진 인물 중 하나이지만, 누구보다도 제 역할에 충실했고, 누구보다도 고고하고 아름답게 마지막을 장식했다.

끝없는 반복 속에서 가장 큰 피해자는 어쩌면 엘리제가 아니었을까? 그녀는 원해서 태어난 악녀가 아니었다. 원해서 사내들을 홀렸던 것도 아니었고 원해서 살인하고 잔혹했던 게 아니었다.

엘리제는 이야기에 가장 필요했던 악녀이기에 그렇게 살았고 수십 수백 번을 살았다. 그녀야말로 오래된 마녀. 그녀야말로 이 세상의 가장 강인한 마녀다. 벨과 샤롯이 이 세상의 창조주라고? 그래서 뭐? 그렇다고 자신의 존재를 함부로 지워도 되느냐는 말이다.

"용납 못해! 그럴 수 없어! 세상은 아직 끝나지 않았어! 나는 아직 최고의 끝에 서 있지 않단 말이야!"

엘리제의 찢어질 듯한 고함 소리가 쩌렁쩌렁 울렸다. 높게 쌓인 책장이 크게 흔들렸다. 책들이 쏟아져 내렸다. 페이지가 빠르게 넘어가다 일순간 멈춘 페이지에서 검은 인영들이 스멀스멀 빠져나왔다.

그 검은 인영들은 수많은 엘리제였다. 사상 최악의 아름다움을 가진 오래된 마녀 엘리제. 엘리제는 제멋대로 자신을 유린한 세상을 증오하며 그 창조주들을 증오한다. 이제는 그들 손에 놀아나지 않겠어! 이제 내가 너희를 지배하고 세상을 재구축해 온전한 엘리제의 세상을 만들 테야!

수많은 엘리제가 한결같은 말을 내뱉었다. 마치 마법의 주문처럼 탑 안에 웅장하게 울렸다. 탑이 점차 무너지려는 듯 크게 흔들렸다. 벨이 허둥거렸다.

[안 돼! 안 돼! 내 서고가! 내 책들이!]

12 이야기의 끝, 새로운 시작

바닥에 떨어지는 책들을 주워 담으려는 듯 이리저리 움직였지만 벨은 곧 수많은 엘리제들에게 둘러싸였다. 엘리제들은 벨에게 남은 마력을 짜서 마시려는 듯 그녀를 찢고 물어뜯었다. 벨은 그 상황에서도 자신의 책들을 향해 손을 뻗었다. 하지만 무수히 많은 엘리제들에게 점차 먹혀 버렸다.

"이제 끝이야! 이제 세상은 나의 것이야!"

엘리제가 양팔을 들어 올리며 사나운 목소리로 깔깔깔 웃었다. 로즈마리는 그 광경을 말없이 마냥 쳐다봤다. 이 장면은 오래도록 기억에 남을 것 같다. 기어코 세상은 한계에 도달해 이 지경이 되어버렸구나.

"엘리제, 세상을 다시 구축한다고? 어림없는 소리. 이제 이 세상은 끝이야."

"아니! 아니! 다시 덧붙이면 돼!"

로즈마리가 서늘한 목소리로 그녀에게 경고했다. 엘리제는 떼를 쓰는 아이처럼 고개를 저었다.

로즈마리는 그녀를 보며 천천히 발걸음을 뗐다. 레비탄이 무심코 그녀의 손목을 잡았다. 로즈마리는 반사적으로 제 손목을 잡는 레비탄을 향해 고개를 돌렸다. 그리고 아주 환하게 미소 지었다. 이 괴이한 상황에 몹시도 어울리지 않을 법한 환한 미소였다. 레비탄이 저도 모르게 손목을 놔주자 로즈마리는 멈췄던 걸음을 옮겼다.

"이미 이 세상은 한계에 도달했어."

"그럴 순 없어! 이제 시작인데! 이제야 내 세상인데!"

"다 끝났어, 엘리제."

로즈마리 주변에 방대한 마력이 뿜어져 나왔다. 거대한 청록색 오라가 넘실넘실 춤을 췄다. 그녀의 발아래 바닥에서 가시덩굴이 춤추듯 떠올랐다. 셀 수 없는 수많은 넝쿨이 곧 탑을 점령했다. 엘리제는 자신에게로 오는 넝쿨에 기겁하며 뒤로 물러났다. 그리고 악에 받쳐 소리쳤다.

"이제까지 조종당하며 살았어! 이제 내 뜻대로, 내 자유대로 살겠다는데 왜!"

"아니, 엘리제. 어차피 끝난 세상에 부러 매달리지 마."

넌 돌아가야 해. 로즈마리가 속삭였다.

엘리제는 어느새 울고 있었는지 눈물 가득한 얼굴로 고개를 저었다. 싫어, 그러고 싶지 않아. 아이를 달래듯 로즈마리가 그녀에게 손을 뻗었다.

"약속할게, 엘리제. 너는 행복해질 거라고. 너의 이야기 속으로 돌아가."

"정말, 나는 행복해져?"

"그래, 아름다운 엘리제. 너의 세상으로 돌아가는 거야."

"……나의…… 세……."

로즈마리가 내민 손에 엘리제가 조심스럽게 얹었다. 넋을 놓고 중얼거린 엘리제는 곧 이제까지의 괴이함이 무색할 정도로 환한 빛을 발하며 빛 가루가 되어 흩어졌다. 로즈마리는 황금빛 빛 가루가 되어 휘날리는 그녀를 손으로 휘감으며 말했다.

"자, 책을 덮을 시간이야."

그녀의 말이 끝나기 무섭게 섬광탄이 터진 것처럼 선명한 하얀빛이 쏟아져 세상을 덮었다. 로즈마리의 말대로 이야기의 끝에 도달했다. 이제 책의 마지막 페이지.

자, 책을 덮어 이야기를 종결하자.

눈을 깜빡거렸다. 어찌나 강렬한 빛인지 시야가 좀처럼 회복되지 않았다. 레비탄은 손등으로 눈가를 비볐다. 하지만 그럼에도 시야가 뿌옇다.

"레비."

귓가에 익숙한 목소리가 들렸다. 뿌연 시야에 언뜻 비치는 인영이 익숙하다. 레비탄이 로즈마리? 하고 묻듯 부르자 웃음소리가 들렸다.

"이제 원래대로 돌아가야 해."

작별을 고하는 목소리가 들렸다. 레비탄이 그녀를 향해 손을 뻗었다. 흐리고 명확하지 않은 그녀의 인영이 어쩐지 불안함을 일게 했다. 그의 손길에 로즈마리는 웃는 듯했다.

"어쩌면 원래대로 돌아간다면, 나는 이 세상 사람이 아닐 수도 있어."

"왜 그런 무서운 말을 해."

레비탄이 인상을 찡그렸다. 로즈마리는 자신에게 뻗는 남자의 손을 마주 잡았다. 온기가 느껴졌다. 아직까지 꿈이 아니라는 걸 느꼈다. 약간의 안도가 느껴졌다.

"그래도 약속할게. 너와 같은 시대에 다시 태어나겠다고."

"약속 함부로 하는 거 아니야. 알아? 약속했으면 꼭 지켜야 한다고."

"지키려고 말하는 거야. 꼭 지킬게. 널 만나러 꼭 다시 태어날게."

로즈마리의 목소리가 조금 떨렸다. 레비탄은 다른 손

을 뻗어 그녀의 뺨으로 보이는 곳을 매만지며 말했다.

"아냐, 내가 널 찾을 거야. 내가 널 만나러 갈게."

그러니까 태어나기만 해. 레비탄이 각오를 다진 어조로 말했다.

로즈마리는 작게 웃음을 터트렸다. 곧 그녀가 깃털처럼 폭 퍼져 허공 속으로 사라졌다. 레비탄은 그것을 마냥 쳐다보다 눈을 감았다.

이제까지 살았던 세상이 사라지고 원래의 세상으로 돌아간다. 수많은 반복과 수많은 과오와 수많은 이야기가 사라지고 있었다. 반복된 고장 난 시계는 이제 수명을 달리해 멈춰서 고철이 되어버렸다.

이제는 떠나야 해.

모두가 제자리를 찾아 떠났다. 레비탄은 감았던 눈을 뜨고 자기 자리라 생각하는 방향으로 발걸음을 옮겼다. 흐린 시야는 점차 선명해졌다. 빌어먹을, 이제야 시야가 보이면 뭔 소용인가. 그녀는 떠나고 없는데. 마지막일지도 모르는 그녀의 모습을 눈에 담지 못했다.

레비탄의 두 눈에 눈물이 맺혔다. 그는 거칠게 손등으로 눈가를 훔치며 하염없이 걸었다. 그 길 끝에 제자리가 있고, 그녀가 있을 거라는 희망을 품에 안은 채.

다시 만나면 꼭, 너를 너무나도 사랑했다고 말해줄 거야. 그녀가 새빨간 얼굴이 될 때까지 몇 번이고 속삭이고 외치고 말할 것이다. 다시는 우리가 이렇게 헤어지지 않게……. 어서 빨리 너를 만나고 싶어, 로즈마리.

*　*　*

덜컹거리는 열차에서 한 늙은 신사가 신문을 읽고 있다. 신문의 전면에는 제국의 옆 나라 후 공국의 소식이 담겨 있었다. 그 나라 후계자가 그렇게도 똑똑한 천재라더니, 이제 고작 다섯 살이면서 어찌나 영민하던지 나라를 떠나 대륙을 떠들썩하게 만들었다. 이번에도 새로운 전설을 만들어냈는지 후 공국의 대공자에 대한 극찬이 크게 박힌 타이틀이 눈에 띈다. 노신사는 진지한 시선으로 신문을 읽으며 넘겼다. 바스락거리는 종이 소리가 작게 들렸다가 사라졌다.

그의 옆자리, 복도를 중간에 둔 창가에 젊은 여인이 고작 한 달이 되었을까 말까 한 갓난아기를 품에 안고 있다. 아기는 눈을 질끈 감고 우물거리다가 이내 뭐가 성에 차지 않았는지 눈을 번쩍 뜨고 으앙~ 울음을 터트렸다. 열차 안에 사람들이 깜짝 놀라 저도 모르게 소리가 나는 쪽을 쳐다봤다.

아기를 품에 안고 있던 여인은 당황하며 조그마한 몸을 고쳐 안아 토닥였다. 푸른 눈동자에 적지 않게 당혹감이 어렸다. 그녀의 토닥임에도 아가는 좀처럼 울음을 그치지 않았다. 그녀 옆에 앉아 있던 눈에 띄게 아름다운 남자가 입을 열었다.

"왜 그러지? 우리 예쁜 딸, 로즈마리."

아기를 달래려는 듯 다정하게 말을 걸었지만, 아기는 여전히 성에 차지 않는 듯했다. 결국 아기를 품에 안고 있던 여인이 자리에서 일어났다. 남자가 따라 일어났다.

"나도 같이 가, 샤롯."

"아니, 금방 달래고 올게, 엘릭. 곧 표 검사를 하러 올 테니 자리를 맡고 있어야지."

아가를 안은 여인 샤롯, 그녀는 자신의 남편인 엘릭서, 엘릭을 제지했다. 엘릭서는 아쉽다는 듯 다시 의자에 앉았다. 샤롯은 제 말을 얌전히 듣는 남편의 뺨에 가볍게 입을 맞추고 열차 칸을 나섰다. 그녀는 아기를 품에 안으며 엉덩이를 토닥거렸다.

"예쁜 우리 딸, 로즈마리. 안 좋은 꿈이라도 꿨니?"

샤롯의 어깨에 얼굴을 얹은 작은 아기가 칭얼거렸다. 하지만 열차에 앉아 있을 때보다는 진정되었는지 울음소리가 작아졌다. 곧 열차와 열차를 이어주는 통로에 있는 작은 창 너머로 빠르게 지나가는 풍경이 보였다. 샤롯은 몸을 살짝 돌려 부러 창가의 풍경을 딸에게 보여주며 말했다.

"보렴, 로즈마리. 봄이란다."

샤롯에 의해 창가로 시선을 향한 아가의 눈은 선명히 청명한 푸른색이었다. 이슬 맺힌 아름다운 색이 반짝거렸다. 아기는 곧 눈을 가늘게 접고 웃었다.

에필로그.
다시 만날 운명

꿈은 깨고 나면 무의미하지만, 그녀의 경우는 조금 달랐다.

그녀의 이름은 스칼렛. 아명은 로즈마리로 불렸다. 유서 깊은 베를린 남작가의 여식으로 어릴 때부터 천방지축으로 영지 내에서 내로라하는 말괄량이로 유명했다. 굽이치는 머리카락은 빨간색이고, 하얀 얼굴에 선명한 파란 눈동자가 돋보이는 그녀는 매일 밤 알 수 없는 꿈을 꾸곤 했다. 아주 긴 꿈이었다.

그녀는 어릴 적 심한 고열에 시달린 후부터 늘 같은 꿈을 꾸었다. 그때부터 쭉 꾸었던 꿈은 열다섯 살이 될 무렵에야 종지부를 찍었다. 아주 서글프지만, 응당 끝이 있듯 지어지는 결말이었다.

꿈속에서 스칼렛은 로즈마리라는 소녀였다. 그녀는 책에서 빙의한 결말이 정해진 시한부 엑스트라였다. 책의 주인공인 엘리제에게 이용당하고 버려질 운명. 자신의 운명을 알고 있는 로즈마리는 가문과 사랑하는 언니를 위해 부단히도 노력했다. 그러면서 만나게 된 소년 레비탄.

꿈속 이야기는 점점 복잡하고 심오해졌다. 엑스트라인 줄 알았던 자신은 책 속의 당당한 주인공이고, 그녀가 사랑하는 언니는 소설의 창조주였다. 스칼렛은 꿈을 꿀수록 일반적인 꿈과는 거리가 멀다는 것을 깨달았다. 자신의 상상력 이상의 스토리였으니까!

그보다 놀라운 건 그녀 주변에 있는 실제 인물들이 꿈에서도 등장한다는 것이다! 특히나 로즈마리의 언니 샤롯은 현실에서는 스칼렛의 어머니 샤롯과 같았다. 이름만 같다면 모르겠으나 이목구비도 닮았다는 것이 쉽사리 넘기기 어려웠다.

꿈을 꾸고 난 다음 날, 스칼렛은 어머니 샤롯을 보기가 조금 껄끄러웠다. 미묘한 기분이 들었다는 것이 명확할 것이다. 꿈속 언니는 현실의 어머니였다. 참으로 기이했다. 꿈속 로즈마리의 호위를 담당하는 기사 엘릭서는 베를린 가의 가주이자 샤롯의 남편이며, 스칼렛의 아버지라는 것도 참 우연치 않은가. 아니, 이 정도면 우연이 아니라 무언가 있다고 느껴질 정도다!

꿈에서 만나는 인물들은 때때로 스칼렛 주변의 인물들로 나타났다. 자신의 자아가 만들어낸 꿈이라면 그럴 법도

했다. 현실의 사람이 꿈에 등장한다는 것은. 하지만 꿈의 이야기는 자신이 짜낼 정도의 범위를 넘어섰다. 이 긴 꿈이 한 번도 멈추지 않고 이어지고 있다는 점도 이상하고 말이다.

마지막 꿈을 꾸고 난 스칼렛은 눈가가 흥건하다는 것을 깨달았다. 시야가 흐린 것이 눈물 때문 같았다. 느리게 눈을 깜박이던 스칼렛은 손등으로 눈가를 닦아내며 천천히 상체를 일으켰다. 이 꿈을 꾸기 시작한 지 10년은 더 된 것 같다. 긴 꿈을 10년이나 꿨다.

바로 어제만 해도 꿈의 내용이 생생히 기억났다. 전날 꿨던 꿈에서는 어떤 상황이 벌어지고 있었고, 곧 끝을 향해 달려간다는 것도 생생히 기억하고 있었다. 하지만 이상했다.

꿈의 끝을 맞이한 순간, 그 꿈에서 깨어난 순간 스칼렛은 그간 꾸었던 꿈의 스토리를 선명히 기억해내지 못했다. 벌레가 파먹은 책처럼 듬성듬성 구멍이 나고 파여 있었다.

스칼렛은 천천히 침대에서 빠져나왔다. 그녀는 꿈속 로즈마리의 어린 시절처럼 연약하지도 병약하지도 않았다. 워낙에 천방지축이라 하루라도 가만히 있질 않아서 영지 내에서는 야생마라는 별명도 가졌었다. 꿈속 로즈마리는 짙은 금발 머리카락이지만, 스칼렛은 석양으로 물든 머리카락이었다. 단지 같은 것은,

"파란 눈동자."

스칼렛은 방에 배치된 전신 거울 앞에 섰다. 오직 꿈속 로즈마리와 닮은 것이라고는 파란 눈동자 하나뿐이었다.

스칼렛은 거울에 비친 자신을 빤히 쳐다보다가 고개를 갸웃 기울였다.

하루가 멀다 할 정도로 매일 꾸던 꿈이라 이렇게 끝을 맞이할 줄은 몰랐다. 어쩐지 내일이면 꾸지 않을 꿈이라는 생각이 강하게 들었다. 그러나 스칼렛은 허전하거나 상실감은 느낄지언정 아쉽다는 생각은 들지 않았다. 참 이상하지. 왜 아쉽지 않을까. 오래 꿔서 정도 들었을 법한데, 오히려 후련하다 싶은 마음이 컸다.

"어머, 아가씨! 벌써 일어나셨어요?"

그녀의 뒤로 문을 열고 누군가 들어왔다. 몸을 돌려보니 크리스가 서 있었다. 크리스는 스칼렛이 태어날 때부터 그녀를 보필해왔던 하녀였다. 보모 보조에서 자연스럽게 담당 하녀가 되어 15년간 스칼렛을 시중들어왔다. 스칼렛은 빙글 몸을 돌려 크리스를 보며 방긋 웃었다.

"응! 나 아침에는 늘 일찍 일어나잖아."

"다른 부분에서도 이렇게 성실하면 얼마나 좋을까요!"

"그건 무리야! 그리고 앞으로는 이렇게 일찍 일어나지 못할지도 몰라."

이제 꿈을 꾸지 않을 테니까. 스칼렛은 그리 말하며 성큼성큼 걸어서 욕실로 향했다.

그렇게 스칼렛은 10년 가까이 꾸던 꿈의 종지부를 찍고 평소와 같은 하루를 보내기 시작했다. 그녀에게는 따분하기 그지없는 평범하고 익숙한 일상이지만, 다른 이들에게는 한숨부터 나올 사고투성이 날들 말이다.

* * *

그 후로 3년이 흘렀다. 스칼렛의 예상대로 로즈마리의 꿈은 더 이상 없었다. 결말을 맞이한 꿈은 서서히 스칼렛의 머릿속에서 사라져갔다.

"저기 말이야, 크리스."

마차가 한차례 덜컹거렸다. 그러나 마차 안은 평안했다. 비싼 마차 안은 폭신한 쿠션들로 이루어져 엉덩이가 그다지 아프지 않았다. 그렇다고 아예 아프지 않은 것은 아니지만.

외출용 보닛을 얌전히 쓴 스칼렛이 창가를 빤히 쳐다보다가 입을 열었다. 스칼렛의 드레스에 들어갈 레이스를 직접 짜고 있던 크리스가 시선을 옮겼다.

"우리는 왜 공국으로 가는 거야?"

"초대를 받았으니까요?"

"변방의 남작가가 공국과 어떤 인연이 있기에 초대장이

날아올 수 있을까?"

혼기가 찬 영애가 있는 집안으로 날아온 초대장은 영지 내에 상당한 이슈를 안겨주었다. 열여덟 살이 된 스칼렛은 여전히 사고뭉치였기에 영지민 사이에서도 그녀가 온전히 시집을 갈 수 있느냐 없느냐를 내기를 걸 정도로 스칼렛 앞으로는 흔한 구혼장 하나 오지 않았다.

당연하다. 그녀는 성인이 된 올해에 치러야 할 사교장에 데뷔하지 않았기 때문이다. 구혼자를 찾기 위해, 혼인을 위해 사교 모임에 열을 내고 다녀도 모자랄 판에 스칼렛은 영지 밖을 나가지 않았다. 매일같이 지루하다고 노래를 부르면서 번화가의 중심인 수도로 상경하지 않은 것은 몹시 의외였다.

하지만 스칼렛은 지루함을 지우기 위해 얌전한 요조숙녀 흉내를 딱히 내고 싶지 않았다. 숨이 막힐 정도로 조여 오는 코르셋도 우습지도 않은가. 거기다 모두 내숭의 가면을 쓰고 하하 호호 웃으면서 지루한 농담에 장단을 맞추겠지. 남작가의 여식이지만 예의는 모두 배웠고, 몸에도 배어 있을 정도였다.

하지만 베를린의 야생마 스칼렛은 부러 귀족가의 여식처럼 굴지 않았다. 그녀는 영지민 사이의 또래 아이들과 더 친했다. 공부를 싫어해서 매일같이 성을 나와 그들과 뛰어놀곤 했다. 귀족가 여성으로서 꽉 막힌 틀에 맞추지 않고 그녀를 풀어놓듯 방목하는 남작가의 부부는 상당히 관대한 축에 속했다.

그렇게 딸아이를 자유롭게 방목하며 키우던 남작가 부부가 돌연 스칼렛에게 공국에서 온 초대장을 건네주었다. 딱히 내키지는 않았다. 의심스럽기도 하고. 하지만 귀족가의 여식으로서 의무가 있기 때문에 스칼렛은 내키지 않지만 초대장을 받아야만 했다.

그때를 생각하니 입맛이 쓰다. 차라리 영지민으로 태어났다면 좀 더 자유로웠을까? 아니야, 혼인에는 신분 상관없이 꽉 막힌 세상이잖아. 그럴 바엔 조금이라도 힘 있는 귀족가에 태어난 것이 나을지도. 그런 쓸데없는 생각을 하던 중에 그녀를 배웅하고자 나온 샤롯이 했던 말이 떠올랐다.

"오랜만에 뵙는 분이니 반가운 마음으로 만나보도록 하렴."

"저기, 크리스. 베를린가가 공국의 사람과 각별히 친한 이가 있어?"

"아가씨, 설마 잊어버리신 건 아니죠?"

스칼렛의 질문에 레이스를 짜던 크리스가 손을 멈추고 조금 난감한 표정으로 물었다.

"뭐가?"

"아니, 어린 시절이라지만 그렇게 잘 어울려놓으시곤."

"내가? 누구랑?"

"누구라뇨? 공국의 왕자님이시죠!"

"왕자님? 내가? 무슨 인연이 있어서?"

스칼렛은 어이가 없다는 표정을 지었다. 더 당혹스러운 것은 크리스였다. 그녀가 어린 시절 왕자와 온종일 붙어서 놀았던 것이 생생히 기억난다. 스칼렛은 공국의 왕자가 돌아갈 때까지 그의 곁을 떠나지 않았다. 이상한 것은 공국의 왕자님도 스칼렛에게 어느 정도 호감이 있었기에 그녀 곁을 늘 지켰다는 것이다. 심지어 헤어지는 날이 왔을 때, 스칼렛이 펑펑 우니 달랬던 말도 몹시 놀라웠다.

"울지 마. 스칼렛! 내가 조만간 너를 아내로 맞이하기 위해 초대장을 보낼게."라고 했던가. 그 말에 펑펑 울던 스칼렛이 눈물을 뚝 그치고는 고개를 크게 끄덕였던 것도 기억난다.

둘의 대화에 오히려 놀라고 당혹스러운 것은 베를린 남작 부부와 왕자님의 보호자로 딸려온 카논 경이었다. 고작 아홉 살 소년의 청혼에 그것이 무엇인지도 모르고 흔쾌히 받아들인 네 살 난 아이의 모습에 세 사람은 속으로 기가 찼다.

"왜? 뭐?"

스칼렛이 뚱한 표정으로 그녀를 흘겨봤다. 크리스는 잠시 입을 다물더니 고개를 절레절레 흔들었다.

"아뇨, 아무것도."

"표정이 아무것도가 아닌데?"

"그냥 심란해서요."

새초롬하게 따져오는 스칼렛에 크리스는 고개를 다시 한번 절레절레 흔들었다. 우리 아가씨, 어쩌면 좋아요. 본인은 기억하지 못하는 청혼을, 상대방은 뚜렷이 기억하고 있는 듯한데 말이죠. 베를린가로 보내진 공국의 초대장은 사실 청혼서였다. 상대는 다름 아닌 베를린의 야생마 스칼렛이고, 보낸 이는 공국의 젊은 왕 레비탄이었다.

* * *

후 공국은 풍부한 자원으로 유명한 나라다. 작은 나라 공국이지만 풍부한 자원과 뛰어난 인재로 여러 나라 사이에서도 꽤나 요주의 대상으로 손꼽히고 있다. 3년 전 공국은 젊은 공왕을 맞이했다.

그의 이름은 레비탄 후. 태어날 때는 다른 이름이었으나 공국의 어린 왕자는 다섯 살이 되던 해에 돌연 개명을 선왕께 고했다. 선왕 부부는 난감했다. 아들의 이름을 고심해서 지었더니 당사자가 그 이름이 싫다며 물려달라니.

당시 어린 왕자는 나라를 넘어서 대륙에서도 놀라워할 정도로 대단한 천재였다. 세 살에는 자국어를 자연스럽게 사용하고, 네 살이 되기 전에 5개 국어를 능숙하게 내뱉었다. 그뿐만 아니라 다섯 살이 되던 해에 역사학과 제왕학을 비롯한 수많은 지식을 깨우쳤다. 세상이 감탄한 어린 천재는 제 이름이 마음에 들지 않는다며 개명까지 요청했으니 기가 찰 따름이었다. 그것도 이유가 내 이름 같지 않아서라니.

결국 어린 천재 왕자의 이름은 레비탄이 되었다. 어린 천재의 활약은 거기서 멈추지 않았다. 그는 일곱 살에 마법을 스스로 깨우쳤다. 여덟 살에는 중급 마법사로 승급해 마법 학계를 뒤흔들었다. 그뿐만 아니라 그는 연금술에도 재능이 있었다. 마법 학계와 연금 학계가 단번에 흔들렸다.

천재 레비탄의 외모 역시 뭇 사람들의 감탄을 불러일으켰다. 밤하늘 같은 검은 머리카락에 하얀 피부, 그리고 유독 루비색 눈동자가 영롱하게 빛났다. 붉은 눈동자는 후 공국의 혈족을 의미하는 색이었다. 고유의 색을 이어받은 레비탄은 그야말로 후 공국의 유일한 후계자다. 사람들은 그를 칭송하며 후 공국을 축복했다. 공국은 곧 제국 못지않은 영향력을 갖기 시작했다.

그는 집무실 창가에 기대어 서서 바깥을 바라보고 있었다. 이제나저제나 언제 오나 오매불망 기다리는 듯했다. 조각같이 아름다운 남자가 조용히 중얼거렸다.

"잘 오고 있을까?"

"뭐, 별일 없겠죠."

그의 중얼거림에 집무실 문에 대기하고 있던 카논 경이 심드렁한 어조로 받아쳤다. 옅은 갈색에 호감 가는 인상이 낯익다. 하긴 어릴 때부터 쭉 봐왔던 인물이니 그럴 만도 하지만. 레비탄은 그를 이번 생이 아닌 다른 세상에서도 봤다.

그는 지금처럼 자신을 보필하는 기사이자 보좌관이었다. 자신은 그 세계에서 마녀의 저주를 받은 공국의 왕자였다. 그를 악의 구렁텅이에서 구해준 것은 가녀린 소녀였다. 이름도 선명히 기억나. 꽃처럼 아름다운 이름. 사랑스러운 나의 마녀. 레비탄은 속으로 기억을 곱씹으며 카논을 힐끗 보더니 다시 입을 열었다.

"마중 나가봐."

"과합니다, 과해요."

"가봐."

카논은 나지막이 한숨을 내쉬고는 집무실을 나섰다. 그가 나가면서 문이 닫히는 소리가 나자 레비탄은 다시 창가를 힐끗 보더니 마지못해 집무실 책상 의자에 앉았다.

공왕이라는 자리는 없는 일도 생겨나는 자리였다. 애초에도 일이 많았기에 처리할 업무가 산더미였다. 그가 오매불망 기다리는 그녀와의 만남을 한결 수월하게 하려면 지금 쌓여 있는 업무를 조금이라도 줄여놔야 할 것 같았다.

왕이라는 직업, 쓸데없이 손이 많이 가. 레비탄은 속으로 중얼거리며 신속히 펜대를 잡았다. 깃펜을 잉크병에 톡 찍어 꺼냈다. 서류를 습독하며 필요한 부분에 사인하기 시작했다. 책상에 가득 쌓여 있던 서류가 점차 줄어들었다. 그럼에도 쌓인 양이 만만치 않았다. 곧 집무실에는 사각거리는 펜촉 소리만 잔잔히 들렸다가 사라지길 반복했다.

서류를 처리하던 레비탄은 어린 시절 만났던 그녀를 떠올렸다. 손은 쉴 새 없이 움직이지만 역시 천재라 한 머리로 두 가지 이상의 행동을 하며 두 가지 이상의 생각을 할 수 있었다.

레비탄은 사실 태어날 때부터 남다른 사람이었다. 그는 아기 때부터 어떤 기억을 가지고 태어났다. 이번 생이 시작되기 전 다른 세계에서 살았던 삶의 기억이었다.

아이러니하게도 그는 전생에서도 공국의 왕이었다. 마녀의 저주를 받아 소년 시절을 어두운 감옥에서 보내야 했지만, 엄연히 그는 한 나라의 후계자였다. 어머니의 잘못으로 만들어진 마녀 엘리제에 의해 그는 영원토록 감옥에 감금될 운명이었다.

하지만 세상은 그를 그대로 버려두지 않았다. 그에게 구원자가 찾아온 것이다. 짙은 금발에 동그란 인상, 선명한 파란 눈동자가 유독 눈에 띄는 어린 소녀.

그녀의 이름은 로즈마리. 작은 몸집으로 성인 남성 못

지않은 깡다구와 자신만의 신념을 가진 소녀였다. 그저 변방의 남작가의 여식이었지만, 그녀의 가문이 맡은 사명은 세상을 뒤흔들 정도로 무거운 사명이었다. 로즈마리는 그 사명보다도 자신에게 예정된 미래가 불운하다고 했다. 그녀는 자신의 미래를 바꾸기 위해 노력했고, 그 실행에는 레비탄도 포함되어 있었다.

레비탄은 그녀에 의해 빛이 있는 세상으로 올라올 수 있었다. 그는 그녀에게 구원받았다고 생각했다. 그녀는 그의 마녀가 되었고, 레비탄은 그녀의 패밀리어, 즉 사역마가 되었다. 서로를 공유한다는 것은 생각 이상으로 불편하지 않고 오묘한 동질감과 미묘하게 간질거리는 감정을 싹 트게 했다. 둘은 서로에게 더없이 소중해졌다.

레비탄은 그녀를 공왕비로 맞이할 생각이었다. 그녀는 자신의 주인이자 사랑하는 여인이었다. 하지만 만들어진 세상은 둘의 행복을 바라지 않았다. 세상은 무너져가고, 다시 어그러진 세상을 만들려 했다. 반복되는 세상에서 둘은 쳇바퀴를 도는 실험쥐처럼 돌고 돈 것이다. 그 사실을 알았을 때 얼마나 기가 찼던지.

거짓된 세상은 레비탄뿐만 아니라 사람의 영혼을 가두는 감옥이었다. 감옥은 필요한 영혼을 훔쳐 와서 거짓된 세상의 등장인물로 만들었다. 레비탄은 피해자였다. 그리고 로즈마리도.

이 모든 것이 사랑하는 여동생을 위해 행했던 언니의 마음에서 시작했다 하더라도 레비탄은 모든 것을 수긍할 수 없었다. 레비탄은 그녀를 잘 알고 있었다. 그녀가 스스로를 희생하려는 것도.

그는 그녀가 스스로를 희생하지 않길 바랐다. 그리고 로즈마리가 죄책감을 갖지 않길 바랐다. 그래서 그녀 곁을 지키고 보좌했다. 그녀에게 닿았을까. 그의 마음이. 둘은 서로를 의지해 세상을 무너트렸다.

세상이 무너지면서 로즈마리가 자신에게 작별을 고했던 것이 떠올랐다. 그래, 그 아련한 목소리. 그 목소리만 생각하면 레비탄은 가슴 한쪽이 먹먹하고 아팠다. 그리운 이를 찾는 빈 심장이 아파서 우는 것 같았다.

이 세상에 새롭게 태어나 레비탄이 가장 먼저 한 것은 말을 배우는 일이었다. 말을 트고 글을 깨우치자마자 세상의 모든 역사를 습득했다. 그가 거짓된 세상에서 보냈던 그 역사 같은 것이 있을까 싶어서였다. 무언가 맞물리는 것은 없을까 하는 일말의 희망 때문에, 그리고 그 맞물림 속에서 그가 애타게 찾는 그녀와 연관된 힌트가 있지 않을까 하는 생각에.

덕분에 다섯 살에 세간의 천재로 추앙받았지만 레비탄은 딱히 기쁘지 않았다. 당시 그의 이름은 아르곤이었다. 그는 혹시 이름이 달라 그녀가 찾지 못할까 개명까지 했다. 자신의 명성이 드높을수록 어딘가 이 세상에 태어날 그녀에게 닿길 바랐다.

그 세상이 무너질 때 나눴던 이야기, 약속이 있었다. 그녀가 혹여 자신을 찾지 못하더라도, 기억하지 못하더라도 자기가 찾을 것이라고, 기억할 것이라고.

그의 간절한 바람이 세상의 신이라는 존재에게 닿은 것일까. 레비탄은 이번 생에 모든 것을 기억한 채 살고 있다.

그는 결국 그녀를 찾을 수 있었다. 이 세상에 환생한 로즈마리를 드디어 발견한 것이다.

그의 나이 아홉 살 때 수소문 끝에 로즈마리라는 이름을 가진 아이들을 다 찾았다. 이미 카논은 소년 기사로 나라에서 명성이 자자했기에 레비탄을 보필하는 기사로 임명되어 있었다. 수많은 로즈마리들을 찾는 주인 레비탄을 보며 카논은 한동안 질린 표정을 지었다.

그렇게 세상 모든 로즈마리를 찾던 레비탄은 마침내 그녀를 발견했다. 그녀는 더 이상 로즈마리가 아닌 스칼렛이었다. 생각해보니 자신만 해도 아르곤이라는 이름으로 태어나긴 했다. 개명했지만. 우여곡절 끝에 자연스럽게.

우연을 가장해 레비탄은 베를린가에 머물 수 있었다. 베를린가의 부부 샤롯과 엘릭서는 그의 방문에 오히려 영광이라는 듯 반겼다. 사실 레비탄은 샤롯을 보자마자 흠칫하긴 했다. 저 무너진 세상의 샤롯과 너무 닮아서.

처음부터 샤롯을 찾는 게 빨랐을까 싶을 정도로 허무한 마음이 조금 들었다. 그녀의 남편인 엘릭서도 그 세계의 그와 똑같았다. 성격도 비슷한 것 같았다. 조금 미묘한 기분이 들던 가운데 두 사람의 아이인 스칼렛을 만날 수 있었다. 그녀였다.

확연히 알 수 있었다. 아무리 봐도 그녀였다. 머리색이 달라져도 미묘하게 이목구비가 달라도 선명한 파란 눈동자가 말하는 것 같았다. 자신은 로즈마리라고. 레비탄은 형용할 수 없는 기쁨과 감동을 느꼈다.

이것 봐, 로즈마리. 내가 기어코 너를 찾았어.

* * *

스칼렛은 설마하니 자신이 국경을 넘을 줄은 몰랐다. 딱히 영지 안에만 콕 박혀 있을 생각은 아니었지만 무의식중에 저도 모르게 바깥으로 나가기를 꺼렸다. 데뷔탕트(débeutante, 성년에 이른 귀족, 상류 계층의 여성. 이들을 상류 사회에 소개하는 공식 데뷔 행사에서 배우자를 찾기도 한다.)를 위해 수도에 올라갔지만 그마저도 귀찮다는 핑계로 얼버무릴 정도였다.

왜 그랬을까. 그냥 무의식중에 영지 밖으로 나가면 위험하다는 생각이 막연히 들었던 것 같다. 아마도 어린 시절부터 꾸어온 꿈이 큰 영향을 미친 것 같았다. 꿈이 끝나고 3년이 지난 지금은 모든 것이 희석되었지만 그럼에도 트라우마 같은 것이 희미하게 남은 듯하다.

스칼렛은 국경을 넘어 다른 나라에 입성하는 동안 묘한 기분이 들었다. 그토록 영지 밖을 떠나기 싫어했던 것에 비해 이번 여행은 꽤나 허무할 정도로 쉽게 정했다. 스스로의 마음이 참으로 갈피를 잡기 어려울 지경이다. 무엇이 스칼렛의 트라우마를 잠재운 것일까. 그때 받았던 초대장의 무엇이 스칼렛을 움직인 것일까.

스칼렛은 아버지 엘릭서에게 받은 초대장을 드레스 숨김 주머니에서 조심스럽게 꺼냈다. 초대장은 반쪽짜리였다. 초대장에는 청혼서가 함께 동봉되어 있지만, 엘릭서와 샤롯은 그것을 뺀 초대장만 스칼렛에게 주었다. 청혼서는 본래 가문과 나누는 것이니 응당 가주가 갖고 있는 게 맞고, 스칼렛이 레비탄의 존재와 당시 나눴던 청혼을 잊지 않을 거라고 생각했기에 따로 언급하지 않았다.

사실 크리스의 예상대로 스칼렛은 대부분의 기억이 소실된 상태였다. 워낙 어린 시절이었고, 그 후로 꾸던 꿈에 집중하다 보니 자연스럽게 잊었던 것이다. 그렇게 스칼렛은 표면상 공국으로 초대를 받았지만 실상은 청혼자를 만나러 가는 길이었다. 그 사실을 알고 있는 크리스는 아가씨 모르게 묵직한 한숨을 속으로 삼켰다. 안타깝게도 청혼자만 기억하는 청혼이 각자의 가문에서 이루어지고 있는 것 같다.

감히 그사이에 의견을 내뱉을 수 없었던 크리스는 이 난감한 상황에서 그저 눈만 내리깔 뿐이었다. 스칼렛은 조심스럽게 초대장 봉투의 앞면을 매만졌다. 고풍스러운 편지 봉투와 밀봉되었던 인장이 보였다.

"어디서 많이 본 인장인데……."

아무리 봐도 보낸 이의 가문을 상징하는 인장이 분명한데 어쩐지 낯이 익었다. 스칼렛은 고개를 갸웃 기울이며 중얼거렸다.

"대체 언제 만났던 거지."

그 왕자님. 기억을 돌려봐도 당최 기억나지 않는다. 너무 어린 시절에 만난 것일까. 아무리 어린 시절이라도 크리스의 어투로 보아하니 당시에 친하게 지냈던 것 같은데, 이렇게도 남는 게 없을까? 조금 아쉬운 마음이 들었다. 스칼렛은 봉투의 표면을 오래도록 쓰다듬으며 덜컹거리는 마차 의자에 몸을 깊숙이 기대며 눈을 천천히 감았다.

잠시 선잠이 들었다.

선잠인데도 어렴풋이 꿈을 꿨다. 실로 오랜만에 느끼는 감각에 기묘한 기분이 들었다. 애틋하고 아련하며 그리웠다. 귓가에 웅웅 울리는 이명 소리와 함께 시야는 흐리고 빛 알갱이가 반짝거렸다. 세상이 무너져 흰 바탕이 되어가고 있었다. 그녀는 멍하니 눈을 깜박거렸다. 어렴풋이 느껴지는 투박하고 커다란 손이 뺨을 간지럽혔다.

"내가 널 찾을 거야. 내가 널 만나러 갈게. 그러니까 태어나기만 해."

낮은 목소리가 귓가를 간지럽혔다. 마지막 한마디가 끝남과 동시에 스칼렛은 눈을 번쩍 떴다. 순간 잃어버린 것을 되찾은 기분이 들었다. 그러나 막상 눈을 뜨니 휘둥그렇게 자기를 쳐다보는 크리스만 보일 뿐이었다. 가슴 한쪽을 간지럽히던 그립고 애틋한 감정은 희미한 잔상으로 남았다.

"아가씨?"

"깜박 잠들었나 봐."

"보기에도 그래 보여요. 악몽이라도 꾸셨어요? 갑자기 눈을 번쩍 뜨고 비명까지."

"아니, 악몽이 아냐."

오히려 그리운 꿈이었지. 스칼렛은 오른손을 들어 이마를 가볍게 훔쳤다. 희미하게 땀이 나는 기분이 들었는데 의외로 말끔했다. 약간 미열이 나는 것 같았다. 크리스가 고개를 갸웃 기울이며 그녀 옆에 조심스럽게 앉아 스칼렛의 이마에 손을 얹었다.

"오랜만에 꿈을 꾸셨네요. 3년 전부터 꾸지 않으셨잖아요."

"그러게 말이야. 낯선 환경이라 몸이 허해졌나."

스칼렛은 가볍게 웃으며 다정하게 속삭이는 크리스의 어깨에 머리를 기댔다. 한껏 어리광을 부리는 모양새였다.

이런 사람이 일전에도 있었던 것 같은데……. 그래, 맞다. 생각해보니 좀처럼 자주 만나지 못하지만 만나게 되면 괜스레 마음이 편하고 어리광을 부리고 싶은 인물이 하나 더 있다. 바로 그녀의 고모 제미니였다. 지금은 혼인해서 로우 백작가의 안주인이 되었지만 베를린의 사람이었다. 바로 스칼렛의 아버지 엘릭서의 누이.

엘릭서의 두 살 터울 여동생인 제미니는 오라비보다도 어른스럽고 사려 깊으며 총명했다. 아버지 엘릭서는 때때로 그녀가 자기와 같은 성별의 형제로 태어났다면 그녀가 베를린을 이었을 것이라고 할 정도였다. 그만큼 제미니는 총명하고 아름다운 사람이다.

스칼렛은 좀처럼 만나지 못하지만, 그녀를 몹시 좋아했다. 어머니 샤롯을 많이 사랑하지만, 그다음으로 가장 사랑하는 사람을 꼽자면 제미니일 것이다. 이 사실을 알게 된다면 엘릭서가 몹시 서운하겠지만. 안타깝게도 엘릭서는 스칼렛 마음속 애정 순위 중 3위다. 그래도 다행이길, 크리스가 그를 이기지 않았으니.

어쨌든 스칼렛은 자기를 알뜰살뜰 챙겨주는 제미를 몹시 좋아했다. 그녀는 스칼렛에게 백작 부인으로 불리기보다는 애칭을 불러주길 바랐다. 스칼렛도 그것을 몹시 좋아했기에 둘은 시간을 같이 보낼 때면 자매보다도 더 다정하게 지냈다.

"갑자기 제미가 보고 싶어."

"백작 부인이요?"

"응, 올해는 못 보잖아. 내가 공국에 초대받은 바람에."

매년 이 시기에 스칼렛을 위해 부러 시간을 내서 베를린에 들렀던 제미지만, 올해는 어렵게 되었다. 그녀가 방문하는 목적이 없어졌기 때문이다. 오라비 엘릭서와 사이가 나쁘진 않지만, 로우 백작가는 베를린 남작가와 꽤 거리가 있기에 쉽사리 방문하기 어려웠다. 그것을 부러 스칼렛 때문에 수고해왔으니 당사자가 없으니 갈 필요가 없다.

"내년이 있잖아요."

"응, 곧 도착일까?"

"네, 국경을 넘었으니 곧 성문에 당도할 것 같네요."

"너무 멀어."

"확실히 그렇죠? 그래도 근처까지는 열차로 횡단했잖아요. 성문에 당도해서 다시 열차를 타면 내일쯤에는 수도에 도착할 거예요."

"알아, 그렇지만 부러 중간에 이렇게 마차로 갈아타야 하다니 너무 귀찮은걸."

두 번은 못 오겠다. 속으로 중얼거렸다. 후 공국은 자원이 풍부하고 인재가 넘치는 나라이지만 국경을 횡단하는 열차를 연결하지 않았다. 정치적·외교적으로 아직은 외부에 노출하기가 꺼려졌기 때문이다.

공국이라는 나라는 그만큼 작았다. 하지만 빠른 시간 내에 발전하고 변화했다. 그 덕에 누구도 이 나라를 무시하지 못했다. 외교적으로도 많은 발전을 한 공국은 그동안 꺼렸던 외부와 연결된 국경 횡단 열차에도 점점 관심을 갖게 되었다.

최근 들어 드디어 국경 사이에 기찻길을 연결하는 협상이 이루어지고 있었지만 안타깝게도 스칼렛은 시기가 조금 엇갈려 이렇게 중간에 갈아탈 수밖에 없었다. 그렇게 지루한 마차 여행은 곧 막을 내렸다. 하지만 시간이 느지막한 저녁이었기에 공국의 가장 끝, 국경에서 가장 가까운 도시에서 하룻밤을 묵을 수밖에 없었다.

타국에서 처음으로 하룻밤을 묵은 스칼렛은 기분이 기묘했다. 타국의 여관은 확실히 그녀가 사는 나라와 미묘하게 달랐다. 사용하는 언어도 미묘하게 달랐고, 이목구비도 서로 미묘하게 달랐다. 어느 정도 공부했기에 공국의 언어를 알아듣긴 하지만, 그 외국어를 듣는 순간 스칼렛은 다시 한번 느낄 수 있었다. 익숙한 환경이 아닌 낯선 환경에서 있다고.

그 덕에 그날 밤은 좀처럼 잠을 이룰 수 없었다. 몇 번을 뒤척이며 밤의 시간을 보내다가 스칼렛은 어렵사리 잠들 수 있었다. 점차 흐릿해져 가는 시야와 몽롱해진 기분에 그녀는 어서 빨리 잠들어 날이 밝았으면 좋겠다고 생각했다. 그 흐린 시야로 어렴풋이 흐린 인상이 보였지만, 곧 잠에 빠진 그녀는 제대로 그것을 인지하지 못하고 곯아떨어졌다.

창을 열어놓은 탓에 창가의 커튼이 밤바람에 흔들렸다. 창가에 어두운 인영이 모습을 드러냈다. 그는 창가를 넘어오며 가볍게 혀를 찼다.

"정말이지 무방비한 건 저쪽이나 이쪽이나 똑같군."

혀를 차며 소리 없이 그녀에게 다가온 인영은 다름 아닌 밤하늘을 물든 머리카락을 가진 레비탄이었다. 공국은 그의 나라고, 그는 뛰어난 마법사다. 그러니 그의 영토 어디든 쉽사리 이동할 수 있다. 그는 카논에게 그녀를 마중하라 보냈지만, 아쉬운 마음에 모두가 잠든 밤에 스칼렛을 찾아왔다. 곤히 잠든 스칼렛 앞에 선 그는 하염없이 그녀를 내려다보다 천천히 무릎을 꿇었다.

그는 하염없이 그녀를 감상했다. 어렴풋이 새벽이 밝아오는 것을 느낄 때쯤 마지못해서 그녀에게서 떨어졌다. 그전까지만 해도 좀처럼 잠이 오지 않아 뒤척인 것치고는 꽤 깊게 잠든 탓에 스칼렛은 한 번도 깨지 않고 푹 잠들어 있었다. 하지만 날이 밝아 오니 깨고 싶지 않아도 깨어날 수밖에 없다. 레비탄은 곧 재회할 것을 기대하며 마지못해 떨어지지 않은 걸음을 옮겼다.

"또 봐, 나의 마녀님."

* * *

국경 가까이에 있는 도시에 배치된 역에 도착한 스칼렛은 늘어지듯 하품을 내뱉었다. 그녀 곁을 보필하던 크리스가 입도 가리지 않고 하품하는 스칼렛에 잔소리를 내뱉었다.

"아가씨, 또 품위 없게 그러시면……."

"왜 시간도 일러서 역에 우리밖에 없는데."

답답하게 그러지 말자고 턱 하니 말을 잘라버린다. 확실히 첫차를 타는 이는 스칼렛 일행이 전부인지 역 안이 휑했다.

곧 열차가 오는 소리가 들렸다. 이 긴 여행의 종지부가 코앞까지 도달하는 소리였다. 저것만 타면 수도까지 곧장이다. 스칼렛은 작은 한숨을 내쉬었다. 이 여행이 끝나면 당분간 방에서 굴러만 다닐 거야.

열차에 탑승한 스칼렛은 고풍스럽고 세련된 내부에 감탄을 자아냈다. 물론 겉도 실로 훌륭했다. 그녀의 나라에 있는 열차보다 세련되고 질이 좋아 보였지만 내부는 그보다 더했다. 이 열차가 서민도 탈 수 있다는 것이 무척 놀라울 지경이다.

후 공국은 물자가 워낙 풍부해서 귀족과 평민의 차별이 크게 부각되지 않는다. 평민 중에서도 부자나 넉넉한 이들이 더러 있어서 그들도 귀족이 누리는 것들을 사용할 수 있다. 공국의 귀족들도 평민에 대해 편파적인 견해를 갖고 있지만 그렇다고 꽉 막혀 있지도 않았다. 대체로 그들은 평민에게 관대했다. 덕분에 평민들은 귀족의 텃세 없이 풍족한 삶을 보내고 있다. 아직까지 꽉 막힌 귀족 문화에 살고 있는 스칼렛은 이게 몹시 생소했다. 이런 나라라면 나도 평민으로 태어나도 좋았을 텐데. 그럼 귀족 영애의 의무 따위는 신경 쓰지 않아도…….

다음 생에는 꼭 후 공국의 국민으로 태어나야지, 하고 속으로 중얼거린 스칼렛은 열차가 움직이는 소리에 착석한 의자에 몸을 기대고 눈을 감았다.

* * *

"우와,"

"아가씨."

절로 감탄이 나왔다. 이렇게 화려하고 세련된 궁은 처음이었다. 사실 수도는 상경도 하지 않았기에 스칼렛으로

서는 처음으로 보는 웅장한 궁일 수밖에 없었다.

공국은 확실히 부유한 나라였다. 수도에 도착하자마자 보이는 인산인해 속에서도 역무원들은 착실하게 제 업무를 행하여 부산하고 혼란스럽지 않았다. 국경에 가까운 도시의 역도 깨끗하고 세련되었지만, 수도의 역은 상상 초월이었다.

스칼렛의 파란 눈은 휘둥그레지기 바빴다. 공국에서 친히 보내준 마중용 마차를 이끌고 온 공국 기사단의 에스코트를 받으며 그녀는 궁으로 입성했다.

그녀를 맞이한 이는 카논 경으로, 친히 왕명을 받고 마중 나왔다고 전했다. 그의 말에 스칼렛은 슬그머니 부담이 밀려왔지만 아무렇지 않은 척 영애다운 미소를 지었다. 거기까진 좋았다. 하지만 시골 귀족인 스칼렛의 범주에 벗어나는 화려한 풍경에 영애로서의 얌전한 모습을 보일 수 없었다. 크리스는 쓰게 웃으며 그녀를 달래야 했다.

"하지만 크리스 봐봐, 으리으리하다고!"

"저희 제국의 황궁은 이보다 더 화려해요."

"안 가봐서 모르는 걸? 지금 내 눈엔 이곳이 제일 화려해!"

마차는 궁에 입성하고도 멈추지 않고 달렸다. 길지 않은 시간을 달린 마차가 드디어 멈췄다. 스칼렛은 멈춘 마차의 창가에 비치는 웅장한 궁의 모습에 눈을 뗄 수 없었다. 곧 마차의 문이 열려 카논이 에스코트를 위해 손을 내밀지 않았으면 하염없이 구경하고 있었으리라.

"영애, 손을……."

"아, 네."

"전하께서는 회의 중이시라 당장은 알현이 어려울 수 있습니다. 먼 길을 오셨으니 일단 여독부터 푸시지요."

"예에, 배려에 감사합니다."

개인적으로 알현 없이 이대로 조용히 며칠 지내다 돌아가고 싶다. 하지만 안 되겠지. 그의 에스코트를 받으며 마차에서 내려온 스칼렛은 조심스럽게 주변을 둘러보다 입을 열었다.

"그런데 도착한 사람은 아직 저뿐인가요? 아니면 제가 마지막으로 도착한 건가요?"

연회에 초대되었다고 생각한 스칼렛은 다른 귀족이나 외지인이 전혀 보이지 않은 주변 풍경에 의아해졌다. 다들 궁 안에 있는 건가. 저를 빼고는 외지인은 없어 보이는 궁의 모습이 조금 기묘했다. 그녀의 질문에 카논 경이 고개를 갸웃 기울이며 유려하게 웃었다.

"무슨 말인지…… 초대받으신 분은 영애뿐입니다."

"저뿐? 저 혼자요? 아니 왜요?"

"왜라니요? 전하께서 영애만 초대했기 때문이지요?"

"네? 아니, 그러니까 왜요?"

스칼렛의 파란 눈동자가 휘둥그레졌다. 뒤에 서 있는 크리스만 고개를 살짝 조아릴 뿐이었다. 물론 속으로는 애가 탈 테지만. 카논 경은 되묻는 스칼렛에 의아한 미소를 지었다.

"그거야, 전하께서 영애께 청혼했으니까요?"

순간 말을 잃을 뻔했다. 이건 또 무슨 개소리일까 싶은 마음이 컸다.

청혼? 그런 말은 들은 적이 없다. 초대장에도 공국으로의 초대만 쓰여 있었을 뿐 청혼서에 대한 이야기는 적혀 있지 않았다.

"영애?"

"아, 그렇군요. 그래요, 네 그러네요."

의아한 눈빛으로 묻는 카논 경에 차마 스칼렛은 처음 듣는 얘기라고 말할 수 없었다. 타국에 입국한 이상 자국의 귀족으로서의 면모를 유지해야 했기 때문이다. 그녀는 어색하게 웃으며 고개를 끄덕였다. 당최 어떻게 돌아가는지는 일단 방으로 들어가 크리스를 추궁하면 알 수 있을 것이다.

어쩐지, 저보고 공국의 왕자를 기억하느냐는 말을 갑자기 왜 하나 했다. 아무래도 어린 시절 그녀의 부모님과 이 공국 사이에 혼담이 오간 것이 아닐까? 아니, 아무리 그래도 그렇지. 공국의 왕자님께서 낮은 직급의 남작가의 여식과 혼인하려 한다고? 대체 왜? 뭐가 부족해서? 이제는 공국의 왕자님이 아니라 엄연한 한 나라의 지도자인 공왕의 의도를 알 수 없다. 카논의 안내를 받아 걸어가는 걸음이 갑자기 몹시 무거웠다.

딱히 내키지 않았지만 싫지도 않았던 여행길이 갑자기 무겁고 부담스러워졌다. 저도 모르는 혼담이 오가는 당사자와의 만남을 위한 것이었다니. 어떡하면 좋아! 정말로 기억나지 않는데! 카논은 어색하게 웃는 스칼렛에 연신 고개를 갸웃 기울이며 의중을 물었다.

"영애, 많이 피곤하십니까? 얼굴색이······."

"아무래도 이렇게 멀리까지 나온 적이 없어서요. 좀 쉬면 괜찮아질 거예요."

"그렇다면 다행이지만요. 저녁 만찬이 있습니다. 그때 나와 주실 수 있겠습니까?"

한낱 남작 영애에게 의중을 물으며 조심스러워하는 카논 경에 스칼렛은 쓰게 웃으며 고개를 끄덕였다. 그녀로서는 다리가 부러지지 않는 한 거절할 방도가 없다. 분명 그의 제안은 공국의 젊은 공왕의 초대일 테니까.

"물론이에요. 그때까지 잠시 쉬도록 할게요."

"알겠습니다, 영애. 푹 쉬시고 시간에 맞춰 시동을 보내겠습니다."

"네, 감사해요."

문이 닫히자마자 스칼렛은 가볍게 한숨을 내쉬고는 뒤

에 서 있는 크리스를 돌아봤다. 크리스는 살짝 애매한 미소를 짓고 있었다.

"대체 어떻게 된 건지, 이야기 좀 들어볼까?"

스칼렛은 허리에 팔을 얹으며 제법 엄한 어조로 물었다. 크리스의 얼굴에 난감함이 짙어졌다. 스칼렛은 그녀를 뒤로하고 고풍스러운 방에 배치되어 있는 탁자에 딸린 의자에 앉았다.

"연회에 초대된 게 아닌 것 같은데, 맞아?"

"음……."

"나, 지금 혼담이 온 것도 처음 알았어. 누가 숨긴 거야? 당연히 아버지랑 어머니겠지?"

"그럼……."

"왜 이런 중대한 사안을 숨긴 거야? 내 혼담이잖아."

"하지만 아가씨……."

청혼하신 대공 전하를 기억 못하시잖아요, 라고 덧붙이려다 말았다. 크리스는 말끝을 흐리며 흐린 미소를 지었다. 스칼렛은 한 손 검지로 탁자를 툭툭 쳤다.

"정말 난감해. 갑자기 덜미를 잡혀 원치 않은 자리에 털썩 앉은 기분이라고."

"혼담이 싫으세요?"

"누군지도 모르는데 싫은 게 있겠어? 그냥 난감하고 당황스러워. 아마도 내게 청혼한 사람은 대공 전하겠지? 으,

엄청 부담스러워졌어."

스칼렛은 양팔로 몸을 감싸며 몸을 부르르 떨었다. 과분한 자리에 털썩 앉은 기분이 들었다. 고작해야 남작가의 여식이 미래의 대공비라니 너무 부담스러워. 마음 같아서는 당장 뛰쳐나가 이곳을 탈출하고 싶지만 남작가의 명예를 위해 그럴 수 없었다.

그래서 평민으로 태어나고 싶었는데…….

스칼렛은 쓰게 웃었다.

* * *

"음식이 마음에 들지 않습니까?"

듣기만 해도 감미로울 정도의 부드러운 낮은 저음이 들렸다. 그 목소리에 앞에 놓인 음식이 담긴 접시에 시선을 고정하고 있던 스칼렛이 천천히 고개를 들었다.

반짝이는 크리스털로 조각된 고급의 샹들리에가 높은 천장이 달린 공국의 다이닝룸은 헉 소리가 날 정도로 화려했다. 가구 하나하나 주문 제작은 물론이고, 벽지에 고상한 조각이 새겨져 있었다. 인테리어 소품들도 하나하나 주문 제작한 물건처럼 보였다. 변변치 않은 남작가 여식이지만 명품을 보는 눈 정도는 조금은 가지고 있다.

스칼렛은 집고 있는 식기 역시 하나하나 일일이 세공된

것임을 알 수 있었다. 은을 통으로 깎아 조각된 포크와 나이프가 어쩐지 묵직하다. 아니, 식사 시간 내내 자기에게 시선을 고정하고 있는 젊은 왕 때문일지도 모른다. 스칼렛은 어설프게 입꼬리를 끌어올렸다.

"아뇨, 과할 정도랍니다."

"부담 갖지 말고 먹어요. 그대를 위한 만찬이니까."

고작 단둘이 이 넓고 긴 식탁에서 식사하자니 부담감이 몇 배로 부는 걸 어쩌란 말인가. 스칼렛은 어색하게 웃으며 고개를 주억거렸다. 아니, 이건 웬만한 둔치 아니고서는 모를 수 없다. 젊은 공국의 왕 레비탄의 시선이 뜨겁다. 열렬한 사랑의 선봉자? 아니 그것보다는 진득한 집요함과 아련한 그리움이 하나로 뒤섞인 시선이었다.

스칼렛의 행동 하나하나 두 눈에 새기려는 듯 그는 그녀에게 고정되어 있었다. 스칼렛은 그 시선이 견디기 어려울 정도로 부담스럽고 숨 막혔다. 내키지 않지만 느릿느릿 칼질해서 작게 한 조각내서 입 안으로 털어 넣었다. 고기라도 씹자. 씹는 데 집중하자. 음식에 집중······.

"헉!"

"영애, 입맛에 불편한 음식입니까?"

"아, 아뇨! 눈이 번쩍할 정도로 맛있는 고기라서요. 어쩜 이다지도 부드럽지······."

"그거 다행이군요. 여전히······."

그런 류의 고기를 좋아해서, 라고 덧붙이는 레비탄의 중얼거림을 채 듣지 못한 스칼렛은 다시 조심스럽게 칼질했다. 생각보다 공국의 만찬은 맛이 좋았다. 공국의 주방장이 신기가 있는지 무척이나 절묘하게 스칼렛이 좋아할 만한 음식들과 조합으로 놓인 것도 신기했다. 생소한 음식도 어쩐지 일전에 먹어본 듯 맛있었다. 그래, 이 생소한 음식 일전에도 먹어본 적이 있다.

"식사가 마음에 드는 것 같군요."

레비탄은 식기를 내려놓고 냅킨으로 입가를 닦으며 말했다. 고상하고 우아한 어투가 왕자님다웠다. 아니 임금님답다랄까. 그렇게 하지 않아도 전신에서 느껴지는 왕족 특유의 고아함이 있었다.

마침 스칼렛도 식사를 마친 상태라 그를 따라 식기를 내려놓고 냅킨을 들었다. 평소에는 이 정도로 예의를 차리지 않으면서, 그처럼 입가를 닦아내며 중얼거리다 아차 싶었다. 그를 힐끗힐끗 볼 때마다 어딘가의 누가 떠올라 자꾸만 비교하게 된다.

어딘가의 누구는 누구일까. 스칼렛이 떠올린 누구는 굳이 예의에 넘치는 고상한 어투를 쓰지 않아도 왕족으로서 위엄을 보였다. 그래, 차디찬 감옥. 먼지를 뒤집어쓰고 있더라도.

"어라?"

내가 누굴 생각하는 거지. 스칼렛은 순간 의문이 생겨 고개를 갸웃 기울였다. 레비탄이 의아한 시선으로 그녀를 바라봤다.

"무언가 걸리는 것이 있습니까? 영애?"

어쩐지 레비탄의 어투에서 기대감이 어렸다. 스칼렛은 고개를 가볍게 흔들었다. 방긋이 웃으며 이제 조금 익숙해진 절세 미남을 쳐다봤다.

"아뇨, 아무것도."

"그렇습니까."

말끝을 흐리는 젊은 왕에게서 미묘한 안타까움이 느껴졌다. 그 안타까움이 흐르자 가련한 느낌이 들었다. 그러나 그것도 찰나. 레비탄은 곧 미소를 지으며 다시 입을 열었다.

"공국의 본궁에서 멀지 않은 곳에 상당히 아름다운 야외 정원이 있습니다. 제 입으로 칭찬하기 민망하지만 장담하지요. 이 대륙 어디에서도 보기 힘든 전경이 펼쳐져 있답니다."

과할 정도로 예의 바른 레비탄의 말에 몸 둘 바를 모르겠다. 한낱 변방의 남작가 영애를 상대로 지극히 공손한 어조였다.

"말씀을 편히 하십시오, 전하. 저는 고작 남작가 영애일 뿐입니다."

고개를 조아리며 말하자 곧 머리 위로 그의 한숨이 들렸다. 무언가 서운한 듯 내키지 않는 듯했다. 그래도 스칼렛은 그에 대해 의문을 표하지도 덧붙이지도 않았다.

"영애께서 아시겠지만, 저는 그대의 청혼자로서 오늘의 만남을 고대했습니다."

역시 공왕 전하께서 청혼한 거였군. 어린 시절 기억나지 않는 공국의 왕자님이 이 사람이었지. 바깥에 너무 무관심했던지라 누가 왕위를 계승했더라, 세기의 천재였더라, 이런 걸 흘러들었다. 그래도 아예 못 들은 것은 아니라서 눈앞의 젊은 왕 레비탄이 세기의 천재와 동일 인물임은 알았다.

스칼렛은 조금 머뭇거리다 고개를 들어 그를 바라보며 말했다. 조금 이해가 되지 않아서.

"저는, 사실 이해되지 않습니다, 전하."

"무엇이 말입니까?"

"왜 하필 저입니까?"

"당신이니까."

레비탄은 잠시 입을 다물더니 다시 입을 열었다. 붉은 루비색 눈동자가 그녀를 향했다. 너 말고 없어. 붉은 눈동자에 스칼렛이 언뜻 비쳤다. 어딘가 본 적 있는 시선, 눈빛, 눈동자 색.

"또."

또 이 기시감이 온몸을 휩쓸었다. 식사하는 내내 이따금 찾아오는 기시감이 사무치는 그리움과 애틋함을 동반했다. 그리웠고 반가웠고 기뻤다고 속삭였다. 왜 그런 감정이 고개를 드는지 모르겠다. 스칼렛은 자기도 모르게 한 손으로 가슴 한편을 움켜쥐었다.

레비탄의 두 눈에 비친 스칼렛은 어딘가 아파 보였다. 안타까움과 답답함이 느껴졌다. 레비탄도 안타깝고 섭섭했다. 그토록 고대했던 만남이거늘 하늘도 무심하지 레비탄에게만 기억을 안겨준 모양이다. 어린 시절에는 기억하는 듯했는데…… 헤어져 있는 사이 점점 무뎌진 것일까. 아니면 그대로 덮인 것일까.

"나는 스칼렛 그대가 좋습니다. 우리의 어린 시절을 그대는 기억하지 못하는 듯하지만, 나는 그때부터 당신을 마음에 두었어요."

사실은 그 이전부터지만, 뒷말은 삼켰다. 어차피 지금의 스칼렛은 이해하지 못할 테니까. 그의 대답에 스칼렛은 눈을 내리깔았다.

"어린 시절…… 전하께는 송구하나 기억이 나질 않습니다."

"들었습니다. 이후 고약한 열병에 시달려 몇 달을 고생했다고요."

그래, 그 열병 이후로 괴이한 꿈을 꿨다. 몇 년을 그 꿈에 시달려 살았다. 시달려? 아니 그렇지 않았어. 시달리는 악몽이 아니었어. 그 꿈은.

"괜찮습니다, 스칼렛 영애. 기억하지 않아도 제가 다 기억하니까요."

그의 말에 내리깐 시선을 올려 레비탄을 바라봤다. 그의 모습에 누군가가 덧씌워졌다. 아니 같은 모습, 같은 얼굴, 그러나 더 간절한 표정, 울 것 같은 얼굴.

"내가 널 찾을 거야. 내가 널 만나러 갈게."

귓가에 속삭이는 절절한 목소리, 반드시 그러겠노라 약속했던 목소리. 스칼렛은 눈시울이 뜨겁다고 느꼈다. 그 순간, 시야가 흐려졌다. 그렁그렁 눈물이 맺혔다. 왜 눈물이 나는지 모르겠다. 그냥 그의 말을 듣고 있노라면 자꾸만 기억나지 않은 누군가가 떠올라서, 그 누군가 때문에 마음이 아파서 갑갑해서 슬퍼서 괴로워서 눈물이 나지 않을 수 없었다.

공왕과의 만찬은 결국 스칼렛의 갑작스러운 눈물로 흐지부지 마무리되었다. 레비탄은 말없이 그녀에게 다가가 손수건을 내밀었다. 그리고 대기하고 있는 시녀와 크리스를 불러 스칼렛이 피곤한 듯하니 휴식을 취하는 게 좋다고 말했다.

스칼렛은 그가 내민 손수건에 얼굴을 묻었다. 은은하게 나는 향내가 어쩐지 그다워서 갑자기 흐르는 눈물 속에서도 저도 모르게 훌쩍 웃어버렸다. 뭐가 그답다는 건지. 바보 같아, 자꾸 누굴 투영하는 거야.

그대로 방에 돌아온 스칼렛은 무언가 말하고 싶지만 눈물투성이인 그녀 때문에 안절부절못하는 크리스를 보며 다시 한번 웃음을 터트렸다. 크리스는 울상을 짓다가 이내 엄한 표정을 지었다.

"웃지 마세요. 울다가 웃으면!"

"엉덩이에 뿔난다고?"

하지만 이도 저도 못하는 크리스가 귀여운걸. 스칼렛은 눈물 젖은 얼굴로 눈꼬리를 접으며 웃었다.

"아이참! 갑자기 눈물을 쏟아내셔서 걱정했잖아요."

"미안해, 눈물을 참을 수가 없었어."

"왜요? 공왕 전하께서 해코지라도 하셨나요? 아님 강요라도?"

순간 진지하게 물어오는 크리스에게 스칼렛은 다시 웃음을 터트렸다. 답답한 것은 크리스였다. 왜 웃기만 하세요! 높은 톤으로 묻는데도 스칼렛은 웃기만 했다. 그렇게 잠시 웃던 스칼렛은 잠시 안정되었는지 깊게 숨을 들이마시고 내쉬었다.

"그냥, 자꾸 가슴이 먹먹해서."

"먹먹하다니요? 이대로 시집갈까 봐 두려우세요?"

"시집이 두려운 게 아냐. 그냥 자꾸 그립고 애틋해서 그래."

"그립고 애틋하다고요? 아가씨…… 혹시 영지에 마음에 둔 사람이라도……."

"아니, 아니야. 나는 그를 보면 이상한 감정이 자꾸 샘솟아."

"누구?"

"공왕 전하 말이야. 레비탄…… 그 사람을 보면 자꾸……."

가슴이 아파, 그렇게 말하는 스칼렛의 눈꼬리에 아슬아슬 매달린 눈물이 또르륵 뺨을 타고 떨어졌다. 실제로 본 그는 오늘이 처음이라고 뇌는 말하지만 가슴은 그러지 않았다. 보고 싶었노라고 열렬히 노래를 불렀다.

그래서 스칼렛은 슬펐다. 이게 첫눈에 반한 것이라면, 이미 그녀는 레비탄에게 사로잡힌 것일까. 그를 사랑하게 된 것일까. 가슴 한편에서 속삭이듯이? 이따금 크리스의 동문인 마사가 읽는 로맨스 소설에나 나오는 운명의 사람을 만난 것처럼. 스칼렛은 레비탄을 사랑하게 된 것일까.

그런데 어쩐지 그것이 아니라고 말하는 것 같았다. 그런 게 아니라고. 고대했던 사랑하는 이는 맞지만, 첫눈에 반한 것이 아니라 첫눈에 찾아낸 것이라고, 알아본 것이라고 말하는 것 같았다.

우리가 사랑했던, 서로라고.

눈가의 열을 식히고 나자 야심한 시각이 되었다. 공국에 머무는 동안 스칼렛은 귀빈으로 예우될 것이며, 이후 대공비가 될 가능성이 컸다. 그래서 당분간은 레비탄과 식사를 할 것이라고 했다. 며칠 후에는 성대한 연회도 열린다.

특별히 그녀를 환대하는 연회는 아니었다. 재능이 넘치는 공국의 젊은 왕의 업적이 하나 더 쌓이면서 그를 축하하는 성대한 연회였다. 그 연회에도 초청받은 스칼렛은 영지에 있을 때보다 스스로를 꾸며야 했다. 틈틈이 선왕 부부와도 소소한 만남과 티 파티도 몇 개 잡혀 있었다.

선왕 부부, 레비탄의 모친인 릴리아는 스칼렛에 대한 관심이 상당히 컸다. 아들은 날 때부터 특이한 아이라 일반적인 상식에서는 좀 동떨어진 자였다. 늘 지식을 갈구하고 업적을 쌓는 데 시간을 소비해 기어코 약혼 시기도 놓쳤다. 모두가 열렬히 그의 사랑을 갈구하는데도 눈 하나 깜짝하지 않기에 사랑이 결여된 아이인가 싶을 정도였다.

그런 철인인 아이가 열렬히 사랑하는 이가 있다니. 그녀가 평민이라도 두 팔 벌려 환영하고 싶을 정도였다. 릴리아 역시 좋은 집안 여식이 아니었고, 공국 자체가 신분에는 어느 정도 자유로웠기에 할 수 있는 호감이었다. 스칼렛이 태어난 제국이라면 길길 날뛸 상황일 테지만.

어쨌든 선왕비의 초대도 있는지라 스칼렛은 한동안 단

장할 필요가 있었다. 그것을 생각하자니 눈앞이 깜깜하고 숨이 막힐 지경이다. 마음 같아서는 이렇게 조용한 야심한 밤에 자신의 애마를 타고 밤을 질주하고 싶을 지경이다. 타국이라 안 될 테지만.

그래도 답답한 것은 어쩔 수 없는지라 크리스마저 방을 나선 적막이 흐르는 상황에서 스칼렛은 가볍게 숄을 두르고 바깥으로 나섰다. 잠깐 밤바람이라도 맞으면 조금 나을 것 같았다. 밖으로 나가자 복도는 적막이 흘렀다. 복도마다 일정한 간격으로 등불이 있어서 어둡진 않았다.

그저 정처 없이 걷던 중에 스칼렛은 뒤늦게 레비탄이 말했던 야외 정원이 떠올랐다.

"거기라도 갔다 올까. 근데 여기서 어떻게 가지?"

지나가는 시녀라도 있으면 붙잡고 묻고 싶었지만 이미 야심한 밤이었다. 궁은 스칼렛의 저택처럼 작지 않아서 자칫 길을 잃기 쉬워 보였다. 아무래도 야외 정원까지는 무리려나, 속으로 타협점을 찾으려는 찰나 그녀 뒤로 낯선 목소리가 들렸다.

"어디 찾는 데라도 있어?"

"아니, 전하께서 말씀하신 야외 정원이나 가볼까 하고. 어라?"

너무나도 익숙하게 물어오는 통에 저절로 대답했다. 순간 의아해 자기도 모르게 목소리가 나는 쪽으로 몸을 돌리니 대략 열 걸음 거리에 한 소년이 서 있었다. 대략 열다섯에서 열여섯 살 정도 되어 보이는 검은 머리카락의 소년이었다. 검은 머리카락, 하얀 피부, 이목구비가 누군가를 절로 떠오르게 했다.

"레비탄 전하?"

"응? 그게 누구야?"

상대가 순진무구하게 눈을 깜박거렸다. 레비탄의 숨겨진 자식이라고 해도 과할 정도로 판박인 소년이 고개를 갸웃 기울였다. 소년을 빤히 쳐다보던 스칼렛도 따라 고개를 갸웃 기울였다.

"외동 아니었나? 친척인가?"

"응? 무슨 혼잣말이야?"

"아니, 실례지만 그쪽…… 왕족…… 이세요?"

전하와 친척 사이? 스칼렛의 질문에 그는 무언가 의미심장한 미소를 지었다. 소년은 고개를 대충 주억거렸다.

"뭐, 그렇지."

"그렇구나, 그래. 그쪽 이름은 뭐예요?"

"레비, 그러는 그쪽은?"

"스칼렛 베를린."

반말이 어쩐지 익숙한 느낌이다. 목소리도 듣다 보니 익숙했다. 자주 들어본 목소리와 억양이었다. 어디서 들어봤더라. 외모야 레비탄과 판박이지만 뭐랄까, 어린 모습이 어쩐지 눈에 밟힐 정도로 익숙했다.

"그렇구나, 누나 이름이 스칼렛이구나."

익숙하게 누나라 부르는 소년이 어쩐지 낯설었다. 넉살이 좋은 건가. 외모는 날 선 듯 차갑고 어여쁜데 말을 내뱉자 한층 부드러워 보였다. 스칼렛은 고개를 주억거렸다.

"저기, 나 말 놔도 되지? 어딜 보나 내가 연상이니까. 아, 근데 작위가 있다면……."

"어딜 보나 누나가 연상인데, 말 놔도 되지 뭐. 게다가 공왕 전하의 예비 아내 아니야? 그럼 신분은 이미 누나가 높잖아."

"아니, 안 할 수도 있고…… 못할 수도 있는 거 아냐?"

"안 한다고?"

어쩐지 그 부분에서 영하로 떨어지는 차가운 목소리에 스칼렛은 흠칫했다. 아니, 왜 화를 내는 거지? 자기 사촌이고, 자기네 나라 왕이라서 그런가. 왕족이 거절당한다는 것에 자존심이 상하나. 자기보다 어린 소년이 확실한데도 자기도 모르게 기가 죽은 스칼렛이 슬쩍 시선을 내리깔았다.

"아니, 내 신분에 너무 과하잖……."

"누나가 뭐가 어때서. 사랑에는 국경도 없대."

"그런 말은 어디서 들은 거니."

"몰라, 누나 같은 사람이 말해줬어."

언젠가 들어본 적 있는 명언이다. 그런데 그런 말은 이 소년을 통해 들었는데 왜 이렇게 익숙할까 싶다.

"어쨌든 야심한 시간에 왜 떠돌고 있어."

"떠, 떠돌고 있다니! 그냥 잠이 안 와서 바람이라도 쐴까 나온 거야."

"이 야심한 시간에? 겁도 없다, 누나는?"

"가장 안전한 왕궁에서 걱정할 만한 일이 있을까!"

"하지만 여기, 그게 나온대."

가장 중요한 공왕이 기거하는 왕궁에 위험할 일이 뭐가 있겠는가. 가장 삼엄한 본궁인데. 스칼렛이 입을 삐쭉 내밀며 당당하게 말을 내뱉자 소년, 레비가 음침한 표정으로 중얼거리듯 말했다.

"그, 그게 뭔데."

"뭐긴 뭐겠어."

귀신이지, 하고 덧붙이며 속삭이고는 후, 하고 스칼렛 가까이 바람을 불었다. 어느새 둘은 가까이 있었다.

"히익."

귀신은 싫어, 스칼렛의 얼굴에 드러났는지 레비가 소년다운 웃음을 내뱉었다. 아이의 청명한 웃음소리였다.

"그니까 위험하게 바깥에 홀로 다니지 말라고."

"하지만 답답하단 말이야."

"뭐, 오늘은 내가 있으니까 누나는 다행인 줄 알아."

"거 퍽이나 고맙구나."

"야외 정원? 거기 가고 싶어?"

"가고 싶어."

"데려다줄까?"

"정말?"

"응, 답답하다며. 왕궁은 처음이지, 누나? 전하께서 극찬했을 텐데, 야외 정원."

"맞아, 엄청 아름답대."

"맞아, 엄청 아름다워. 근데 밤에는 더 예뻐."

누나는 운 좋은 줄 알아, 하고 한쪽 눈을 찡긋했다. 스칼렛은 웃음을 터트렸다. 청아한 소녀의 웃음소리가 잠시 복도에 울렸다. 소년 레비는 그 미소를 보며 방긋 웃었다. 익숙한 미소, 함박웃음이다. 늘 그리웠던 웃음소리를 듣자니 이제야 그의 멈춘 세상의 시계가 움직이기 시작하는 것 같았다.

"데려다줄게."

약속했으니까, 라고 덧붙인다. 그러면서 손을 내밀었다. 몹시 신사적인 제스처였다.

스칼렛은 다시 한번 웃음을 터트렸다. 여자보다 아름다운 이목구비가 레비탄을 닮았는데 넉살은 엄청나게 좋다. 익숙한 모습과 묘한 향수를 불러일으키는 소년의 에스코트에 스칼렛은 손을 내밀었다. 그리고 반대 손으로 잠옷 스커트를 살짝 들어 올리며 무릎을 구부렸다.

"영광입니다."

"넘어지지 말고 잘 따라와."

소년의 손은 작다고 생각했는데, 성인 여자인 스칼렛보다 컸다. 키도 그녀보다 컸다. 그녀의 손을 조심스럽게 잡은 레비는 곧 길을 안내했다. 그의 에스코트를 받으며 스칼렛은 복도를 걸었다.

"너는 공왕 전하를 많이 닮았네."

스칼렛이 걸으면서 슬그머니 입을 열었다. 소년은 스칼렛이 힘들지 않은 보폭을 유지하며 걸었다. 저녁 만찬의 레비탄은 고아하고 우아한 미남이었다. 왕으로서의 위엄이 빛나며 어딘가 금욕적인 느낌도 났다. 그러나 그녀를 에스코트하는 그를 닮은 소년 레비는 미색이 뛰어나지만 어려서인지 귀여운 느낌이 들었다. 귀엽고 날렵하고 다정한 듯 새침해 보였다.

"그렇지."

사실 내가 그 본인이거든. 그건 속으로 삼켰다. 그렇다. 지금 그녀를 에스코트하는 소년은 마법으로 일시적으로 어리게 변신한 레비탄 본인이었다.

공국에는 눈과 귀가 있다. 특히 스칼렛이 머무는 방에는 화장실과 욕실을 제외하고는 눈과 귀가 가장 근접하게 배치되어 있다. 집착이라면 집착이라 웬만하면 도청하지 않으려 했는데 자꾸만 만찬에 눈물을 흘리는 그녀가 떠올랐다.

그래서 몇 번이고 고민 끝에 주변을 서성이다가 답답함을 참지 못하고 밖으로 나서는 소리에 부랴부랴 소년으로 변신한 것이다. 그러고는 레비탄이 아닌 척 연기했다. 원체 둔하다고 생각했지만 아무리 봐도 쏙 빼닮은 자신을 보고 본인이라 생각하지 못하다니.

하긴 폴리모프(대상을 다른 형태로 변화시키는 마법)가 쉬운 마법인가. 레비탄 정도 되어야 가능한 마법이었다. 어쨌든 공왕의 사촌인 척 그녀와 대화를 나누자니 이전 세상에서 지냈던 세월이 절로 떠올랐다. 이 나이 이맘때 너를 만났지. 나의 구원자, 나의 마녀.

"흐음."

"왜?"

"아니, 공국의 왕족들은 다 잘생긴 유전자가 따로 있나 싶어서."

"그럴까."

"공왕 전하도 잘생겼는데 사촌인 너도 이 정도로 외모가……."

"잘생겼지?"

"맞아."

순순히 수긍하는 것이 낯설었다. 만찬 때는 얼어붙은 것처럼 단답형 대답만 하고, 제대로 자기를 쳐다보지 못했으면서. 슬쩍 심술이 났지만 눌러 내렸다. 기억 없는 스칼렛이니까. 기억 있는 스칼렛, 로즈마리였다면 그러지 않았겠지. 그래도 레비 모습으로 있자니 술술 대화다운 대화를 나눈다. 왕으로서의 자신이 그토록 부담인 것일까.

"누나는 공왕 전하가 싫어?"

"응?"

"아니, 아까 결혼 안 할 것처럼 말했잖아."

기가 찼다. 누구는 그토록 기다리고 참고 참았는데. 겨우 만났다고 생각했는데 사랑하는 님은 그것도 모르고 뻥차기만 하고 말이다. 스칼렛은 한 손으로 뺨을 긁적였다.

"과분하잖아."

"왜? 누나도 예뻐. 특히 파란 눈이."

"어머? 고마워. 사실 나도 내 눈이 제일 예쁘다고 생각해. 하지만 공왕비라니 너무 터무니없이 높은 자리 아닐까?"

자유로움을 사랑하는 스칼렛이라면 분명 그럴 거라 생각했다. 하지만 섭섭했다. 레비탄은 티를 내지 않으려 노력했다.

"공왕 전하도 한 나라의 왕이시지만 자유로운 분이셔. 그분의 아내가 되면 그렇게 썩 답답하진 않을 것 같은데."

"그래? 하지만 그래도 한 나라의 왕비잖아."

"그럼, 누나는 장래에 어떤 사람이랑 혼인하고 싶은

데?"

"글쎄⋯⋯ 그건 생각 안 해봤는데."

"언젠간 결혼해야 하잖아."

"안 하고 살 수도 있지."

"그렇긴 하지."

그때도 그런 말을 했던 것 같다. '로즈마리'는 굳이 결혼해야 한다고 생각하지 않았다. 내키는 대로, 가문의 위기만 벗어난다면 자유를 만끽하며 살 것처럼 말했지. 그게 부럽기도 했다.

"하지만 생각해봐, 누나. 제국은 우리 공국보다 꽉 막힌 나라야. 귀족가의 여식이 결혼 안 하고 살 수 있을까?"

"맞아, 그게 참 답답해. 내가 안 한다고 그러면 부모님께서 최대한 막아주시겠지만."

"그래, 그런 나라에서 태어난 꽉 막힌 남자와 결혼할 바에는 그나마 자유로운 공국의 남자, 그 나라의 왕과 결혼하면 어때? 더 낫지 않을까?"

"이야, 너 정말로 네 왕을 많이 존경하는구나?"

"정말, 좋은 왕이야. 좋은 남자라고."

"알아, 나에게 과분한 분인걸. 그래서 더 부담스러워."

아이고, 답답한 스칼렛! 과분하긴 뭐가 과분해! 내가 그토록 널 원하는데! 너도 날 사랑한다며! 저쪽 세상에서는 그렇게 말해놓고선!

속으로 무수히 많은 말들이 떠올랐지만 레비탄은 밖으로 꺼내지 못했다. 말해봤자 어차피 이해하지 못할 테니까. 이토록 열렬히 시그널을 보내는데도 둔한 둔치답게 다쳐내는구나 싶었다. 어이가 없는데도 스칼렛, 아니 로즈마리답다는 생각이 들어 헛웃음이 났다.

도돌이표처럼 질문과 답변이 오갔다. 결국 끝나지 않은 공방 끝에 본궁에 숨겨진 가장 아름다운 야외 정원 앞에 도달했다.

"여기서부터 놀라지 마, 진짜 예쁘거든."

"그래, 놀라지 않도록 노력할게."

넉살 좋게 웃는 스칼렛에 레비탄은 픽 바람 빠진 웃음을 내뱉었다. 돌고 도는 대화를 나누다 보니 그가 알던 그녀 모습이 많이 보였다. 지금은 스칼렛이지만 내면은 그가 알던 그녀가 맞았다. 알맹이가 맞았다. 단지 기억을 잃었을 뿐.

이따금 레비탄은 카논이 집요하다는 둥 집착한다는 둥 투덜거리는 것을 듣곤 했다. 어째서 그녀여야 합니까? 묻는 그에게 레비탄은 당연하다는 듯 그녀이니까, 라고 대답했다. 카논은 이해하지 못했다. 기억이 없는 너는 모를 거야. 나는 저쪽 세상에서부터 그녀에게 각인되어 있는 걸. 비정상적이라고 비난하고 조롱해도 소용없어. 난 이미 그녀를 새겼는걸. 나는 로즈마리가 아니면 안 되는걸.

그래도 이따금 걱정되곤 했다. 이런 자신을 그녀가 밀어낼까 봐. 영원토록 그를 기억하지 못할까 봐. 그건 너무 끔찍한 미래다. 바라지 않은 미래. 그래도 포기하지 않은 것은 그 사라진 세상 속에서 부서지는 세상에서 아름답게 웃으며 대답했던 그녀의 목소리 때문이리라.

"기다릴게."

그 한마디가 불안감에, 두려움에 사무칠 때면 큰 힘이 되었다. 기다린다고 했어. 반드시 기억하겠다고 했다. 그러니까 반드시 너를 찾아낼 거야. 네 잊힌 기억을 되살릴 거야.

"자, 들어와."

이 정원은 그때 네게 보여주려 했지만 결국 보여주지 못했던 정원을 되새기며 꾸민 것이다. 이 세상에만 있는 꽃이라 같은 꽃은 구하지 못했다. 하지만 비슷한 꽃은 찾았다. 거기다 이 꽃은 밤에는 더 아름답다.

"와아!"

"그것 봐, 놀랄 거라고 했잖아."

"너무 예쁘다!"

"밤에는 반짝이는 야광초야. 낮에는 평범한 꽃이지만 낮에도 예뻐. 하지만 밤엔 더 예쁘지."

"그렇구나! 정말 정말 예뻐."

"전하와 결혼하면 매일 볼 수 있어, 누나."

"틈을 놓치지 않는구나. 너는 정말로……."

그리고 이내 웃음을 터트렸다. 에스코트하느라 잡고 있던 손이 순간 떨어졌다. 스칼렛은 곧 야외 정원으로 걸어갔다. 꽃이 참으로 아름다웠다. 까만 밤하늘에 걸맞은 땅에서 피어나는 빛들은 정말 신비롭고 몽환적인 분위기를 내비쳤다.

"낮에는 무슨 색이야? 이 꽃?"

"노란색, 샛노란 색이야. 유채꽃이랑 비슷한 품종인데 밤에는 빛이 나."

"유채꽃."

들어본 적 없는 꽃 이름이다. 그런데 어쩐지 낯익다. 작은 꽃이 밤바람에 살랑거렸다. 작은 반딧불이가 한 다발씩 반짝거렸다. 스칼렛은 조심스럽게 꽃 가까이에 쭈그려 앉았다. 꽃이 뭉개지지 않게 조심스럽게 앉은 그녀는 만개한 작은 꽃을 매만졌다. 어딘가 익숙한 형태. 한 묶음 오래도록 시들지 않게 마법을 걸었던 것을 보았던 기억이 난다.

내 생일 선물로 그가 보내줬어. 그 나라에서만 피어나는 꽃이라고.

"받아봤던 것 같아."

"보냈으니까."

딱히 답을 바란 중얼거림은 아니었다. 그저 그랬던 것 같아서 내뱉은 말인데 대답이 돌아왔다. 하염없이 꽃을 내려다보던 그녀가 고개를 서서히 들어 올렸다. 어느새 그 앞에 선 레비가 소년처럼 웃었다. 말간 미소가 너무 익숙했다. 늘 봤던 미소 같아서, 늘 함께했던 미소 같아서 그만 넋을 놓고 말았다.

"어쩐지, 네가 익숙해."

"공왕 전하와 닮아서?"

"아니, 아니야. 그보다 우리 어디서 만났었니?"

공왕, 레비탄을 닮아서가 아니었다. 그 모습 그 나이대의 소년인 레비가 가슴 한편을 크게 울릴 정도로 익숙했다. 레비탄을 보았을 때도 울렁거렸던 가슴이 답답하다며 크게 들썩거렸다. 스칼렛은 자기도 모르게 한 손으로 심장 부근을 움켜쥐었다.

"만났어, 우리."

곧 그의 대답이 돌아왔다. 밤하늘 떠 있는 달이 만월이다. 하늘에 어쩜 구름 한 점 없는지 달빛만 잔잔했다. 달빛에 화답하듯 유채꽃을 닮은 야광초가 밝은 빛을 내며 살랑살랑 흔들렸다. 밤바람이 서늘하지만 다정하다. 언젠가 그가 말했던 기억이 있다.

공국으로 널 초대할게. 이 아름다운 유채꽃을 네가 두 눈으로 보길 고대해. 그가, 그 누군가가. 어둠에 물든 기억이, 벌레가 파먹어 좀먹은 오래된 기억의 구멍들이 점차 채워져 갔다. 흐려진 기억, 묻힌 기억, 먹힌 기억, 사라진 기억. 그 기억들이 조금씩 채워져 갔다.

애초에 너무 쉽게 포기했던 기억들이 이제 와서 돌아오고 있다. 꽃밭에 쭈그려 앉았던 스칼렛이 천천히 몸을 일으켰다. 소년의 말간 미소가 흐트러지지 않는다. 새까만 밤하늘의 머리카락이 바람에 흔들렸다. 하얀 얼굴, 붉은 눈이 너무나도 선명했다. 그는 늘 그런 곧은 시선으로 그녀를 바라봤다.

나는 늘 널 믿어. 나의 마녀.

알고 있다. 그래, 너였구나.

스칼렛은 이제야 모든 것이 이해되기 시작했다. 이제야 그 시선의 의미도, 이따금 느꼈던 기시감의 정체도 알 수 있었다. 그녀가 겪었던 일들이었다. 저 무너진 세상에서 겪었던 경험이자 추억이자 기억이었다.

"그래, 만났구나. 우리."

스칼렛은 그제야 웃을 수 있었다. 그제야 가슴 한쪽을 답답하게 짓누른 무언가가 서서히 떠올랐다. 그러자 짓눌렸던 나락의 무언가가 서서히 떠올랐다. 그래, 잊었던 기억만큼 짓눌렸던 감정도 떠오른다. 그리웠던 마음이, 아련했던 애틋함이, 그 절실했던 마음이. 세상이 무너지는 와중에 유일하게 빛을 발했던 너를 사랑했던 마음이.

그것이 유일한 희망이 되어 이 세상에, 네가 태어난 시대에 다시 태어났다.

레비가, 레비탄이 다가왔다. 스칼렛은 그를 향해 손을 뻗었다. 어쩐지 시야가 기울어간다. 그럼에도 스칼렛은 그를 향해 손을 뻗고 있었다. 그녀의 시야가 어둠에 물들어갔다. 그 시야로 자기에게 달려오는 소년이 성인이 되어 남자가 되었다.

무너진 세상에서 자신의 손을 잡았던 그 남자.

나의 사역마가 나의 레비탄이 기어코 나를 찾아 돌아왔다.

마녀도서관

초판 1쇄 발행 2023년 6월 28일

지은이 정은오

발행인 고영토
기획 신은현
발행처 ㈜콘텐츠랩블루
출판신고 2019년 1월 10일 제 2019-000006호

펴낸곳 ㈜타인의취향
마케팅 이유리, 윤여준
경영지원 김나영
디자인 크리에이티브그룹 디헌
주소 서울시 마포구 큰우물로 75 성지빌딩 1406호
전화 02-6949-6014 팩스 02-6919-9058

ⓒ 정은오, 2023

ISBN 979-11-6968-496-5 03810

이 책은 ㈜콘텐츠랩블루와 ㈜타인의취향의 계약에 의해 출판된 것이므로 무단 전재 및 유포, 공유를 금지합니다.

- CLB BOOKS는 ㈜콘텐츠랩블루의 출판 브랜드입니다.
- 책값은 뒤표지에 있습니다.
- 잘못된 책은 구입하신 곳에서 바꾸어 드립니다.